近現代報刊詞話彙編

四

朱崇才 編纂

人民文學出版社

國家出版基金項目
NATIONAL PUBLICATION FOUNDATION

瑞良詞話

林瑞良

《詞話》一二則，載天津匯文中學校學生自治會學術部《津滙月刊》一九三四年一一月一五日創刊號。題『詞話』，署『林瑞良』。今據此迻錄，改題《瑞良詞話》。原無序號、小標題，今酌加。

瑞良詞話目錄

瑞良詞話

一　韻格

在中國古代文學裏，我最愛好詞。因爲詞的韻格不似詩的淺狹，句子長短也不等，比較其他的韻文容易發表情感；再者吟誦起來也容易引人入勝——所以很久以前，便把詞調作成曲來唱。至於詞的全盛時代，我們可以用宋朝來作代表，在這個時代裏所產生詞人很多——雖然唐、元也有傑出的人材，不過不像宋朝的多罷了。

二　作法

關於詞的作法，完全是按照調名來填，所以我們作詞不叫『做』，而叫『填』。這種作法也不是三言兩語所能容納下的，我們先不用去研究。現在先將幾個詞家和他們的作品介紹來看。

三　李後主

要講填詞，那一定要推南唐李後主做巨擘了。在他的詞裏，充滿了人生的痛苦，和心情的悲淒。所發出的抑揚情感，詞句的淒涼，確非他人所能望肩的。王國維曾說過，『詞至李後主而眼界始大，感慨遂深』，確是很對的，總之後主詞底好點，就在情致深摯和意境高遠。

我們看他的〔虞美人〕詞：『春花秋月何時了。往事知多少。小樓昨夜又東風。故國不堪回首、月明中。　雕闌玉砌應猶在。只是朱顏改。問君能有幾多愁。恰似一江春水、向東流。』那是多麼哀涼，像這種亡國之音，真能使人爲之淚下。

四　歐陽修

此外還有我們應當認識的，就是宋朝底文人——歐陽修。他在文章和修史兩方面是很著名的，在詞界裏的貢獻更非常之大。他的著作有《六一居士詞》。

我們試看他的〔臨江仙〕：『池外輕雷地上雨[一]，雨聲滴碎荷聲。小樓西角斷虹明。欄杆私倚處，遥見月華生。　燕子飛來窺畫棟，玉鉤垂下簾旌。凉波不動簟紋平。水晶雙枕畔，猶有墮釵横。』

和他的〔南歌子〕：『鳳髻金泥帶，龍紋銀掌梳。去來窗下笑相扶。愛道畫眉深淺、入時無。　弄筆偎人久，描花試手初。等閒妨了繡工夫[二]。笑問鴛鴦二字、怎生書。』這種旖旎香豔的詞，試想可是他老先生作的。然而這正是他的偉大。

[一]『池外』句，《全宋詞》作『柳外輕雷池上雨』。

[二] 工夫，原作『天工夫』，據《全宋詞》删。

五 辛棄疾

辛棄疾，字幼安，也是宋朝的一位大詞人。他的作風和旁人的悲切豔麗又不同，差不多近於閒淡瀟灑的一種意境，我們試看他的〔祝英台近〕：『寶釵分，桃葉渡。煙柳暗南浦。怕上層樓，十日九風雨。斷腸點點飛紅，都無人管，倩誰喚、啼鶯聲住。　鬢邊覷。試把花卜歸期，重簪又重數。羅帳燈昏，哽咽夢中語。是他春帶愁雨，春歸何處。卻不解、帶將愁去。』

六 李清照

還有一位女詞人李清照，也是擅長於詞的，筆調是細膩委婉。她著有《漱玉詞》。我們先舉她的〔醉花陰〕來看：『薄霧濃雲愁永晝。瑞腦消金獸。佳節又重陽，寶枕紗櫥，昨夜涼初透。東籬把酒黃昏後。有暗香盈袖。莫道不消魂，簾卷西風，人比黃花瘦。』

七 晏幾道

晏幾道，字叔原，也是宋人。他父親晏殊，就是宋朝有名的詞家，官位隆赫。有人曾說，晏殊的詞勝過叔原，那是不對的。實在他的造詣要高過他父親。他在詞裏能夠運用詩句作辭藻。黃山谷說過：『叔原樂府，寓以詩人句法[一]，清[二]壯頓挫，能動搖人心。上者〈高唐〉、〈洛神〉之流，下者不減〈桃葉〉、〈團扇〉。』可以作晏幾道的評。我們也舉兩首來看。一是〔點絳唇〕：『花信來時，恨無人似花依舊。又成春瘦。折斷門前柳。　天與多情，不與長相守。分飛後。淚痕和酒。沾了雙羅袖。』

第二首是〔蝶戀花〕：『碧落秋風吹玉樹。翠節紅旌，晚過銀河路。休笑星機停弄杼。鳳幃已在雲深處。　樓上金鍼穿繡縷。誰管天邊，隔歲分飛苦。試等夜闌尋別緒。淚痕千點羅衣露。』

八　秦少游

宋秦少游在宋代的文壇上，也是占有相當地位的詞人。著有《淮海集》。他的作品底音韻非常清妙，有一種新穎麗都的情緒。如〔憶王孫〕：『萋萋芳草憶王孫。柳外樓高空斷魂。杜宇聲聲不忍聞。欲黃昏。雨打梨花深閉門。』

〔鵲橋仙〕：『纖雲弄巧，飛星傳恨，銀漢迢迢暗度。金風玉露一相逢，便勝却、人間無數。柔情似水，佳期如夢，忍顧鵲橋歸路。兩情若是長久時，又豈在、朝朝暮暮。』

〔桃源憶故人〕：『玉樓深鎖薄情種。清夜悠悠誰共。羞見枕衾鴛鳳。悶則和衣擁。　無端畫角嚴城動。驚破一番新夢。窗外月華霜重。聽徹〔梅花弄〕。』

[一] 法，原作『結』，據《小山詞》改。
[二] 清，原作『精』，據《小山詞》改。

九　馮延巳

五代馮延巳是得力於詞的一個人，晏幾道和他的父親的詞，就是受影響於他的。延巳的詞的佳處，就在思深詞麗，韻逸詞新，徐釚[一]《詞苑叢談》上說的：『馮氏之詞，典雅豐容[二]；雖置在古樂府詞中，可以無愧。』這便知道他是多麼偉大的一位詞人了。且舉幾首來看。

『風乍起。吹皺一池春水。閒引鴛鴦芳徑裏。手挼紅杏蕊。　鬥鴨闌幹獨倚。碧玉搔頭斜墜。終日望君君不至。舉頭聞鵲喜。』——〔謁金門〕。

『莫道閑情拋棄久。每到春來，惆悵還依舊。日日花前常病酒。不辭鏡裏朱顏瘦。　河畔青蕪堤上柳。爲問新愁，何事年年有。獨立小橋風滿袖。平林秋月人歸後。』——〔鵲踏枝〕[三]

一〇　周邦彥

宋周邦彥，字美成，是詞壇巨子。至於他的詞，也是運用詩句做詞藻的；不過他的手筆又要勝過晏叔原。著有《清真集》詞二卷，《後集》一卷。試看他的〔瑣窗寒〕：『暗柳啼鴉，單衣竚立，小簾朱戶。桐花半畝，靜鎖一庭愁雨。灑空階，更闌未休，故人剪燭西窗語。似楚江暝宿，風燈

[一] 釚，原作『軌』。

[二] 典雅豐容，原作『曲雅豐容』，據《詞苑叢談》卷四改。

[三] 鵲踏枝，原脱，據上條格式補。

零亂，少年羈旅。遲暮。喜遊處。正店舍無烟，禁城百五。旗亭喚酒，付與高陽儔侶。想東園，桃李自春，小唇秀靨今在否。到歸時，定有殘英，待客攜樽俎。』

一一　蘇軾等人

好了，不再多說了。此外，還有蘇軾、黃庭堅、范仲淹、白居易、張炎、陸放翁、柳永等，也各占有他們的位置，因爲限於篇幅，不便再多介紹。

一二　填詞要素

將前面所舉的實例來看，我們知道，填詞最要緊的，是要有含蓄，絕不要傷風吟月地、無病呻吟底做作。此外文體要新穎，詞句要美麗，音韻要相切……都是學填詞的要素，此外還有幾本很適宜於學填詞的就是：《宋詞十九首》[一]——盧冀野；《春波樓詩詞》——劉大杰；《詞學小叢書》——胡雲翼；《秦香詞》——董康校。都是很好的關於詞學的書。

——二十三，十，二十日夜

天津《津滙月刊》一九三四年一一月一五日創刊號

[一]「宋詞十九首」，原作『宋詩十九首』。

凝寒室詞話

徐興業

《凝寒室詞話》六則，載無錫國學專修學校學生自治會《國專月刊》一九三五年四月一五日第一卷第二號。署「徐興業」。今據此迻錄。原無序號、小標題，今酌加。

凝寒室詞話目錄

凝寒室詞話

一　作詞當尚情真

作詞當尚情真，不當夸才大。惟其情真，而後有板拙語、至性語。惟其才大，而後有敷衍語、堆砌語。北宋諸家，除東坡外，才實不逮後人，但以其情真，遂覺脱語天籟，自有渾璞之詣。南宋諸詞人，才大而氣密，故能獨創詞境，不勦襲前人。然以其真摯之情稍遜，味之終覺隔一層。

二　清真詞最爲擅場

清真詞於兩宋間，最爲擅場。其〔蝶戀花〕云：『喚起兩眸清炯炯。淚花落枕紅緜冷。』〔玉樓春〕云：『當時相候赤闌橋，今日獨尋黄葉路。』又云：『滔邊誰使客愁輕，帳底不教春夢到。』皆人人意中事、眼中情，而以不經意筆出之，遂成絶詣。此南宋諸家累千鈞之力，所不能到者。

三　清真〔六醜〕

清真〔六醜〕詞云：『怕斷鴻、尚有相思字，何由見得。』是結句之神拙者。求之後世，惟梅溪〔東風第一枝〕云：『恐鳳鞾挑菜歸來，萬一灞橋相見。』意境差似，但稍嫌刷色矣。

四　體物感情觸境抒懷

詩人體物感情，觸境抒懷，發之于文，不必求人知我意趣之所在，而感非一端，觸非一境，故自《三百篇》、〈古詩十九首〉以降，皆爲無題之作，佛家所謂無人相之境也。唐五季、北宋之詞亦然。自東坡、清真，間爲詠物之作，大抵託寫感懷，借物以抒情。似東坡詠雁以訴飄零，清真〔蘭陵王〕詠柳以寫别情，〔花犯〕詠梅以抒其二年之身世。遂啓後來詠物一派。至梅溪詠燕，劉改之詠指足，摹狀繪色，已落言筌。後此更摭拾故實，廣徵博引，情韻皆匱，斯爲極蔽。

五　朱彊邨〔鷓鴣天〕

朱彊邨先生易簀前，口占〔鷓鴣天〕曰：『忠孝何嘗盡一分。年來姜被減奇溫。眼中犀角非邪是，身後牛衣怨亦恩。　泡露事，水雲身。枉拋心力作詞人。可哀惟有人間世，不結他生未了因。』先生素篤于友愛，與仲弟孝威共寓吴，相依爲命，年前病殁，詞中第二句指此。有子雋而殞折，晚撫仲弟子方飭爲嗣。時尚未冠，第三句指此。先生晚年作詞極少，此詞自道身世，尤可珍貴。

六　納蘭小令

納蘭詞小令凄惋處，於南唐二主惟貌近，抑亦神似。至〔蝶戀花〕數首，則勢縱語咽，凄澹悱惻，得正中、六一之遺。清初詞人，大抵承明季之極弊。小令學《花間》，長調擬蘇辛。陸次雲、汪懋麟以下，專事纖小，格卑語狎。湘瑟（錢芳標）、延露（彭孫遹）稍稱醇正，亦瑕瑜互見。迦陵號名家，不脱叫囂奔放之習，錫鬯入於南宋而不能出，以視汴京尚遠，遑論五季。故欲於清初求詞有真氣者，其惟納蘭乎。蔣春霖《水雲樓詞》，璆然冠有清三百年，清靈處直逼白石。而身世感懷，發爲沉鬱。其〔渡江雲〕[二]云：『縱青衫無恙，換了二分明月，一角滄桑。』〔甘州〕云：『待攀取楊枝寄遠，怕楊花、比客更飄零。』又云：『畫眉錯問愁深淺。』皆慘淡，極自然。所謂自然從慘淡中出者。一代雅音，遂得復見。譚復堂以之與成容若、項蓮生並論，猶非允言。

無錫《國專月刊》一九三五年四月一五日第一卷第二號

〔二〕渡江雲，原作『度江雲』。

文宬詞論

張文宬

《詞論》八則，載成都《國立四川大學周刊》一九三五年四月二九日第三卷第三〇期，題『詞論』，署『張文宬』。今據此期迻錄。改題《文宬詞論》。原無序號、小標題，今酌加。

文宬詞論目録

文荿詞論

一　詞之爲體

《詩》訖於周，〈離騷〉訖於楚。是後，詩之流爲二十四名：賦、頌、銘、贊、文、誄、箴、詩、行、詠、吟、題、怨、歎、章、篇、操、引、謡、謳、歌、曲、詞、調，皆詩人六藝之餘，而作者之旨，由操而下八名，皆起於祭軍賓。吉凶苦樂之際，在音樂者，因聲以度詞，審調以節唱，句度長短之數，聲韻平上之差，莫不由之準度，而又別其譜琴瑟者爲操引，採民甿者爲謳歌。備曲度者，總得謂之歌曲詞調。斯皆由樂以定詞，非選詞以定樂也。則是後之依曲句而填之詞，其命名必託始於此。所謂詩之流爲二十四名，皆詩人六藝之餘，即前人稱詞爲詩餘之所本。惟詞僅爲二十四名之一，後乃以別名爲總名耳。故詞之爲體，實爲樂府之遺。識者爲之，莫不沿溯漢魏，游衍屈宋，以蘄上闚乎《三百篇》之指意，謂不如是不足以徵其源、涉其奥，此乃文辭之源，非文心之原也。文心之源，亦存乎學者性情之際而已，爲文苟不以性情爲質，貌雖工，人猶得以抉其抵，不工者可知。所謂詞者，以意爲經，以言爲飾，意内言外，交相爲用；而意不必一定，言不必由衷，美人香草，十九寓言，其指隱，其辭微，言之不足，故長言之，長言之不足，故嗟歎之。昔人作詞之法，即聖門言樂之法也。蓋古之作者，情有所感，不能無所寄，意有所鬱，不能無所洩，於是設爲勞人思婦之言，孤臣孽子之懷，隱喻以抒其情，繁稱以晦其旨。其爲言也哀以思，其感人也深以婉，其取徑也狹，其陳義也高。其至者，則南北東西，惝怳迷離，如風雷之在天，虎豹之在山，蛟龍之在淵，恣其真意之所向，不復可以繩尺求矣。而又調度乎格律，酌劑乎陰陽，自有元音，上通雅樂，別黑白而定一尊，亙古今而不敝矣。唐宋以還，作者斯盛，飛卿、端己，首發其端，周、秦、辛、奚[一]，曲竟其緒，而要皆發源於《風》、《雅》，推本乎〈離騷〉。言詞者，必奉爲圭臬，匪特其音節之足法。蓋風人之旨，猶有存焉者爾。金元而後，兢尚新聲，衆喙爭鳴，古調絕響。操選政者，率昧正始之義，媸妍不分，雅鄭并奏。復感於《詩餘圖譜》、《嘯餘譜》諸書之說，以爲字句可以出入，後之爲詞者，遂茫乎不知所從矣。有清一代，號爲中興。斯時，雖樂譜失傳，管弦已廢，而文藻之工，轉軼前代，選詞訂律，各有所觀。然門戶之爭，亦百餘年而稍殺。洎乎咸、同，以迄光、宣之際，內憂外患，訖無寧日，憂國之士，往往長歌代哭，一時才彥，如蔣鹿潭、王幼霞、鄭叔問[二]、朱彊邨[三]之倫，疊主騷壇。〈狡童〉、〈離黍〉之悲，新亭故國之感，亦各自抒心機，駸駸乎而入兩宋之室矣。

二　詩詞曲界域判然

詞上承於詩，下沿於曲，雖源流相紹，而界域判然。故作詞須上不似詩，下不似曲。李笠翁所謂

[一] 奚，疑當作『吳』。
[二] 問，原作『咸』。
[三] 朱彊邨，原作『宋彊邨』。

『不淄不磷，立於二者之間，方爲好詞』。李又云：『大約空疏者作詞，無意肖曲，而不覺仿佛曲；有學問人作詞，儘力避詩，而究竟不離於詩。一則苦於習久難變，一則迫於捨此實無也。欲爲天下詞人去此二弊，當令淺者深之，高者下之，一俛一仰，而度於才不才之間，詞之三昧得矣。』然余謂，詩語可以入詞，詞語不可入詩；詞語卻可入曲，曲語卻不可入詞。總以從高而降爲善耳。

三　立新意

楊守齋《作詞五要》第五云：『要立新意。若用前人詩詞意爲之，則蹈襲無足奇者。須自作不經人道語，或翻前人意，便覺出奇，或只能鍊字，誦纔數遍，便無精神，不可不[一]知也。更須忌三重四同，始爲具美。』按，所謂意新者，非於尋常見聞之外，而後謂之新也。即在飲食居處之内，布帛菽粟之間，僅有事之極奇，情之極豔，詢諸耳目，則爲習見習聞，考諸詩詞，實爲罕聽罕覩，以此爲新，方是詞内之新。非《齊諧》志怪，《南華》志誕之所謂新也。詞語字句之新，亦復如是。同是一語，人人如此説，我之説法獨異，或人正我反，人直我曲，或隱約其詞以出之，或顛倒字句而出之，爲法不一。昔人點鐵成金之説，我能悟之，不必鐵果成金，但有惟鐵是用之時，人以金試而不效，我投以鐵，鐵即金矣。彼得不龜手之藥，而往覓封侯者，豈非神於點鐵者哉。所最忌者，不能於淺近處求新，而於一切古塚秘笈之中，搜其隱事僻句，及人所不經見之冷字，入於詞中，以示新奇。高則高，貴則貴矣，其如人之不欲見何。

[一] 不，原脱，據《詞源》附《作詞五要》補。

四　古人瑕瑜並見

詞當取法於古，所謂翻前人意，便覺出奇者，是已。然古人佳處宜法，常有瑕瑜並見處，便當取瑜擲瑕。若謂古人在在堪師，語語足法，吾不信也。試舉一二言之。唐人〔菩薩蠻〕云，『露滴珍珠顆。佳人摘向簾前過。含笑向[一]檀郎。花强妾皃强。　檀郎故相惱[二]。只道花枝好。一面發嬌嗔。笑挼花打人。』此詞膾炙人口久矣。從來尤物，美不自知，知其不肯自形於口，未有真誇其美，而謂我勝於花者。況挼碎花枝，是何等不韻之事，挼花打人，是何等暴戾之形。幽閒之義何居，溫柔二字安在。李後主〔一斛珠〕之結句云，『繡床斜倚嬌無那。爛嚼紅絨，笑向檀郎唾。』此詞亦人所兢賞。予曰，此媚婦倚門腔，黎園獻醜態也。嚼紅絨以唾郎，與倚市門大唾棗核瓜子以調路人者，其間不能以寸。優人演劇，每作此狀，以發笑端，是深知其醜而故爲之者也。不意填詞之家，竟以此事謗美人，而後之讀詞者，又只重情，趣不問妍媸，復相傳爲韻事，謬乎不謬乎。無論情節難堪，即就字句之淺者論之，『爛嚼』、『打人』諸腔口，幾於俗殺，豈雅人詞内所宜。後人作〈春繡〉絕句云：『閒情正在停針處，笑嚼紅絨唾碧窗。』即『爛嚼』爲『笑嚼』，易『唾郎』爲『唾窗』，同一事也，而雅俗判然矣。

[一] 含笑向，《全唐五代詞》作『含笑問』。

[二] 惱，原作『老』，據《全唐五代詞》改。

五　詩詞和韻

詩詞和韻，不必强己就人。戕賊性情，莫此爲甚。張玉田謂不宜和韻，旨哉斯言。

六　詞調之分

詞有小令、中調、長調之分，《草堂》創其例，而後人因之。亦有令、引、近、慢之别。令即小令。以小令微引而長之曰引；以音調相近，從而引之者曰近；皆中調也。引而愈長者曰慢，則所謂長調也。然小令、中調、長調之分，究以何者爲標準，終未明瞭。查近代各家，如錢塘毛氏，以五十八字内爲小令，五十九字至九十字爲中調，九十一字以外爲長調。萬紅友駁之，謂少一字即短，多一字即長，必無是理。故《詞律》不分小令、中調、長調名。其實毛、萬二氏，均屬武斷。夫小令，即引子也；中調，即過曲也；長調，即慢詞也。其分别，乃在歌唱時所用樂具及拍眼音譜等之不同耳。近人任二北有〈南宋詞之音譜拍眼考〉一中文，具詳論之。

七　因題選調

凡詞，題意之與音譜，相輔以成，關係極重。故作詞因題選調，相體裁衣，最宜節節稱合。蓋選調得當，則其音節之抑揚高下，處處可以助發其意趣。作者控御隨心，而讀者珠璣在口，苟其不然，則神光離合，非拘而莫暢，卽冗而多泛，非板而不靈，即輕而見弱，易地盡成佳構，而一誤滿盤皆輸矣。

八　發意高遠

沈伯時云：『音律欲其協，不協，則成長短之詩；下字欲其雅，不雅，則近乎纏令之體；用字不可太露，露則直突而無深長之味；發意不可太高，高則狂怪而失柔婉之意。』余謂：宋譜今已淪亡，今所謂律，但謹守其四聲陰陽而已，可信不可泥也。用字宜雅，誠是；發意不可高，吾則不謂然也。而宋詞東坡、白石、碧山諸家，發意皆甚高遠，可不謂非大詞人耶。吾輩爲詞，正恐發意不能高遠耳。彼執一而論，更從而和之者。真井蛙之見也。

成都《國立四川大學周刊》一九三五年四月二九日第三卷第三〇期

夢桐室詞話

唐圭璋

《夢桐室詞話》，可分爲五個部分：第一部分，載上海《華報》一九三五年五月二八日、二九日，欄題『詞話』，小標題分别爲『晁次膺〔鴨頭緑〕』、『謝無逸〔江城子〕詞』，署『圭章』；第二部分，見一九三五年六月二五日唐圭璋致龍榆生函，函後附詞話三則，題『夢桐室詞話』，載上海復旦大學出版社二〇二〇年版《新宋學》第九輯；第三部分，載南京《中央日報》一九三六年八月二四日起，迄一九三七年八月一〇日，署『圭璋』，自一九三六年九月二三日起，欄題『夢桐室詞話』，其中個别日期無欄題；第四部分，載重慶《中國文學》一九四四年五月第一卷第二期，題『夢桐室詞話』，署『唐圭璋』；第五部分，載南京《中央日報》一九四七年四月一〇日起，迄一九四八年五月二九日，署『圭璋』，自一九四七年八月一三日起，欄題『夢桐室詞話』。五部分中，第四部分與第三部分有重出。該五部分各條目，形式一致，均有小標題；主題一致，均爲叙述論證某一具體詞學對象；時期一致，均在抗戰前後。因據此五部分彙集迻録，去其重復，題《夢桐室詞話》，以第一、二、三部分爲卷一，第四、五部分爲卷二。原有小標題，今仍之；無序號，今酌加。

夢桐室詞話目錄

卷一

卷二

夢桐室詞話卷一

一　晁次膺〔鴨頭綠〕

《詞林紀事》卷六，載晁次膺〔鴨頭綠〕云：『新秋近，晉公別館開筵。喜清時、銜盃[一]樂聖，未饒綠野堂邊。繡屏深、麗人乍出，坐中雷雨起鵾絃。花暖間關，冰凝幽咽，寶釵搖動墜金鈿。未彈了、昭君遺怨，四坐已[二]淒然。西風裏、香街駐馬，嬉笑微傳。　算從來、司空見慣，斷腸初對雲環[三]。夜將闌、井梧下葉[四]，砌蛩收響悄林蟬。賴得多愁，潯陽司馬，當時不在綺筵前。競嘆賞、檀槽倚困，沉醉倒觥船[五]。芳春調、紅英翠萼，重變新妍。』案，此亦張氏之大誤。張表臣《珊瑚鉤詩話》云：『予嘗語晁次膺曰，公〔鴨頭綠〕〈琵琶〉詞誠妙絕，蓋自『曉風殘月』之後，始有『移船

〔一〕銜盃，原作『銜盈』，據《全宋詞》改。
〔二〕已，原作『尸』，據《全宋詞》改。
〔三〕環，《全宋詞》作『鬟』。
〔四〕井梧下葉，原作『井梧下』，據《全宋詞》補。
〔五〕倒觥船，《全宋詞》作『到觥船』。

出塞』之曲。此所謂〔鴨頭綠〕，非張氏所舉之『新秋近』一闋，乃『錦堂深』一闋也。原詞云：『錦堂深，獸爐輕噴沉烟。紫檀槽、金泥花面，美人斜抱當筵。掛羅綬、素肌瑩玉，近鸞翅、雲鬟梳蟬。玉筍輕攏，龍香細抹，鳳凰飛出四條絃。碎牙板、煩襟消盡，秋氣滿庭軒。今宵月、依稀向人，欲鬥嬋娟。

變新聲、能翻往事，眼前風景依然。路漫漫、漢妃出塞，夜悄悄、商婦移船。馬上愁思，江邊怨感，分明都向曲中傳。困無人〔一〕、勸人金盞，須要倒垂蓮。拚沉醉、身世恍然，一夢遊仙。』至『新秋近』一闋，乃晁補之詞，宋本及毛《琴趣外編》均載之。張氏不察《珊瑚鈎詩話》『移船出塞』之文，反据以妄改毛本《琴趣外編》，其貽誤後人甚矣。

上海《革報》一九三五年五月二八日

二　謝無逸〔江城子〕詞

《詞林記事》卷八載無逸〔江城子〕詞云：『一江春水碧灣灣。繞青山。玉連環。簾幙低垂，人在畫圖間。閑抱琵琶尋舊曲，彈未了〔二〕，意闌珊。　飛鴻數點拂雲端。倚闌看。楚天寒。擬〔三〕倩東風，吹夢到長安。恰似梨花春帶雨，愁滿眼，淚闌干。』其後引《復齋漫錄》云：無逸嘗過黄州杏花村館，題〔江城子〕於驛壁，過者索筆於館卒，卒苦之，因以泥塗焉。其爲人賞重如此。案

〔一〕人，《全宋詞》作『力』。

〔二〕彈未了，原作『强來了』，據《全宋詞》改。

〔三〕擬，原作空一格，據《全宋詞》補。

此事見《苕溪漁隱叢話》後集卷二十三引《復齋漫録》。但所謂〔江城子〕，非此闋也。原詞云：『杏花村館酒旗風。水溶溶。颺殘紅。野渡舟横，楊柳緑陰濃。望斷江南山色遠，人不見，草連空。　夕陽樓下晚烟籠。粉香融。淡眉峯。記得年時，相見畫屏中。只有關山今夜月，千里外，素光同。』此詞極膾炙人口，不知張宗橚[一]何以一誤至此。

上海《華報》一九三五年五月二九日

三　竹垞誤認舜卿[二]

宋曾揆，字舜卿，號嬾翁，南豐人。有〔西江月〕『檐語輕敲』詞，見《絶妙好詞》卷三。又有〔謁金門〕詞云：『山銜日。淚灑西風獨立。一葉扁舟流水急。轉頭無處覓。　去則而今已去，憶則如何不憶。明日到家應記得。寄書回雁翼。』見《花草粹編》卷三。乃竹垞《詞綜》卷二十八，既從元鳳林書院《草堂詩餘》録入曾允元詞四闋，而又以此『山銜日』一闋歸之允元。允元，字舜卿，號鷗江，太和人。二人同字舜卿，竹垞其以此而誤歟。

〔一〕　張宗橚，原作『張宗繡』。

〔二〕　此條與南京《中央日報》一九三七年二月四日『同字舜卿之訛』條（見卷一第五八則）所言為同一事，然文字有所不同。

四　晏小山與蕭小山[一]

《翰墨全書》丁集載小山〈滿江紅〉云：『七十人稀，嘗記得、少陵舊語。誰知道、五園庵主，壽今如許。眼底青瞳如月樣，鏡中黑鬢無雙處。與人間、世味不相投，神仙侶。　文漢史，詩唐句。字晉帖，碑周鼓。這千年勳業，一年一部。曄曄紫芝商隱皓，猗猗綠竹淇瞻武。問先生、何處更高歌，憑椿樹。』案，此詞題作〈壽大山兄〉，則知大山乃蕭崱（有詞見《陽春白雪》），小山乃蕭泰來（有詞見《絶妙好詞》）也。樂雷發《雪磯叢稿》詩云：『兄弟自爲千古計，江湖方誦二蕭詩』，即指其兄弟也。明本〈花草粹編〉卷九引〈滿江紅〉此詞，仍注作小山，而失題。《歷代詩餘》不察，遂以爲晏幾道詞，而晏端書刊《二晏詞》，又據《詩餘》補錄，金繩武活字本《花草粹編》，又徑改小山爲晏幾道，以訛傳訛，不知其非者，久矣。予今辨之，後人庶不致再誤矣。

五　徐南溪名理

《陽春白雪》載徐南溪〈瑞鶴仙〉詞云：『暮霞紅映沼。恨柳枝疏瘦，不禁風攪。投林數歸鳥。更枯莖敲荻，糝紅堆蓼。江寒浪小。雁來多、音書苦少。試看盡、水邊紅葉，不見有詩流到。　煩惱。憑闌人去，枕水亭空，路遥天杳。情深恨渺。無計訴與伊道。漏聲催，門外霜清風細，月色

[一]　此條與南京《中央日報》一九三六年九月一八日『小山同名之誤』條（見卷一第一〇則）所言為同一事，然文字有所不同。

今宵最好。怎割舍，美景良時，等閑睡了。』案，竹垞未見《陽春白雪》，故未甄録。陶梟香《詞綜補遺》録南溪此詞，第不知南溪何名。〈詞源序〉曰：『余疏陋譾才，昔在先人侍側，聞楊守齋、毛敏仲、徐南溪諸公商榷音律，嘗知緒餘。』自來究心《詞源》者，亦不知南溪之名。偶閲徐光溥《自號録》，乃知南溪名理。雖不詳其生平，然亦足資後人檢討也。他如徐抱獨名逸，亦見《自號録》，而人所不知也。

一九三五年六月二五日致龍榆生[一]

六　張惠言《詞選》之誤

張惠言開常州詞派，所選詞，號稱謹嚴，自來學者，咸奉爲圭臬。顧其間有誤收者，學者不可不

[一] 以上三則，見王水照等主編《新宋學》第九輯〈夢桐室詞話三則〉，復旦大學出版社二〇二〇年版。〈夢桐室詞話三則〉有案云：『〈夢桐室詞話三則〉，見唐圭璋先生三十年代初期致龍榆生先生函，原件歸龍氏後人所藏。函云：「榆生兄，前函計達，前寄上三則詞話，乞轉去！前白寧攜去之如社詞稿，系仇埰底本，用後即望賜下，俾便轉還。冀野歸來，仍未晤，約明晚聚，有衡叔，可知近情也。假中擬作黄山之遊否？抑挈黄臉來寧遊否？念念。匆上，即叩大安！弟圭璋上　六月廿五。」詞話三則附於信後，先生自題曰「夢桐室詞話」，其中「晏小山與蕭小山」一則，已收入《詞學論叢》，題作「小山同名之誤」，然文字頗有出入。其餘兩條則未見刊印，系先生佚文。今一併整理，以資詞學研究者參考。』此函言及『夢桐室詞話』，然上海《葦報》一九三五年五月二八日、二九日所載之『詞話』，未言及『夢桐室』，則該函或作於一九三五年五月之後，南京《中央日報》一九三六年八月二四日之前，故暫係於一九三五年。

知也。如王元澤〔眼兒媚〕云：『楊柳絲絲弄輕柔。烟縷織成愁。海棠未雨，梨花先雪[一]，一半春休。　而今往事難重省，歸夢繞秦樓。相思只在，丁香枝上，豆蔻梢頭。』案《捫蝨新語》云：『王元澤一生不作小詞，或者笑之。元澤遂作〔倦尋芳慢〕一首，時服其工。今人多能誦，然元澤自此亦不復作。』觀《新語》所載，知元澤平生，僅作〔倦尋芳慢〕一首，未作〔眼兒媚〕也。至正本《草堂詩餘》載〔眼兒媚〕，原亦不注名氏，特其前爲元澤之〔倦尋芳慢〕，於是陳鍾秀本及類編本《草堂詩餘》，遂一再涉前首而誤作元澤。朱竹垞《詞綜》、張惠言《詞選》，俱未能辨。傳誦後世，貽誤不淺。又所選秦少游〔生查子〕『眉黛遠山長』一首，亦沿《詞綜》之誤。《淮海詞》並無之。檢此詞，見宋本《于湖居士長短句》，是秦詞又于湖之誤也。

南京《中央日報》一九三六年八月二四日

七　東坡改樂天詩詞

明《花草粹編》載郭生〔瑞鷓鴣〕[二]詞云：『烏啼鵲噪昏喬木。清明寒食誰家哭。風吹曠野紙錢飛，古墓壘壘春草綠。　棠梨花映白楊樹。盡是死生離別處。冥漠重泉哭不聞，蕭蕭[三]暮雨人歸去。』案《志林》云：『東坡與郭生遊寒溪，主簿吳亮置酒，郭生善輓歌，言恨無佳句，因爲略

[一] 雪，原作『休』，據《全宋詞》改。
[二] 瑞鷓鴣，《花草粹編》題作『玉樓春』。
[三] 蕭蕭，《中國文學》作『瀟瀟』。

改樂天詩意歌之。座客有泣下者。』據《志林》言，是此詞乃東坡爲郭生作，而非郭生自作，後人承《粹編》之説，傳訛已久，第從無人覆案《志林》之言[一]者，可異孰甚。又此詞《東坡樂府》不收，不妨據《志林》增補之。

南京《中央日報》一九三六年八月二五日

八　清真詞爲何大圭之訛

宋人詞集，每雜入僞作。《清真》一集，亦未能免。其〔水調歌頭〕〈中秋寄李伯紀觀文〉云：『今夕月華滿，銀漢瀉秋寒。風纏霧捲宛轉，天陛玉樓寬。應是金華仙子，又喜經年藥就，（下闕五字）收拾山河影，都向鏡中蟠。　横霜竹，吹明月，到中天。要合四海遙望，千古此輪安。何處今年無月，唯有謫仙著語，高絕莫能攀。我欲喚公起，雲海路漫漫。』案：此詞王國維以伯紀拜觀文學士時，在清真卒後，定爲僞作，誠爲卓識。然不知原作者，果爲何人也。嘗閲陳元靚《歲時廣記》卷三十六有引《本事詞》一條云，『李丞相伯紀退居三山，寓居東報國寺。門下多文士從遊。中秋夜宴，座上，命何大圭賦〔水調歌頭〕』云云。是此詞乃何大圭之詞甚明，且所闕五字，作『傾出玉團圓[二]』。既明其僞，復補其闕，是亦快事也。

南京《中央日報》一九三六年九月一日

[一] 言，《中國文學》作『説』。
[二] 圓，《全宋詞》作『團』。

九　東坡調陳季常詞

宋曾端伯《樂府雅詞》拾遺，嘗載廖明略〔瑤池宴〕一首，未知何據。其詞云：『飛花成陣。春心困。寸寸。別腸多少愁悶。無人問。偷啼自搵。殘妝粉。　抱瑤琴、尋出新韻。玉纖趁。南風未解幽慍。低雲鬟，眉峯斂暈。嬌和恨。』案《侯鯖錄》載此詞本事云：『東坡云：琴曲有〔瑤池宴〕，其詞不協，而聲亦怨咽，變其詞作閨怨，寄陳季常，云此曲奇妙，勿妄與人。』觀東坡語及詞中語，明爲東坡調笑季常畏河東獅吼之詞，決非明略之作。近[一]日朱彊村編《東坡樂府》，猶從《雅詞》之説，屏此詞而不録，亦失之眼前矣。

南京《中央日報》一九三六年九月二日

一〇　董毅《續詞選》之誤

董毅，翰風先生外孫，詞學承常州淵源。所作《續詞選》，乃續張惠言《詞選》者，亦嘗與《詞選》合刻，其間亦誤選〔滿江紅〕一首。原詞云：『斗帳高眠，寒窗靜、瀟瀟雨意。南樓近、更移三鼓，漏傳一水。點點不離楊柳外，聲聲只在芭蕉裏。也不管、滴破故鄉心，愁人耳。　無似有，游絲[二]細。聚復散，真珠碎。天應分付與，別離滋味。破我一床胡蝶夢，輸他雙枕鴛鴦睡。向此際、別

[一] 近，原作『迎』。

[二] 絲，原作『綠』，據《中國文學》改。

有好思量，人千里。』案董氏乃沿竹垞《詞綜》之誤，《詞綜》則沿後出《草堂詩餘》之誤也。此詞既不見宋本單刻《于湖詞》，又不見宋本《于湖文集·詞》，而《花庵詞選》錄于湖佚詞，亦不載此詞，是非于湖之作也。至正本《草堂詩餘》錄此首，原亦不注名氏，顧其前一首，乃于湖之〔憶秦娥〕詞，陳鍾秀本及類編本《草堂詩餘》遂涉前首而誤作于湖詞。三百年來，于湖蒙誣未雪，亦可慨已。

南京《中央日報》一九三六年九月三日

一一 〔破陣子〕不始於晏殊

《詞律》卷九收〔破陣子〕一調，舉晏殊詞云：『燕子來時新社，梨花落後清明。池上碧苔三四點，葉底黃鸝三[二]兩聲。日長飛絮輕。　巧笑東隣女伴，采桑徑裏逢迎。疑怪昨宵春夢好，元是今朝鬥草贏。笑從雙臉生。』又《欽定詞譜》卷十四收〔破陣子〕一調，舉晏殊詞云：『海上蟠桃易熟，人間秋月長圓。惟有擘釵分鈿侶，離別當多會面難。此情須問天。　蠟燭到明垂淚，熏鑪盡日生烟。一點淒涼愁絶意，漫道秦箏有剩絃。何曾爲細傳。』注云：此調始自此詞。余案：《詞律》、《詞譜》之説，皆非也。此調當以李後主詞爲正格，原詞云：『四十年來家國，八千里地山河。鳳閣龍樓連霄漢，玉樹瓊枝作烟蘿。幾曾識干戈。　一旦歸爲臣虜，沈郎[三]潘鬢銷磨。

[二] 三，原作空一格，據《全宋詞》補。
[三] 郎，《全唐五代詞》作『腰』。

最是倉皇辭廟日，教坊猶奏別離歌。揮淚對宮娥。』以萬紅友之博涉，以館閣諸臣之精力，而失收此首名著，亦可異也。又敦煌石室藏唐人《雲謠集》，亦有〔破陣子〕四首，惟第二句作五字句，餘悉同，是其由來愈久矣。

南京《中央日報》一九三六年九月一二日

一二　〔後庭花破子〕不始於金元

《欽定詞譜》卷二[一]，收〔後庭花破子〕，以王惲爲正格，詞云：『綠樹遠連洲。青山壓樹頭。落日高城望，煙霏翠滿樓。木蘭舟。彼汾一曲，春風佳可遊。』注云：『此調創自金元，有邵亨貞、趙孟頫詞及《太平樂府》、《花草粹編》無名氏詞可校。』余案：《詞譜》之説非是。宋陳暘《樂書》云：『〔後庭花破子〕，李後主、馮延巳相繼爲之：「玉樹後庭前。瑤草妝鏡邊。去年花不老，今年月又圓。莫教偏。和月和華，天教長少年。」』此詞雖不辨馮詞[二]抑李詞，然此調始於南唐，不始於金元，則無疑也。惟《遺山樂府》亦載此首，又顯係自陳書誤入也。後有重訂詞譜者，庶可據此改正。

南京《中央日報》一九三六年九月一四日

[一] 二，原空一字，據《詞譜》補。
[二] 詞，原空一字，據下文補。

一三　記《復雅歌詞》

今傳之宋人詞選，有《樂府雅詞》、《陽春白雪》、《花庵詞選》、《絕妙好詞》、《草堂詩餘》諸書，顧《復雅歌詞》一書，獨不流傳，誠可惜也。據陳振孫《直齋書錄解題》云：『《復雅歌詞》五十卷，題鮦陽居士序[一]，不著姓名。末卷言宮詞音律頗詳，然多有調而無曲。』是直齋當時，亦不詳此書爲何人所編。惟明刻《重校北西廂記》引李邴〔調笑令〕，云出《復雅歌詞》後集，可知此書分前後集。豈前集二十五卷，後集二十五卷，共爲五十卷耶。未可臆斷也。又黄玉林〈花庵詞選序〉云：『長短句始於唐，盛於宋，唐詞具載《花間集》，宋詞多見於曾端伯所編。而《復雅》一集，又兼采唐宋，迄於宣和之季，凡四千三百餘首[二]。吁，亦備矣。』可知花庵當時已震驚此書之完備，而選詞止於宣和，是編者亦南渡初年之人。友人趙萬里先生嘗輯《復雅歌詞》，僅得十則，可謂大海一勺。安得此書重現人間，亦爲大快事也。趙輯失收一首，兹並補之。《詞譜》卷二[三]引《復雅歌詞》無名氏作〔憶王孫〕云：『湖上風來波浩渺。秋已暮、紅稀香少。水光山色與人親，說不盡、無窮好。蓮子已成荷葉老。清露洗、蘋花汀草。眠沙鷗鷺不回頭，似應懼、人歸早。』此首不知何據，豈《詞譜》曾見原書耶。

南京《中央日報》一九三六年九月一六日

[一] 序，原作『詞』，據《直齋書錄解題》卷二一改。《中國文學》本誤作『編』。
[二] 首，《中國文學》作『卷』，誤。
[三] 二，原空一字，據《詞譜》補。《中國文學》本作『一』。

一四　〈烟中怨〉本事

秦少游詞有〔調笑令〕十首詠古人事。其中王昭君、樂昌公主、崔徽、無雙、灼灼、盼盼、崔鶯鶯、採蓮、〈離魂記〉九首事，人皆知之。惟〈烟中怨〉一首，人皆不知其本事。吳瞿安先生嘗舉以問汪辟畺先生。辟畺先生固治唐宋小説者，亦不省記，轉以詢余。余往嘉業堂藏書樓，閲明抄本《緑窗新話》，乃知其本事。《新話》蓋引南卓〈解題敍〉，文云：『越溪，漁者女，絶色能詩。嘗有句云：「珠簾半床月，青竹滿林風。」有謝生續云：「何事今宵景，無人解與同。」女喜而偶之。後七年春日，忽題云：「春盡花隨盡，其如自是花。」並謂生曰：「逝水難駐，千萬自保。」即以首枕生膝而逝。後二年，江上烟波溶洩，見女立於江中曰：「吾本水仙，謫居人間，今復爲仙，後倘思郎，復謫下矣。」』今觀少游原詞云：『眷戀。西湖岸。湖面樓台侵雲漢。阿溪本是飛瓊伴。風月朱扉斜掩。謝郎巧思詩裁剪。能動芳懷幽怨。』正與本事吻合。向之疑滯，亦可豁然消釋矣。

南京《中央日報》一九三六年九月一七日

一五　小山同名之誤

北宋晏幾道，號小山；南宋蕭泰來，亦號小山，皆詞人也。顧以同號小山，遂有誤植之事。如《翰墨大全》丙集卷三，載〔滿江紅〕云：『七十人稀，嘗記得、少陵舊語。誰知道、五園庵主，壽今如許。眼底青瞳如月樣，鏡中黑鬢無雙處。與人間、世味不相投，神仙侶。　文漢史，詩唐句。字晉帖，碑周鼓。這千年勳業，一年一部。瞱瞱紫芝商隱皓，猗猗緑竹淇瞻武。問先生、何處更高歌，凭椿樹。』此詞題作〈壽大山兄〉，注作『小山』。此小山即泰來，而大山則其兄嶌也。《歷代詩餘》不知小山爲泰來，而逕改作晏幾道，可謂差以毫厘，失之千里矣。咸豐間，晏氏裔孫輯《小山詞》，亦[一]收此詞，則又承《歷代詩餘》之誤，而未加辨正者也。自余溯流明源，後之研究小山詞者，其亦憬然悟乎。

南京《中央日報》一九三六年九月一八日

一六　以字爲名之非

《詞綜》收沈公述、王文甫、林少瞻、田不伐、万俟雅言、姚進道、潘元質、馬莊父、馮艾子、劉圻父諸家，或不知其人原名，而逕書其字；或誤以其字爲名，而以其名爲字。顛倒失實，貽誤殊甚。而館臣編《歷代詩餘·詞人姓氏錄》，及杜小舫所編之《詞人仕履》，俱沿訛襲謬，莫之能正。後人未嘗深考，亦不能一一檢舉原名。茲考訂之：沈公述，名唐，韓魏公之客，官大名簽判[二]。王文甫，名齊愈，蜀人，齊萬之弟。林少瞻，名仰，侯官人，紹興十五年進士。田不伐，名爲，万俟雅言名詠，俱充大晟府[三]製撰。姚進道，名述堯，原書既收述堯，又收進道，一人析爲兩人，尤爲疎失。潘元質，名

[一] 亦，原作『立』，據《中國文學》改。
[二] 判，原作『到』，據《中國文學》改。
[三] 府，原空一字，據《中國文學》補。

汾，金華人，見《自號録》。趙君舉，名時賢，宋宗室，見戴栩〈墓志銘〉，[一]此人從無人知其原名者，宋以來選本，僅書其字。今偶得發明，亦快事也。至於馬莊父名子嚴，馮艾子名偉壽，劉圻父名子寰，皆當更正也。

南京《中央日報》一九三六年九月二三日

一七　魯逸仲即孔方平

宋魯逸仲即孔方平之説，選詞者從無人發覆。自《花庵詞選》著魯逸仲之名，後世如《詞綜》、《歷代詩餘》、《欽定詞譜》諸書，皆沿魯逸仲之名，一若此人姓魯名逸仲者。予案：《花庵》載逸仲〔水龍吟〕『歲窮風雪』一首，《梅苑》卷一即載之，但其下注『孔方平』，是逸仲與方平爲一人，或可憑信。至《碧雞漫志》云：『《蘭畹曲會》，孔寧極先生之子方平所集。序引稱無爲、莫知非，其自作者稱魯逸仲，皆方平隱名，如子虚、烏有、亡是之類。』是逸仲即方平之化名，確無疑義矣。梁任公嘗記《蘭畹集》一文，見《北平圖書館月刊》，知方平爲孔氏之字，而以爲其名無考。余檢厲樊榭《宋詩紀事》卷三十四云：『孔夷，字方平，號滍臯先生，元祐中隱士，劉攽、韓維之畏友。』是孔氏名夷，字方平。魯逸仲，其化名也。惜任公終不知之。又任公謂孔氏傳世之詞，惟《梅苑》中選存一首，不知《花庵詞選》卷八，明載孔氏有〔南浦〕、〔水龍吟〕、〔惜秋慢〕三首，是又任公之疎矣。

[一]『趙君舉』四句，《中國文學》脱。

南京《中央日報》一九三六年九月二四日

一八　陶鳧香《詞綜》之誤

陶氏繼秀水朱竹垞之後，補輯《詞綜》二十卷，多從《陽春白雪》□專集中輯出，內容繁富，足與朱書並行不廢。惟誤采之事，通人不免。陶氏選元人張養浩一首〔行香子〕云：『一葉舟輕。雙槳鴻驚。水天清、影湛波平。魚翻藻鑑，鷺點烟汀。過沙溪急，霜溪冷，月溪明。　重重似畫，曲曲如屏。算當年、虛老嚴陵。君臣一夢，今古虛名。但遠山長，雲山亂，曉山青。』案此乃東坡之詞，膾炙人口已久，不知陶氏何以竟未辨此。但王蘭泉《明詞綜》亦嘗誤以李珣詞爲鐵鉉作，黃韻珊《國朝詞綜》誤以張孝祥詞爲清人作，近人選《詞品甲》，誤以文徵明〔滿江紅〕詞爲宋人作。事同一例，均可謂失之眼前也。

南京《中央日報》一九三六年九月二六日

一九　〈題馬遠松院鳴琴〉詞

《韻石齋筆談》有〈題馬遠松院鳴琴〉詞云：『閑中一弄七絃琴。此曲少知音。多因淡然無味，不似那[一]鄭聲淫。　松院靜，竹樓深。夜沉沉。清風拂軫，明月當軒，誰會幽心。』相傳此詞楊妹子作。妹子亦稱楊娃，宋寧宗后妹，嘗以藝文供奉內廷。《詞林紀事》、《歷代名媛詞選》，俱收

[一]　不似那，《全宋詞》作『不比』。

楊妹子此詞。余案，妹子無詞流傳，此乃張掄之詞。掄有《蓮社詞》，今《四印齋叢書》有刻本。詞中載〈詠閒〉十首，此其一也。妹子蓋借成句以題畫。後人不知成句所出，遂以爲妹子自撰。宋詞中憑空多出一家，百年來無異辭，是不可以不辨。

南京《中央日報》一九三六年九月二八日

二〇　文卿同字之誤

宋儲泳，字文卿。金宗室從郁，亦字文卿。二人同字文卿，後人不察，遂有誤植之事。如《花草粹編》四載文卿〈西江月〉〈題邯鄲王化吕仙翁祠堂〉云：『壁斷何人舊字，鎖寒隔歲殘香。洞天人去海茫茫。玩世仙翁已往。　西日長安道遠，春風趙國臺荒。行人誰不悟黄粱。依舊紅塵陌上。』案此文卿乃從郁之字，詞原見《中州樂府》，又見《翰墨大全》。《花草粹編》即本此而署文卿。乃咸豐間，金繩武校印《花草粹編》，直將文卿改爲儲冰，在金氏方以爲姓名劃一，而不知謬以千里也。

南京《中央日報》一九三六年九月二九日

二一　成容若〈漁歌子〉

成容若雍容華貴，而吐屬哀怨欲絕，論者以爲重光後身，似不爲過。所作《飲水》、《側帽詞》，皆非全稿。自來有徐健庵、張純修、袁蘭村、周稚圭、張詩舲、汪珊漁、伍崇曜、許邁孫諸刻本，互有異文，亦互有闕略。伍刻据汪刻校訂，其三百四十二闋，最爲完備。然余尚補得五闋，其一闋爲〈漁歌子〉，風致殊勝。詞見徐虹亭〈楓江漁父〉圖。當時題者頗衆，如屈大均、王阮亭、施愚山、彭羨門、嚴蓀友、李劬庵、歸孝儀，及益都馮相國，皆有七絕詠之。惟容若題小令，詞云：『收卻綸竿落照紅。秋風寧爲剪芙蓉。人淡淡，水濛濛。吹入蘆花短笛中。』一時勝流，咸謂此詞可與張志和〈漁歌子〉並傳不朽。噫，世之刻容若詞者多矣，何以獨遺此闋。世之愛讀容若詞者亦多矣，又何可不讀此闋。今茲寫出，一爲容若表微，一供世人欣賞也。

南京《中央日報》一九三六年九月三〇日

二二 蔣竹山〈賣花〉詞

竹山小詞，極窮[一]風趣，詩中之楊誠齋也。如『紅了櫻桃，綠了芭蕉』，及『纔卷珠簾，卻又晚風寒』，固已傳誦人口，他如〈摘花〉詞云：『人影窗紗。是誰來折花。折則從他折去，知折去、向誰家。簷牙。枝最佳。折時高折些。說與折花人道，須插向、鬢邊斜。』情景宛然，逸趣橫生。至〈賣花〉詞，則有一首〔昭君怨〕，亦明白如話。詞云：『擔子挑春雖小。白白紅紅都好。賣過巷東家。巷西家。　簾外一聲聲叫。簾裏鴉鬟入報。問道買梅花。買桃花。』此詞汲古閣本《竹山詞》無，《彊村叢書》本《竹山詞》僅有下半首，余幸見《永樂大典》，始獲其全詞。後有編『絕妙白話詞選』者，似不可少此。因念《大典》一書，誠我國之瓌寶，而今十九散佚，良可慨已。

南京《中央日報》一九三六年一〇月三日

〔一〕窮，《中國文學》本作『富』。

二三　好詞重字之嫌

秦淮海〔滿庭芳〕『梅英疏淡』一闋，亦絕妙好詞也。顧其上半闋末云：『柳下桃蹊，亂分春色到人家。』下半闋末云：『無奈歸心，暗隨流水到天涯。』前後兩『到』字，微嫌重複。因記宋黄公紹詞云：『年年社日停針線。爭忍見、雙飛燕。今日江城春已半。一身猶在，亂山深處，寂寞溪橋畔。　征衫著破誰針線。點點行淚痕滿。落日解鞍芳草岸。花無人戴，酒無人勸，醉也無人管。』詞寫旅况凄涼，亦頗沉着。惟前後重『針線』二字，亦是微疵。又清初王漁洋〈紅橋賦詞〉云：『北郭青溪一帶流。紅橋風物眼中秋。緑楊城郭是揚州。　西望雷塘何處是，香魂零落使人愁。澹烟芳草舊迷樓。』此詞爲漁洋司理揚州日作，一時傳誦，偏大江南北。然其中『郭』字重見，亦與秦黄名詞，有同病焉。

南京《中央日報》一九三六年一〇月五日

二四　黄州杏花村館題壁[一]

謝無逸嘗過黄州杏花村館，題〔江城子〕於驛壁云：『杏花村館酒旗風。水溶溶。颺殘紅。野渡舟橫，楊柳緑陰濃。望斷江南山色遠，人不見，草連空。　夕陽樓下晚烟籠。粉香融。淡眉

[一] 本則與上海《茸報》一九三五年五月二九日所載『謝無逸〔江城子〕詞』條所言為同一事，參見本卷第二則。

峯。記得年時，相見畫屏中。只有關山今夜月，千里外，素光同。』此詞極清婉，凡過此者，輒向驛卒索筆鈔錄。後卒不勝其擾，因竟以泥塗之。此詞此事見《苕溪漁隱叢話》後集卷三十三引《復齋漫錄》。乃《詞林紀事》既引《復齋漫錄》，而詞則載『一江春水碧灣灣』一首，誠不知何所見而云然。夫紀而不實，烏可不亟爲表出，以告讀是書者。

南京《中央日報》一九三六年一〇月六日

二五　古今詞語相襲

宋詞襲詩句者頗多，如歐公之『平蕪盡處是春山，行人更在春山外』，襲石曼卿詩『水盡天不盡，人在天盡頭』。趙德麟詞『重門不鎖相思夢，隨意遶天涯』，襲僧齊己詩『重城不鎖夢，每夜自歸山』。至詞與詞相襲，亦數見不鮮。如杜牧之〔八六子〕末句云：『正消魂。梧桐又移翠陰。』秦少游〔八六子〕末句亦云：『正銷凝。黄鸝又啼數聲。』此皆句法之相襲也。他如李後主詞云：『歸時休放燭花紅，待踏馬蹄清夜月。』至鄭毅夫則云：『歸去不須銀燭，有山頭明月。』顧夐詞云：『換我心、爲你心。始知相憶深。』至徐山民則云：『妾心移得在君心。方知人恨深。』此又詞意之相襲也。

南京《中央日報》一九三六年一〇月七日

二六　宋代女詞人張玉孃

宋代女士，以詩詞流傳至今，自李易安《漱玉集》，朱淑貞《斷腸集》外，尚不多見。張玉孃字若瓊，松陽人，宋仕族女，少字中表沈佺。佺，宣和對策第一人晦之後也。後父母有違言，玉孃不從。適佺屬疾，玉孃折簡貽佺，以死自誓。佺卒，玉孃亦以憂卒。所著《蘭雪集》，凡詞十六首，幾欲繼軌朱、李。惟傳本絕少，諸家書目，亦未著録。近宜秋館刻《宋人甲乙丙丁集》，始自孔氏〔一〕微波榭鈔本迻録。孔氏原鈔，出自鮑氏知不足齋，而鮑氏又鈔自趙氏小山堂本也。明王詔爲之立傳，孟稱舜又爲之修墓、建祠、刊集，並爲之作《鸚鵡塚》傳奇。其人其事，始顯於世。顧自明迄今，言宋文學者，猶不數玉孃一家，豈非憾事。朱竹垞、陶凫香《詞綜》俱未收一闋，想未見《蘭雪》一集也。顧嗣立《元詩選》曾選其詩二首，《四庫》别集類存目，亦作元人，然按之傳文，當以宋人爲是。又朱古微《彊村叢書》亦收宋《蘭雪集》，顧其署名爲張玉，則傳鈔者之誤云。〔二〕

南京《中央日報》一九三六年一〇月一二日

二七　北宋狀元能詞者

詞極盛於兩宋，上自帝王宗室，下至釋道女流，無不能詞。狀元之能詞者亦衆。茲以次寫之，以供撰詞史者之參考。宋太宗太平興國五年狀元蘇易簡，有〔越江吟〕，見《湘山野録》。太宗端拱二年己丑狀元陳堯佐，有〔踏莎行〕，見《花菴詞選》。仁宗皇祐五年癸丑狀元鄭獬，有〔好事近〕，見《花庵詞選》。仁宗嘉祐八年癸卯狀元許將，有詞見《歲時廣記》、《花草粹編》及《欽定

〔一〕孔氏，原作『孔子』，據《中國文學》改。

〔二〕張玉孃，《全金元詞》收録，作元人。

詞譜》[一]。神宗元豐二年己未狀元時彥，有〔青門飲〕，見《花草粹編》。神宗元豐五年壬戌狀元黄裳，有《演山集》。徽宗政和五年乙未狀元何㮚，有詞見《梅苑》及《夷堅志》。徽宗重和元年戊戌狀元王昂，有〔好事近〕，見《花庵詞選》。徽宗宣和六年甲辰狀元沈晦，有〔小重山〕，見《永樂大典》。以上北宋狀元能詞者，共九人。

南京《中央日報》一九三六年一〇月一四日

二八　南宋狀元能詞者

南宋偏安，詞風不減，狀元之能詞者尤衆。計高宗紹興八年戊午狀元黄公度，有《知稼翁詞》。高宗[二]紹興二十四年甲戌狀元張孝祥，有《于湖居士長短句》。高宗紹興二十七年丁丑狀元王十朋，有詞，見《全芳備祖》。孝宗乾道八年壬辰狀元王定，有〔鷓鴣天〕，見《翰墨大全》。光宗紹熙四年狀元陳亮，有《龍川詞》。寧宗嘉定十年丁丑狀元吳潛，有《履齋詩餘》。理宗紹定五年壬辰狀元徐杰，有〔滿江紅〕，見《大典》本《梅埜集》。理宗淳祐[三]元年辛丑狀元徐儼夫，有〔西江月〕，見《陽春白雪》。理宗寶祐元年癸丑狀元姚勉，有《雪坡詞》。理宗寶祐四年丙辰狀元文天祥，有《文山樂府》。理宗景定三年壬戌狀元李珏，有詞見《絕妙好詞》。共十一人。合之北宋九

[一] 欽定詞譜，原作『欽詞譜』，據《中國文學》補。
[二] 高宗，原作『馬宗』，據《中國文學》改。
[三] 淳祐，原作『寶祐』，据《全宋詞》徐儼夫小傳改。

人，共二十人。此皆就其有詞流傳者記之耳。

南京《中央日報》一九三六年一〇月一五日

二九　《學海類編》中所收之僞詞話

《學海類編》一書，舊題曹溶編，爲書四百二十二種，亦可謂洋洋大觀。然真本僅十之一，僞本則十之九，或改頭换面，别立書名；或移甲爲乙，僞題作者。顛倒謬妄，不可殫述。所收詞話，如彭孫遹《詞統源流》、《詞藻》，李良年《詞壇紀事》、《詞家辨證》，皆非真本也。考《詞統源流》，即《詞苑叢談》之體製門原文；《詞藻》，即《詞苑叢談》之品藻門原文；《詞壇紀事》，即《詞苑叢談》之紀事門原文；《詞家辨證》，即《詞苑叢談》之辨證門原文。是諸書皆自徐虹亭《詞苑叢談》中抽出一部，而僞題彭李，炫人耳目。《四庫全書提要》云：『以徐乾學《教習堂條約》、項維貞《燕臺筆錄》二書考之，一成於溶卒之年，一成於溶卒之後，溶安得采入斯集。或無賴書賈，以溶家富圖籍，遂託名於溶歟。』就此數種詞話觀之，亦顯然爲書賈所假託。近商務印書館印《叢書集成》，嘗收《學海類編》。觀其統計詞話，猶數此幾種，是尚未悉其底藴，而爲書賈所蒙也。

南京《中央日報》一九三六年一〇月一六日

三〇　補《大典》本《小亨詩餘》

元楊弘道叔能《小亨集》六卷，乃《永樂大典》本。其間共收詞七闋，非足本也。趙斐雲校輯宋[一]金元詞，既采《大典》本，復從《永樂大典》八千八百四十五遊字韵，增補一闋，共得八闋。然《遺山樂府》中，乃附見一闋，則又趙補所未及也。原詞見〔定風波〕『白髮相看』一闋序中，蓋留贈遺山者。詞云：『邂逅梁園對榻眠。舊游回首一淒然。當時好客誰爲最，李趙風流兩謫仙。居接棟，稼鄰田。與君詩酒度殘年。飄零南北如相避，開歲還分隴上泉。』遺山即用其意，作〔定風波〕以答之。後之重刊《小亨集》者，可據此補遺。惟原集既佚，而吾人又不能盡見《大典》，其所佚，必不止此。遺山嘗贈弘道詩云：『海内楊司戶，聲名三十年。』又云：『星斗龍門姓氏新，豈知書劍老風塵。』觀遺山之傾倒，可知弘道亦北方之巨擘也。焦竑《經籍志》載《小亨集》十五卷，倘得重見人間，亦樂事也。

南京《中央日報》一九三六年一〇月一七日

三一 梅屋小品

宋海鹽許棐，嘉熙中，居於秦溪，自號曰『梅屋』，有《梅屋詩稿》及《梅屋詩餘》。詩多詠歌閒適，模寫山林，與江湖詩人最契，詩亦近之。詩餘有景宋本，大字精槧，秀逸絕倫。共十八闋，皆小令，饒有宋初氣息。南宋人詞，多長短雜陳，幽憤滿紙。惟此則特異。蓋心在江湖，早忘朝市之風塵矣。十八闋，闋闋皆佳，不圖風雨滿山，猶有出谷黄鶯也。如〔柳枝〕云：『冷迫春宵一半床。懶熏香。不如屏裏畫鴛鴦。永成雙。　重叠羅衾猶未暖。紅燭短。明朝春雨足池塘。落花忙。』

[一] 宋，原作『朱』，據《中國文學》改。

末句自然生動，無慚名句。又如〔謁金門〕云：『微雨後。染得杏腮紅透。春色好時人却瘦。鏡寒妝不就。　柳外一鶯啼晝。約略情懷中酒。困起半彎眉印袖。髻鬆釵玉溜。』寫情寫景，刻畫入細，宛然《花間》遺韻。〔喜遷鶯〕云：『鳩雨細，燕風斜。春悄謝娘家。一重簾外即天涯。何必暮雲遮。　釧金寒，釵玉冷。薄醉欲成還醒。一春梳洗不簪花。孤負幾韶華。』一往清麗芊綿，又復哀怨欲絕。其他諸闋，亦皆婉約可誦。

南京《中央日報》一九三六年一〇月二〇日

三二　誤以父詞爲子詞

宋黄昇嘗選《花庵詞選》，其中載胡仔之詞云：『乞得夢中身，歸棲雲水。始覺精神自家底。峭帆輕棹，時與白鷗游戲。畏途都不管，風波起。　光景如梭，人生浮脆。百歲何妨盡沉醉。卧龍多事，漫説三分奇計。算來爭似我，長昏睡。』案此詞胡仔之父舜陟作，《花庵》誤選。胡仔《苕溪漁隱叢話》後集卷三十九載此詞云：『先君頃嘗丐詞，居射村作。』自言先君，當可確信。胡仔又記其先君江行阻風，嘗作〔漁家傲〕一詞云：『幾日北風江海立。千軍萬馬鏖聲息〔一〕。短棹峭寒欺酒力。飛雨息。瓊花細細穿窗隙。　我本綠簑青篛笠。浮家泛宅烟波逸。渚鷺沙鷗多舊識。行未得。高歌與爾相尋覓。』乃近日朱古微輯《湖州詞徵》，亦收作胡仔詞，與《花庵》所選，正有同失。

南京《中央日報》一九三六年一〇月二一日

〔一〕息，《全宋詞》作『急』。

三三 〈題溫日觀葡萄墨蹟〉詞

昔人書畫題跋中，每見詩詞出集本以外者，至可玩味。如吴升《大觀録》卷十五曾載張玉田〈題溫日觀葡萄墨蹟〉一首〔八聲甘州〕，即爲《山中白雲》所無者。王半塘曾據《蓮子居詞話》補入《雙白詞》，然猶不知出自《大觀録》也。江賓谷《山中白雲疏證》卷一，引玉田及沈欽[一]詞，不知此圖尚有宋鄜州劉沆一首和作也。茲録出以補《疏證》。詞云：『愛纍纍、萬[二]顆貫驪珠，特地覓幽芳。想黄昏雲淡，夜深人静，清影横窗。冷澹一枝兩葉，筆下老秋光。參透圓明相，日觀開荒。　最是柔髭修梗，映風姿霧質，雅趣悠長。更淋漓草聖，把玩墨猶香。珍重好、卷藏歸去，枕屏間、偏稱道人牀。江南路，後回重見，同話淒涼。』

南京《中央日報》一九三六年一〇月二二日

三四 宋詞人高壽記

兩宋詞人，年在九十以上者有二人。其一趙孟堅，年九十七，有《彝齋樂府》。其二王庭珪，年九十三，有《盧溪詞》。年在八十以上者計有二十六人。其一陳堯佐，年八十二，有詞見《花庵詞

〔一〕欽，原作『和』，據《中國文學》改。
〔二〕萬，原闕，據《全宋詞》補。

選》。其二張先,年八十九,有《子野詞》。其三張昇[一],年八十一,有詞見《青箱雜記》。其四韓維,年八十二,有《南陽詞》。其五黃裳,年八十七,有《演山詞》。其六劉一止,年八十二,有《苕溪樂章》。其七孫覿,年八十九,有詞見《樂府雅詞》及《梅苑》。其八張綱,年八十四,有《華陽老人長短句》。其九米友仁,年八十,有《陽春集》。其十宋高宗,年八十一,有詞見《紹興府志》。其十一吳芾,年八十,有《湖山集》。其十二史浩,年八十九,有《鄮峰真隱大曲》。其十三洪邁,年八十,有詞見《絕妙好詞》及《夷堅志》。其十四楊萬里,年八十三,有《誠齋詞》。其十五陸游,年八十六,有《渭南詞》。其十六王炎,年八十一,有《雙溪詞》。其十七劉光祖,年八十一,有《鶴林詞》。其十八趙蕃,年八十七,有詞見《花庵詞選》。其十九崔與之,年八十二,有詞見《花庵詞選》。其二十徐鹿卿,年八十,有《徐清正公集》。其二十一陳韡,年八十三,有詞附《南陽集》內。其二十二趙葵,年八十一,有詞見《錢塘遺事》。其二十三留元剛,年八十二,有詞見《陽春白雪》。其二十四劉克莊,年八十三,有《後村長短句》。其二十五徐經孫,年八十二,有《矩山詞》。其二十六牟巘,年八十五,有《陵陽先生集》[二] 此外六十七者[三],尤指不勝屈。亦可見宋詞人享大年者之眾矣。

南京《中央日報》一九三六年一〇月二七日

[一] 張昇,《全宋詞》作『張昪』。

[二] 陵陽先生集,《中國文學》作『陵陽先生餘』。

[三] 六十七者,疑應作『六十、七十者』。《中國文學》作『六十七七』。

三五　鍾隱非李後主之號

自米海岳《畫史》謂李後主號『鍾隱居士』，又號『鍾峯白蓮居士』、『鍾峯隱者』，於是後人俱稱李後主爲『鍾隱』矣。不知鍾隱乃天台人，以其隱居鍾山，遂爲姓名，蓋處士也。此説見李隱《畫品》。《畫史》失考。李日華《六硯齋筆記》言之更詳，其文云：『鍾隱，天台人，少穎悟，不嬰俗事，卜居閒曠，結茅屋以養恬和之氣。好畫花竹禽鳥以自娛。凡舉筆寫象，必致精絶。尤喜畫鷂子、白頭翁、鶡鳥〔一〕、班鳩，皆有生態。又長於草棘樹木〔二〕。其畫在江南者，悉爲李煜所有。』據此，是鍾隱畫，爲後主所藏。而海岳未辨底藴，即以爲後主所作，誤孰甚焉。沈括《補筆談》，亦謂江南書畫，惟鍾隱畫乃後主親筆，其誤與海岳同。

南京《中央日報》一九三六年一〇月三一日

三六　錢塘蘇小小詞

《春渚紀聞》曾載，司馬才仲初在洛下，晝寢，夢一美姝牽帷而歌曰：『妾本錢塘江上住。花落花開，不管流年度。燕子啣將春色去。紗窗幾陣黄昏雨。』後五年，才仲爲錢塘幕官，爲秦少章道其事。少章因續其後云：『斜插犀梳雲半吐。檀板輕敲，唱徹〔黄金縷〕。夢斷彩雲無覓處。夜涼

〔一〕鶡鳥，原作『鶡烏』，據《六硯齋筆記》三筆卷二改。《中國文學》作『鳩鳥』。

〔二〕草棘樹木，原作『花草棘樹木』，據《六硯齋筆記》三筆卷二改。

明月生南浦。』明夕，復夢美姝迎笑，遂與同寢。才仲爲寮寀談之，咸曰：公廨後有小小墓，得無妖乎。据此，是前半闋爲蘇小小所作，後半闋爲秦少章作。但宋李獻民《雲齋廣錄》〔一〕，載此事顛末尤詳。且謂後半闋乃才仲所續，並無秦少章之語。才仲更有〔河傳〕一闋，《紀聞》所無，而歷來詞選亦未采入。《廣錄》有政和辛卯五月八日李獻民序，似較《春渚紀聞》爲可信。〔二〕

南京《中央日報》一九三六年一一月三日

三七　移船出塞曲〔三〕

『移船出塞』，晁次膺〔鴨頭綠〕中之句也。張表臣《珊瑚鉤詩話》云：『予嘗語晁次膺曰：公〔鴨頭綠〕〈琵琶〉詞誠妙絕，蓋自「曉風殘月」之後，始有「移船出塞」之曲。』張氏盛稱此詞，其原文云：『錦堂深，獸爐輕噴沉烟。紫檀槽、金泥花面，美人斜抱當筵。掛羅綬、素肌瑩玉，近鸞翅雲鬟梳蟬。玉筍輕攏，龍香細抹，鳳凰飛出四條絃。碎牙板、煩襟消盡，秋氣滿庭軒。今宵月、依稀向人，欲鬬嬋娟。變新聲、能翻往事，眼前風景依然。路漫漫、漢妃出塞；夜悄悄、商婦移

〔一〕宋李獻民《雲齋廣錄》，《中國文學》作『張耒《柯山集》、李獻民《雲齋廣錄》』。

〔二〕『且謂』以下，《中國文學》作：且俱謂後半闋乃才仲所續，並無秦少章之語，似較《春渚紀聞》爲可信。

〔三〕此則與上海《茸報》一九三五年五月二八日所載『晁次膺〔鴨頭綠〕』條所言爲同一事，見本卷『一晁次膺〔鴨頭綠〕』條。

船。馬上愁思，江邊怨感，分明都向曲中傳。困無人[一]、勸人金盞，須要倒垂蓮。拚沈醉、身世恍然，一夢遊仙。』乃《詞林紀事》卷六既引《詩話》之文，又引晁次膺〔鴨頭綠〕『新秋近』一首，不知此首中，並無『移船出塞』語，此首實晁補之詞，宋本及毛本《琴趣外編》均載之。張宗橚誤引次膺詞，而反謂《琴趣外編》誤入，顛倒黑白，以至於是，亦可謂無目者矣。[二]

南京《中央日報》一九三六年一一月五日

三八 《欽定詞譜》誤錄江衍詞

宋《異聞總錄》言：建中靖國元年，建陽江屯里立祠，事惠應廟神。邵武士人江衍謁祠卜，夜夢神歌。閽者止之曰：『神與夫人方坐白雲障下，調按新詞，汝勿遽進。』少選，神命呼衍，問曰：『汝知此詞否？』衍恐懼，謝曰：『世間那復可聞。』神曰：『此黃鐘宮〔錦纏絆〕也。』乃誦其詞云：『屈曲新堤，占斷滿林桂氣。畫簷兩行連雲際。亂山疊翠水回環，岸邊樓閣，金碧遙徙倚。柳陰低映，穠豔花光洵美[三]。好昇平、爲誰初起。大都風物不由人，舊時荒壘，今日香烟地。』衍驚覺，即錄而傳之，然無有能歌者。據此本事，則詞爲神所製，《欽定詞譜》卷十四，以爲江衍作，誤矣。

南京《中央日報》一九三六年一一月七日

[一] 人，《全宋詞》作『力』。

[二] 『顛倒黑白』以下，《中國文學》作『亦誤矣』。

[三] 『柳陰』二句，《詞譜》同，《全宋詞》、《異聞總錄》作『柳陰低，豔映花光美』。

三九　宋伯仁《煙波漁隱詞》

宋代宋伯仁《烟波漁隱詞》二卷，見《四庫全書》詞曲類存目。原書爲《永樂大典》本，今海内不見傳本，而余所見之《永樂大典》，亦未覓得隻字。據《提要》云：『其書蓋作於淳祐元年，取太公、范蠡、陶潛諸人，各系以詞一首，又有瀟湘八景、春夏四時景，亦系以詞調，皆〔水調歌頭〕也。』觀其詞名與《提要》所云，必有山林烟霞與江湖烟水之趣，惜並湮没而不彰。此集諸家書目未載，《詞綜》凡例，舉未傳之目，亦無是目。四庫館臣幸得於《大典》中得此一家，而又屏之不録。今日《大典》不可追尋，猶有空名垂世，亦徒令人欷歔不置云。

南京《中央日報》一九三六年一一月一〇日

四〇　驪山華清池題壁

楊[一]升庵《詞品》卷二，嘗謂：『昔於臨潼驪山之溫湯，見元人石刻一詞曰：「三郎年少客，風流夢，繡嶺蠱瑤環。漸浴酒發春，海棠睡暖；笑波生媚，荔子漿寒。况此際、曲江人不見，偃月事無端。羯鼓三聲，打開蜀道；〔霓裳〕一曲，舞破潼關。　馬嵬西去路，愁來無會處，但淚滿關山。空有香囊遺恨，錦襪傳看。玉笛聲沉，樓前月下；金釵信杳，天上人間。幾度秋風渭水，落葉長安。」』案此非元人詞，乃金人僕散汝弼詞，調名〔風流子〕。當時四方傳誦，以爲清新婉麗，不減

〔一〕楊，原作『揚』。

秦、晏。石刻文字見《金石萃編》卷一百五稱引，末記刻石時間，乃正大三年重九。至其原石，在升庵時，已磨爲別刻矣。

南京《中央日報》一九三六年一一月一二日

四一　嚴灘釣臺石刻

嚴灘釣臺，向有石刻〔水調歌頭〕云：『不見嚴夫子，寂寞富春山。空留千丈危石，高出暮雲端。想像羊裘披了，一笑兩忘身世，來插釣魚竿。肯似林間翮，飛倦始知還。中興主，功業就，鬢毛斑。馳驅一世，人物相與濟時艱。獨委狂奴心事，未羨癡兒鼎足，放去任疏頑。爽氣動星斗，終古照林巒。』此詞《釣臺集》作朱熹詞，但江標刻朱熹《晦庵詞》，並無此闋。明陳霆輯《草堂遺音》，依舊本作胡明仲之作。《堅瓠六集》亦引朱文公語云：『頃年過七里灘，見壁間有胡明仲題詞刻石，拈出子陵懷仁輔義之語以勵。往年士大夫爲之摩娑太息。後舟過，石不復存，或有惡聞而毀之也。獨一老僧能誦其詞，爲予道之，俾書之冊。』據此，則非朱文公之作，明甚。

南京《中央日報》一九三六年一一月一四日

四二　采石蛾眉亭題壁

宋韓南澗有〈題采石蛾眉亭〉詞云：『倚天絕壁。直下江千尺。天際雨蛾橫黛，愁與恨、幾時極。暮潮風正急。酒闌聞塞笛。試問謫仙何處，青山外、遠烟碧。』調名〔霜天曉角〕，載《樂府雅詞》。元《吳禮部詩話》亦謂此詞豪曠，未有能繼之者。顧黃叔暘《中興以來絕妙詞選》卷五錄入劉仙倫詞，蓋誤傳也。曾端伯與韓南澗爲同時人，所選必無誤。近趙斐雲輯宋金元詞，據《花庵》作劉仙倫詞，亦大醇中之微疵也。仙倫，廬陵人，有詩集行世，樂章尤爲人所膾炙。花庵稱其詞有吉州刊本，惜今未得見耳。

南京《中央日報》一九三六年一一月一七日

四三　李笠翁詞見不高

笠翁作曲論曲，皆精警無匹。獨作詞論詞，皆卑卑不足道。其論詞之作，有《窺詞管見》。嘗論『紅杏枝頭春意鬧』一句，令人有固哉之歎。夫此詞蜚聲千載，並無異議。而笠翁則極屏之，觀其言曰：『紅杏之在枝頭，忽然加一鬧字，此語殊難着解。爭鬥有聲之謂鬧，桃李爭春則有之，紅杏鬧春，予實未之見也。鬧字可用，則吵字、打字、鬥字，皆可用矣。宋子京當日以此噪名，人不呼其姓氏，意以此作尚書美號，豈由尚書二字起見耶。予謂鬧字極麤極俗，且聽不入耳，非但不可加于此句，併不當見之詩詞。近日詞中，爭尚此字者，子京一人之流毒也。』此則論鬧字，無一是處，殊堪發噱。且謂世人之贊美，由於尚書二字，亦不免狂妄淩人。準斯以談，若白石之『冷香飛上詩句』，笠翁必曰：『凡有羽翼始可飛，若冷香可飛，予實未之見也。』笠翁固聰明絶頂人物，而論詞則淺陋如是，信乎人有別才，不可强致也。

南京《中央日報》一九三六年一一月一八日

四四　陸放翁〔漁歌子〕

放翁詞，有《渭南詞》二卷，雙照樓刻本。又有《放翁詞》一卷，汲古閣刻本。顧兩本皆無〔漁歌子〕，亦憾事也。《劍南詩稿》中有其五首，可據以增補。放翁詩詞，皆有豪放與閒適兩面，此特其閒適一面，頗令人有翛然出塵之想。其一云：『石帆山下雨空濛。一扇香新翠箬篷。蘋葉綠，蓼花紅。回首功名一夢中。』其二云：『晴山滴翠水拖[一]藍。聚散漁舟兩復三。橫埭北，斷橋南。側起船篷便作帆。』其三云：『鏡湖俯仰兩青天。萬頃玻璃一葉船。拈棹舞，擁蓑眠。不作天仙作水仙。』其四云：『湘湖烟雨長蓴絲。菰米新炊滑上匙。雲散後，月斜時。潮落舟橫醉不知。』其五云：『長安拜免幾公卿。漁父橫眠醉未醒。烟艇小，釣車腥。遙指梅山一點青。』

南京《中央日報》一九三六年一一月二四日

四五　《天機餘錦》咏項羽詞

錢大昕補《元史·藝文志》，嘗載《天機餘錦》之名，顧不知其卷數及編者姓名。《花草粹編》引詞十六首，趙輯此書據之，未能多出也。不知此書尚有三首，爲趙氏所遺：其一見《柳塘詞話》卷三引無名氏〔鞓紅〕一首，其二見《詞品》卷六引劉後村〔沁園春〕一首，其三則《雨村詞話》卷三所引咏項羽一首也。咏項羽詞，古今不多，此首『頗有鞭虎驅龍之勢』，雨村謂『爲咏

[一] 拖，《四庫全書》本《劍南詩稿》、《全宋詞》作『挼』。

項羽第一詞』，亦不虚也。詞云：『鮑魚腥斷，楚將軍、鞭虎驅龍而起。空費咸陽三月火，鑄就金刀神器。垓下兵稀，陰陵道狹，月暗雲如壘。楚歌喧唱，山川都姓劉矣。　悲泣唤醒虞姬，爲君死别，血刃飛花碎。霸業銷沉騅不逝，氣盡烏江江水。古廟頹垣，斜陽紅樹，遺恨鴉聲裏。興亡難問，高陵秋草空翠。』雨村，乾隆間人，是此書乾隆間尚存。海内藏書家，必有秘藏此書者，安得全集入目，亦平生快事也。

南京《中央日報》一九三六年一一月二七日

四六　黄蕘圃不知張功甫

宋版張元幹《蘆川詞》口上標『功甫』二字，蓋元幹之别字也。宋劉如《節操集》口上標『倚松』二字，《三公類稿》口上標『南塘梅亭』，其例正同。何義門〈跋蘆川詞〉，謂功甫是錢功甫，固爲大誤，而黄蕘圃跋云：『余於姜白石詞中，知同時有張功甫其人，喜甚，謂即是仲宗别一字。既又於《陽春白雪》中得張功甫詞二調，一係〔鷓鴣天〕，一係〔八聲甘州〕，然檢其詞句，與此詞中所載無合者，是又不得以仲宗功甫，比而同之矣。且《陽春白雪》亦選張仲宗詞，似不應一稱功甫，一稱仲宗，事之無可發明者，有如此種是已。』案此跋奇甚。蕘圃校刊之學精絶，何以未計元幹時代，與白石絶不相及，安得白石同時有元幹耶，宜其糾繆不明也。蓋《白石詞》中及《陽春白雪》中之功甫，乃張鎡之字。鎡字功甫，號約齋，西秦人，居臨安，循王諸孫，有《南湖詩餘》流傳。蕘圃不知，可謂千慮一失已。

南京《中央日報》一九三六年一二月三日

四七　和番禺潘蘭史詞

番禺潘蘭史詞筆穠麗，與納蘭容若相近。世傳其〔蝶戀花〕〈爲銀屏校書作〉云：『客裏雲萍情緒亂。便道歡場，說夢應腸斷。莫惜深杯珍重勸。銀箏醉死銀燈畔。　同是天涯何所戀。月識郎心，花也如儂面。東去伯勞西去燕。人生那得長相見。』此詞纏綿宛轉，一往情深，誠有白香山淪落江州之感。予嘗和之云：『堤上千花如雪亂。心逐雲飛，苦被山遮斷。沉恨不須明月勸。淚珠自落紅綿畔。　虛擲今生無可戀。日守瓊窗，忍負春風面。不及畫梁雙語燕。天涯何必長相見。』一時遺興，亦何足以敵蘭史之沉着。

南京《中央日報》一九三六年一二月四日

四八　宋本《東山詞》補闕

宋《直齋書錄解題》載賀鑄《東山寓聲樂府》三卷，《敬齋古今黈》載《東山樂府》別集，今並不傳。今傳殘本《東山詞》上一卷，虞山瞿氏藏，陶氏涉園景印，詞共一百九首，缺字頗多。其〔踏莎行〕一首云：『山秀芙蓉，溪明罨畫。真游洞穴滄波下。臨風慨想斬蛟靈，長橋□□□□跨。　解組投簪，求田問舍。黃雞白酒□□□。元龍非復少時豪，耳根清浄功名話。』上下缺字，無從增補。偶閱《咸淳毘陵志》卷二十三，乃得其全。上句作『長橋千載猶橫跨』，下句作

『黄雞白酒漁樵社』。原闕隱晦已久，一旦重視[一]，樂何如之。惟《志》書作〔鳳棲梧〕調，則非是也。

南京《中央日報》一九三六年一二月五日

四九　李忠定公抗敵詞

李忠定公綱，忠肝義膽，發爲詩餘，亦慷慨沉雄。所作《梁溪詞》五十首，有四印齋刻本。《雲麓漫鈔》尚載公〔蘇武令〕一首，爲刻本所無，不可不亟表彰之。詞云：『塞上風高，漁陽秋早。惆悵翠華音杳。驛使空馳，征鴻歸盡，不寄[二]雙龍消耗。念白衣、金殿除恩，歸黄閣、未成圖報[三]。誰信我、致主丹衷，傷時多故，未作救民方召。調鼎爲霖，登壇作將，燕然即須平掃。擁精兵十萬，横行沙漠，奉迎天表。』此詞紹興初盛傳。初敘塞上荒涼景象，及國主蒙塵之慘；次敘孤臣報國忠忱，及救民宏願；末敘受知領兵，決心抗敵，必無不勝之理。入則宰輔，出則大將，天下安危，繫於一身，觀詞之吐露，可以識其精忠矣。

南京《中央日報》一九三六年一二月一二日

[一]視，或應作『現』。
[二]寄，原作『守』，據中華書局本《雲麓漫鈔》、《全宋詞》改。
[三]此句原作『念白衣金殿，除恩黄閣，未成圖報』，據《全宋詞》改。

五〇　杜鵑聲裏斜陽樹

少游詞傳唱當時，其在郴州旅舍之詞云：『霧失樓臺，月迷津渡。桃源望斷無尋處。可堪孤館閉春寒，杜鵑聲裏斜陽暮。　驛寄梅花，魚傳尺素。砌成此恨無重數。郴江幸自繞郴山，爲誰流下瀟湘去。』此詞千古絕唱，東坡嘗書之扇。惟『斜陽暮』句，説法不一。山谷以『斜陽』與『暮』重複，疑原不作『暮』，米元章書此詞作『斜陽曙』，《郴州志》刻此詞作『斜陽度』，究不知原作果爲何字也。近見《項氏家説》『因諱改字』一條云：『歌者多因避諱，輒改古詞本文。後來者不知其由，因以疵議前作者多矣。如蘇詞「亂石崩空」，因諱『崩』字，改爲「穿空」。秦詞「杜鵑聲裏斜陽樹」，因諱『樹』字，改爲「斜陽暮」，遂不成文。』據項氏説，是原爲『斜陽樹』，而後人改作『斜陽暮』也。此亦新説，可補詞林一則掌故。

南京《中央日報》一九三六年一二月一五日

五一　宋人父子能詞

宋詞風極盛，一門能詞者亦衆。茲詳紀之：（一）宋徽宗有《徽宗詞》。長子欽宗，有詞見《可書》及《宣和遺事》；九子高宗，有詞見《紹興府志》。（二）晏殊有《珠玉詞》，子幾道有《小山詞》。（三）王益，有詞見《能改齋漫録》，子安石有《臨川道人歌曲》，安石子王雱有詞見《捫蝨新語》。（四）范仲淹有《范文正公詞》，子純仁有詞見忠宣公本集。（五）韓琦有詞見《能改齋漫録》，子嘉彦有詞見《花草粹編》。（六）曾鞏有詞見《梅苑》，子肇有詞見《過庭録》。

（七）曾紆有詞見《樂府雅詞》，子惇有詞見《花庵詞選》。（八）秦觀有《淮海詞》，子湛有詞見《花庵詞選》。（九）晁沖之有《沖之詞》，子公武有詞見《陽春白雪》。（十）米芾有《寶晉長短句》，子友仁有《陽春詞》。（十一）葛勝仲有《丹陽詞》，子立方有《歸愚詞》。（十二）朱松有詞見《南溪書院志》，子熹有《晦庵詞》。（十三）曹組有《箕潁詞》[一]，子勛有《松隱詞》。（十四）史浩有《鄮峰真隱大曲》，子彌遠有詞見《四明樂府》。（十五）韓世忠有詞見《梁谿漫志》，子彥古有詞見《陽春白雪》。（十六）韓元吉有《南澗詞》，子淲有《澗泉詞》。（十七）周文璞有詞見《絕妙好詞》，子弼有詞見《陽春白雪》。（十八）牟子才有詞見《花草粹編》，子巘有[二]《陵陽詞》。（十九）周晉有詞見《絕妙好詞》，子密有《草窗詞》。（二十）馮取洽有《雙溪詞》，子偉壽有《雲月詞》。（二十一）張樞有《寄閒集》，子炎有《山中白雲》。

南京《中央日報》一九三六年一二月一七日

五二　宋樞密胡公使虜詞

南宋中興名臣，如胡銓、趙鼎、李綱、李光諸人，皆有詞集流傳，獨胡樞密松年無人知其有詞。宋選集既未箸錄，明選集亦未箸錄，清朱、陶二氏《詞綜》網羅繁富，亦未輯及。間閱《雲麓漫鈔》，得悉胡公紹興間使虜歸，曾有〔石州詞〕二首，極悲壯蒼涼之致。茲錄其一首，以餉同嗜。詞云：

[一] 箕潁詞，原作『箕穎詞』。

[二] 子巘有，原作『子有巘』，據《中國文學》改。

『歌闋陽關，腸斷短亭，惟有離別。畫船送我薰風，瘦馬迎人飛雪。平生幽夢，豈知塞北江南，而今真嘆河山闊。屈指數分攜，早許多時節。　愁絕。雁行點點雲垂，木葉霏霏霜滑。正是荒城落日，空山殘月。一尊誰念我，苦憔悴天涯，陡覺生華髮。賴有紫樞人，共揚鞭丹闕。』自述淹滯之久與行役之苦，真不滅窮塞主之詞云。

南京《中央日報》一九三六年一二月二一日

五三　宋人兄弟能詞

予既考宋人父子之能詞者，復考宋人兄弟之能詞者，以資研究詞史者之探討。（一）王安石弟安禮有詞見《王魏公集》，弟安國有詞見《花庵詞選》。（二）王琪有《謫仙長短句》，弟珪有詞見華陽本集。（三）蘇軾有《東坡詞》，弟轍有詞見《欒城遺言》。（四）曾鞏有詞見《梅苑》〔一〕，弟布有詞見《揮麈餘話》。（五）孔武仲有詞見《梅苑》，弟平仲有詞見《能改齋漫錄》。（六）韓絳有《南陽詞》，弟維有詞附《南陽詞》内。（七）黄庭堅有《山谷詞》，兄大臨有詞見《花庵詞選》。（八）秦觀有《淮海詞》〔二〕，弟覯有詞見《春渚紀聞》。（九）晁冲之有詞見《樂府雅詞》〔三〕，

〔一〕有詞見梅苑，原闕，據《中國文學》補。
〔二〕有淮海詞，原闕，據《中國文學》補。
〔三〕有詞見樂府雅詞，原闕，據《中國文學》補。

兄補之有《琴趣外編》。（十）蘇庠有詞見[一]《花庵詞選》，弟祖可亦有詞見《花庵詞選》。（十一）謝逸有《溪堂詞》，弟 有《竹友詞》。（十二）洪适有《盤洲詞》，弟邁有詞見《夷堅志》。（十三）朱敦儒有《樵歌》，弟敦復有詞見《過庭錄》。（十四）黄公度有《知稼翁詞》，弟童有詞附《知稼翁詞》内。（十五）樓鍔有詞見《四明樂府》，弟鑰有詞見《絕妙好詞》。（十六）樓扶有詞見《四明樂府》，弟槃有詞見《絕妙好詞》。（十七）李洪弟漳、泳、淛[二]有《花萼集》。（十八）陸游有《放翁詞》，弟淞有詞見《絕妙好詞》。（十九）吳淵有《退庵調》，弟潛有《履齋詩餘》。（二十）蕭𠛬[三]有詞見《陽春白雪》，弟泰來有詞見《絕妙好詞》。（二十一）嚴羽有《滄浪詞》，弟仁有《清江欸乃》，弟參有詞見《花庵詞選》。（二十二）翁元龍有《處靜詞》，弟文英有《夢窗詞》。（二十三）李彭老有《篔房詞》，弟萊老有《秋厓詞》。

南京《中央日報》一九三六年一二月二六日

五四　稼軒詞辨僞

《稼軒詞》亦有誤入，梁任公嘗言之。惟不可考爲誰人之誤。記其〔滿江紅〕一首，當爲康伯

[一] 見，原作「有」。
[二] 淛，原作「淅」，據《全宋詞》改。
[三] 𠛬，原作「山則」，據《全宋詞》改。

可《順庵樂府》之誤。詞云：『倦客新豐，貂裘敝、征塵滿目。彈短鋏[一]、青蛇三尺，浩歌誰續。不念英雄江左老，用之可以尊中國。歎詩書、萬卷致君人，翻沈陸。　休感慨，澆醽醁。人易老，歡難足。有玉人憐我，爲簪黃菊。且置請纓封萬戶，竟須賣劍酬黃犢。甚當年、寂寞賈長沙，傷時哭。』《桯史》卷三自康伯可《順庵樂府》錄此詞，並謂此與稼軒集中詞全無異。伯可蓋先四五十年，恐是辛讀康詞偶熟，漫書於紙。後之編者不察，遂以爲辛詞耳。任公若在，當爲首肯。計稼軒詞傳世者，共六百二十四首。去此一首，實得六百二十三首，宋人爲詞之多，無過於稼軒矣。

南京《中央日報》一九三六年一二月二九日

五五　程垓非東坡中表

程垓正伯有《書舟詞》一卷，論者以爲不減秦七、黃九。顧自來以垓爲東坡中表，實大誤也。此說原始於楊升庵，毛晉從之，後人遂沿其說而莫辨。近人況蕙風云：『據王季平〈書舟詞序〉，季平實與正伯同時。東坡卒於建中靖國元年辛巳，季平〈書舟詞序〉作於[二]紹熙五年甲寅，上距東坡之卒，凡九十三年。正伯與東坡，安得爲中表兄弟乎。』予案，況說極是，且檢〈書舟詞序〉，有云：『正伯方爲當塗諸公以制舉論薦。』是正伯與季平同時，更爲可信，良足以證況說之成立也。竊見今日文學史及詞史諸書，仍有敘正伯爲東坡中表者，覽此亦可以知其非矣。惟是正伯雖非東坡中

[一] 鋏，原爲墨丁，據《中國文學》補。
[二] 於，原闕，據《蕙風詞話》補。

表，而其籍履行誼，皆不可考。尚書尤公，徒稱正伯之文過於詩詞，今並詩文亦不可見矣。

南京《中央日報》一九三六年一二月三〇日[一]

五六　喻愁詞

《鶴林玉露》謂，詩家有以山喻愁者，杜少陵云『憂端如山來，澒洞不可掇』，趙嘏云『夕陽樓上山重疊，未抵春愁一倍多』是也。有以水喻愁者，李頎云『請量東海水，看取淺深愁』，李後主云『問君卻有幾多愁，恰似一江春水向東流』，秦少游云『落紅萬點愁如海』是也。予謂，詞家有以細密喻愁者，如秦少游云『無邊絲雨細如愁』是也。有以沈重喻愁者，如李易安云『只恐雙槳舴艋舟，載不動、許多愁』是也。有以多量喻愁者，如呂渭老云『若寫幽懷一段愁，應用天爲紙』是也。設想新奇，各極其妙。至如賀方回云，『試問閒愁知幾許。一川烟草，滿城風絮。梅子黃時雨』，不言愁而愁自無窮，筆致空靈，意味更長。

南京《中央日報》一九三七年一月六日

五七　疊字詞

詩句中有連三字者，如『夜夜夜深聞子規』，『日日日斜空醉歸』，『更更更漏月明中』，『樹

[一] 南京《中央日報》一九三六年一二月三一日《夢桐室詞話》欄內，有〈英國作家逸話〉一則，署『一夫』，且與詞學無涉，略去。

樹樹梢啼曉鶯』，皆是。詞中有『庭院深深深幾許』之調，亦此例也。至詩中有每句不離疊字者，如古詩云：『青青河畔草，鬱鬱園中柳。盈盈樓上女，皎皎當窗牖。娥娥紅粉妝，纖纖出素手。』乃詞中亦有仿此例者，如葛立方〔卜算子〕云：『裊裊水芝紅，脈脈蒹葭浦。淅淅西風澹澹烟，幾點疏疏雨。　草草展杯觴，對此盈盈女。葉葉紅衣當酒船，細細流霞舉。』連用十八疊字，妙手無痕。在宋人詞中，亦創見之什也。

南京《中央日報》一九三七年一月七日

五八　宋人斥李易安〈論詞〉

前人盛稱，『男中李後主，女中李易安，極是當行本色』。顧易安論時人詞，少所許可，不免啟宋人之訾議。彼謂：柳永詞語塵下。張子野、宋子京兄弟、沈唐、元絳、晁次膺，破碎不足名家。晏元獻、歐陽永叔、蘇子瞻，皆句讀不葺之詩。王介甫、曾子固，不能作小歌詞。賀方回少典重。秦少游少故實。黃山谷多疵病。其言豪視一世，實未盡當。故胡仔《苕溪漁隱叢話》，既引其語，復斥之曰：『易安歷評諸公歌詞，皆摘其短，無一免者。此論未公，吾不憑也。其意蓋自謂能擅其長，以樂府名家者。退之詩云：「不知羣兒愚，那用故謗傷。蚍蜉撼大樹，可笑不自量。」正爲此輩發也。』王灼《碧雞漫志》亦曰：『閭巷荒淫之語，肆意落筆，自古搢紳之家能文婦女，未見如此無顧忌也。』二氏詆之，可謂深刻矣。

南京《中央日報》一九三七年一月八日

五九　文天祥之〔南樓令〕

《詞林紀事》載文天祥〔南樓令〕云：『雨過水明霞。潮回岸帶沙。葉聲寒、飛透窗紗。懊恨西風催世換，更隨我、落天涯。　寂寞古豪華。烏衣日又斜。說興亡、燕入誰家。只有南來無數雁，和明月、宿蘆花。』並引《耆舊續聞》云：『文信國被執北行，次信安，館人供帳甚盛。信國達旦不寐，題詞于壁。』案《耆舊續聞》，陳鵠撰，鵠孝宗時人，何得見文信國被執。顯然謬誤。乃查今本《耆舊續聞》，果無此條。乃知後人引用前書，往往不足據，非覆校原書不可。又案，《歷代詩餘》引《中州樂府》語，謂馮子駿之詞，不減文信國『雨過霞明』之句，檢雙照樓本、《彊村叢書》本《中州樂府》，均無此語，則知欽定官書，亦不可信。元《草堂詩餘》引此詞作鄧光薦，自可無疑。且江刻《文山詞》亦無此詞，則尤不得以鄧詞誣文氏矣。

南京《中央日報》一九三七年一月一二日

六〇　《四庫全書》之誤

《四庫全書》集部李新《跨鼇集》，末有〔洞仙歌〕一首云：『雪雲散盡，放曉晴庭院，楊柳於人便青眼。更風流多處，一點梅心，相映遠。約略嚬輕笑淺。　一年春好處，不在濃芳[一]，小豔疎香最嬌軟。到清明時候，百紫千紅花正亂。已失春風一半。蚤占取韶光，共追遊，但莫管春寒，醉紅

[一]　芳，原作『香』，據《跨鼇集》、《全宋詞》改。

自暖。』案，此首李元膺詞，非李新詞也。新字元應，井研人。元膺北宋東平人，其名不詳。詞見《花庵詞選》卷五，膺與應形近，故《四庫》誤收之。《四庫》集部書，或屏詞不收，或輯詞多誤，是在讀者補之正之也。

南京《中央日報》一九三七年一月一五日

六一　地志中之絶妙小詞

宋詞盛行，俊傑無限。舊方志中，間載逸詞，爲從來選本所未搜及者甚夥。如《紹興府志》載宋高宗詞十五首，《溫州府志》載王十朋詞十八首，《嘉定鎮江志》載仲殊詞十三首，皆可驚之發見。他如《景定建康志》載王淮詞，《太平府志》[一]載王去疾詞，《光澤縣志》載昂霄[二]詞，《永春州志》載王識詞，亦前所未聞。近閱《崇安縣志》，復得宋彭止一首，頗清新有味。詞云：『夜來小雨三更作。近水處、小桃開却。玉女向曉掀朱箔。似與花枝有約。　綠池上、柳腰纖弱。燕子過、誰家院落。春衫試著香羅薄。無奈東風太惡。』止字應期，自號漫者，崇安人，嘗以詩謁辛稼軒。《翰墨全書》載其〈壽平交五十〉〔滿庭芳〕一首，獨無此首。近林子有輯《閩詞徵》，亦遺此首。是固不可以任其雜廁故紙堆中，而不表出之也。聞内政部囊藏方志頗多，惜被焚後，予始知

[一] 志，原闕。
[三] 昂霄，《全宋詞》據《光澤縣志》卷八收危昂霄。

之；使早知之，先遍閱一過，豈非[一]快事。今則歎惋而已。此予之不幸，亦宋人之不幸也。

南京《中央日報》一九三七年一月一九日

六二　宋有三人字鵬舉

《四庫全書》〈筠溪樂府提要〉云：『又有鵬舉座上歌姬，唱〔夏雲峯〕一首。考岳飛與湯邦彥皆字鵬舉，皆彌遜同時。然飛於南渡初，倥偬戎馬，不應有聲伎之事。或當爲邦彥作歟。』案，四庫館臣，只知二人同字鵬舉，故非岳飛，即爲湯邦彥。不知宋寶文閣學士連南夫亦字鵬舉。筠溪所謂鵬舉，正連寶文也。原文明著『連鵬舉座上』，館臣不察，妄截去『連』字，而以意傅會，真可哂已。校記之事，當以是還是，以非還非，有明知其非而不可改者，況乎未必有當，更何可自作聰明，貽誤後人耶。

南京《中央日報》一九三七年一月二一日

六三　同字舜卿之訛

宋曾揆，字舜卿，號嬾翁，南豐人，有〔西江月〕詞，見《絕妙好詞》。元曾允元，字舜卿，號鷗江，太和人，有詞四首，見鳳林書院《草堂詩餘》。二人同字舜卿，後人詞選，遂有誤植之事。明《花草粹編》卷三載曾舜卿〔謁金門〕詞云：『山銜日。淚灑西風獨立。一葉扁舟流水急。轉頭

[一] 非，原作『無』，據《中國文學》改。

無處覓。去則而今已去，憶則如何不憶。明日到家應記得。寄書回雁翼。』此所謂舜卿，不知宋人抑元人。然此詞既不見《絶妙好詞》，又不見《草堂詩餘》，不知《粹編》何據。或竟非舜卿之作，而《粹編》誤署。金本《粹編》，改署曾揆，《詞綜》卷二十八又作曾允元，均無根之事，不足信也。[一]

南京《中央日報》一九三七年二月四日

六四　宋詞用唐詩整句

宋詞用唐詩，或運化，或明用，所在多有，舉不勝舉。清真之『低鬟蟬影動，私語口脂香』，方回之『芭蕉不展丁香結』，知稼翁之『君向瀟湘我向秦』，無名氏之『雨打梨花深閉門』，皆整用唐詩，一字不移者也。然猶有整用四句唐詩者，如滕子京詞云：『湖水連天天連水，秋來分外澄清。君山自是小蓬瀛。氣蒸雲夢澤，波撼岳陽城。　帝子有靈能鼓瑟，淒然依舊傷情。微聞蘭芷動芳馨。曲終人不見，江山[二]數峯青。』上、下闋之末皆用唐詩，可謂多矣。宋子京逢內家車子作詞，上闋云：『身無彩鳳雙飛翼，心有靈犀一點通。』下闋云：『劉郎已恨蓬山遠，更隔蓬山幾萬重。』亦四句用唐詩之例。近人謂研究宋詞，須研究溫、李之詩，實則初唐以下，盛、中、晚皆須研究，不僅限於溫、李也。

南京《中央日報》一九三七年二月六日

[一]《全宋詞》作曾揆。

[二]山，疑應作『上』。

六五　一詞四見

自昔好詞流播，誤者頗多。《陽春》、《六一》〔二〕，無人能辨。蓋去古已遠，實證難尋，若執此以衡彼，往往失當。惟兩存之，庶無窒礙。予考此類互見之詞，凡數百事。尚有一詞三見者，如東坡〔青玉案〕云：『三年枕上吳中路。遣黃犬，隨君去。若到松江呼小渡。莫驚鷗鷺。四橋盡是，老子經行處。　輞川圖畫看春暮。常記高人右丞句。作個歸期天應許。春衫猶是，小蠻針線，曾濕西湖雨。』但《樂府雅詞》則以爲蔣宜卿作，而《陽春白雪》則以爲姚志道作。更有一詞四見，如〔清平樂〕云：『醉紅宿翠。髻嚲烏雲墜。管是夜來不得睡。那更今猜早起。　春風滿搦腰肢。階前小立多時。恰恨一番雨過，想應濕透鞋兒。』此詞原爲石孝友詞，見《金谷遺音》，但《詞林萬選》作毛幵詞，《草堂詩餘》別集作童甕天詞，《詞綜》作詹天游詞。苟漫從後起之説，則上誣古人，下誤來學，誠不可不慎也。

南京《中央日報》一九三七年二月八日

六六　岳武穆又一首〔滿江紅〕

岳武穆舊傳〔小重山〕一首、〔滿江紅〕『怒髮衝冠』一首。但從無人知武穆尚有〔滿江紅〕一首，乃登黃鶴樓有感而作者。詞見武穆墨蹟，云：『遙望中原，荒烟外、許多城郭。想當年、

〔二〕六一，原作『大一』，據《中國文學》改。

花遮柳護，鳳樓龍閣。萬歲山前珠翠繞，蓬壺殿裏笙歌作。到而今、鐵騎滿郊畿，風塵惡。兵安在，辭[一]鋒鍔。民安在，填溝壑。歎江山如故，千村寥落。何日請纓提鋭旅，一鞭直渡清河洛。却歸來、再續漢陽遊，騎黃鶴。』墨蹟原有二紙，一爲〈送紫巖張先生北伐〉詩，一即此詞。此在《岳鄂王集》及《金陀粹編》諸書，俱無之。國難方殷，尚想英雄不置。特録出以壯士氣。

南京《中央日報》一九三七年二月一〇日

六七　謝枋得寒食詞

晚宋忠藎，惟文信國有詞。陸秀夫、張世傑，俱不見有詞流傳也。曩閲《謝疊山文集》，嘗得〔沁園春〕一首，蓋鄆州道中詠寒食之作。詞云：『十五年來，逢寒食節，皆在天涯。歎雨濡露潤，還思宰柏[二]；風柔日媚，羞看飛花。麥飯紙錢，隻雞斗酒，幾誤林間噪喜鴉。天笑道，此不由乎我，也不由他。　鼎中煉熟丹砂。把紫府清都作一家。想前人鶴馭，常遊絳闕；浮生蟬蜕，豈戀黃沙。帝命守墳，王令修墓，男子正當如此耶。又何必，待過家上塚，晝錦榮華。』詞亦勘破塵網之語，與韓蘄王〔南鄉子〕相類。雖無沈雄之氣，足以激勵。然景仰古人，搜討務盡，亦不可以其非出色當行而忽之也。

南京《中央日報》一九三七年二月一一日

[一] 辭，《全宋詞》作『膏』。

[二] 柏，原作『相』，據《全宋詞》改。

六八　仄韻〈慶清朝〉

詞調中有平韻〈滿江紅〉，未聞有仄韻〈慶清朝〉也。《詞律》卷十四載史達祖〈慶清朝〉，九十七字。又載王觀又一體，亦九十七字，皆平韻也。徐誠庵《補律》，亦不知有仄韻〈慶清朝〉。宋吳自牧《夢粱錄》卷六載：孟冬行朝饗禮，都人瞻仰天表，御街遠望如錦。有人作〈慶清朝〉以詠其盛云：『銀漏花殘，紅消燭淚。九重魚鑰歡聲沸。奏萬乘、祥曦門外。蓋聖君、恭謝靈休，謹訪景明嘉禮。天意好，祥風瑞月，時正當、小春天氣。禁街十里香中，御輦萬紅影裏。千官花底，控繡勒、寶殿[一]搖曳。看萬年，永慶吾皇，撚指又瞻三載。』《詞律》作於清初，又行篋鮮書，固多遺漏。《補律》羼入曲子體，律亦不純。而今詞刻層出，超越往昔，重編《詞律》之事，蓋不可緩。有志者，曷傾其全力爲之。此仄韻〈慶清朝〉，亦可備一體也。

南京《中央日報》一九三七年二月一五日

六九　江南十詠

宋王琪有〈江南詠〉十首，所詠爲酒、柳、燕、雨、岸、雪、水、竹、月、草。相傳琪有《謫仙長短句》，顧無傳本。宋《花庵詞選》錄其柳、雨、岸三首，他未能盡覩也。偶閱《湖北通志》卷三十

[一] 殿，《全宋詞》作『鞭』。

七〔二〕『古蹟』門，乃見十首原詞，並有十詠堂本事云：『宋慶歷中，王琪出守興國州，作〔望江南〕十詠。紹興間，知軍事黃仁榮建堂，取十詠名之。』其詠燕一首云：『江南燕，輕颺繡簾風。二月池塘春社過，六朝宫殿舊巢空。頡頏恣西東。　王謝宅，曾在柱〔三〕堂中。烟徑落花飛款款，曉窗驚夢語匆匆。偏占杏梁紅。』《能改齋漫錄》嘗稱歐公極愛此詞，不知《花庵》何以不入選。《花草粹編》亦有十首，但無本事，想所本亦必湖北興國州舊志也。

南京《中央日報》一九三七年二月一八日

七〇　草窗詞選之新發見

草窗周密集選宋南渡以後諸人詩餘，凡七卷，名之曰《絕妙好詞》。原書失傳已久，虞山錢氏秘藏鈔本，柯子南陔初得之，與其從父寓匏校刻以行。高士奇〈序〉，謂茲選共一百三十二人，與今傳世者合。第近日顧鶴逸藏汲古閣鈔本《絕妙好詞》，多出李鼐一人，是誠驚人創獲也。其詞云：『亂雲將雨。飛過鴛鴦浦。人在小樓空翠處。分得一襟離緒。　片帆隱隱歸舟。天邊雪卷雲游。今夜夢魂何處，青山不隔人愁。』此詞原見卷二李泳下。泳有〔定風波〕一首，其下即此首。今本脫李鼐，後人遂誤連爲泳作，趙輯李氏《花萼集》亦收爲泳作，並非是。瞿髯見告如此。

南京《中央日報》一九三七年二月一九日

〔二〕三十七，《讀詞札記》作『十五』。

〔三〕柱，《花草粹編》作『桂』。

七一　南宋戴栩無詞

焦竑《國史經籍志》：戴栩所著《浣川集》十八卷，今無傳本。有詞無詞不可知。《四庫全書》從《永樂大典》採掇編次，釐爲《浣川集》十卷。中載〔柳梢青〕一詞云：『袖劍飛吟。洞庭青草，秋水深深。萬頃波光，岳陽樓上，一快披襟。　不須攜酒登臨。問有酒、何人共斟。變盡人間，君山一點，自古如今。』案此首戴復古詞，見宋本《石屏居士長短句》。《永樂大典》及《四庫全書》皆敕撰官書，成非一人，書非一種，鈔撮淩亂，排綴混淆，自所難免。惟既誤於先，復沿誤于後，百世流傳，孰知其非是。栩，永嘉人，與徐照、徐璣、翁卷、趙紫芝等同里。故其詩派，去四靈爲近。恐世有重其詩而兼其詞者，爰正其誤。

南京《中央日報》一九三七年二月二二日

七二　賀方回之死

程俱方回墓誌，謂方回以宣和七年二月甲寅，卒於常州之僧舍，年七十四。但曾敏行〔一〕《獨醒雜誌》謂，方回詞〔二〕云，『當年曾到王陵舖，鼓角秋風。千歲遼東。回首人間萬事空』，後方回卒於北門，門外有王陵舖，人皆以爲詞讖云。案，此詞不見賀集，曾說蓋傳聞之誤也。知不足齋刻《侯

〔一〕曾敏行，原作『曾敬行』，據《中國文學》改。
〔二〕詞，《中國文學》作『前』。

鯖錄》，據曾文補闕，並闕王得臣《塵史》以此詞作李黃門之誤，實亦誤也。此詞不獨《塵史》[一]以爲李黃門詞，《過庭錄》及《艇齋詩話》，皆以爲李作。且《陽春白雪》亦載方回〔謁金門〕云：『楊花落。燕子橫穿朱閣。常恨春醪如水薄。閑愁無處著。　綠野帶江山絡角。桃葉參差前約。歷歷短檣沙外泊。東風晚來惡。』並有自序云：『李黃門夢得一曲，前遍二十言，後遍二十二言，而無其聲。余采其前遍，潤一橫字，已續二十五字寫之云。』『楊花落』爲『當年曾到』之上半闋。據方回詞及其自序，『當年曾到』詞，爲李黃門所作之鐵證。《獨醒雜志》誤傳，鮑氏未考〈自序〉，反就其誤而牽合附會，失之甚矣。

南京《中央日報》一九三七年二月二十七日

七三　李芸子非李芸庵

李芸子，字耘叟，號芳洲，邵武人。戴石屏嘗序其詞，黃花菴嘗載其一首〔木蘭花慢〕[二]云：『占西風早處，一番雨、一番秋。記故國斜陽，去年今日，落葉林幽。悲歌幾回激烈，寄疎狂、酒令與詩籌。遺恨清商易改，多情紫燕難留。　嗟休。觸緒繭絲抽。舊事續何由。奈予懷渺渺，羈愁鬱鬱，歸夢悠悠。生平不如老杜，便如他、飄泊也風流。寄語庭柯徑菊，甚時得棹孤舟。』李芸菴名洪，揚州李正民之子，有《芸菴類稿》。《大典》輯本，其中亦有此詞，蓋誤以芸子爲芸菴也。古老

[一] 塵史，《中國文學》作『李史』。

[二] 慢，原作『漫』。

《彊村叢書》，收李洪《芸菴詩餘》，即用《大典》輯本，亦未辨此爲誤入之詞。

南京《中央日報》一九三七年三月四日

七四　李後主之〔臨江仙〕

蔡絛《西清詩話》載：後主圍城中作〔臨江仙〕云：『櫻桃落盡春歸去，蝶翻金粉雙飛。子規啼月小樓西。畫簾珠箔，惆悵卷金泥。門巷寂寥人去後，望殘烟草低迷。』其下闕三句，蓋詞未就而城破也。《詩話總龜》、《墨莊漫錄》，並據蔡氏之說。於是劉延仲補云：『何時重聽玉驄嘶。撲簾飛絮，依約夢回時。』康伯可補云：『閒尋舊曲玉笙悲。關山千里恨，雲漢月重規。』予謂，此詞未必在圍城中作，且亦並無闕文。《耆舊續聞》駁蔡說云：『余家藏李後主《七佛戒》經，又雜書二本，皆作梵葉，中有〔臨江仙〕，塗注數字，未嘗不全。後則書太白詞數章，是平日學書也。』其後三句云：『鑪香閒裊鳳凰兒。空持羅帶，回首恨依依。』據此，是後主之〔臨江仙〕，亦平日所書。其後城垂破時，倉皇中作一『禱疏』。此禱疏墨蹟，與平日墨蹟，並落蔡絛之手。蔡氏所得有殘缺，遂臆謂未就而城破。其實後主固有墨蹟全文，而爲蔡氏所未得也。

南京《中央日報》一九三七年三月九日

七五　宋詞創格

《詩經》分章，多有重句，極反復詠歎之致。後世歌謠，亦往往重末句，倍見深婉。不圖宋人詞中，亦有一首重句，誠創格也。詞見趙長卿《惜香樂府》，調爲〔一翦梅〕。詞云：『樹頭紅葉飛都盡，景物淒涼。秀出群芳。又見江梅淺淡妝。也囉，真個是、可人香。　蘭魂蕙魄應羞死，獨占風光。夢斷高堂。月送疎枝過女牆。也囉，真個是、可人香。』此詞前後疊末句，皆作『也囉，真個是、可人香』，最爲奇特。由此可見宋人當筵命歌，亦可自由添聲，以求趁韻協拍，使唱音更爲美聽。且『也囉』二字，元明歌中習用，觀此亦可知爲宋人方言，似表贊歎之意。未必爲語助也。

南京《中央日報》一九三七年三月一八日

七六　異曲同工之宋詞

詞人老去，每憶少年舊事，輒有沈着之音。以余所閲宋詞，覺章文莊、盧蒲江、劉龍洲三者爲最勝。調雖不同，而傷今感昔，各極其妙。常人讀之，竟日不歡。浪跡天涯者讀之，更不禁涕淚縱橫。章詞爲〔小重山〕，其後半首云：『往事莫沈吟。身閒時序好，且登臨。舊游無處不堪尋。無處尋，惟有少年心。』盧詞爲〔江城子〕，其後半首云：『年華空自[一]感飄零。擁春酲。對誰醒。天闊雲閒，無處覓簫聲。載酒買花年少事，渾不似，舊心情。』劉詞爲〔唐多令〕，其後半首云：『黃鶴斷磯頭。故人曾到否。舊江山、渾是新愁。欲買桂花同載酒，終不似、少年游。』章詞淒抑，頗有『無可奈何花落去』之慨，而盧、劉之作，則悲壯激越矣。

南京《中央日報》一九三七年三月二一日

〔一〕空自，原作『自空』，據《全宋詞》、《中國文學》乙。

七七　元曲原本宋詞

元張小山，曲中之杜工部也。所爲〔殿前歡〕云：『釣魚臺，十年不上野鷗猜。白雲來往青山在，對酒開懷。欠伊周濟世才，犯劉阮貪杯戒，還李杜吟詩債。酸齋笑我，我笑酸齋。』末句『酸齋笑我，我笑酸齋』，時人多有效之者。如貫雲石云：『山翁醉我，我醉山翁。』馬九皐云：『西施笑我，我笑西施。』吳西逸云：『鶯花厭我，我厭鶯花。』衛立中云：『雲心無我，我無雲心。』景元啟云：『梅花是我，我是梅花。』凡此之類甚多，不可悉舉。偶閲宋劉過《龍洲詞》，見其〔沁園春〕『問訊竹湖』一首末句云：『昌黎誤汝，汝誤昌黎。』乃悟元人曲子，亦於此脱胎也。

南京《中央日報》一九三七年三月二三日

七八　記《百琲明珠》

《百琲明珠》，明杨升庵所選之宋元詞集也。升庵著述極富，詞之著述，則有《詞品》、《詞林萬選》、《評選草堂詩餘》諸書，數百年來，風行不替。顧其集目，所著之《百琲明珠》一種，絶鮮流傳。有清以來，卽無人稱道，而諸家書目，亦未著録，蓋隱晦已久矣。前年予得斐雲郵寄一帙，展視之，赫然景明刊本《百琲明珠》也。書共五卷。半葉十行，行二十字。題作嘉靖朝蜀楊愼選集，萬歷朝楚杜祝進訂補。有昌齡、曹楝亭、韓季卿、汪退思諸家藏書印。据祝進〈序〉云，是集留于新都，刻於萬歷癸丑冬，意當時流傳不廣，故後世知者亦少。今三百年來，得重見升庵之原編，豈徒個人之眼福不淺，亦簿海之所同珍也。叔雍方刻《全明詞》，亟以此付之，稱快不置。

南京《中央日報》一九三七年四月六日

七九　《東堂詞》補闕

宋毛滂嘗知武康縣，改盡心堂爲東堂，簿書獄訟之暇，輒觴詠自娱。所爲詞集，名《東堂詞》，見賞於東坡。今汲古閣刻本及《彊村叢書》刻本，皆有訛脱，然亦無從訂補。惟〔調笑〕〈張好好〉一首，缺十四字，可据《詞譜》訂補。原文云：『半天高閣倚晴〔一〕江。使君燕客羅紈香。一聲離鳳破凝碧，洞房十三春未央。珮瑤棄置洛城東，風流雲散空相望。』『洞房十三春未央』句下，缺兩句十四字，吳甘遯寫本及明鈔本皆然。檢《欽定詞譜》卷四十，竟得全文云：『沙暖鴛鴦堤下上。烟輕楊柳絲飄蕩。』此亦大可驚異。想館臣所見本，必爲舊藏善本，惜不得見其底本，不然可核訂今本訛脱者，必不止此。《東堂詞》有二百二首之富，雖非卓然宗工，然情韻特甚，亦當時一作手也。

南京《中央日報》一九三七年四月一八日

八〇　明人僞作陸放翁妻詞

陸放翁妻不當母夫人意，因出之。後遊園相遇，翁悵然久之。爲賦〔釵頭鳳〕云：『紅酥手。

〔一〕晴，原作『睛』，據《全宋詞》改。

黃縢酒。滿城春色宮墻柳。東風惡。歡情薄。一懷愁緒，幾年離索。錯。錯。錯。春如舊。人空瘦。淚痕紅浥鮫綃透。桃花落。閒池閣。山盟雖在，錦書難託。莫。莫。莫。』事見《耆舊續聞》及《齊東野語》、《癸辛雜識》諸書。但未載其妻和詞。《耆舊續聞》僅載『人情惡。世情薄』和句，並以不得見其全闋爲恨，是全闋在宋已佚。乃明《詞統》卷十竟載其全闋云：『世情薄。人情惡。雨送黄昏花易落。曉風乾。淚痕殘。欲箋心事，獨倚斜闌。難。難。難。人成各。今非昨。病魂嘗似秋千索。角聲寒。夜闌珊。怕人尋問，咽淚裝歡。瞞。瞞。瞞。』案此並非和作，顯然明人僞作。『人情惡。世情薄』兩句，原係四五兩句和詞，竟乃顛倒其句，作爲起首二句，以下則換平韻足成之。世有悼放翁之遇者，當惜其和詞不傳，慎勿引此僞作以誣古人也。

南京《中央日報》一九三七年五月四日

八一　宋神宗詞

宋神宗有詞，知者鮮矣。古人詞選，不見稱引；後人未嘗專考，亦不知其有詞。今日試閱文學史、詞史一類書籍，誰曾述及神宗一字者。一代帝王，偶有述作，亦等於鳳毛麟角，爰亟爲表出。其詞蓋見《後山詩話》，原文云：『武才人出慶壽宮，色最後庭，裕陵得之。會教坊獻新聲，爲作詞，號〔瑶臺第一層〕：「西母池邊宴罷，贈南枝、步玉霄。緒風和扇，冰華發秀，雪質孤高。漢陂呈練影，問是誰、獨立江皋。便凝望、壺中珪璧，天下瓊瑶。清標。曾陪勝賞，坐忘愁、解使塵銷。况雙成與乳丹點染，都付香梢。壽妝酥冷，郢韻佩舉，麝卷雲綃。樂逍遥。鳳凰臺畔，取次憶吹簫。」』案《宋史·后妃傳》：武賢妃，始以選入宮，神宗元豐五年進才人。而裕陵亦正爲神宗。近《彊村叢書》收入徽宗詞，蓋誤以裕陵爲祐陵耳。夫後山卒於建中靖國元年，何能記及徽宗事，即此已足證其誤，惜古老早歸道山，不及告之矣。

南京《中央日報》一九三七年五月一一日

八二　宋邵公序贈岳武穆詞

岳武穆駐鄂州時，軍令森嚴，秋毫無犯，萬民愛戴，如父如天。有邵公序者，作〔滿庭芳〕贈之云：『落日旌旗，清霜劍戟，塞角聲嗅嚴更。論兵慷慨，齒頰帶風生。坐擁貔貅十萬，啣枚勇、雲槊交横。笑談頃，匈奴授首，千里静欃槍。　荆襄人安堵，提壺勸酒，布穀催耕。芝夫[一]蕘子，歌舞威名。好是輕裘緩帶，驅營陣、絶漠横行。功誰紀，風神宛轉，麟閣畫丹青。』詞紀實況，而流傳絶少。邵公序不詳何許人，李彌遜《竹溪集》有〈送邵公序還鄉序〉，序中言邵生名緝，他不能參詳也。

南京《中央日報》一九三七年五月二〇日

八三　吴江三高祠題詞

明正統刊本、萬歷刊本《白玉蟾集》，皆有吴江三高祠題詞云：『挽住風前柳。問鴟夷、當日扁舟，近曾來否。月落潮生無限事，零落茶烟未久。謾留得、蓴鱸依舊。可是功名從來誤，撫荒祠、誰

[一] 芝夫，原作『芺夫』，據《全宋詞》改。

繼風流後。今古恨，一搔首。江涵雁影梅花瘦。四無塵、雪飛雲起，夜窗如畫。萬里乾坤清絶處，付與漁翁釣叟。又恰是、題詩時候。猛拍欄干呼鷗鷺，道他年、我亦垂綸手。飛過我，共尊酒。』案，此首絶非白玉蟾詞，及盧祖皋詞。觀詞序云：『彭傳師於吴江三高堂之前，作釣雪亭，蓋擅漁人之窟宅，以供詩境也。趙子野約余賦之。』考白玉蟾生於光宗紹熙五年，而彭傳師作亭，則在寧宗嘉泰二年，時白玉蟾方九歲，安得作此詞。泳先輯《宋詞鈎沉》，方以此詞補《白玉蟾集》，故力辨其非。明正統刊本，爲明寧獻王朱權所編，雜糅諸書，不加抉擇，其誤也固在意中，何可盡信。

南京《中央日報》一九三七年六月一日

八四　李後主與曹勛

曹勛有《松隱文集》，中載二詞，與後主詞同。其一爲〔清平樂〕『别來春半』一首，其二爲〔玉樓春〕『晚妝初了明肌雪』一首。頗有據此以斷後主之誤者，故不得不爲後主辨證。案後主集久已失傳，後人所輯，誠有錯誤。如〔更漏子〕『柳絲長』一首，爲温庭筠之詞，〔長相思〕『一重山』一首，爲鄧肅之詞。若松隱二詞，則松隱之誤傳也。二主詞原注云：『二詞傳自曹功顯節度家，云墨蹟舊在京師一老居士處，故弊難讀。』曹功顯即曹勛，可知編《松隱文集》者，即以其家藏之墨蹟，誤爲己作。二主詞大半從墨蹟録出，故中主詞在盱江晁氏家，後主之〔謝新恩〕詞在孟郡王家，〔浪淘沙〕詞在池州夏氏家，〔采桑子〕、〔虞美人〕二詞在王季宫判院家。何獨於曹氏家而疑之。

南京《中央日報》一九三七年六月一五日

八五　柳耆卿家世

柳耆卿，北宋大家，宋人至比之爲詩中之杜甫，惜宋史無傳，遂致身世仕履，都不可考。近人若馮夢華、陳伯弢，盛稱其詞，顧於其家世，亦無表白。間閲地志，得悉其梗概，兹志之。耆卿名三變，後改名永，閩崇安五夫里人。乃河東後裔，先世自河東徙閩，遂爲崇安人。祖父名崇，五代高士，閩王延政召補沙縣丞，不就。崇子六：宜、宣、寘、宏、寀、察。耆卿，宜之長子也。宜次子三復，天禧三年進士；宜三子三接，景祐元年進士。弟兄三人，並有文名，號柳氏三絶。耆卿有子曰涚，與翁肅同榜登第。三接有子曰洪，官至太常博士。耆卿既以詞忤仁廟，終身淪落。世人卑其詞且鄙其人，不知地志稱述耆卿，不入〈文苑傳〉，即入〈名宦傳〉也。大德《昌國州圖志》，言耆卿曾爲定海曉峯鹽官，體恤民艱，區畫有方。志中尚載耆卿《鬻海歌》一首，爲耆卿僅見之詩篇。且於其詩中，頗可窺見憂國憂民之至意焉。

南京《中央日報》一九三七年六月二五日

八六　柳耆卿葬地

耆卿葬地之説有三：一、《避暑録話》謂王和甫葬之於潤州；二、《獨醒雜志》謂羣妓葬之於襄陽；三、王漁洋謂耆卿葬地在儀徵。此三説向不知孰是。近閲萬歷《鎮江府志》，始克論定。《府志》謂：耆卿死，旅殯潤州僧寺，和甫欲葬之，藁殯久無歸者。陳朝請乃於土山下，市高燥地，親爲處葬具，耆卿始就窀穸。事見葛勝仲《丹陽集》〈陳朝請墓志銘〉。當可確信。且《府志》

言：萬歷間，水軍鑿土土山下，得耆卿墓志銘，乃其姪所作，篆額曰『宋屯田郎中柳永墓志銘』。據此，則柳墓之在土山下，愈無疑矣。土山在丹徒縣西江口，以其與金山對峙，故易名銀山。前乎萬歷《志》，若嘉定《志》，至順《志》，皆無柳墓記載；後乎萬歷《志》，若《丹徒縣志》，皆云柳墓在土山下，蓋本之萬歷《志》也。嗚呼，耆卿生前既顛沛流轉，而死後又爲人所聚訟，無從酹酒一弔，誠可慨也。今予明之，襄陽、儀徵之説，或可以不攻而自息矣。

南京《中央日報》一九三七年七月八日

八七 陳伯弢不知平陽客

武陵詞人陳伯弢亦近代作手，其《裒碧齋詞話》，有論清真詞云：『清真〔大酺〕云「未怪平陽客」，又〔月下笛〕云「最感平陽孤客」。按平陽帝都，見於《春秋》、《史》、《漢》，此「平陽客」未知何指。唐陳嘉言〈宴高氏園〉詩云：「人是平陽客，地即石崇家。」或所本也。』按，清真〔大酺〕云：『未怪平陽客，雙淚落、笛中哀曲。』正是吹笛故事，語見《文選》卷十八馬季長〈長笛賦〉。文云：『融既博覽典雅，精核數術，又性好音律，鼓琴吹笛。而爲督郵，無留事，獨卧郿平陽塢中，有雒客，舍逆旅，吹笛，爲〔氣出〕、〔精列〕相和。』此爲清真所本，亦人所共知者，不知陳氏何忽於此，而反引唐詩爲證。

南京《中央日報》一九三七年七月一三日

八八　毛子晉誤補名詞

自宋長沙《百家詞》不傳，毛子晉所刻《六十名家詞》，可謂詞學開山之功臣。但割裂卷數，任意分合，使原書面目，盡行混淆。且未經校讎，幾於無一家可讀。其子斧季重據各本細校，足償父失。六十家中，如《聖求詞》〈跋〉中補一首云：『老樹渾苔，横枝未葉，青春肯誤芳約。背陰未返冰魂，陽梢已含紅萼。佳人寒怯，誰驚初曉來梳掠。是月斜、窗外棲禽，霜冷竹間幽鶴。雲澹澹，粉痕漸薄。風細細、凍香又落。叩門喜伴金尊，倚闌怕聽畫角。依稀夢裏，記[一]半面、淺窺珠箔。甚時得[二]、重寫鸞箋，去訪[三]舊遊東閣。』毛氏以爲此首與坡仙〔西江月〕并稱，集中不載，不知何故。按，此首元人張翥詞，見《蛻巖詞》，毛氏所不知也。毛氏往往不加詳考，錄僞作以妄補。他若《淮海》、《清真》之增補，皆此類也。

南京《中央日報》一九三七年七月二三日

[一] 記，原闕，據《全金元詞》補。
[二] 得，原闕，據《全金元詞》補。
[三] 訪，原作『返』，據《全金元詞》、《蛻巖詞》改。

八九　毛子晉誤删名詞

毛氏既誤補名詞，亦有誤删名詞者。復舉一例明之。如歐公〔清商怨〕云：『關河[一]愁思望處滿。漸素秋向晚。雁過南雲，行人回淚眼。　雙鸞衾裯悔展。夜又永、枕孤人遠。夢未成歸，梅花聞塞管。』此詞見宋人《歐公近體樂府》，原無可疑。乃毛氏據《庚溪詩話》，以爲確是晏殊之作，乃删歐集而增入晏殊《珠玉詞》。但予覆按《庚溪詩話》，原文云：『紹興庚午歲，余爲臨安秋賦考試官。同舍有舉歐陽公長短句「雁過南雲，行人回淚眼」，因問曰：「南雲其義安在。」余答曰：「嘗見江總詩：『心逐南雲去，身隨北雁來。故園籬下菊，今日幾花開。』恐出於此耳。」』此又分明言『雁過南雲』一首，乃歐公之作。毛氏誤記，因而誤删，殊不可從。吾人閲《六十家》，凡毛氏所增所删，皆須考訂，切不可信之不疑。

南京《中央日報》一九三七年七月二六日

九〇　徽欽蒙塵詞

徽欽二帝蒙塵，爲我國歷史上之奇恥大辱，而沿途經行，亦備極人間慘痛。觀《南燼紀聞》所載父子唱和之詞，真不堪卒讀。徽宗詞云：『玉京曾憶舊京華。萬國帝皇家。金殿瓊樓，朝吟鳳館，暮弄龍琶。

[一] 河，原作『清』，據《中國文學》改。

化成[一]人去今蕭索，春夢遶胡沙。向晚不堪，回首坡頭，吹徹〔梅花〕。』此帝聞番人吹笳而作，與李後主『四十年來家國』一首，並有無限悽惋。欽宗和詞云：『宸傳百載舊京華。仁孝自名家。一旦奸邪，天傾地拆[二]，忍聽琵琶。　如今塞外多離索，迤邐繞胡沙。萬里邦家，伶仃父子，向曉霜花。』父子蒙塵之苦況，噴薄而出，尤爲沉着，無怪二帝當時歌不成曲，俱大哭不止也。

南京《中央日報》一九三七年八月三日

九一　胡邦衡直斥姦佞

南宋權相秦檜，力主和議。胡邦衡剛正直言，上疏請斬檜首，以謝天下。冒死不顧，可謂血性男子。觀《揮麈後錄》，亦載其〔好事近〕云：『富貴本無心，何事故鄉輕別。空使猿驚鶴怨，誤薜蘿風月。　囊錐剛要出頭來，不道甚時節。欲駕巾車歸去，有豺狼當轍。』直斥秦檜爲『豺狼當轍』，千載而下，令人起敬。然卒因此爲檜黨張棣所陷，謫吉陽軍編管。邦衡與其骨肉，徒步以涉瘴癘，路人莫不憐之。此詞不見胡公《澹庵詞》，但見高登詞，王半塘遂以此爲高登之作。其實非也。王明清《揮麈後錄》所錄，乃據胡公之子言采入，自可確信無疑。且《宋名臣言行錄》，及《梅磵詩話》，皆云此胡公事。王氏不察，此詞误入高集，反援高集以疑胡公，亦賢者之過也。

南京《中央日報》一九三七年八月一〇日

[一] 化成，《全宋詞》作『花城』。

[二] 拆，《筆記小說大觀》本《南燼紀聞》作『坼』。

夢桐室詞話卷二

一　金本《花草粹編》之誤

明本《花草粹編》十二卷，或注人名，或注書名〔一〕。注人名，或注字，或注號，漫無規律。然其來源，尚可辨識也。咸豐間，金繩武活字本《花草粹編》，既析爲二十四卷，又將不整齊之字號，一律改署姓名，而書名則删去。此不獨迷厥本原，而無知妄改，尤爲學術罪人。卷四〔醉高歌〕『十年燕月』一首，原署姚牧庵，乃姚燧之號，而金本改作姚鏞。卷四〔西江月〕『壁斷何人』一首，原本《翰墨全書》，署作文卿，蓋元人姜彧之號也，而金本改作儲泳。卷五〔望漢日〕『黄菊一叢』一首，原署李和文，乃李遵勗也，而金本改作李龔。卷八〔南州春色〕『清溪曲』一首，原署汪梅溪，未詳何人，而金本改作王十朋。卷十〔高陽臺〕『紅入桃腮』一首，原署僧皎如晦，而金本改作僧揮。僧揮乃仲殊也。卷十一〔木蘭花慢〕『北歸人未老』一首，原署陳参政，不詳其名號，而金本改作陳與義。卷十二〔望梅〕『畫闌人寂』一首，原署王聖與，而金本改作王夢應。原本雖不整

〔一〕名，原作『人』。

齊，尚無錯誤。金本改之而有誤，何如不改之爲愈也。

二　王叔明

明朱存理《珊瑚木難》七，載王叔明〔憶秦娥〕詞云：『花如雪。東風夜掃蘇堤月。蘇堤月。香生南國，幾回圓缺。　錢唐江上潮聲歇。江邊楊柳誰攀折。誰攀折。西陵渡口，古今離別。』叔明元人，名蒙，號黄鶴山樵，不知丁杏舲《詞綜補》何以以爲清初僧宏志所作，想誤記也。

三　翠尊易竭

白石〔暗香〕『翠尊易泣』，清吟堂刻本《絶妙好詞》注云：『「泣」當作「竭」』。鄭大鶴引黄孝邁〔湘春夜月〕『空尊夜泣』句，以爲白石作『泣』之證，而不詳作『竭』所出。清真〔浪淘沙慢〕[一]云，『翠尊未竭。憑斷雲，留取西樓殘月。』此作『竭』之證，鄭氏可謂失之眼前矣。至謂弁陽選本，本作『泣』字，坊本清吟堂改作『竭』字，亦非篤論也。

四　元遺山佚詞

《遺山樂府》有凌雲翰編選本，張碩洲張調甫五卷本。《彊村叢書》刻明宏治高麗本，較諸本爲善，且溢出廿餘闋。趙萬里又據《翰墨大全》，補〔朝中措〕『驪珠光彩』一闋，〔感皇恩〕『水

[一] 慢，原作『漫』。

上覓紅雲』一闋。余見明楊端《瓊花集》亦載遺山一闋，則爲諸本所無，而萬里亦未補也。詞名〔望江南〕云：『維揚好，靈宇看瓊花。千點真珠擎素蕊，一環明玉破香葩。芳豔信難加。如雪貌，綽約最堪誇。疑是八仙乘皎月，羽衣搖曳上雲車。來會此仙家。』〔一〕

重慶中央大學中國文學系會《中國文學》一九四四年五月第一卷第二期

五　李後主佞佛

南朝天子之佞佛者，前有梁武帝，後有李後主。觀後主之佞佛，可知其詞之偉大受佛家思想之影響最大。靜安先生云：『後主之詞，眞所謂以血書者也。』又云：『後主儼有釋迦、基督担荷人類罪惡之意。』實已見及此點。後主不幸爲天子，寧願辜負祖父負託之重，寧願殺戰將潘佑、李平，寧願忍痛肉袒出降，寧願爲千古罪人，而不願滿城之生靈塗炭。其所以寧願犧牲一切，亦只爲此佛心一點。後主之所以愛父母、兄弟、妻子，以及愛人民、愛萬物，亦只爲此佛心一點。無怪凶問至江南，父老有巷哭失聲者。而故吏張泌，每清明，觀拜洛陽北邙山之墓，亦哭之甚哀。可見感人之深。徐鉉作〈後主墓誌〉云：『本以惻隱之心，仍好竺乾之教。草本不殺，禽魚咸遂。賞人之善，常若不及；掩人之過，惟恐其聞。以至法不勝姦，咸不克愛。』此論後主之爲人，最得其實。

南唐三世皆佞佛，轉後主爲尤甚耳。建佛寺，度佛徒，譯佛經，作佛會，造佛像，不一而足。每退朝，輒與后頂僧伽帽，服迦裟，誦佛經，拜跪稽顙，至爲瘤贅。平常行坐，手常屈指作佛印。又常爲僧

〔一〕　此首《全宋詞》作韓琦。

寺手削厠籌，於面上試之。當時中頭山有寺十餘間，而城中僧徒，亦有數千，皆日給盛饌，其耗費之大可知。其後金陵受圍，内外隔絶，後主猶幸淨居室，聽沙門德明、雲眞、義倫、崇節，講《楞嚴》、《圓覺經》。又以爲佛力可却北兵，下令軍民皆誦救苦菩薩，聲如江濤，其事雖愚，其精誠可憫矣。及國亡後，後主入朝，過臨淮，往禮普光王塔，施金帛猶以千計。後主又嘗手書金字《心經》一卷，賜其宫人喬氏，喬氏後入禁中，聞後主薨，自内庭出經，捨相國寺西塔以資薦。喬氏此舉，亦可見後主遺愛之深。《金陵新志》云：『金陵城東南十里，有李王廟。』第今日已無此廟，不獲瞻拜此一代救世救民之詞帝，悵惘良深矣。

南京《中央日報》一九四七年四月一〇日

六　李後主之書法

南唐李後主，多材多藝，不獨詞爲天下之冠也。論其書法，亦雄視一世。黄山谷以爲其書出於裴休，又謂其手改表草，筆力不減柳誠懸。而《皇宋書錄》引張舜民語云：『江南李後主書雜説數千言，及德慶堂題榜，大字如截竹本，小字如聚鍼丁，似非筆力所爲。歐陽永叔謂顔魯公書正直方重，似其爲人。若以書觀，後主可不謂之倔强丈夫哉。』贊之爲倔强丈夫，亦可見宋人傾倒之深。

後主所書字體，有『金錯刀』、『撮襟書』諸名。陶穀《清異錄》釋金錯刀云：『後主善書，作顫筆樛曲之狀，遒勁如寒松霜竹，謂之金錯刀。』撮襟書度亦顫筆。昔吾邑清涼山廣慧寺德慶堂榜，卽撮襟書。而後主嘗於黄羅扇上，書〔柳枝詞〕以賜宫人慶奴，亦撮襟書也。

後主關於書法著作，有〈續羊欣筆陣圖〉，又有〈書述〉，謂書有『八字法』，名『撥鐙法』。此法自衛夫人並鍾、王傳授於歐、顔、褚、陸等，流於此日。所謂八字法，即擫、壓、鉤、揭、抵、拒、導、送諸法。是後主之所書，即傳鍾王撥鐙之法。《江南别録》載，南唐宫中，所藏鍾、王墨跡尤多，而《十國春秋》載南唐中主保大七年，曾命倉曹參軍王文炳，摹勒古今法帖，名《昇元帖》。此帖在《淳化帖》之前，爲古今法帖之祖。後主日夕臨摹，宜其書法之工，超絶一代也。其所製澄心堂紙，膚如卵膜，堅潔如玉，與其所用之李廷珪墨、龍尾石硯、玉筆管，皆稀世之珍云。

《硯北雜志》記後主評唐代書家有云：『善書法者，各得右軍之一體。若虞世南得其美韻，而失其俊邁；歐陽詢得其神，而失其溫秀；褚遂良得其意，而失之變化；薛稷得其清，而失於拘窘；顔眞卿得其筋，而失於粗魯；柳公權得其骨，而失於生獷；徐浩得其肉，而失於俗；李邕得其氣，而失於體格；張旭得其法，而失於狂。』以其造詣之深，故能歷評諸家之得失也。

南京《中央日報》一九四七年四月一四日

七　李後主之畫

南唐畫風，盛極一時。李王父子，倡之不遺餘力，故名手甚多。中主保大七年元日大雪，宫中展宴賦詩，奉和者二十一首，侍宴者十有四人。而圖畫復盡一時之技。眞容，高冲古主之；侍臣法部絲竹，周文矩主之；樓閣宫殿，朱澄主之；雪竹寒松，董源主之；池沼禽魚，徐崇嗣主之；圖成，皆爲絶筆。他如艾宣、厲昭慶、巨然、蔡潤、曹仲元、竺夢松、顧德謙、劉道士、王齐翰諸人，亦皆一時之畫手。

後主天才卓越，志趣高超。既工書，復善畫。畫以翎毛爲最工。《宣和畫譜》紀御府所藏後主畫，有〈柘竹霜禽圖〉、〈柘枝空禽圖〉、〈秋枝披霜圖〉、〈寫生鶺鴒圖〉、〈竹禽圖〉、〈棘雀圖〉。而《客杭日記》則記，盛季高藏後主〈墨竹鸜鵒圖〉。《雲烟過眼錄》則記謝弈修藏後主〈戲猿圖〉。《圖畫見聞志》則記王相藏後主〈雜禽花木圖〉，李忠武藏後主〈竹枝圖〉，並爲希世之珍。

次則墨竹，亦清爽不凡。世傳後主畫竹，自根至梢，一一鈎勒，謂之『鐵鈎鎖』。自云，惟柳誠懸有此筆法。是其畫竹，亦如其書法之挺勁。此外若人物山水，無不工妙。周必大〈西山遊記〉，記翠崖廣化院有後主所畫羅漢。周密《武林舊事》記後主有〈林泉渡水人物圖〉。張丑《清河書畫舫》則記李貞伯藏後主〈江山摭勝圖〉水墨短卷，筆趣深長，可知後主之能畫者，固不止一端也。其題畫，自稱『鍾峯白蓮居士』，又稱『蓮峯居士』，又稱『鍾峯隱居』，又略其號曰『鍾隱』。《聞見後錄》記後主所藏畫目，上品九十九種，中品三十三種，下品二十九種。所有圖軸，多有印篆。朱印曰『建業文房』之印，曰『內合同印』。墨印曰『集賢院御史印』，謂之金圖書，言惟此印以黃金爲之。或親題畫人姓名，或有押字，或爲歌詩雜言。表以回鸞墨錦，籤以黃金紙。觀其所藏之畫，既多且精如此。宜其自作之畫，亦不同凡響。而後人得之，珍逾拱璧矣。

南京《中央日報》一九四七年四月二八日

八　李後主知音

後主既工書畫，復知音律。徐鉉〈墓誌〉云：『後主洞曉音律，精別雅鄭。窮先王製作之意，審風俗淳薄之原，爲文論之，以續《樂記》。』而《徐公文集》〈御製雜説序〉亦謂，後主以爲百王之季，六樂道喪。移風易俗之用，蕩而無止；慆心湮耳之聲，流而不反；故演《樂記》。其欲以音樂轉移風氣之旨，由此可見。

至其樂曲之創作，有〔念家山破〕。馬令《南唐書》謂，後主妙於音律，舊曲有〔念家山〕，親演爲〔念家山破〕。其聲焦殺，而其名不祥[二]，乃破敗之徵。邵思《雁門野說》則謂，〔念家山〕及〔念家山破〕，皆後主所撰。宮中民間，日夜奏之。未及兩月，即傳滿江南。《五國故事》，記後主除造〔念家山〕曲外，又造〔振金鈴曲破〕。言者取其要而言曰，『家山破，金陵破。』

後主昭惠后周氏，亦善音律。後主作〔念家山〕，后亦作〔邀醉舞〕、〔恨來遲新破〕，皆行於時。二人又嘗重訂〔霓裳羽衣曲〕。此曲在唐之盛時，最爲大曲。以罹亂，瞽師曠職，其音遂絶。後主獨得其譜，乃與后變易訛謬，頗去哇淫。繁手新音，清越可聽。故後主作后〔誄詞〕云：『〔霓裳〕舊曲，韜音淪世。失味齊音，猶傷孔氏。故國遺聲，忍乎湮墜。我稽其美，爾揚其秘。程度餘律，重新雅製。非子而誰，誠吾有類。今也則亡，永從遐逝。』其商討之密，與悼念之深，並可知矣。而《碧雞漫志》引後主之〈誄詞〉則云：『〔霓裳羽衣曲〕，經兹喪亂，世鮮聞者。獲其舊譜，殘缺頗甚。暇日與后詳定，去彼淫繁，定其缺墜。』文字有異，當爲原詞之注文，而今失傳矣。

陸游《南唐書》謂，後主與后好音律，因廢政事。時監察御史張憲曾切諫。後主賜帛三十疋，以旌敢言；然耽嗜音律，並不爲輟。高晦叟《珍席放談》又記建康伶人李琵琶語，謂後主喜音藝，嘗選教坊之尤者，號『別勅都知』，日夕侍宴。其後宋師圍城，後主猶未輟樂。觀其〔破陣子〕詞云：『最是倉皇辭廟日，教坊猶奏別離歌。揮淚對宮娥。』是其出降臨行之際，猶未能忘情離曲。

[二] 祥，原作『詳』，據馬令《南唐書》卷五改。

追入汴後，因七夕又命故妓在賜第作樂，聲聞於外。致招太宗之忌，賜牽機藥以死。一代詞人，一生愛好藝術，凡書畫音樂，無不精絶奇絶，卒致被酖而死，亦可哀已。

南京《中央日報》一九四七年六月一日

九　李後主之天性

況蕙風云：眞字是詞骨。若後主之詞，眞所謂以眞勝者。其詞皆其天性之流露。讀其詞，烏可不知其詞所自發之天性。後主事父母，極盡孝道。待諸弟又極盡友愛之道。其於妻子臣民，無不一本眞誠，愛之唯恐不至。推其不忍之心，甚至澤及禽獸。所惜生不逢辰，偏不容於殘賊。縱傾國進貢，百端乞哀，終無濟於事。

徐鉉云，嗣主諸子皆孝，而後主特甚。觀其父嗣主卒時，後主盡子道，居喪哀毁，杖而後起。母聖尊后鍾氏寢疾，後主朝夕侍側，衣不解帶，藥草親嘗乃進。及母死，後主亦毁瘠骨立，扶而後能起。悲哀情狀，左右爲之感動。其妻周后有疾，後主朝夕視食，藥非親嘗不進，衣不解帶者累夕，如侍父母之疾然。迨周后卒，後主哀苦骨立，杖而後起，亦如其喪考妣之狀。又自製〈誄詞〉數千言，皆極酸楚。且將赴井以殉，賴救之獲免。嗚呼，一何情深如是耶。其子仲宣四歲，戲佛殿前，有大琉璃燈爲猫觸墮地，劃然作聲。仲宣驚癇卒，後主常默坐飲泣。有詩以寫哀云：『珠碎眼前珍，花凋世外春。未銷心裏恨，又失掌中身。玉笥猶殘藥，香奩已染塵。前哀將後感，無淚可沾巾。』愛子愛妻，先後下世，前哀後感，一時交集。後主詩兼寫此情，悼念深矣。

後主七弟從善奉表朝京師，以舒國難。後主累求歸國，不許。悲思無已。每憑高北望，泣下沾襟，左右莫敢仰視。自此歲時宴會皆罷。並製〈卻登高文〉，有云：『陟彼岡兮跂予足，望復關兮睇予目。原有鴒兮相從飛，嗟予季兮不來歸。』八弟從益出鎮宣州，後主率近臣，餞綺霞閣，自爲詩序以送之。其略云：『秋山滴翠，暮壑澄空。愛公此行，暢乎遐覽。』其詩亦有『咫尺烟江幾多地，不須懷抱重淒淒』之句。兄弟手足，遼適北國，固倍增惆悵；即咫尺宣州，亦繾綣不忍暫離云。

《江南別錄》謂，後主以仁孝爲理。馬令言後主敦睦親族，亦無不至。其於羣臣，當欲和衷共濟於朝，不欲聞人過。即有論決死刑者，多從末減。有司固爭，乃得少正，猶垂泣而後許之。《湘山野錄》謂，後主嘗獵于青龍山，一牝狙觸網于谷，見主雨淚，稽顙搏膺，屢指其腹。主大怪，戒虞人保以守之。是夕，果誕二子。因感此事，還幸大理寺，原貸甚衆。此其愛親族、愛羣臣、愛罪人、愛牝狙之心，固與其愛父母、愛兄弟、愛妻子，如出一轍也。夫有至性，乃有至文，後主之偉大，觀此當可愈明。

南京《中央日報》一九四七年六月二〇日

一〇　《金陵詞鈔續編》

《金陵詞鈔》一書，初爲陳可園先生所輯。於光緒二十八年三月刊行。所錄皆有清一代詞人。書分八卷，計詞家九十一人，詞一千一百二十首。海內風行，垂六十年矣。然當時見聞所及，不免遺漏。加之六十年來，詞人輩出，述造亦夥。於是吾師仇述庵先生，有《金陵詞鈔續編》之作。書共六卷，計詞家一百八人，詞七百七十六首。半補可園之所遺，半爲可園所未及見，信足與原編，並垂不朽。

《續編》於民國三十一年癸未三月輯成，至次年甲申四月裝訂成册。其〈題記〉云：『丁卯退閒以後，沉溺於詞，即有搜輯是編之志。六七年間，已鈔存四十餘家。迨丁丑兵事起，倉卒避地，未遑攜帶。壬午返里，書籍散失，十之八九。此稿亦付劫灰。會社友林訒盦謀，補丁紹儀之《詞綜補》，時來函榷商，遂託其搜尋。而輯《清詞鈔》之葉遐庵，亦自港返滬，又託其匡助。復各方搜求，草草編定。』此記搜輯經過，至爲明晰。所言雖簡，然先生沈溺於詞之深，與夫搜輯之勤，並可概見。稿已散失，復重輯之；人有一得，虚心求之，身經大亂，流轉天涯，猶念茲在茲，不渝初志。迨倉皇返里，清霜滿鬢，猶朝夕不暇，寒暑無間。前輩治學之精神，老而彌篤如此，誠足矜式後學。而杜門謝客，著書自娱，其高風亮節，尤足比美前賢，垂光簡册。况是編所錄，皆鄉邦文獻。才秀人微之士，嘔血所成之作，皆賴以流傳。是其顯微闡幽之功，亦不可泯也。

是書編成，先生曾自題〔絳都春〕一詞，寄于重慶。詞云：『吟歡已墜。向斷簡問蟫，淒迷重理。多少夢痕，流入哀絲閒宫徵。文章何與藏山事。歎詞客、幽靈孤寄。舊狂尊酒，空塵巷晚，遺愁無地。　遺世。零絃賸拍，更尋訪、替廣可園風義。醉墨故人，金粉南朝傷心淚。同聲誰解相思字。望天際、東川一水。爲伊凭徧闌干，繫情萬里。』傷往念今，沈哀何限。不幸次年乙酉四月，先生遽歸道山。所撰《鞠讌詞》及是編，俱未刻。河清未見，相晤之期終乖。生死茫茫，緘恨曷極。今者，《鞠讌詞》將印成，而是編亦由南京市通志館印入《南京文獻》第七號中。愛好文藝者，允宜人手一編，以觀金陵詞學之勝概云。

南京《中央日報》一九四七年七月二一日

一一　李後主之豪侈

《五代史記》稱後主性驕侈，好聲色。馬令《南唐書》亦稱：周后侈靡之盛，冠於當時。吾人讀後主詞『晚妝初了明肌雪。春殿嬪娥魚貫列』，可見後主宮中嬪娥之衆，及嬪娥服飾之美。讀『金爐次第添香獸。紅錦地衣隨步皺』，可見後主宮中香氣之盛，及歌舞之盛。而讀『歸時休放燭花紅，待踏馬蹄清夜月』，尤可見後主盡情享樂，惟日不足之豪情。至他書所記後主豪侈之事，亦不一而足，撮錄一二，以見江南盛時之夢影。

每當春日，後主於梁棟窗壁，柱拱階砌，並隔筒密插雜花，榜曰『錦洞天』。又嘗於宮中，以銷金紅羅幕其壁，以白銀釘瑇瑁以押之。又以綠鈿刷隔眼，糊以紅羅，種梅花於其外。又於花間設綵畫小木亭子，纔容二人。後主與小周后對酌於其中。每當七夕延巧，則以紅白羅百匹，做成月宮天河之狀。平時宮中夜間，則懸寶珠。王銍《默紀》載：江南大將，獲後主寵姬，見燈輒閉目，云烟氣，易以爉燭，亦閉目，云烟氣愈甚。云：宮中未嘗點燭耶。曰：宮中本閣至夜，則懸大寶珠，光照一室，如日中也。

後主之宮嬪妝飾，異様亦多。《清異錄》謂，江南晚季，建陽進茶油花子，大小形製各別，極可愛。宮嬪縷金於面，背以淡妝。以此花餅施於額上，號『北苑妝』。《道山新聞》又記後主宮嬪窅娘纏足之事云：『後主作金蓮，高六尺，飾以寶物，細帶纓絡。蓮中作五色瑞雲。令窅娘以帛繞脚令纖小，屈上作新月狀，素襪舞雲中，回旋有凌雲之態。』《方輿勝覽》亦云：『本朝修李氏宮，掘地得水銀數十斛，宮娥棄粉膩所積也。』凡此並可見後主縱情聲色，豪侈無度之况。

宮中所焚之香，亦有特製之法。據洪芻《香譜》云：『江南李主帳中香法，用丁香、檀香、麝香各一兩，甲香三兩，細剉，加以鵝梨十枚，研取汁，於銀器內盛卻，蒸三次，梨汁乾，即用之。』至其焚香之器，種類頗多。有把子蓮、三雲鳳、折腰獅子、小三神、卐字金、鳳口罌玉、太古容華鼎等名，皆金玉爲之。後主豪侈如此，而貢宋又繁，於是帑藏空竭，國愈不支矣。

南京《中央日報》一九四七年八月一〇日

一二　李西涯輯南詞

南昌彭文勤家，舊藏李西涯輯南詞一部。內五代一家，宋十八家，元四家，總集二種。所謂五代一家，爲《南唐二主詞》。所謂宋十八家，爲陳人傑《龜峯詞》、夏元鼎《蓬萊鼓吹》、潘閬《逍遥詞》、王達《耐軒詞》、王安石《半山詞》、張繼先《虛靖眞君詞》、謝薖《竹友詞》、廖行之《省齋詞》、陳與義《簡齋詞》、朱敦儒《樵歌》、沈瀛《竹齋詞》、京鏜《松坡詞》、李處全《晦庵詞》、管鑑《養拙堂詞》、吳潛《履齋先生詞》、陳德武《白雪詞》、張輯《東澤綺語》，李祺《僑庵詞》。所謂元四家，爲虞集《鳴鶴餘音》[一]、張翥《蛻巖詞》、沈禧《竹窗詞》、張雨《貞居詞》。所謂總集二種，爲《樂府補題》及《草堂詩餘》。案彭氏所稱宋十八家中，王達及李祺二家爲明人。李氏誤收，彭氏失考。王半塘於《陽春集》後，附錄彭氏書目，亦未辨此。又《鳴鶴餘音》，乃彭致中所輯道士詞，亦非虞氏個人專集。

[一] 鳴鶴餘音，原作『鳴鶴遺音』，據下文改。

一三　兩吳淑姬

宋黄昇花庵選《唐宋諸賢絶妙詞選》十卷，皆唐五代及北宋人詞，選《中興以來絶妙詞選》十卷，皆南宋人詞。吳淑姬詞三首，見《唐宋詞選》卷十閨秀詞。可知淑姬乃北宋人。花庵注云：『淑姬，女流中黠慧者。有詞五卷，名《陽春白雪》，佳處不減李易安也。』是其人或與李易安同時。惟洪邁《夷堅支志》又載有吳淑姬〔長相思〕[一]詞云：『烟霏霏。雨霏霏。雪白梅花枝上堆。春從何處回。　醉眼開。睡眼開。疏影横斜安在哉。從教塞管催[二]。』此詞不見黄選，洪氏謂淑姬在獄中作。其太守爲王十朋。是洪氏所述吳淑姬爲南宋人，與花庵所録，當非一人。

一四　陳鳳儀非元人

《歷代詩餘》元詞話中，有引《古今詞話》云：陳鳳儀、劉燕哥，皆樂妓也。陳有〈送别〉〔一絡索〕詞云：『海棠也似别君難，一點點、啼紅雨。』劉有〈餞劉參議〉〔太常引〉云：『明月小樓間。第一夜、相思淚彈。』皆傳唱一時。案，劉燕哥元人不誤，其〔太常引〕見元楊朝英《陽春白雪》。若陳鳳儀，乃北宋人，其〈送别〉〔一絡索〕詞，見宋黄昇《唐宋諸賢絶妙詞選》卷十。實不當與劉燕哥相提並論也。《歷代詩餘》既誤引《古今詞話》，《詞林紀事》又誤引《歷代詩

[一] 長相思，原作『長想思』，據《全宋詞》改。
[二] 催，原作『塞』，據《全宋詞》改。

餘》，以訛傳訛，誤人非淺。最奇者，朱竹垞《詞綜》，亦將鳳儀列入元詞，次劉燕哥後。《聽秋聲館詞話》卷八云：『元時閨秀寥寥，《詞綜》祇采管道昇，與妓女劉燕哥、陳鳳儀之詞。』是又沿《詞綜》之誤，而失考於眉睫矣。至《歷代詩餘》所用《古今詞話》，則不知何人所撰。北宋間有楊湜《古今詞話》，今不傳。今傳者有清初沈雄《古今詞話》，《詩餘》所引此條，亦不見載其中。是《詩餘》所據，當別有本。第觀其徵引有誤，知亦非善本也。

一五　美奴〔卜算子〕

《唐宋諸賢絶妙詞選》卷十，錄陸氏侍兒〔如夢令〕一闋云：『日暮馬嘶人去。船逐清波東注。後夜最高樓，還肯思量人否。無緒。無緒。生怕黄昏疎雨。』案此闋又見《苕溪漁隱叢話》，爲花庵所本。惟《叢話》尚載侍兒〔卜算子〕詞云：『送我出東門，乍別長安道。兩岸垂楊鎖暮烟，正是秋光老。　一曲古〔陽關〕，莫惜金尊倒。君向瀟湘我向秦，魚雁何時到。』脱口自然，至可玩味。《花庵》未選，幸《叢話》猶存其遺文。《叢話》並謂侍兒別有〔虞美人〕、〔玉樓春〕，自賦閨情，惜均不傳。又《花庵》選〔如夢令〕，僅云陸氏侍兒，何名何時，均不能詳，亦賴《叢話》得以知其概略。《叢話》謂侍兒爲陸敦禮侍兒，名美奴。敦禮名藻，北宋人。余檢《宋史》〈陸藴傳〉，更知藴、藻爲昆弟。藴字敦信，福州侯官人，徽宗朝，官至御史中丞，後以龍圖閣待制知福州。《花庵詞選》嘗錄其〔感皇恩〕詞。弟藻，字敦禮，由列曹侍郎，出知泉州，過藴合樂燕飲，閩人以爲盛事。今敦信及敦禮侍兒，皆有詞流傳。獨惜敦禮無詞流傳。

一六　《花庵詞選》錯簡

《四部叢刊》本花庵《中興以來絶妙詞選》，係借無錫孫氏小綠天藏明翻宋本景印。其卷一錄曾公袞〔菩薩蠻〕云：『山光冷浸清溪底。溪光直到柴門裏。臥對白蘋洲。欹眠數釣，靈光巋然存，悵明月清風，更無玄度。』案，『數釣』以下，乃曾氏前首〔洞仙歌〕末段文字[一]，至〔菩薩蠻〕原文已脱。所幸《樂府雅詞》卷下，亦錄曾氏此闋。數釣下係『舟』字，叶韻[二]。是爲上半闋。下闋云：『溪山無限好。恨不相逢早。老病獨醒多。如此夜良何。』《花庵詞選》錯簡，賴此可以訂正。至李蕭遠詞，《雅詞》及《花庵》兩選，並選及之。《雅詞》所錄李氏〔阮郎歸〕，亦缺下半闋。《花庵詞選》未錄此闋，原缺竟無從補正，是亦有幸有不幸也。

南京《中央日報》一九四七年八月一三日

一七　黑漆弩乃北宋曲調

元楊朝英《太平樂府》，載馮子振〔鸚鵡曲〕。馮氏題云：白無咎有〔鸚鵡曲〕云：『儂家鸚鵡洲邊住。是個不識字漁父。浪花中一葉扁舟，睡煞江南烟雨。　覺來時滿眼青山，抖擻綠簑歸

[一] 按，曾氏〔菩薩蠻〕，《全宋詞》作：『山光冷浸清溪底。溪光直到柴門裏。卧對白蘋洲。敧眠數釣舟。溪山無限好。恨不相逢早。老病獨醒多。如此良夜何。』

[二] 叶韻，原作『葉韻』。

去。算從前錯怨天公，甚也有安排我處。』余壬寅歲留上京，有北京伶婦御園秀之屬，相從風雪中，恨此曲無續之者。且謂前後多親炙士大夫，拘於韻度，如一個『父』字，便難下語。又『甚也有安排我處』，『甚』字必須去聲字，『我』字必須上聲字，音律始諧。不然不可歌，此一節又難下語。諸公舉酒，索余和之。以汴京上都天京風景[二]試續之。觀馮氏題記，似白無咎原作〔鸚鵡曲〕，而馮子振和之。實則原作，並非始於白無咎，而原名亦非〔鸚鵡曲〕。據元盧摯〔黑漆弩〕題云：『晚泊采石磯，歌田不伐〔黑漆弩〕，因次其韻。』其曲云：『湘南長憶崧南住。只怕失約了巢父。艤歸舟、喚醒湖光，聽我蓬窗春雨。　故人傾倒襟期，我亦載愁東去。記朝來、黯別江濱，又弭櫂、娥眉佳處。』是此曲原名〔黑漆弩〕，原唱乃田不伐曲。不伐名爲，崇寧中充大晟府制撰。有《咩嘔集》，見白樸《天籟集》引。趙斐雲輯不伐《咩嘔集》，共得詞六首。惜不伐〔黑漆弩〕不傳。詞調無〔黑漆弩〕，想爲當時流行之俗曲。白樸引其集，盧摯和其曲，可見田氏詞曲流傳一時之盛。無咎和其曲，起句云『儂家鸚鵡洲邊住』，故名〔鸚鵡曲〕。無咎曾官學士，故又名〔學士吟〕。使非盧氏和曲有題，則其起原不可知；使非《永樂大典》載盧氏和曲，則其起原亦不可知。事有幸中之幸者，此類是已。又馮氏和作共三十九首，劉敏中亦有二首名〔黑漆弩〕，皆用此韻。元人作曲，始終僅步一韻者，自此曲調外，可見他調。

〔二〕『以汴』句，《全金元詞》作『以汴吳上都天京風景』。

一八　獨自莫憑闌

李後主〔浪淘沙令〕云：『簾外雨潺潺。春意闌珊。羅衾不耐五更寒。夢裏不知身是客，一晌貪歡。　獨自莫憑闌。無限關山。别時容易見時難。流水落花春去也，天上人間。』近人胡適《詞選》，以爲此詞换頭，『莫』乃古『暮』字。案，此解甚奇。不獨後主作詞，未必用古字；即就詞情言，亦决非『暮』字。『暮』字平直，『莫』則極顯淒惋幽怨之情。且『莫憑闌』與下句『無限關山』，正相呼應。若作『暮』字，則不呼應。宋范希文詞云，『明月樓高休獨倚。酒入愁腸，化作相思淚。』歐阳永叔詞云，『寸寸柔腸，盈盈粉淚，樓高莫近危闌倚。平蕪盡處是春山，行人更在春山外。』辛稼軒詞云，『休去倚危闌〔一〕，斜陽正在，烟柳斷腸處。』皆可爲後主詞『莫』字作注脚。後主原詞之不作『暮』，當愈明矣。

一九　《花間》不載馮李詞

王静安《人間詞話》云：『馮正中詞，雖不失五代風格，而堂廡特大，開北宋一代風氣。與中後二主皆在《花間》範圍之外。』夏瞿禪撰《馮正中年譜》，則以爲王説失考。其意以爲《花間集》結集於昇元四年庚子，此時正中未顯，後主才四歲，與《花間》時代不相及，非詞派不同。予謂，後主時代固與《花間》時代不相及，然馮正中時年三十八，南唐中主時年二十五，則非時代不

〔一〕　倚危闌，原作『危倚闌』，據《全宋詞》乙。

相及也。故王氏就詞派言，夏氏就時間言，似俱未當。《花間》所以不收馮正中詞及南唐中主詞，當由於地域關係。選《花間集》者，爲蜀人趙崇祚；序《花間集》者，爲蜀人歐陽炯，而所選者，又多爲蜀人，或曾仕宦於蜀者。此蓋由於偏於一隅，僅就耳目所及者選之耳。故《花間集》實爲一地方詞選。五代大亂，天下分裂，西蜀與南唐，一西一東，相距千里。聲氣鮮通，流傳不及，蜀人不錄南唐人詞，非地理使然歟。

南京《中央日報》一九四七年八月一五日

二〇 名宦柳永

世皆知永爲無行詞人，而不知其嘗爲名宦也。永《宋史》無傳，故其事蹟不詳。宋人筆記，如《避暑錄話》、《後山詩話》、《澠水燕談》、《苕溪漁隱叢話》、《能改齋漫錄》諸書，所載永事，亦甚簡略。其宦蹟尤鮮著錄。吾人所知，僅永嘗爲睦州推官，終至屯田員外郎而已。然觀宋祝穆《方輿勝覽》卷六，明載名宦柳耆卿。並注云，『監定海曉峯鹽場，有題詠。』是永又嘗爲定海鹽官也。顧祝氏所謂題詠，則未錄出。尋檢元人馮福京等所撰《大德昌國州圖志》，見書中卷六名宦類，亦載永嘗爲曉峯鹽場官，並有〈鬻海歌〉云：『鬻海之民何所營，婦無蠶織夫無耕。衣食之原有寥落[一]，牢盆鬻就汝輸征。年年春夏潮盈浦，潮退刮泥成島嶼。風乾日暴鹽味加，始灌潮波塯成滷。滷濃鹽淡未得閒，採樵深入無窮山。豹蹤虎跡不敢避，朝陽出去夕陽還。船載肩擎未皇歇，投

[一] 『衣食』句，《昌國州圖志》卷六作『衣食之原太寥落』。

入巨竈炎炎爇。晨燒暮爍堆積高，才得波濤變成雪。自從瀦滷至飛霜，無非假貸充餱糧。沒入官中得微直，一緡往往十緡償。周而復始無休息，官租未了私租逼。驅妻逐子課工程，雖作人形俱菜色。鬻海之民何苦辛，安得母富子不貧。本朝一物不失所，願廣皇仁到海濱。甲兵净洗征輸輟，君有餘財罷鹽鐵。太平相業何惟鹽，化作夏商周時節。』此歌爲海濱小民，申述苦痛。亦猶白香山秦中之吟。而『願廣皇仁』之心跡，尤足稱道，誠不愧爲名宦也。

二一　清眞懷遠堂詩

予昔輯周邦彦《清眞先生文集》，得賦一，表一，記二，詩二十九，斷句三，帖一。其間〈睦州建德縣清理堂記〉，得自《永樂大典》卷七千二百四十一堂字韻。詩七首，得自《大典》卷八百五十九詩字韻。又詩六首，見《大典》卷二千二百七十四湖字韻。又詩一首，見《大典》卷一萬九千六百三十七目字韻。其後予復見《大典》卷七千二百三十九堂字韻，得清眞〈懷隱堂〉詩一首，因亟錄之。詩云：『昔賢抱奇識，閱世猶鼠肝。深韜畏軒冕，自謂山林寬。至今仰高躅，凛若冰雪寒。我侯坐少孤，久著聚鷸冠。辛勤取微鷸，屢費黄金丸。歸來長太息，依舊一瓢簞。偶逢隱者谷，愛此高巑岏。結廬面絶壁，所幸一枝安。侯今未全老，每據伏波鞍。曷不持長纓，取虜報縣官。功名事不磨，未可樂丘墦[一]。嗟我如鷦鷯，盡室寄葦萑。謀居轉幽邃，欲把嚴陵竿。歸乏環堵室，始覺生理難。因侯有華構，彌起百憂端。』《大典》所引爲《清眞集》，想即《宋史·藝文志》所著錄

〔一〕墦，原作『蟠』，據《清真集箋注》改。

之《清眞集》。安得多見《大典》，所得詩文，當更多云。

二二　補《全唐詩》呂洞賓詞

相傳呂巖，字洞賓，關右人。咸通中，舉進士不第，攜家隱終南。《全唐詩》卷三十二，載其詞三十首，大率宋元人所僞託。其間〔卜算子〕『心空道亦空』一首，乃徐俯詞，見《樂府雅詞》。《大典》本李呂《澹軒集》亦載此首，是一誤再誤矣。又宋一首詞云：『暫遊大庾。白鶴飛來誰共語。嶺畔人家。曾見寒梅幾度花。　春來春去。人在落花流水處。花滿前蹊。藏盡神仙人不知。』《全唐詩》注云，詞名無考。案此乃〔減字木蘭花〕詞，不知何以云無考也。又《鳴鶴餘音》中呂詞，尚有〔解紅〕『洞天深處』一首，〔吳音子〕『欲要神仙』一首，〔無愁可解〕『返照人間』一首，〔無俗念〕『全真大道』一首，〔鶯啼序〕『三峯路險』一首，〔江神子〕『人生七十』一首，〔沁園春〕『世事紛紛』一首，『不喜輕裘』一首，『大道無名』一首，『瑞雪翻雲』一首，『黃鶴樓前』一首，『切勸學人』一首，『昨夜南京』一首，『打破疑團』一首，『瑞雪長空』一首，『自古興衰』一首，『絕品龍團』一首，『自古神仙』一首，『好無來由』一首，『眞一長存』一首，『要做神仙』一首，『大智閑閑』一首，共二十二首。此外尚有〔水仙子〕『醉魂別後』一首，乃曲調，則明爲元人所假託。

二三　宋金元道士詞紀

宋自眞宗、徽宗信道，於是士大夫信道者亦多。而道士亦藉當時之詞體，盛傳其道。金元道士，傳道皆有宗派。而以詞傳道之風愈盛。計宋道士詞，有張伯端《紫陽眞人詞》，共二十五首。張繼先[二]《虛靖眞君詞》，共五十首。葛長庚《玉蟾先生詩餘》[三]，共一百三十六首。夏元鼎《蓬萊鼓吹》，共三十首。此皆見諸《彊村叢書》者。此外薛式有詞九首，陳楠有詞十首，蕭廷之有詞二十四首，宋先生有詞二十二首，柳棨有詞三十七首，彭耜有詞三首，徐沖淵有詞一首，張韞有詞一首，龔大明有詞六首，于眞人有詞十六首，蔡眞人有詞一首，此皆見諸《道藏》及他書者。金道士馬鈺有詞七百九首，王喆有詞六百六十二首，王處玄有詞九十三首，孫不二有詞十三首，此亦皆見諸《道藏》。元道士丘處機有《磻溪詞》一百四十九首，李道純有《清庵先生詞》五十八首，並見《彊村遺書》。姬志眞有《雲山集詞》六十三首，見《雙照樓詞刊》。此外元道士譚處端有詞一百五十五首，尹志平有詞一百七十首，王先生有詞一百四十九首，王吉昌有詞一百七十六首，劉志淵有詞五十六首，宋德方有詞二十首，林轅有詞六首，馮尊師有詞二十四首，郝大通有詞一首，莫月鼎有詞一首，長筌子有詞七十六首，盤山眞人詞二首，皇甫眞人詞一首，牛眞人詞二首，吳眞人詞一首，桓眞人詞一首，辛天君詞三首，劉鐵冠詞四首，陳益之詞一首，皆見《道藏》及《鳴鶴餘音》。綜計宋道士十五人，詞二百七十一首；金道士四人，詞一千四百七十七首；元道士十四人，詞一千一百十九首。三朝道士共三十三人，詞共二千八百六十七首。此皆道家文獻，安得有力者彙刻爲一集，以廣流傳。

南京《中央日報》一九四七年八月二四日

[二] 張繼先，原作「張繼仙」，據《全宋詞》改。

[三] 玉蟾先生詩餘，原作「玉蟾先在詩餘」，據《全宋詞》改。

二四 蘇子由詞

東坡樂府，名滿天下，世無不知者。獨子由詞以從來選本皆未箸録，故知者甚少。予曩輯宋詞，既從《東坡樂府》中，得子由〔水調歌頭〕一首；又從《欒城遺言》中，得子由〔漁家傲〕一首。抗戰期間，復檢《欒城詩集》第十三卷，得子由效韋蘇州〔調嘯〕詞二首。其一云：『漁父。漁父。水上微風細雨。清簑黄篛裳衣。紅酒白魚暮歸。暮歸。暮歸。歸暮。長笛一聲何處。』其二云：『歸雁。歸雁。飲啄江南南岸。將飛却下盤桓。塞北春來苦寒。苦寒。苦寒。寒苦。藻荇欲生且住。』當時子由所作，必不止此，惜今俱不傳矣。《彊村叢書》所刻宋劉子翬《屏山詞》，熊禾《勿軒長短句》，游九言《默齋詞》，張舜民《畫墁詞》，徐經孫《矩山集》，沈與求《龜溪長短句》，汪藻《浮溪集》，皆四首。而所刻蔡戡《定齋詩餘》，陳耆卿《篔窗詞》，皆僅三首。依此例，則子由《欒城詞》四首，亦可刻爲一卷也。斐雲，泳先，一再輯宋詞，俱未采及，則知古人遺珠尚多，要當隨時隨地，注意搜檢云。

二五 韋應物〔調嘯令〕

《四部備要》刊明翻宋本《韋蘇州集》，有〔調嘯令〕二首。其一云：『胡馬。胡馬。遠放燕支山下。跑沙跑雪獨嘶。東望西望路迷。路迷。路迷。迷路。邊草無窮日暮。』其二云：『河漢。

河漢。曉待[一]秋城漫漫。愁人起望相思。塞北江南別離。別離。別離。離別。河漢雖同路絶。』

案此韋詞原體如此，蘇子由和韋詞，疊法亦如此，足爲韋詞作三疊之明證。《尊前集》將韋詞，一作『迷路迷路』，一作『離別離別』，皆作兩疊。此或因涉王建兩疊體而誤改。後之選本，選韋詞此調者，無不作兩疊。以訛傳訛，莫聞是正。萬紅友《詞律》，既未錄此體，林小舫、徐誠庵，亦未能校補。徐戟門《詞律校箋》，詳考詞調，而於此體，亦未采及。皆由未檢蘇州原集，只就選集如《尊前集》、《詞綜》、《全唐詩》諸書爲據，以爲唐人只此兩疊一體，並無三疊之體。使非欒城有和作，幾何不疑蘇州原集有誤，而反以《尊前》諸書所載爲可信耶。

二六　晏小山詞之誤

《小山詞》今無善本，《苕溪漁隱叢話》所謂《小山樂府補亡集》，久已失傳。《直齋書錄解題》所載《小山詞》一卷，今亦不見。傳世者有毛氏汲古閣本《小山詞》一卷，誤字頗多。宋氏[二]《彊村叢書》所刻《小山詞》，係用趙氏星鳳閣藏明鈔本，較毛刻爲優。然許氏鑒止水齋所藏明鈔本，分作二卷，且目次與毛刻亦不同。故宋本面目，究竟如何，殊難臆斷。朱氏《小山詞》刻中，〔蝶戀花〕『卷絮風頭』一首，『欲減羅衣』一首，據《樂府雅詞》，知皆爲趙德麟之作。〔生查子〕『關山魂夢長』一首，據《花庵唐宋詞選》，知爲王觀之作。尚有〔行香子〕一首云：『晚

[一] 曉待，《全唐五代詞》作『曉挂』。

[二] 宋氏，疑當作『朱氏』。

綠寒紅。芳意匆匆。惜年華、今與誰同。碧雲零落，數字征鴻。看渚蓮凋，宮扇舊，怨秋風。流波墜葉，佳期何在，想天教、離恨無窮。試將前事，閒倚梧桐。有消魂處，明月夜，粉屏空。』自來校《小山詞》者，俱不知此詞非小山詞也。書城作二晏及其詞，亦未知之。此乃汪正夫詞，見《花庵唐宋詞選》[二]卷五。正夫名朝之，宣州人。熙寧中登第，爲職方郎中，廣南轉運使，降知虔州，卒，有集三千卷。詞僅傳此一首，不知何以誤入《小山詞》中也。

二七　田中行〔搗練子〕

宋田中行，不詳何人。秦本《陽春白雪》五引康伯可〔風入松〕云：『一宵風雨送[三]春歸，綠暗紅稀。畫樓整日無人到，與誰同撚花枝。門外薔薇開也，枝頭梅子酸時。　玉人應是數歸期。翠斂愁眉。塞鴻不到雙魚遠，歎樓前、流水難西。新恨欲題紅葉，東風滿院花飛。』並注云：『又附田中行集』，是中行有集，集中有此一首也。斐雲輯伯可《順庵樂府》，未引此註，是抹殺中行矣。又石孝友《金谷遺音》中，載〔浣溪沙〕〈集句〉一首云：『宿醉離愁慢髻鬟（韓偓）。綠殘紅豆憶前歡（叔原）。錦江春水寄書難（叔原）。　紅袖時籠金鴨暖（少游），小樓吹徹玉笙寒（李璟），爲誰和淚倚闌干（中行）。』觀末句，可知中行又有〔搗練子〕，即『雲鬟亂，離妝殘』一首。而或以爲李後主詞，實不足信也。南詞本《南唐二主詞》，原無〔搗練子〕，明呂遠本殆從楊升庵

[二] 花庵唐宋詞選，原作『范庵唐宋詞選』。
[三] 送，原脱，據《全宋詞》補。

《詞林萬選》補入。升庵更因此而虚造〔鷓鴣天〕，尤非事實。

南京《中央日報》一九四七年九月一日

二八　唐莊宗〔憶仙姿〕

《尊前集》載後唐莊宗〔憶仙姿〕云：『曾宴桃源深洞。一曲清歌舞鳳。長記欲别時，和淚出門相送。如夢。如夢。殘月落花烟重。』東坡言，〔如夢令〕曲名本唐莊宗製，名〔憶仙姿〕，嫌其不雅，改云『如夢』。莊宗作此詞卒章云『如夢。如夢。和淚出門相送』，取以爲之名。宋楊湜《古今詞話》言，此詞乃唐莊宗修内苑，掘得斷碑上所載。予謂，東坡之言是也。《詞話》所言，苕溪漁隱已駁其非。蓋莊宗原製名〔憶仙姿〕，以有『如夢』句，遂改曰〔如夢令〕。惟改之者，疑未必爲莊宗自改，或後人以其有『如夢』句而改之耳。且此調又名〔宴桃源〕，疑亦因莊宗此詞首句『曾宴桃源深洞』而名之。前此並無〔如夢令〕與〔宴桃源〕之名也。《尊前》載白居易〔宴桃源〕三首，《全唐詩》又載白居易〔如夢令〕三首，詞同名異，皆不可信。〔宴桃源〕與〔如夢令〕之名，至後唐莊宗以後始有，中唐白居易時，安得預有此名。白氏《長慶集》卷七十一後，白氏自記云：『若集内無，而假名流傳者，皆謬爲耳。』若此三首，不見於《長慶集》内，其爲他人謬託可知。

二九　《詞林紀事》體例不善

清張宗橚編《詞林紀事》一書，以人爲主，而系以詞。書共二十二卷，自唐五代十國以及宋金元詞人，悉依時代先後排比，最爲整齊。較之《詞苑叢談》分類蕪雜，不注出處者勝矣。然其失處，亦有三端。其一，任意增删原文，致失本來面目。吾人就其所引者，以尋宋人書籍原文，雖大意不差，而文字出入頗大。若據原書以校，誠有校不勝校之歎。近人嘗有《詞林紀事補正》，實則未補正者仍多。頗惜張氏當時既編此書，何以不將原文一字不易，引入本書，而必以己意，自由更動。其二，徵引本事，不直取宋人載籍，而僅据明清人詞書入録，有數典忘祖之憾。明人詞書，如《詞統》，如《花草粹編》，皆間注本事。其實皆本之宋人載籍。而清人詞書，如《詞苑叢談》，又往往本諸《詞統》及《花草粹編》，今此書更有引《詞苑叢談》者。近人言詞人之事，甚至即引此書，展轉稗販，來歷茫然。其三，書名『紀事』，而書中多有漫録前人一二評語，以充篇幅者。書中所載，宋人如黄昇、張磐、黄公紹、洪瑹、李芸子、李演、周端臣、鄧剡，元人如薩都拉、張翥、張埜、吴鎮、倪雲林、陶宗儀、邵亨貞、黄澄、邱長春等，皆無本事可紀，頗違輯書之本旨。使直取宋元人載籍，而又汰其無本事者，重編一書，當更有益有學者。

三〇　金陵石刻詞

昔朱述之先生，嘗擬編《金陵金石志》，自校官碑以至明初墓碑。有原石者，則悉心拓之。無原石者，則就原拓鈎勒。並原拓亦無者，則録其原文。宋人詞勝，故石刻多有刻詞者。金陵石刻之詞，以東坡〈白鷺洲〉〔漁家傲〕一首爲最早。詞云：『千古龍蟠並虎踞。從公一弔與亡處。渺渺斜風吹細雨。芳草渡。江南父老留公住。　公駕風車凌彩霧。紅鸞驂乘青鸞馭。卻訝此洲名白鷺。非吾侣。翩然欲下還飛去。』南宋則有吴琚〈遊青溪〉〔浪淘沙〕一首，詞云：『岸柳可藏鴉。路轉溪斜。忘機鷗鷺立汀沙。咫尺鍾山迷望眼，一半雲遮。臨水整烏紗。兩鬢蒼華。故鄉心事在天涯。幾日不來春便老，開盡桃花。』又王埜〔六州歌頭〕一首云：『龍蟠虎踞，今古帝王州。水如淮，山似洛，鳳來遊。五雲浮。宇宙無終極，千載恨，六朝事，同一夢休。更莫問閒愁。風景悠悠。得似青溪曲，著我扁舟。對殘烟瘦草，滿目是清秋。白鷺汀洲。夕陽收。黄旗紫蓋，中興運，鍾王氣，護金甌。駐游蹕，開行殿，夾朱樓[一]。送華輈。萬里長江險，集鴻雁，列貔貅。掃關河，清海岱，志愿酬。機會何常，鶴唳風聲處，天意人謀。臣今雖老，未遣壯心休。擊楫中流。』此三首並見《景定建康志》，以後之志書並文字而亦無之矣。今存之石刻宋詞，有如愚居士之〔滿庭芳〕云：『吾乃當塗，棄儒奉道，遵行聖誨多年。已逾三紀，截滅六塵緣。因習業、自營度日，未嘗謁見豪賢。般若力，掀翻煩惱，坦蕩獨翛然。來斯，十四載，裝鑾佛像，塔宇盡光鮮。造遮暘石道，直至水礶邊。都係束脩已鏹，捨爲助道安禪。知慚愧，了無所得，本覺性明圓。』此詞正書在牛首山辟支塔右，下署『淳祐四年十月』，拓本高一尺七寸，廣一尺四寸。共九行，行字不等，字逕一寸許。世有承述之先生之志，而擬編《金陵金石志》者，此亦不可少之資料也。

三一　白玉蟾改少游詞

《能改齋漫錄》曾記琴操改少游〔滿庭芳〕詞，爲東坡所賞。予見白玉蟾詩餘中，亦有改少游〔八六子〕詞，頗有韻致。少游原詞云：『倚危亭。恨如芳草，萋萋剗盡還生。念柳外青驄別後，水

[一] 夾朱樓，原作『夾樓』，據《全宋詞》補。

邊紅袂分時，愴然暗驚。無端天與娉婷。夜月一簾幽夢，春風十里柔情。　怎奈向、歡娛漸隨流水，素絃聲斷，翠綃香減，那堪片片飛花弄晚，濛濛殘雨籠晴。正消凝。黃鸝又啼數聲。』白玉蟾改詞云：『倚危亭。恨如芳草，萋萋剗盡還生。念柳外青驪去後，洞中白鶴歸來，恍然暗驚。吾家渺在瑤京。夜月一簾花影，春風十里松鳴。　奈昨夢、前塵漸隨流水，鳳簫歌杳，水長天遠，那堪片片飛霞弄晚，絲絲細雨籠晴。正消凝。子規又啼數聲。』中間微易數字，而氣象大不相同。一則濃情繾綣，一則瀟灑出塵。『夜月一簾幽夢，春風十里柔情』，與『夜月一簾花影，春風十里松鳴』，可謂各極其勝。

南京《中央日報》一九四七年九月八日

三二　春字詞

《玉臺新詠》卷七，曾載梁簡文帝〈春日〉詩，每句皆有『春』字。詩云：『春還春節美，春日春風過。春心日日異，春情處處多。處處春芳動，日日春禽變。春意春已繁，春人春不見。不見懷春人，徒望春光新。春愁春自結，春結誰能申。欲道春園趣，復憶春時人。春人竟何在，空爽上春期。獨念春花落，還似昔春時。』《尊前集》載歐陽炯〈清平樂〉詞，亦每句有春字。詞云：『春來階砌。春雨如絲細。春地滿飄紅杏蒂。春燕舞隨風勢。　春幡細縷春繒，春閨一點春燈。自是春心撩亂，非干春夢無憑。』一詩一詞，無獨有偶。詞有叶韻處，同用一字者，號『獨木橋體』。自此則句中同用一『春』字，亦『獨木橋』之變體。

三三　方言叶韻

稼軒〔一翦梅〕云：『憶對中秋丹桂叢。花在盃中。月在盃中。今宵樓上一尊同。雲溼紗窗。雨溼紗窗。　渾欲乘風問化工。路也難通。信也難通。滿堂惟有燭花紅。盃且從容。歌且從容。』以『窗』與『同』叶者，此稼軒用方言也。《四朝聞見錄》丙集載晉江林外，題〔洞仙歌〕於垂虹。其間『林屋洞内無鎖』句，與『唯有江山不老』句叶。孝宗以『鎖』與『老』叶，知爲閩音，並知作者爲福州秀才。此林外用方言也。因思《雲謡集》中有〔柳青娘〕云：『素絲鬒綰臉邊芳。淡紅衫子掩酥胸。出門斜捻同心弄，意徊惶。故使横波認玉郎。　叵耐不知何處去，教人幾度挂羅裳。待得歸來須共語，情轉傷。斷却妝樓伴小娘。』此詞『胸』與『芳』叶，與稼軒之『窗』與『同』叶相反。《詩經》『將仲子兮』一章，『兄』與『牆』、『桑』叶，則與此詞同。

三四　小晏用翁宏詩

晏幾道〔臨江仙〕云：『夢後樓臺高鎖，酒醒簾幙低垂。去年春恨却來時。落花人獨立，微雨燕雙飛。　記得小蘋初見，兩重心字羅衣。琵琶絃上説相思。當時明月在，曾照彩雲歸。』此詞盛傳人口，康南海以爲起句純是華嚴境界。『落花』二句，譚復堂以爲千古名句。不知此二句，乃截取唐人翁宏詩。宏字大舉，桂州人。《全唐詩》卷二十八載其詩三首。其一〈送廖融處士南遊〉詩，其二〈春殘〉詩，其三〈秋殘〉詩。此二句見〈春殘〉詩，原詩云：『又是春殘也，如何出翠幃。落花人獨立，微雨燕雙飛。寓目魂將斷，經年夢亦非。那堪向愁夕，蕭颯暮蟬輝。』翁詩並不聞名，而晏詞人皆傳誦。豈不以其拈來現成，恰到好處耶。『去年春恨却來時』一句，承上疎下，關鍵所在。方回〔臨江仙〕云：『舊遊夢挂碧雲邊。人歸落雁後，思發在花前。』『人歸』兩句，本薛道衡詩，『舊遊』句亦承上疎下，方回整取入詞，自然拍合。與小晏整取翁詩，可謂異曲同工。

三五　王安石乃野狐精

東坡極稱荆公詩詞，曾兩度謂爲『野狐精』。其一，元祐間，東坡奉祠[一]西太一宫，見荆公舊詩云：『楊柳鳴蜩緑暗，荷花落日紅酣。三十六陂春水，白頭想見江南。』注目久之，曰：『此老野狐精也。』此見《苕溪漁隱叢話》前集卷三十五。其二，荆公爲〔桂枝香〕云：『登臨送目。正故國晚秋，天氣初肅。千里澄江似練，翠峯如簇。征帆去棹斜陽裏，背西風、酒旗斜矗。綵舟雲淡，星河鷺起，畫圖難足。　念自昔、豪華競逐。歎門外樓頭，悲恨相續。千古憑高，對此漫嗟榮辱。六朝舊事如流水，但寒烟、衰草凝緑。至今商女，時時猶唱，〔後庭〕遺曲。』此爲〈金陵懷古〉詞，當時寄調於〔桂枝香〕者三十餘家，獨荆公爲絶唱。東坡見之歎曰：『此老乃野狐精也。』此見《古今詞話》。東坡羨服如此，始知李易安之論荆公，乃逞才使氣之語，非公論也。

〔一〕　奉祠，原作『奉詞』。

三六 〔千秋歲〕和詞

少游在衡陽，作〔千秋歲〕詞，一時和者，有孔平仲、東坡、山谷，及惠洪諸家。山谷追和，已在少游死後，語尤沉着。茲錄五詞，以見諸公與少游之深情。少游原詞云：『水邊沙外。城郭春寒退。花影亂，鶯聲碎。飄零疎酒盞，離别寬衣帶。人不見，碧雲暮合空相對。　憶昔西池會，鵷鷺同飛蓋。携手處，今誰在。日邊清夢斷，鏡裏朱顔改。春去也，飛紅萬點愁如海。』孔平仲和云：『春風湖外。紅杏花初退。孤館静，愁腸碎。淚餘痕在枕，别久香銷帶。新睡起，小園戲蝶飛成對。　惆悵人誰會。隨處聊傾蓋。情暫遣，心何在。錦書消息斷，玉漏花陰改。遲日暮，仙山杳杳空雲海。』東坡時在儋耳，和云：『島邊天外。未老身先退。珠淚濺，丹衷碎。聲摇蒼玉佩，色重黄金帶。一萬里，斜陽正與長安對。　道遠誰云會。罪大天能蓋。君命重，臣節在。新恩猶可覬，舊学終難改。吾已矣，乘桴且恁浮於海。』山谷竄宜州，道過衡陽，覽少游遺墨，和云：『苑邊花外。記得同朝退。飛騎軋，鳴珂碎。齊歌雲遶扇，趙舞風回帶。巖鼓斷，杯盤狼藉猶相對。　洒淚誰能會。醉卧藤陰蓋。人已去，詞空在。兔園高宴悄，虎觀英游改。重感慨，波瀾萬頃珠沉海。』此三首和詞，見《能改齋漫録》。《冷齋夜話》又載惠洪和云：『半身屏外。睡覺唇紅退。春思亂，芳心碎。空餘簪髻玉，不見流蘇帶。試與問，今人秀整誰宜對。　湘浦曾同會。手搴輕羅蓋。疑是夢，今猶在。十分春易盡，一點情難改。多少事，却隨恨遠連雲海。』惠洪云：『少游小詞奇麗，詠歌之，想見其神清在絳闕道山之間。』其傾倒之深可知。

南京《中央日報》一九四七年九月一四日

三七　小樓吹徹玉笙寒

南唐中主詞，『細雨夢回鷄塞遠，小樓吹徹玉笙寒』，下句往往爲人所誤解。以爲小樓高曠，吹笙既久，自感寒意。閲方成培《詞麈》，乃知其非。《詞麈》『論笙』一則云：『平時以青囊衣之，勿令灰蟲入管。入管則吹不應律。吹多則簧有氣水，亦不應律。須以微火烘之。陸龜蒙詩：「妾思正如簧，時時望君暖。」中主詞：「細雨夢回鷄塞遠，小樓吹徹玉笙寒」，正用龜蒙詩，故妙絶。後人只看作吹徹玉笙，小樓中寒耳，便全無意味，且與上句不對。』此論『笙寒』最明。遠承『鷄塞』言，『寒』亦自承『玉笙』言。且少游詞云『指冷玉笙寒，吹徹小梅春透』，正用中主詞，可爲『笙寒』作證。自來以爲小樓寒者，皆不明吹笙之理耳。

三八　宋江蘇詞人

京市昔屬江蘇江寧府，宋詞人有上元周端臣。端臣字彦良，號葵窗。詞集曰《葵窗詞稿》，趙斐雲自輯本，詞共五首。予復自《永樂大典》輯得四首，合之趙輯，共詞九首。此外江寧章文虎妻劉彤有《文美詞稿》，但詞僅傳一首，見《苕溪漁隱叢話》。至蘇州，則有范仲淹《范文正公詩餘》，葉夢得《石林詞》，范成大《石湖詞》，陳三聘《和石湖詞》。葉詞見毛刻《六十家詞》，餘皆見《彊村叢書》。又《中吳紀聞》載有吳感、范周詞，《花庵詞選》載有丁謂、葉清臣詞，《絶妙詞選》載有施岳詞，《洞霄圖志》載有徐冲淵詞。《范文正公詩餘》後，又附有范純仁詞。揚州則有仲并《浮山詩餘》，見《大典・浮山集》本。又《青箱雜記》載有陳亞詞，《花庵詞選》載有孫洙及王昂詞，《拙軒集》載有張侃詞，《絶妙好詞》載有莫崙詞，《陽春白雪》載有陳偕詞，《洞霄圖志》載有張輯詞。高郵則有秦觀《淮海詞》，觀弟覯，觀子湛，皆有詞流傳。又王觀有《冠柳詞》，陳造有《江湖長翁詞》，並見趙輯本。丹陽則有葛勝仲《丹陽集》，葛立方《歸愚集》，並見毛刻本。又陳東有詞見《少陽集》，蘇庠、祖可有詞，並見《花庵詞選》。丹徒則有張榘《芸窗詞》，見毛刻本。又施樞有詞見《陽春白雪》，張紹文有詞見《江湖後集》，蔣元龍有詞見《花庵詞選》。松江則有姚述堯《簫臺公餘詞》，衛宗武《秋聲詩餘》，並見《彊村叢書》。又《樂府雅詞》有李甲詞，《絶妙詞選》有儲泳詞，《洞霄圖志》有陳若晦詞。宜興則有蔣捷《竹山詞》及王湛詞。常州則有胡世將詞見《陝西通志》，鄭浩詞見《冷齋夜話》，張友仁詞見《金石萃編》。無錫則有尤袤詞，見《萬柳溪邊舊話》。徐州則有陳師道《后山詞》，見毛刻本，又有鄭僅詞，見《樂府雅詞》。海州則有胡松年詞，見《雲麓漫鈔》。淮安則有徐積《節孝集》。淮陰則有張耒《柯山集》。江陰則有丘崈《丘文定公詞》。金壇則有張綱《華陽長短句》。丘、張詞並見《彊村叢書》。金壇又有陳從古《洮湖詞》，見《直齋書錄解題》，惜原集不傳，今《全芳備祖》載其詞一首。宋江蘇詞人，略考如上。輯詞徵者，或考文獻者，庶有取焉。

三九　胡應麟誤解〔菩薩蠻〕

明胡應麟《少室山房筆叢》，既引《杜陽雜編》，以證太白之世，尚未有〔菩薩蠻〕調，有之自大中初始，又引《北夢瑣言》云：『宣宗愛唱〔菩薩蠻〕詞，令狐丞相假飛卿新撰，密進之。戒以勿泄，而遽言于人。由是疏之。按大中即宣宗年號，此詞新播，故人喜歌之。予屢疑近飛卿，至是釋然，自信具隻眼也。』予謂，胡氏言太白之世尚無〔菩薩蠻〕調，是失考《教坊記》。謂爲飛卿嫁名太白，是誤解《北夢瑣言》。飛卿撰〔菩薩蠻〕，與太白了不相涉。《北夢瑣言》既未言飛卿新撰『平林漠漠烟如織』一首〔菩薩蠻〕，又未言飛卿嫁名太白，何得牽强附會。且胡氏以爲此詞及〔憶秦娥〕詞，雖工麗，而氣衰颯，于太白超然之致，不啻霄壤。詳其意調，絶類溫方城輩。予謂此二詞，氣象宏闊，蒼涼悲壯，與太白超然之致，正復相合。而溫方城濃金蹙繡，深美閎約，爲《花間》冠冕，與太白之意調，絶不相類。誠不知胡氏何所見而云然。太白是否作此二詞，雖成問題，然謂爲飛卿嫁名，則自是臆説，羌無實據。

南京《中央日報》一九四七年九月二八日

四〇　《于湖詞》宫調

詞之宫調，今存者，有子野、清眞、耆卿、白石、夢窗諸家。《金奩集》、《尊前集》，亦間附宫調。劍丞先生撰《詞調溯源》，論二十八調詞牌名，即取諸集爲證。然不知《于湖詞》，亦有宫調，足資舉證。毛刻《于湖詞》，初据《花庵詞選》二十四首入録；後得于湖詞集，又删其與前刻重者，另編二卷。故次序凌亂，未爲善本。晚清雙照樓景印宋本《于湖文集·樂府》，涉園景印宋本《于湖居士長短句》，兩宋本一時並出，良大幸事。而涉園本並附宫調，尤爲可貴。計其中，入大石調之詞牌，有〔六州歌頭〕、〔念奴嬌〕、〔水調歌頭〕、〔鷓鴣天〕、〔醜奴兒〕、〔望江南〕；入商調之詞牌，有〔定風波〕、〔訴衷情〕、〔蝶戀花〕；入雙調之詞牌，有〔雨中花〕及〔南鄉子〕。入中呂調[一]之詞牌，有〔多麗〕、〔眼兒媚〕、〔踏莎行〕、〔生查子〕、〔柳梢青〕、〔西江月〕；入正宮之詞牌，有〔虞美人〕及〔清平樂〕；入林鍾商之詞牌，有〔二郎神〕；入黃鍾宮之詞牌，有〔浣溪沙〕及〔憶秦娥〕；入仙吕調之詞牌，有〔減字木蘭花〕、〔醉落魄〕、〔鵲橋仙〕、〔滿江紅〕、〔點絳唇〕、〔臨江仙〕；入高平調之詞牌，有〔木蘭花慢〕、〔卜算子〕、〔歸自謡〕；入越調之詞牌，有〔水龍吟〕及〔霜天曉角〕；入正平調之詞牌，有〔菩薩蠻〕及〔青玉案〕。入般涉調之詞牌，有〔瑞鷓鴣〕。轉調之詞牌，有〔南歌子〕。宋張炎《詞源》謂當時雅俗通行宮調，祇七宮十二調。考《于湖詞》之宮調，皆與之合。研究詞樂者，得此資料，諒不無小補。昔凌廷堪作《燕樂考原》[二]，歷引諸家詞集之附宮調者。亦惜其未引《于湖詞》。蓋當時宋本未出，末由引證。以是知書之顯晦，遲早有時。而人之遭遇，亦有幸不幸云。

四一　胡震亨誤解〔憶秦娥〕

明胡震亨《唐音癸籤》云：『文宗宮人阿翹善歌，出宮，嫁金吾衛長史秦誠。誠出使新羅，翹思念，撰小詞爲〔憶秦郎〕，誠亦於是夜，夢傳其曲拍。歸日，合之無異。後有〔憶秦娥〕，或即出此。』或謂〔憶秦娥〕一調，至文宗時始有，太白安得預填此詞。不知胡氏所謂『後有〔憶秦

〔一〕中吕調，原作『中吕詞』。

〔二〕燕樂考原，原作『燕樂考源』。

娥」，或卽出此』語，明爲胡氏臆説，不足憑信。且詞名『憶秦郎』，亦非『憶秦娥』。豈秦郎秦娥，可隨意定名耶。宋邵博《聞見後錄》云：『「簫聲咽。秦娥夢斷秦樓月。秦樓月。灞陵柳色。年年傷別。　樂遊原上清秋節。咸陽古道音塵絶。音塵絶。西風殘照，漢家陵闕。」李太白詞也。予嘗秋日餞客咸陽寶釵樓上，漢諸陵在晚照中。有歌此詞者，一坐淒然而罷。』此正言〔憶秦娥〕爲太白之作。觀詞中所謂秦娥、秦樓、灞陵、樂遊原、咸陽古道、漢家闕陵，皆秦中故事。此蓋太白秦中懷古之作。起句『簫聲咽。秦娥夢斷秦樓月』，自用秦蕭史弄玉事。此詞即非太白作，而詞旨爲秦中懷古，當可無疑。乃胡氏不解詞旨，又附會秦誠之事，亦可[一]哂矣。而近人獨不信宋邵博之言，顧信明胡震亨之言，尤可異矣。

四二　〔南歌子〕七變

《雲溪友議》記裴諴與溫飛卿爲友，好作歌曲。其〔南歌子〕云：『不是廚中串，爭知炙裏心。井邊銀釧落，展轉恨還深。』此〔南歌子〕最初形式，與五言絶無異。溫飛卿變化其詞云：『似帶如絲柳，團酥握雪花。簾卷玉鈎斜。九衢塵欲暮，逐香車。』首二句全未變，末句多出三字。迨張泌又自溫詞變化，詞云：『柳色遮樓暗，桐花落砌香。畫堂開處遠風涼。高卷水精簾額，襯斜陽。』所變者，第三句多二字，第四句多一字。至依泌詞演爲雙疊者，則有毛熙震之詞云：『惹恨還添恨，牽腸卽斷腸。凝情不語一枝芳。獨映畫簾閒坐，繡衣香。　暗想爲雲女，應憐傅粉郎。晚來輕步

〔一〕可，原作空格，據文意補。

出閨房。髻慢釵橫無力，縱猖狂。』敦煌發見之詞中，亦有雙疊〈南歌子〉，視毛詞上下疊，僅多[一]二字。詞云：『悔嫁風流壻，風流無憑準。攀花折柳得人憎。夜夜歸來沉醉，千聲喚不應。回顧簾前月，鴛鴦帳裏燈。分明照見負心人。問道些須心事，搖頭道不曾。』宋周邦彥雙疊〈南歌子〉，上下疊末句獨作四字。詞云：『膩頸凝蘇白，輕衫淡粉紅。碧油[二]涼氣透簾櫳。指點庭花低映，雲母屏風。　恨逐瑤琴寫，書勞玉指封。等閒贏得瘦儀容。何事不教雲雨，略下巫峯。』宋石孝友又變作仄韻，詞云：『春淺梅紅小，山寒嵐翠薄。斜風吹雨入簾幕。夢覺南樓嗚咽，數聲角。　歌酒工夫嬾，別離情緒惡。舞衫寬盡不堪着。若比那回相見，更消削。』歷觀各詞，其演變之迹，至爲分明。詞之形成，原因不一。然由詩變，亦其一因。固不可謂詞之與詩，絕無[三]關係也。

南京《中央日報》一九四七年一〇月八日

四三　《東坡樂府箋》補

榆生彙箋《東坡樂府》，創獲頗多，有功詞苑不淺。偶閱宋胡仔《苕溪漁隱叢話》，見其中所紀坡詞，猶有可補者，因志於下。前集卷三云：『東坡云，余舊好誦陶潛〈歸去來〉，嘗患其不入音律，近輒微加增損，作般涉調〈哨遍〉。雖微改其詞，而不改其意。請以《文選》及〈本傳〉考之，方

[一] 多，原作空格。
[二] 油，原作空，據《全宋詞》補。
[三] 無，原作空格，據文意補。

知字字皆非創入也。』前集卷三十九云：『「揀盡寒枝不肯棲」之句，或云鴻雁未嘗棲宿樹枝，惟在田野葦叢間。此亦語病也。此詞本詠夜景，至換頭，但只說鴻，正如〈賀新郎〉「乳燕飛華屋」，本詠夏景，至換頭，但只說榴花，蓋其文章之妙，語意到處卽爲之，不可限以繩墨也。』前集卷四十一云：『《王直方詩話》載晁以道云，說之初見東坡〈梅〉詞，便知道此老須過海。只爲古今人，不曾道到此，須罰教去。此言鄙俚，近於忌人之長，幸人之禍。直方無識，載之《詩話》，寧不畏人之譏誚乎。』後集卷二十三云：『《藝苑雌黃》云，〈送劉貢父守維揚作長短句〉云，「平山闌檻倚晴空。山色有無中。」平山堂望江左諸山甚近，或以爲永叔短視，故云「山色有無中」。東坡笑之，因賦〈快哉亭〉道其事云，「長記平山堂上，欹枕江南烟雨，杳杳沒孤鴻。認取醉翁語，山色有無中。」蓋山色有無中，非烟雨不能然也。』度他書所載，正復不少也。

四四　端木子疇與近代詞壇

近世海內詞家，推臨桂王半塘、萍鄉文芸閣、歸安朱古微、高密鄭叔問、臨桂況夔笙五家。王氏年輩較長，影響最大。文、鄭二氏，俱與王氏有往還，唱酬極得。而朱氏與王氏遊，始從學爲詞。王刻《四印齋叢書》，朱刻《彊村叢書》；後先比美，厥功尤偉。至況氏，則與王氏同在薇省，受王氏之奬掖誘導亦多。故述文鄭朱況四家之詞，不可忘王氏。吾鄉端木子疇先生，年輩又長於王氏，而其所以教王氏者，亦是止庵一脈。止庵教人學詞，自碧山入手。先生之詞曰《碧瀣詞》，卽篤嗜碧山者。王氏之詞，亦導源於碧山。先生嘗手書《宋詞賞心錄》，以貽王氏。先生有作，王氏見卽懷之。可見王氏傾倒先生之深。先生所論碧山〈齊天樂〉〈詠蟬〉詞，爲世所稱。幸王氏〈碧山詞跋〉引之。跋云：『年丈端木子疇先生釋碧山〔齊天樂〕〈詠蟬〉云，詳味詞意，殆亦黍離之感。「宮魂」字，點出命意；「乍咽」、「還移」，慨播遷也；「西窗」三句，傷敵騎暫退，燕安如故；「鏡暗」二句，殘破滿眼，而修容飾貌，側媚依然，衰世臣主，全無心肝，千古一轍也；「銅仙」三句，宗器重寶，均被遷敓，澤不下究也。「病翼」二句，更是痛哭流涕，大聲疾呼，言海島棲流，斷不能久也；「餘音」三句，遺臣孤憤，哀怨難論也；「漫想」二句，責諸臣到此，尚安危利災，視若全盛也。』惜先生遺文散佚，不能多見他詞論。即此釋，若非王氏所引，吾人亦不得知之，良可慨也。故述王氏之詞者，尤不可忘先生也。況氏《蕙風詞話》云：『憶二十歲時，作〔綺羅香〕，過拍云：「東風吹盡柳綿矣」，端木子疇前輩見之，甚不謂然，申誡至再。余詞至今，不復敢叶虛字。』觀此一事，可見先生指導況氏之嚴正。況氏後刻《薇省詞鈔》，復引先生詞序云：『古人明於音律，故所爲不稍苟。亦有自製曲調者。今人既不知樂，當師古人意而慎守之，未可求自便，陽奉而陰違也。』況氏爲詞，守律綦嚴，亦未嘗非受教於先生也。

南京《中央日報》一九四八年五月二四日

四五　花間詞人箸作記

《花間集》所收詞人，共十八人。可知其有箸作者十人，因記之。溫庭筠著《箸采錄》一卷、《乾𦠆子》二卷、《漢南眞稿》十卷、《握蘭集》三卷、《金荃集》十卷、《詩集》五卷、《漢上題襟集》十卷、《學海》三十卷、《記室備要》三卷。韋莊箸《箋表》一卷、《諫草》二卷、《敦煌新錄》一卷、《蜀程紀》一卷、《陜程記》一卷、《韋集》二十卷、《浣花集》五卷，又《元集》

九卷。皇甫松箸《醉鄉日月》三卷。牛嶠箸《歌詩》三卷，集三十卷。牛希濟箸《理源》二卷。歐陽炯箸〈諷諭詩〉五十首、〈武信軍衙記〉、〈花間集序〉。和凝箸《演綸》、《游藝》、《孝悌》、《紅葉》、《籯金》、《香奩》六卷，共百卷，又《疑獄集》三卷、《賦格》二卷，又〈序雕板道德經〉。孫光憲箸《續通曆》十卷、《筆傭》十卷、《太元金闕三洞八景陰陽仙班朝會圖》五卷、《蠶書》三卷、《荆臺集》四十卷、《紀遇詩》十卷、《鞏湖編玩》三卷、《橘齋集》二卷、《北夢瑣言》三十卷、《貽子錄》一卷。毛文錫箸《前蜀記事》二卷、《茶譜》一卷。李珣箸《瓊瑶集》一卷。

四六 胡恢《南唐書》

考南唐二主事蹟，多據《南唐書》。《南唐書》有三本：一馬令《南唐書》三十卷，二胡恢《南唐書》十卷，三陸游《南唐書》十八卷。今惟馬、陸兩書通行，而恢書不傳。清康熙三十四年，周雪客據陸書箋注，積十六年之力，參校諸書，精詳之至，顧亦未見恢書也。近人劉翰怡刻《嘉業堂叢書》，收刻周書，並增補注，功亦不淺；然恢書終未見也。昔王漁洋《池北偶談》謂江陰赤峯李氏有恢書。李卽忠毅公應昇之叔，忘其名矣。其《香祖筆記》，又謂，恢書李忠毅應昇家有藏本，曾屬陸雲士、楊賓實求之，俱未得。據此是清初江陰李氏得月樓藏有恢書也。恢，金陵人，博聞强記，工篆隸。嘗有〈上韓忠憲公〉詩云：『建業關山千里遠，長安風雪一人寒。』公深憐之。使篆太學石經，嘗任華州推官。《蘇魏公集》中，有與胡恢推官論《南唐書》事，並載公卿表及李氏詔令。陸書成於南宋，馬書成於崇寧間，恢既爲金陵人，又時代較早，故其所作，必有可觀。惟至今尚未見流傳，其顯晦殆有時歟。咸、同間，吾鄉朱述之先生藏書極富，所著亦精博。既藏有南唐陳致雍《曲臺奏議》十卷，復得《宋詔令》一百卷，及平江南諸詔令，皆足驚人。其〈跋周雪客南唐書注〉，又謂曹寶書先生，曾見胡恢《南唐書》十卷，後爲有力者所購去。此亦言恢書之重要線索。寶書名森，殉洪楊之難者。時代甚近，恢書尚在。第不知今又流落誰家。復不知已遭燬。更不知有重見之一日否。記此以當訪求。

南京《中央日報》一九四八年五月二六日

四七　胡民表本《淮海詞》

番禺葉氏，曾以故宮所藏及吳氏所藏兩宋本《淮海詞》，合併影印。並取所見《淮海詞》十三種彙校，編爲四表：一〈淮海詞版本系統〉[一]，二〈淮海詞經見各本概要表〉，三〈淮海詞經見各本字句異同表〉，四〈現存淮海詞兩宋本比較表〉[二]，可謂貫穿精密，淮海之功臣。獨惜其所舉明嘉靖乙巳胡民表高郵本，尚未見也。戰後余幸見此本，是書原爲梁清標藏書，不知何以散出，頗疑爲爰居閣舊物。是本在明嘉靖己亥，張綖鄂州本後六年重刻，而較明萬曆戊午李之藻高郵刻本，早七十三年。此本有嘉靖乙巳江都盛儀序，各本附載。惟張綖弟繪有一跋，記胡本繼綖本重刻緣起甚明。此跋各本未載。跋謂先兄綖倅鄂時刻之郡齋，藏板別墅。歲中喪燬於火，適龍山胡侯來視州事，因校

[一] 淮海詞版本系統表，原作「淮海版本集統表」，據《淮海長短句》改。

[二] 現存淮海詞兩宋本比較表，《淮海長短句》作「現存淮海詞宋本兩種比較表」。

正而翻刻云。盛序但言鄂板不久燬於火，而此跋則云嘉靖甲辰燬於火，是更有時代可考也。胡本每頁十二行，行廿一字，與綖本同。他如不提行、有題，亦與綖本同。所刻文字，多依綖本，且不盡完善。如〔鵲橋仙〕作『飛星傳恨』，〔減蘭〕作『困猗危樓』之類，皆誤字也。聞崇正間尚有仁和鋪仁傑刻本《淮海詞》，又有徐青藤評注《淮海詞》，今並未得寓目也。

四八　東坡〔卜算子〕詞

明人龍輔《女紅餘志》，謂東坡〔卜算子〕『缺月挂疏桐』一詞，乃爲惠州溫都監女作。此小説家之言，所謂以俗情附會，不足信也。毛晉鹵莽不考，據以題坡詞，誣昔賢，誤來學，失之甚矣。山谷云，此詞東坡道人在黄州時作，語意高妙，似非喫烟火食人語，非胸中有萬卷書，筆下無一點塵俗氣，孰能至此。又宋吴虎臣《能改齋漫録》亦云，東坡謫居黄州作〔卜算子〕此詞。又宋注本，此詞題云〈黄州定惠院寓居作〉。王氏四印齋翻刻元延祐本《東坡樂府》，亦題作〈黄州定慧院寓居作〉。朱氏《彊村叢書》編年本《東坡樂府》，亦題作〈黄州定惠院作〉。毛氏抹殺宋元本舊題，而據《女紅餘志》妄改，亦可哂矣。鄭叔問云，此詞亦有所感觸，不必附會溫都監女故事，自成馨逸。此語實獲我心。至『誰見』一作『時見』，各本不一，此乃異文，非有誤。宋注本、延祐本及朱刻本，俱作『誰見』。他如『靜』一作『定』，『往來』一作『往還』，『誰見』一作『唯有』，『寂寞沙洲』一作『楓落吴江』，亦皆異文。此在校詞者，卽須排比各本，一一校出。至偶釋一詞，則取其較勝之字卽可。

四九　朱淑貞《斷腸詞》

《直齋書録解題》載李清照《漱玉詞》、朱淑眞《斷腸詞》，俱一卷，世並無傳本。今二家詞傳者，僅有明毛晉《詩詞雜俎》本，及毛氏汲古閣刊本。況夔笙、許鶴巢二氏，俱言二家詞毛氏汲古閣無刊本，其實予見龍蟠里圖書館所藏汲古閣詞，有二家詞刻本，其款式與《六十一家詞》全同。據毛氏云，二家詞，俱洪武間鈔本，不知何人雜輯而成。王氏四印齋據毛鈔本校補二家詞，仍其訛誤，非善本也。王刻《漱玉詞》計五十八首，萬里删爲定本四十三首，廓清之功，實越前賢。獨惜《斷腸》一家，未一併删定耳。王氏校刻《斷腸詞》，共三十一首。實則其中〔柳梢青〕『玉骨冰肌』一首，『凍合疏籬』一首，『雪舞霜飛』一首，皆見宋楊无咎《逃禪詞》，可知此三首，決非朱氏詞。又〔菩薩蠻〕『濕雲不度』一首，據宋陳景沂《全芳備祖》，乃東坡詞。〔浣溪沙〕『玉體金釵』一首，据宋人所編《尊前集》，乃韓偓詞。亦皆非朱氏之詞。況夔笙氏據《花草粹編》補〔絳都春〕『寒陰漸曉』一首，譏毛氏疏於校勘，而不知況氏自亦疏於校勘。此首至正本《草堂詩餘》，不注撰人。《花草粹編》誤以爲朱氏也。昔《花草粹編》未流行，王、況二氏，偶得是書，驚爲秘籍，於是每據之以補詞。實則此書訛誤甚多，不可盡信。至〔菩薩蠻〕『秋聲乍起』一首，據《南唐書》，乃南唐耿玉眞詞，文字微異，亦不知何人羼改。若〔生查子〕『月上柳梢頭』一首，乃歐陽修詞，既見宋本《歐公近體樂府》，又見宋曾慥所編《樂府雅詞》。曾氏特尊歐公，所選歐詞亦特慎。《雅詞》〈引言〉，謂當時或作豔曲，謬爲公詞，今悉删除，而此首適在選中，則爲歐詞甚明。且曾書成於宋高宗紹興十六年丙寅，成書甚早，詞之流行已久矣。明人楊升庵不考，好爲讕言，不知據何人雜輯之本，而以爲淑眞詞。毛子晉據之刻入《詩詞雜俎》及《汲古閣詞》，且稱爲『白璧微瑕』，以訛稱訛，平添此一首僞作。清初朱竹垞輯《詞綜》，徐虹亭輯《詞苑叢談》，俱未能□之，良可太息。迨《四庫提要》，始明辨楊、毛之訛，《蕙風詞話》復申辨於後。朱氏『白璧微瑕』之誣，亦可昭然大白。乃近人猶有不信宋人本集及宋人選集，反信明人之説，亦可怪也。

南京《中央日報》一九四八年五月二九日

詞的淺說

李昌浸

《詞的淺說》一〇則，載上海光華大學附屬中學《光華附中半月刊》一九三五年六月一日第三卷第九第一〇期合刊《第十二屆畢業紀念刊》。署『李昌浸』。今據此迻錄。原無序號、小標題，今酌加。

詞的淺說目錄

詞的淺說

一　詞稱詩餘

十五《國風》息，而後有樂府；樂府亡，而後有近體詩；詩之變爲詞，故詞稱詩餘。

二　詩詞二位一體

詞萌芽於唐，成體于五代，盛于南北二宋，衰于元朝，中興於清。詞與詩在形色上，似乎有差別，但性質上完全一樣。雖然從前有人解說過詞詩之別；像李東琪說：『詩莊詞媚，其體有別。』可是，媚詩莊詞，比比皆是，所以不可拿這句來做標準。至于像劉公㦸[一]說：『「夜闌更秉燭，相對如夢寐」，叔原則云：「今宵[二]剩把銀釭照，猶恐相逢是夢中。」此詩與詞之分疆也。』根本含糊不堪，不能爲詞的界綫；所以王昶論詞說：『不知者謂詩之變，而實詩之正也。』這樣我們可以曉得詩和詞

[一] 㦸，原作『戢』。

[二] 宵，原作『屑』，據《全宋詞》改。

的二位一體了。

三　形色的轉變

講到他形色的轉變，可以從張志和的一首〔漁歌子〕上見到，辭是這樣的：『西塞山前白鷺飛。桃花流水鱖魚肥。青箬笠，綠蓑衣。斜風細雨不須歸。』這一首詞，僅將七絕的第三句變一下，從七個字變成二句三個字的，末一字用一用韻而成。

四　好壞標準

辨別詞的好壞，以什麽做標準呢。這句話各人各說，但以《人間詞話》的『境界』二字最適宜、普通。各人有各人的主觀，像胡適之先生，因爲提倡白話文的緣故，所以他選的一本詞選裏，以朱敦儒派爲最多，因爲朱敦儒派的詞，類多白話；而朱祖謀先生的詞選，却獨多吳文英派的詞，因爲他喜歡吳文英派措辭的美。說來道去，只有『境界』最合宜。凡有境界的詞，不論寫景、狀物、抒情、議論，都可以感人動情，所以五代北宋的詞，比南宋有價值，也因這個理由。

五　詞中境

詞中境略有大小，不以是而能分優劣。秦少游〔浣溪沙〕中的『寶簾閒掛小銀鉤』，何遽不若辛棄疾〔踏莎行〕的『霧失樓臺，月迷津渡』[一]；個中意味，很可回味到。

六　境界有二

有『境界』的詞中，又有二種不同：一種以氣象之浩，威壯之情著。像：

西風殘照，漢家陵闕——李太白〔憶秦娥〕

大江東去，浪淘盡、千古風流人物——蘇東坡〔念奴嬌〕

四面邊聲連角起，千嶂裏，長烟落日孤城閉——范仲淹〔漁家傲〕

將軍百戰身名裂。向河梁、回頭萬里，故人長絕。易水瀟瀟西風冷，滿[二]座衣冠似雪——辛棄疾〔賀新郎〕

還有一種，以細膩熨貼，纏綿不盡之概著。像：

剪不斷。理還亂。是離愁。別是一般滋味、在心頭——李後主〔相見歡〕

別時容易見時難。流水落花春去也，天上人間——李後主〔浪淘沙〕

雲破月來花弄影——張子野〔天仙子〕

[一]　此處誤。『霧失』二句爲秦觀〔踏莎行〕句。《人間詞話》卷上：境界有大小，不以是而分優劣。『細雨魚兒出，微風燕子斜』，何遽不若『落日照大旗，馬鳴風蕭蕭』。『寶簾閑掛小銀鈎』，何遽不若『霧失樓臺，月迷津渡』也。

[二]　滿，原作『湖』，據《全宋詞》改。

枝上柳綿吹又少。天涯何處無芳草——蘇東坡〔蝶戀花〕

七　詞的範圍

詞的標準已經講到，接著要談詞意的範圍；詞的範圍極廣，絕不像近人著《散曲研究》裏說一樣，他說：

（一）詞僅可以抒情寫景，而不可以記事，議論亦不能多發；

（二）詞僅宜于悲，而不宜于喜；

（三）詞僅可以雅，而不可以俗；

（四）詞僅貴于莊，而其賤于諧。

這完全荒謬。關於（一），千古以記事議論出名的詞極有，不過少一些罷了。記事的像劉克莊的〔賀新郎〕，極有名望，其辭：

妾出于微賤。少年時、朱絃彈絕，玉簫吹徧。粗識《國風》〈關雎〉亂。羞學流鶯百囀。總不涉、閨情春怨。誰〔二〕向西鄰公子說，要珠鞍、迎入梨花院。身未動，意先懶。　主人十二樓連苑。那人人、靚妝按曲，繡簾初捲。道是華堂簫管唱，笑煞街坊拍衮。回首望、侯門天遠。我有平生離鸞操〔三〕，頗哀而不慍，微而婉。聊一奏，再三歎。

〔二〕誰，原作『說』，據《全宋詞》改。

〔三〕摻，《全宋詞》作『操』。

至於發議論的詞，像蘇軾的〔無愁可解〕[一]：

光景百年，看便一世。生來不識愁味。問愁何處來，更開解個甚[二]底。萬事從來風過耳。何用不著心裏。你喚做、展却眉頭，便是達者，也則恐未。　此理。本不通言，[三]何曾道、歡游勝如名利。道即渾[四]是錯，不道如何即是。這裏原無我與你。甚喚作、物情之外。各[五]須待醉了、方開解時，問無酒、怎生醉。

全篇大發其玄妙的議論，何爲不可記事，少發議論。

至於（二），不宜喜而宜悲，同前一樣道理；歐陽炯的〔浣溪沙〕說：

相見休言有淚珠。酒闌重得敘歡娛。鳳屏鴛枕宿金舖。　蘭[六]麝細香聞喘息，綺羅纖縷見肌膚。此時還恨薄情無。

這一首雖然不是最上品而近穢褻，但至少可以知道喜劇性的詞不是沒有。朱彝尊說：『至于詞，大都懽愉之辭，工者十九；而言愁苦者，十一焉耳。』雖亦言之過甚，但總不是信口雌黃的。

[一]《全宋詞》作陳慥。

[二]甚，原作『眞』，據《全宋詞》改。

[三]『你喚做』五句，原脱，據《全宋詞》補。

[四]渾，原脱，據《全宋詞》補。

[五]各，《全宋詞》作『若』。

[六]蘭，原作『闌』，據《全唐五代詞》改。

至於（三），可雅不可俗，還有些道理。不過俗應作俗套爛調，俗意俗爲之解，俗語俚語所成之詞不能併入，像辛棄疾的〔清平樂〕中言：『大兒鋤豆溪東。中兒正織雞籠。最喜小兒無賴，溪頭看剝蓮蓬。』還有朱敦儒的幾首〔好事近〕；周邦彦的〔紅窗迥〕，都用俗語而成，却沒有失掉『境界』，還是一樣的有價値。

現在我們要談到（四），所謂貴莊賤諧問題，也是有一樣的錯誤。我們信手翻那一部詞本，諧的詞很容易給你看到。而且也多是貴的；好比一個人，形貌詼諧，出言滑稽，而他的性格，不一定是卑鄙的。這我們可以知道；詞本來供人家閒暇時的歌唱笑樂，宜于諧，宜于媚艷。好比辛棄疾的〔夜遊宫〕：

幾個相知可喜。才廝見、説山説水。顛倒爛熟只道是。怎奈何，一回説，一回美。有個尖新底。説的話、非名即利。説的口乾罪過你。且不罪，俺略起，去洗耳。

還有他的〔尋芳草〕、〔西江月〕等，都是有名諧句而成，所以貴莊賤諧的説法，現在也不攻自破的了。

從上面幾點看來，知詞的範圍，決不像《散曲研究》上説的那樣狹窄，而初塡的人，每常要避免邪説才是。

八　塡詞的步驟

別人的詞我們研究過了，現在要談到自己切身問題；就是怎樣去學塡詞。《白雨齋詞話》[一]說：『作詞之法，首貴沉鬱；沉則不浮，鬱則不薄。十三國變風，二十五篇〈離騷〉，亦忠亦厚，沉鬱之故。』周濟的《論詞雜箸》說：『學詞先以用心爲主。』沉鬱、用心，一也。沉鬱便是說『意在筆先，神餘絃外』的意思；用心便是說『遇一事一物，即能沉思獨往，冥然終日，然後出手』的意思。

有了沉鬱後，次則講片段，次則講離合。假使有了片段沒有離合，看起來索然無味。有了上列諸點，才能夠配上聲色音澤。

九　塡詞所忌

塡詞的步驟，已有了頭緒，我們可以談談塡詞所忌的各點；關於忌點一項，別本書裏說的很玄妙和不易全解，居我的見解，可分下面數點：

（一）失眞離實：塡詞不能一邊說在詠雨，一邊說月明如晝；一邊說秋愁重重，一邊說杜鵑啼血。試看有價值的詞句，大多是身歷其境，而且經過一番相當的思慮，然後動手而作，雖然信筆揮毫而縷縷動人，自然高妙。像：

[一] 白雨齋詞話，原作『白兩齋詞話』。

小樓昨夜又東風。故國不堪回首、月明中——李後主〔虞美人〕

我們可以知道，李後主對於身爲亡國之君的自己，一定很悲哀凄切的。

莫道不消魂，簾卷西風，人比黄花瘦——李清照〔醉花陰〕

我們可以知道，李清照一定不會是個大胖婦人。

月上柳梢頭。人約黄昏後——朱淑眞〔生查子〕

我們可以知道，朱淑眞，從前一定有過這樣的經驗。

（二）琢玉雕句：這琢玉雕句，並不是句章美，一定是不好的意思，本意是這樣的：假使有人甯願犧牲詞的意境，而完全辭句的美，這是大錯誤。好像沈伯時在《樂府指迷》上説：『説桃不可説破桃，須用「紅雨〔一〕」、「劉郎」等字；説柳不可直説柳，須用「章台」、「灞岸」等字。』這又何必。假使用了這代替字後，詞境增大，這也不妨；有人丢了意境，硬把這些代替字用進，那大可省省。好比周邦彦的〔解語花〕中説：『桂華流瓦』，意境本來很好，可是以『桂華』二字代月，反遜其色。吳文英以下的詞人大多如此。

（三）一再翻覆：詞句不宜多翻覆，就是字，也不宜在一闋詞裏多用，不過疊字疊句不在此例。一回説月光照耀，接着又説舉頭明月閃閃；一回説梧桐瀟瀟雨，一回説風打梧桐聲聲淚，都要減去。記得胡適之的〈詞的起源〉裏，曾經經過這一點錯誤。他引《樂府指迷》證明，《樂府指迷》裏

〔一〕雨，原作『兩』，據《樂府指迷》改。

說：『又一詞中，顛倒重複；如〔曲遊春〕「賒〔一〕薄難藏〔二〕淚」，過云：「哭得渾無氣力」，結又云：「滿袖啼紅」，如此甚多，乃大病也〔三〕。』總共一個哭，前後不知寫了幾遍，的確是一種大病。攷其所以這樣，因爲沒有意在筆先，只得翻覆再說，湊成字數。

上面寫的是填詞的忌處，初學詞的，尤要謹慎呢。

一〇　名人批評

至於古今填詞的名人，則多如過江之鯽，很難一一去研究他們的作品。現在且將幾個較有名的人，來用幾個字批評他，不過作者的學問淺薄，大多用別人的話爲主體，參加些自己私見之處。

溫庭筠　首開詞門，祖〈離騷〉，意在弦外的詞最多。《白雨齋詞話》中，推飛卿爲首流名詞人。如『懶起畫蛾眉，弄妝梳洗遲』，『春夢正關情。鏡中蟬髮輕』等句，欲言難言，凄涼哀怨，能沈鬱之故，實其詞固佳，借〔四〕世人多不喜讀，不知什麽緣故。

李後主　李後主的作品，以第三期最爲哀慘動人。如『最是倉皇辭廟日，教坊猶奏別離歌。揮淚對宮娥』，及他的〔相見歡〕、〔虞美人〕、〔望江南〕等，都是纏綿繾綣，不忍卒讀，所謂『思

〔一〕賒，應作『臉』。《詞話叢編》本有注：明萬曆本、四印齋本並誤作『賒』。
〔二〕藏，原作『遍』，據《樂府指迷》改。
〔三〕也，原作『藏』，據《樂府指迷》改。
〔四〕借，疑當作『惜』。

路淒婉』。

韋端己　端己的詞，似直而紆，似達而鬱。

馮正中　纏綿忠厚。

（以上爲唐）

晏幾道　閒婉沈著，如病後美人。

柳耆卿　善於鋪敘，尤長羈旅行役。

張子野　子野詞，有蓄有發，他處的地位在詞階的中間，前者體段雖具，聲色未開；後者發揚蹈厲，氣局一新，然失古意。

蘇東坡　古來論詞，蘇辛並稱。蘇詞氣體高傲，寓意深遠，運筆空靈，措辭忠厚，有獨到的地方。昭明太子稱陶淵明詩：『跌宕昭彰，獨超衆類，抑揚爽朗，莫之於京。』然詞中很難當得起這個贊美，獨蘇東坡能得其一二。可惜蘇東坡亨的文名詩名比詞名大，因爲他專心於詩文時候比詞多。

秦少游　少游詞境最爲淒切，宗溫韋，取其神而不在貌，故後人多脱胎於彼。

周邦彥　前收蘇、秦之終，後開姜、史之始；美成思力，獨絕千古。但深遠之致不能及歐、秦。故創調的力多，而創意的力却少。

（以上北宋）

朱敦儒　筆力雅健，很善於做曠漫之詞，脱略名利，有超塵之致。

辛棄疾　辛棄疾畢生不平之鳴，英雄之語，都寄托在他的十二卷《稼軒長短句》裏，處處信筆寫來，格調蒼勁，意味深厚，鬱勃情切，縱横才大，無怪流傳廣而且久。然身當武人，往往鋒頭太露。

但其魄力之大，冠蓋萬世。

姜夔　以清虛爲體，善作長調。

吳文英　精于造句結搆，清虛[一]詞仙骨珊珊，洗脫凡艷，哀世詞孤懷耿耿，別締古歡，亦一代名家。

張炎　才情諸力[二]不後諸人，辭雖佚麗，不肯換意，是其缺點。

（以上南宋）

詞至南宋，元氣脫盡，故作者不再往下說去，總之各有各的長處，各有各的壞處，很不能同日而語。閨秀詞，要推李清照最佳。至於清代的詞人，因爲篇幅太長，而地位也不及前者重要，只可置之不論了。

上海《光華附中半月刊》一九三五年六月一日第三卷第九第一〇期合刊

〔一〕清虛，原作『請虛』。

〔二〕才情諸力，或當作『才情筆力』，因下一『諸』而誤。

影香詞話

逸名

《影香詞話》一一則，小序一則，載《天津商報畫刊》一九三六年二月二〇日第一六卷第三五期、二二日第三六期、二五日第三七期。無署名。第三七期括注『未完』，待考。今據此迻錄。原無序號、小標題，今酌加。

影香詞話目錄

影香詞話

詩話難，詞話尤難。詩分初盛中晚，及有宋南北；詞亦分有唐、南唐，及南北宋，下逮元明清。詞人輩出，音響匪遥，其猶可指數者，固非一家言所可目論，亦非一彈指所可指歸。截取寸長，單擧片義，是在識者，會鑒其通。

一　源流

以言唐李，則太白是其奎選。秦樓一月，炤耀千古。洎乎南唐李氏父子，花月千秋，冠冕百代，音傳天上，響逸人間。至宋，又復大開門户，如秦，如柳，如蘇，如黄，堂奥森森，更臻圓妙。迨於北宋，如寇如陸，亦復壁壘森嚴，工於排比，中間更益之以范、辛、大小晏等輩，譬如鏤金錯采[一]，出手如新，碧玉樓台，隨地湧現。而朱、李秀出，益爲水藻之湘花，冰層之瓊苕。斯後家有玄珠，人爭片玉，尤復逸情雲上已。

[一] 鏤金錯采，原作『縷金錯采』。

二　體製

若言體製，則大雅變後，小令爲先，長調彈來，古音是集。每有機軸，而用之不殊；間有絲竹，而傳聲則一。不知各是一家，别分先後。張子野、宋子京、晁次膺輩雜出，雖時有妙語，而破碎不足名家。而晏元獻、歐陽永叔、李際夫人[一]，作爲小歌，間有句讀不葺，又往往不協音律，何耶。大抵才有餘而韵不足，格雖仿而調不協，眞酌蠡之於大海，抑放色之於音聲。

三　易安之戹言

又如介甫、子固，非不文采爾疋，邁逸羣流，若作小詞，必居儈下[二]。乃知音韵，别有傳人，知者固少，不案[三]仍多。若賀氏方回，苦少典重；秦氏淮海，又多虚套，譬如貧家美女，非不妍麗，終乏名貴；黄知故實，又多疵病，正如良玉有暇[四]，雖貴不重。此雖易安之戹言，要亦名家之論斷。

《天津商報畫刊》一九三六年二月二〇日第一六卷第三五期

〔一〕李際夫人，誤。按此前後數語係割裂李清照〈詞論〉而來，〈詞論〉通行本作『學際天人』，或誤作『李際夫人』，本條即沿此誤。

〔二〕儈下，疑當作『鄶下』。

〔三〕不案，疑有誤。

〔四〕暇，或當作『瑕』。

四　與詩古文同義

又，詞愛清空，不重質實。清空則古雅峭拔，着手爲難；質實則凝澀㪷重，了不易解。姜白石有如野鶴孤雲，去來無迹；吳夢窗則七寶樓台，炫人耳目，拆碎不得。故如〈聲聲慢〉『檀欒金碧，婀娜蓬萊，浮雲不蘸芳洲』，前〔一〕八字不無太澀。而〈唐多令〉『何處合成愁。離人心上秋。蹤芭蕉不雨，也颼颼』，此詞渾脱流離，亦幾於無迹可尋。然亦有與詩、古文同義者，如『瀟瀟雨歇』，〈易水〉之歌也；『同是天涯』，『又是羊車過也』，〈團扇〉之辭也；『已失了春風一半』，『鯢居〔二〕』之諷也；『麥蘄〔三〕』之詩也；『瓊樓玉宇』，〈天問〉之遺也。又如，『問甚時、同賦三十六陂秋色』，卽灞岸之興也；『關河冷落，殘照當樓』，卽〈勑勒〉之歌〔四〕也；『危樓雲雨上，其下水扶天』，卽『明月積雪』之句；『燕子樓空，佳人何在，空鎖樓中燕』，卽『平生少年』之篇。是又一例也。

《天津商報畫刊》一九三六年二月二〇日第一六卷第三五期、二二日第三六期

〔一〕前，原脱，據《詞源》補。
〔二〕麥蘄，原作『麥斬』，據《七頌堂詞繹》改。
〔三〕鯢居，原作『鮸居』，據《七頌堂詞繹》改。
〔四〕歌，原作『疑』，據《七頌堂詞繹》改。

五　起結最難

又，詞起結最難，而結尤不易，蓋不欲轉入別調也。『呼翠袖，爲君舞』，『倩盈盈翠袖，搵英雄淚』，正是一法。又須結得有不盡之思，乃爲允妙。若『惟共我，醉明月』，〈恨賦〉也，皆非詞家本色，亦不可不知。

六　作法

又中調、長調轉換處，不欲全脱，不欲明粘，如畫家之開合，一氣呵成，方有神味。以有意求之，不得也。又，長調最難工。蕪累與痴重，均同忌。而襯字不可少，但須忌熟耳。又，詞中對句正是難處，却不可如五七言對句，使觀者不作對擬，方爲圓妙。又，小調要言短意長，忌傷尖弱；中調要骨肉停勻，切忌平板；長調要縱操自如，最忌粗率。能於豪爽中著一二精微語，棉婉中著一二激厲語，始見錯綜之巧。

七　白描與修飾

又，白描不可近俗，修飾不得過文。生香活色，在離卽之間，不可過露。又小令、中調，須有排蕩之勢。吳彦高『南朝千古傷心事[一]』，范希文之『塞下秋來風景異』等是。又，長調須極狎昵之

[一] 事，原作『碧』，據《全金元詞》改。

情。周美成『衣染黄鶯』，柳耆卿之『晚晴初』等是。於此可知移宫换羽之妙，又是一格也。

《天津商報畫刊》一九三六年二月二〇日第一六卷二二日第三六期

八　着手不易

又，詞着手不易，到口嘗鬆，爲之，若上九折坂、三尺梁，驚心動魄，莫可名狀；及成，又脱口如生，尋象不易，快於齒舌，若不知幾何脆膩也哉。是故著者爲之也艱，入之也細。求之無聲，聽之無息，一字之推敲不易，一絲之維繫常艱。信乎天夫九淵，不獲不止者也。其精心結撰，較諸他藝何如。

九　各家面目

又詞有境界，有尺寸，差一分不可，多一分不能。各有精神，各有繫屬。以蘇辛爲秦柳，固不可；卽以秦柳爲蘇辛，亦不能。各家面目，各有成就。以纖細認爲宏放，或宏放視爲纖細，皆不足以盡其功能，矧其變態更有千出不窮乎哉。

一〇　水到渠成

以言乎此，詞工信難矣。然亦有水到渠成，鶯啼花放，如活潑潑地，不着人間煙火迹象者。如紅紅櫻桃，綠綠芭蕉。又『庭院深深深幾許[一]，楊柳堆煙，簾幙無重數』等，信乎信手拈來，都成妙諦[二]。又不以詞論已。

一一　詞之究竟

雖然，學水而止於水，求鹽而止於鹽，而不知鹽中之水，水中之鹽，若何情狀，若何變態，似未知水與鹽之究竟也，烏足以知詞之究竟而明辨之也。吾又何言。

《天津商報畫刊》一九三六年二月二五日第一六卷第三七期

[一] 庭院深深深幾許，原作『庭院深之幾許』，據《全唐五代詞》改。

[二] 妙諦，原作『妙蒂』。

詞品

陳永年

《詞品》上、中、下三品計三一則，載開封河南省政府秘書處公報室《河南政治月刊》一九三六年四月第六卷第四期。題『詞品』，副題『做鍾嶸《詩品》之例略述兩宋詞家流品』。署『陳永年』。原有序號、小標題，今仍之。

詞品目錄

詞品

上品

一　蘇軾

東坡天才高曠，挾天風海雨之氣，洗綺羅香澤之習；其興到神運之作，若鵬翱雲表，鶴鳴九皋，俯視下士，不啻學鳩騷螽，譬諸詩家之太白，靈氣仙才，未可以學而能也。

二　柳永

耆卿鋪敘展衍，曲折盡意，狀難狀之景，達難達之情，一出以自然；而才力亦足包舉其文，幽秀溫婉中具渾然之氣。千載以下，未可以人廢言也。

三　秦觀

少游，古之傷心人也。其詞寄慨身世，情兼雅怨，體被文質，粲溢今古，卓爾不羣，後主而後，一人而已。

四　周邦彦

清眞，集大成者也。其詞涵渾汪洋，千態萬狀，吐納衆流，範圍百族。況諸詩家，則猶老杜。古今詞人，鮮能與京。余嘗謂，最高之文學，要在獨創與共喻。人人筆下所無，斯爲獨創；人人意中所有，斯能共喻。清眞詞，可謂極獨創與共喻之能事矣。

五　辛棄疾

稼軒負管樂之才，不能盡展其用，滿腔忠憤，一寄於詞。悲歌慷慨，不可一世。豪放似東坡，而當行則過之。劉後村云：『公所作，大聲鏜鞳，小聲鏗鍧，横絶六合，掃空萬古〔二〕，其穠麗綿密者，亦不在小晏、秦郎下。』信然。

〔二〕　萬古，原作『黄古』，據《後村先生大全集》卷九八改。

六　吳文英

夢窗學清眞，最爲神似；其詞典麗沈鬱，幽邃綿密。虛實兼到之作，雖清眞不能過。玉田之言，殆不盡然也。

七　姜夔

白石嚶求稼軒，脱胎耆卿；而孤標絶俗，如藐姑冰雪，一塵不染。雖集大成之清眞，猶若有不能範圍者；况其下邪。

中品

一　晏殊

元獻承五代餘緒，和婉明麗，不減延巳。

二　晏幾道

叔原俯仰身世，所懷萬端，沈思往復，字字珠玉，視《花間》，不徒娣姒而已。子晉謂，晏氏父子，其足追配李氏，洵爲知言。

三　歐陽修

永叔原出南唐，婉約明雋，開北宋之風，故《藝苑巵言》云，永叔詞勝其詩。

四　張先

東坡謂，子野詩筆老妙，歌詞乃其餘技。今觀其詞，清脆雋永，韻格亦高，唯才不足，無大起落。

五　賀鑄

方回原出永叔，鎔景入情，詞采穠麗，唯時不免俗耳。

六　李清照

易安天才極高，詞頗清新婉秀。

七　史達祖

梅溪雋快輕靈，長於咏物，唯骨格塵下，去姜彌遠；雖可平睨方回，斷難分鑣清真。張鎡[一]之言，故是溢美。

[一] 張鎡，原作『張滋』。

八　蔣捷

子晉稱，竹山語語纖巧，眞《世説》靡也；字字妍倩，眞六朝隃也。然其詞多睠戀故國，感懷身世之情。沈挫嗚咽，頗似稼軒，固不獨以纖麗勝也。

九　王沂孫

碧山最爲雅正，咏物諸作，言近旨遠，寓有〈麥秀〉、〈黍離〉之感，着力不多，而天分高絶，所謂意能尊體者也。

一〇　張炎

玉田氣象寬和，情辭綿邈，故是大家。且生丁末葉，茹亡國之痛，所作詞往往蒼涼激楚，即景抒情，備寫其生世之感，非徒以剪紅刻翠爲工也。

下品

一　黄庭堅

山谷偶有豪放峭健之作，而時俚俗不堪。

無咎服膺少游，其詞亦婉秀可讀。

二　晁補之

正伯詞境凄婉，《提要》稱其近東坡，殆未然也。

三　程垓

澤民雖非端士，而擅才華，其詞情韻特勝。

四　毛滂

端叔詞近秦柳，長於景語情語。

五　李之儀

希眞天資曠逸，其詞冲遠高潔，似不食煙火人語。惟辭氣局促，終不能與白石相提並論也。

六　朱敦儒

其原出於耆卿，有雍容鋪叙之才，但無沈着透快之筆。

七　万俟詠

八　陸游

劍南驛騎東坡、淮海間，奄有其勝，而皆不能造其極。

九　劉過、劉克莊

二劉學辛，未免傖俗，但亦有豪放或婉秀可誦之作。如改之〔六州歌頭〕，後村〔唐多令〕、〔清平樂〕等是也。

一〇　周密

草窗雕鏤文字似夢窗，風骨沈厚殊不逮。然其情文相生、豐約適體之作，正亦未可輕議。

一一　高觀國

竹屋與梅溪齊名，實遠不及梅溪。然立意清新，格調頗高，故其詞亦間有可取者。

一二　呂渭老

聖求詞婉媚深窕，間有可上擬耆卿者。

一三 陳與義

去非詞雖不多，而頗有語意超絕可誦者。

一四 陳師道

無己自謂他文未能及人，獨於詞不減秦七、黄九。今觀其詞，實不及秦遠甚，與黄伯仲耳。

開封《河南政治月刊》一九三六年四月第六卷第四期

四時閨中詞話

業輝

《夏閨詞話》，載南京《中央日報》一九三六年七月二二日，署「業輝」，又載福州《小民報》一九三七年五月二八日、二九日、三〇日，署「葉恢」；內容相同。《秋閨詞話》，載南京《中央日報》一九三六年九月八日、一〇日，署「業輝」；《冬閨詞話》，載南京《中央日報》一九三七年一月七日起，迄一一日，署「業輝」；《春閨詞話》，載南京《中央日報》一九三七年三月二七日，迄六月七日，署「業輝」；今據《中央日報》迻錄，合四爲一，改題《四時閨中詞話》，校以《小民報》。《夏閨詞話》原有序號，無小標題；《秋閨詞話》等原無序號、小標題，今酌加。

四時閨中詞話目錄

四時閨中詞話

夏閨詞話

日前，本園載珊珊君〈夏閨韻語〉一文，讀之殊雋永有味，惟篇中多係七絕詩，而倚聲之作殊少。茲就所知節錄數闋，以供讀者諸君暑窗一粲。

一 〔浣溪沙〕閨中即事

有寄調〔浣溪沙〕詠初夏閨中即事者，如葉宏緗女士云：『開遍薔薇小院香。乍晴梅雨蝶飛忙。一溪新碧浸鴛鴦。　古帖午臨欹枕倦，瑤琴晚奏短襟涼。倚欄閒望又斜陽。』又莊盤珠女士云：『睡起紅留枕上紋。病餘綠減鏡中雲。畫簾窣地又斜曛。　倦蝶分明尋斷夢，浮萍容易悟前因。無聊天氣奈可人。』按，此兩詞，流麗清新，溫柔敦厚，兼而有之。一則曰『倚欄閒望又斜陽』，一則曰『畫簾窣地又斜曛』，蓋均作於晚涼時候也。惟後者所謂『蝶尋斷夢』、『萍悟前因』，以□前者『古帖午臨』、『瑤琴晚奏』，對景抒懷，似有哀樂不同之感耳。

二　深閨夏夜

『翠竹陰深暑未消。玉荷池畔暗香飄。半規月影上梧梢。　團扇倩人圖蛺蝶，畫又呼婢倦蟰蛸。小屏風底換輕綃。』此亦〔浣溪沙〕詞，乃許玉晨女士記深閨夏夜之作。『小屏風底換輕綃』，不着一字，盡得風流，眞妙品也。又汪菊孫女士〔菩薩蠻〕一闋，亦有『梧桐月上，團扇晚風，呼婢捲簾，荷香送爽』極嫵媚、極幽嫻之句。詞曰：『黃昏雨過流雲急。尋涼閒凭欄杆立。呼婢捲簾看。池荷香未殘。　閒庭蟬罷唱。日照梧桐上。花底數流螢。晚風團扇輕。』

三　繪聲繪影

謝季蘭女士〔醉花陰〕云：『薰風淡蕩吹羅袖。槐柳新蟬驟。池內小荷翻，何處簫聲，吹徹梅花透。　如今景物還依舊。茉莉花開後。獨坐已愁人，可怪黃鸝，叫得垂楊瘦。』葛秀英〔浣溪沙〕云：『雨過荷香暑氣消。奩開月影黛重描。閒階獨立似無聊。　藕覆半籠金縷襪，鳳釵新嚲翠雲翹。內家妝束不勝嬌。』以上二詞，描寫夏閨，繪聲繪影，嬌癡如畫。然不曰『獨坐愁人』，則云『獨立無聊』，是皆不能與『揮麈撲蠅[一]，佯拂郎面』者相提並論也。按，王毓貞女士〔生查子〕詠夏閨云：『蘭沐綺窗涼，珠汗酥胸濺。倦倚玉欄杆，蜂咂嬌花顫。　紅沁被池香，翠滑眉

〔一〕撲蠅，原作『撰蠅』，據《小檀欒室閨秀詞鈔》卷一〇改。

心現。揮麈撲青蠅〔二〕，佯拂檀郎面。』詞中『蜂咂嬌花顫』五字，尤見作者慧眼靈心，能狀難言之景。

南京《中央日報》一九三六年七月二二日

〔二〕撲青蠅，原作『撰青蠅』，據《小檀欒室閨秀詞鈔》卷一〇改。

秋閨詞話

四　詠秋閨

『無言獨上西樓。月如鉤。寂寞梧桐，深院鎖清秋。　剪不斷。理還亂。是離愁。别是一般滋味、在心頭。』此李後主〔相見歡〕詠秋閨句也。詞中所舉『明月』、『梧桐』，以西樓秋景，襯閨婦離愁，頗見作者巧思。然究不如楊琇女士所作〔虞美人〕詞，較爲真切有味。楊女士〈秋閨〉云：『幾年心事都抛却。情緒渾無着。新秋一葉墜梧桐。怕記落花寒食、□東風。　望他征雁傳音信。漸漸黄昏近。啼痕休怪月明知。强對隔簾鸚鵡、話相思。』又景翩翩女士〔憶秦娥〕詞，亦有『梧桐明月』之句，詞曰：『秋蕭索。西風一夜吹香閣。吹香閣。挑燈獨坐，半垂簾幕。　滿階明月梧桐落。滿窗涼露吴衫薄。吴衫薄。菱花閒對，鬟雲斜掠。』

五　閨中詠新秋詞

閨中詠新秋詞，余最愛誦劉映青、左錫嘉兩女士之作。劉女士〔浪淘沙〕云：『昨夜雨緜緜。寒澀燈烟。薄衾蕭索不成眠。曉起牀頭看曆日，换了秋天。　緑葉尚新鮮。猶想爭妍。教他知道也凄然。眼底韶光容易過，樹日堪憐。』左女士〔菩薩蠻〕云：『月明如水虚廊静。玉繩低亞珠簾影。庭院嫩涼天。花枝瘦可憐。　枕香紅印粉。夢懶愁無準。銀燭冷楸枰。秋窗夜夜情。』

細按兩詞，一則燈寒夜雨，衾薄難眠；一則窗靜月明，夢愁無準。處境雖似不同，然前者『韶光易過，樹且堪憐』；後者『庭院嫩涼，花枝瘦怯』。遲暮之感，固無少異耳。

六 吴藻秋閨詞

『蓮漏正迢迢。涼館燈挑。畫屏秋冷一枝簫。眞個曲終人不見，月轉花梢。　何處暮鐘敲。黯黯魂消。斷腸詩句可憐宵。莫向枕根尋舊夢，夢也無聊。』此〔浪淘沙〕詞，爲吴藻女士秋閨月下之作。恰與謝季蘭女士所詠：『風纔定，月初升。清光漸漸生。一行花影上窗櫺。動人無限情。』清寂相似。吴女士又有寄調〔南鄉子〕〈詠秋閨夜雨〉云：『吹到鯉魚風。涼殺秋花一朵紅。怪得黄昏寒又力，濛濛。人在疏簾細雨中。　香篆裊房櫳。倦倚薰篝髩影鬆〔一〕。多事青燈挑不盡，重重。偏向釵頭綴玉虫。』此作描寫疎慵情況，却與錢念生女士之『風急寒吹早。燈昏繡懶挑。颼颼颯颯打芭蕉。暗把夢魂驚散、小窗寮』，不稍亞也。

南京《中央日報》一九三六年九月八日

七 閨中詠秋

徐燦女士〔南鄉子〕云：『秋氣試初寒。一片鄉心點滴間。滴到湘江多是淚，珊珊。染得無情竹也斑。　百和夜燒殘。喚起征鴻行路難。夢裏江南秋尚好，般般。皎月黄花取次看。』此

〔一〕髩影鬆，原作『髩鬆影』，據《華簾詞》乙。

詞先寫雨滴湘妃之竹，次言月明處士之花；由現在眼前之情，想到未來意中之景，而夢裏江南，鄉心一片，傳神阿堵，栩栩欲活矣。或曰：徐女士詞，確係秋氣初肅時所作。若閨中詠暮秋者，則有李易安女士之『秋已盡，日猶長。仲宣懷遠更凄凉。不如隨分尊雨醉，莫負東離菊蕊黄』，及黄媛介女士之『芙蓉花發藏香露。白雲慘淡關山路。愁思惹秋衣。滿庭黄葉飛』等作，分寫樓前金菊，庭畔玉蓉，藉令霜晨月夕讀之，亦能使人悠然意遠。

八　閨中詠晚秋

閨中詠晚秋者頗多；然皆因寫風月，而興念遠懷人之感。如陳豔女士之『蕭瑟西風望久。郎書無有』，項蘭貞女士之『明月又圓。那人何日還』，均是。按，陳女士詞曰：『眉共遠山爭秀。可憐長皺。莫將清淚濕花枝，怕花也、和人瘦。　蕭瑟西風望久。郎書無有。欲知日日倚欄愁，但問取、樓前柳。』項女士詞曰：『晚雲攢。晚風寒。葉落霜飛籬菊殘。不堪看。不堪看。儂瘦如花，倚欄誰個憐。　哀蛩泣遍垂楊岸。哀鴻叫遍疎桐院。思漫漫。恨漫漫。明月又圓。那人何日還。』孫蕙媛女士云：『試問菊花期，還是霜前好』。偶誦陳、項二女士詞，便覺此言甚有見地。又陳、項詞中『儂瘦如花』、『怕花也、和人瘦』等句，均從李易安女士『簾捲西風，人比黄花瘦』二語套出。文心之巧，得未曾有。

南京《中央日報》一九三六年九月一〇日

冬閨詞話

九　冬閨詠梅妝詞

《浣花詞》〔清平樂〕云：『年年雪裏。常插梅花醉。』又〔訴衷情〕云：『夜來沉醉卸妝遲。梅萼插殘枝。』女詞人中，當此天寒欲雪，醉後簪梅者，其惟易安居士乎。此外，如朱淑貞女士〔點絳唇〕『鬢鬟斜掠。呵手梅妝薄』，及許德蘋女士〔浣溪沙〕『窗外梅花冒雪開。一枝斜插映紅腮』諸詠，僅云『薄妝鬟鬢，紅映腮渦』，而未嘗言『中酒』也。冬閨詠梅妝詞，最饒丰韻，應推沈宜修女士之〔虞美人〕一闋。其詞曰：『生香素面檀融暈。嬾傅何郎粉。胆瓶折取貯仙葩。試看漸將春色、透些些。　纖枝不鬬東風巧。耐雪衝寒早。鏡前新寫漢宮妝。却把玉顔淡淡、拂輕黄。』

一〇　〔如夢令〕詠梅

『昨夜霜濃風驟。只恐梅花僝僽。曉起探園林，却喜寒香依舊。知否。知否。欲折還憐纖手。』此作描寫歲暮清閨，惜花早起；霜寒風厲，索笑巡檐，亦能戛戛獨造。蓋趙芬女士得意作品也。冬閨詠梅，詞中不涉及雪，猶有吴永汝女士所作。其詞曰：『簾外一枝花影。月到花梢影冷。夜坐穗燈銷，寂寞小窗寒浸。夢醒。夢醒。重把離愁細整。』趙、吴二女士，均前清時人。按，吴女士詞，恰與明季王微女士所詠暗合。王女士詞曰：『簾外月消烟冷。凍瘦一枝花影。空館不勝情，此際知誰管領。夢醒。夢醒。又把閒愁細整。』以上三詞，均寄調〔如夢令〕，尤奇。

南京《中央日報》一九三七年一月七日

一一　冬夜聽雨、雪夜獨坐

閨中有詠冬夜聽雨者。沈善寶女士〔虞美人〕詞曰：『打窗落葉聲蕭瑟。寒氣燈前逼。病來詩思已無聊。添得者般情景、助魂銷。　霜鴻陣陣飛何急。豈有愁難說。一番疎雨一番風。知否有人憔悴、小樓中。』又有詠雪夜獨坐者，沈飛霞女士〔南鄉子〕詞曰：『簾外雪初飄。翠幌香凝火未消。獨坐夜闌人欲倦，迢迢。夢斷更殘倍寂寥。　樓閣遍瓊瑤。庭樹紛紛玉作條。林外梅花應放也，蕭蕭。香過寒溪第幾橋。』兩作命題不同，措詞遂異。然一則由『落葉打窗』，說到『病來詩思』；一則言『雪飄簾外』，轉入『人倦夜闌』。前半闋佈局，均係從外及裏，步驟井然；至後半闋，所謂『人困樓中，更番風雨』，梅開林外，香過寒溪。均用問法作結，筆調生動亦同。

南京《中央日報》一九三七年一月八日

一二　冬閨詞側重言情者

冬閨詞側重言情者，如俞慶曾女士〔浣溪沙〕云：『離別情懷九度參。薰爐閒倚漏聲殘。霜濃鴛瓦繡衾寒。　度曲怕拈紅豆子，送人記泊綠楊灣。銷魂又是月初三。』此敘屢念別情，銷魂新月；怕拈紅豆，記泊綠揚。詞中『送人』二字，尤爲警切。然亦有心比綠梅，燈如紅豆，夜深明月，愁畫眉彎，如汪蘅女士所謂『姮娥心事沒人憐』者。汪女士詞曰：『低掩銀屏護水仙。夜深明月到窗前。姮娥心事沒人憐。　欲墜燈如紅豆小，未灰心比綠梅酸。避愁不敢畫眉彎。』此詞亦調寄〔浣溪沙〕。以上二詞，雖側重言情，然極含蓄之妙。最坦白者，尚有董如蘭女士冬閨月夜之詠。詞曰：『牆角枝頭雨雪晴。寒葩展靨若含顰。蟾蜍今夜十分明。　細細暗香和夢嗅，椿椿懷抱費思評。心頭有個未歸人。』試思『心頭有個未歸人』此語，真說得出也。

南京《中央日報》一九三七年一月九日

一三　冬閨雪梅

『酸風冷坑催人起。六花亂撒香閨裏。陣陣打房簷。愁心不敢嫌。　臨妝呵素手。梅蕊還依舊。插向鬢邊斜。丰姿爭似他。』此張曼殊女士〔菩薩蠻〕詠冬閨作也。詞中，先寫雪花亂撒，後言梅蕊斜簪；花是美人後身，故有『丰姿爭似他』之句。然此爲張女士香閨對雪之什。又江淑則女士〔浪淘沙〕[一]一闋，則記寒閨踏雪之作。詞曰：『一笑步瑤階。靖景殊佳。不曾顧惜鳳頭鞋。低首凝眸渾未覺，深處偏埋。　纖手整金釵。詩興難排。探梅不必到天涯。自有疎枝庭畔倚，折向蕭齋。』此詞先敘踏雪，後說折梅，作法與前相枋。惟『不曾顧惜鳳頭鞋』數句，描寫伶俜倩影，躍躍紙上。展誦一通，輒能令人神往，爲可異耳。

南京《中央日報》一九三七年一月一一日

[一] 浪淘沙，原作『淘浪沙』。

春閨詞話

一四　詠立春詞

『暢晴和好是今朝。律轉青陽，冶葉倡條。暖入屠蘇，宜春翦字，綵勝雲翹。　碧琉璃房櫳日高。繡簾兒東風細飄。臘雪全消。春到人間，柳寵花嬌。』此顧春女士寄調〔蟾宫曲〕詠立春詞也。試誦『春到人間，柳寵花嬌』之句，愉快之情，溢諸楮墨。然此爲『繡簾兒東風細飄。臘雪全消』後之作，亦有『東風已上隄邊柳。雪意還依舊』。如沈宜修女士詠立春詞，寄調〔虞美人〕之作。詞曰：『東風已上隄邊柳。雪意還依舊。畫羅綵勝學新裁。不道閒愁又送、一年來。　年華只是侵雲鬢。花信何由問。待看雙燕幾時來。猶憶杏花長對、月徘徊。』閨中詠立春詞，余最愛誦錢鳳綸女士〔海棠春〕之什，蘊藉風流，似在顧、沈二女士之上。詞曰：『佳人占得春光早。濃豔處、新妝偏好。紅穗綠雲斜，玉燕金釵裊。　輕籠翠袖低聲道。願歲歲、春光不老。看遍上林花，著意憐芳草。』

南京《中央日報》一九三七年三月二七日

一五　閨中詠元宵之什

徐映玉女士云：『紗窗暮。收燈院宇。擁髻瀟瀟雨。』徐湘蘋女士云：『踏歌聲裏，恁般便過元宵了。』二詞均屬收燈後之作。惟朱淑貞女士之『燭龍火樹爭馳逐。爭馳逐。元宵三五，不如初六』一詞，則係元宵前作也。按閨中詠元宵之什甚少，惟左錫璇女士《碧梧紅蕉館詞》，載詠元夜〔虞美人〕一闋，頗堪一讀。詞曰：『去年花下同吟玩。夜月春風院。綺羅香裏暗塵輕。譜得新詞，彩筆共題燈。　而今花月妍如故。人向天涯去。無聊懶倚曲欄杆。却下簾兒，怕見月團圞。』左女士此詞，雖詠元宵花月，然細玩『去年』、『今夕』等句，頗隱寓懷人之感，恰與朱淑貞女士〔生查子〕『去年元夜時，花市燈如晝。月上柳梢頭。人約黃昏後。　今年元夜時，月與燈依舊。不見去年人，淚濕春衫袖』元宵有懷之作，同一機杼。

南京《中央日報》一九三七年三月二九日

一六　春社花朝

莊盤珠女士〔菩薩蠻〕〈詠社日〉云：『溟濛[一]雨歇雲猶聚。杏花紅過秋千去。閒立又閒行。香閨鍼線停。　髩絲釵影亂。午夢風吹轉。燕子到簾前[二]。紅拖桑柘烟。』唐人詩：『桑柘影斜春社散，家家扶得醉人歸。』莊女士詞結句『燕子到簾前。紅拖桑柘烟』，即從此詩套出。今年春社，爲廢曆二月初十日。按《誠齋詩話》：『以二月十二爲花朝。』則後二日，即爲百花生日。茲錄顧翎女士〔浣溪沙〕及吳藻女士〔柳梢青〕〈詠花朝〉詞如下：『魚子衫輕無限嬌。淡妝和淚濕紅綃。起來無力整珠翹。　鈴閣翠分湘女竹，繡牀香映美人蕉。冷風凄雨過花朝。』『簾捲香銷。

〔一〕溟濛，原作『深濛』，據《秋水軒詞》改。

〔二〕燕子到簾前，原作『到燕子簾前』，據《秋水軒詞》改。

輕寒惻惻，良夜迢迢。春到春分，月圓月半，花發花朝。年年此夕春饒。花月下、金尊酒澆。邀月長空，祝花生日，且儘今宵。』按顧、吳二女士詞，一則『淚濕紅綃，冷風淒雨』，一則『金尊酒滿，邀月祝花』，處境不同，哀樂遂異。又吳女士詞『月圓月半，花發花朝』之句，似據《提要錄》『唐以二月十五日爲花朝』也。

南京《中央日報》一九三七年三月三〇日

一七 〔減字木蘭花〕曲盡跌宕

詞中以〔減字木蘭花〕一闋，曲盡跌宕之致。余嘗謂，工倚聲者，能填〔減蘭〕之什，則思過半矣。『更長夢短。春色平分剛一半。水樣輕寒。翠袖宵來怯倚欄。　亂愁如絮。無奈東風吹不去。碎雨零烟。深院梨花瘦可憐。』此趙我佩女士〈詠春分夜〉〔減字木蘭花〕詞也。俯唱低吟，柔腸九折。試讀『春色平分，梨花烟雨』之句，可知此夕月輪高隱矣，然亦有言『鳳幃寂寞，月不忍圓』，如朱淑貞女士〈春分〉詞者。朱女士詞曰：『山亭水榭春方半。鳳幃寂寞無人伴。愁悶一番新。雙蛾只舊顰。　起來臨繡戶。時有流螢度。多謝月相憐。今宵不忍圓。』若顧貞立女士之『燕泥』、『芳草』、『紫陌』、『香塵』等句，則非『梨花』、『夜月』時所作。詞曰：『斷腸春色還餘幾。可憐一半催歸去。簾外草萋萋。簾前燕子泥。　香塵迷紫陌。悶把欄杆拍。多恨不成妝。故園天一方。』按朱、顧二女士詞，均寄調〔菩薩蠻〕。此詞亦祇八句，每二句一轉韻，與〔減蘭〕同，所可異者，句調長短，音節和諧耳。

南京《中央日報》一九三七年四月四日

一八　詠春寒暖

『曉燈明滅春寒重。暗香吹破離人夢。夢裏意闌珊。淚珠和粉彈。　鏡波寒漾綠。對影空棖觸。纖手折紅蘭。怕簪雙髻鬟。』此〔菩薩蠻〕詞，爲左錫嘉女士詠春寒之作。按，左女士，清陽湖人，錫璇之妹，有《吟仙館詩餘》，詞中『燈欺寒重，夢破香吹』等句，正與凌祉媛女士『鈴驚夢破，人怯春寒』，岑寂相仿。凌女士詞曰：『簷鈴驚破紅閨夢。曉妝人怯餘寒重。纖手捲簾衣。風前放燕飛。』『舊夢依依睡起遲。春慵無力試單衣。薄寒天氣賣花時。　細雨輕烟鶯百囀，暖風斜日燕雙飛。畫梁東畔小堂西。』此〔浣溪沙〕詞，爲孫雲鳳女士詠春暖之作。按，孫女士，清仁和人，雲鶴之姊，有《湘筠館詞集》。詞中『春慵睡起，風暖燕飛』等句，恰與顧信芳女士『人懶樓前，暖香花睡』，同一雋永。顧女士詞曰：『微雨燕飛春寂寂。暖香花睡日遲遲。小樓人懶似游絲。』

南京《中央日報》一九三七年四月八日

一九　踏青詞

相傳三月三日，爲吾國踏青期。然蘇軾詩序，則曰：『正月八日，士女相與嬉遊，謂之踏青。』《舊唐書·太宗紀》又謂：大曆二年『二月壬午，幸昆明池踏青』。大抵吾國舊俗，每值人日、花朝、清明、上巳之時，必有如朱淑貞女士所云『去去惜花心懶，踏青閒步江干』者，固不拘拘於時日之早遲也。閨中詠踏青詞，沈士芳女士〔清平樂〕最妙。詞曰：『柳風梅雪。繡幕雲驅月。花氣撲簾香影折。睡暖一雙蝴蝶。斂眉獨倚金扉。輕寒吹上銖衣。滿地星紅小綠，鳳尖怕蹴香泥。』結句『滿地星紅小綠，鳳尖怕蹴香泥』，眞有陸鄂華女士『踏青渾懶去』，于曉霞女士『孤負踏青期』之慨。閨中又有詠拾翠詞者，如沈宜修女士〔浣溪沙〕云：『淡薄輕陰拾翠天。細腰柔似柳飛緜。吹簫閒向畫屏前。詩句半綠芳草斷，鳥啼多爲否花妍。夜寒紅露濕秋千。』詞中『細腰柔似柳飛緜』句，可與前沈女士之『鳳尖怕蹴香泥』相頡頏。一笑。

南京《中央日報》一九三七年四月一〇日

二〇　寒食詞

閨中詠寒食詞，見於李清照女士《漱玉詞》者，有〔浣溪沙〕、〔怨王孫〕二闋。兩詞結句，均有描寫『秋千』之語。如云：『黄昏疎雨濕秋千。』『秋千巷陌人靜，皎月初斜』。惟握管時，有『疎雨』、『皎月』之異耳。又如〔浣溪沙〕詞，則曰：『海燕未來，紅梅已過。』〔怨王孫〕詞，則曰：『草綠階前，暮天雁斷。』麗句清詞，不無觸景懷人之感。周蕉女士有云：『窗外三更寒食雨，夢中一個惜花人。』仿佛近之。茲將漱玉原詞錄後，〔浣溪沙〕曰：『淡淡春光寒食天。玉爐沈水裊殘烟。夢回山枕隱花鈿。海燕未來人鬥草，紅梅已過柳生緜。黄昏疎雨濕秋千。』〔怨王孫〕曰：『帝里春晚。重門深怨。草綠階前，暮天雁斷。樓上遠信誰傳。恨綿綿。多情自是多沾惹。難拚捨。又是寒食也。秋千巷陌，人靜皎月初斜。浸梨花。』

南京《中央日報》一九三七年五月六日

二一　清明詞

閨中詠清明詞，多至不可枚舉。有詠二月清明者，如陳嘉女士〔眼兒媚〕云：『停針無語倚妝臺。春事費疑猜。山桃未破，海棠猶睡，林杏初開。　今年畢竟春寒重，梁燕不曾來。清明時節，陰晴氣候，懊惱情懷。』有詠三月清明者，如朱淑貞女士〔浣溪沙〕[一]云：『露井夭桃吐絳英。春衣初試薄羅輕。風和烟暖燕巢成。　滿院深簾閒不捲，曲房朱戶悶長扃。惱人光景又清明。』前者『林杏初開，燕猶未至』，後者『井桃吐絳，燕已成巢』，春早春遲，可於言外得之。詠三月清明詞，尚有莊盤珠、湯淑英二女士所作，亦皆楚楚有致。莊女士〔柳梢青〕云：『鶯聲燕聲。者番病起，不似前春。針又慵拈，睡還難着，剩箇愁人。　隔簾幾日濃陰。恰放出、些兒嫩晴。薄命桃花，多情楊柳，依舊清明。』湯女士〔南鄉子〕云：『天氣太無憑。乍雨還晴又做陰。時候困人三月也，清明。暗買韶光柳釀金。　杯酒盜閒吟。寂寞春庭鬥草心。院落昏黃簾幙靜，沉沉。獨坐譙樓又起更。』兩詞均用陰平八庚韻，與朱女士〔浣溪沙〕同。詞中所嵌『清明』二字，最響。

南京《中央日報》一九三七年五月七日

二二　寒食清明詞

『輕風庭院將寒食。海棠雨過嬌無力。春思暗縈人。春愁更斷魂。　夢迷芳草遠。殢酒屏

[一] 浣溪沙，原作『浣沙溪』，據《全宋詞》改。

山掩。蝴蝶撲花忙。深閨正日長。』『閒悶閒愁不自持。幾回消盡又如絲。小庭惆悵日遲遲。細雨斜風寒食後，子規殘月夢回時。此情試問有誰知[一]。』兩詞均葉紈紈女士所作。按，紈紈女士，明吳江人，歸袁氏，有《愁言集》。上錄兩詞，前者『春愁更斷魂』，後者『閒愁不自持』，女士於『殢酒』、『夢回』之時，均脫不了說一『愁』字。然一則曰『將寒食』，一則曰『寒食後』，春淺春深，固有別也。吾國舊俗，寒食後一日，即清明節。春閨詞中，亦有作於清明前者，如吳藻女士〔卜算子〕云：『時節未清明，小雨剛剛歇。獨倚銀屏背曉寒，只把羅衣熨。』端淑卿女士〔醉花陰〕云：『春到人間能幾月。愁近清明節。花柳正爭妍，妬雨紛紛，杜宇聲啼血。』節近清明，天多陰雨，可於此詞見之。有作於清明後者，如朱淑貞女士〔眼兒媚〕云：『遲遲風日弄輕柔。花徑暗香流。清明過了，不堪回首，雲鎖朱樓。　午窗睡起鶯聲巧，何處喚春愁。綠楊影裏，海棠枝上，紅杏梢頭。』此詞後半闋『何處喚春愁』作法，恰與賀方回詠春暮之『試問閒愁知幾許。一川烟雨。滿城風絮。　梅子黃時雨』結句暗合。亦奇。

南京《中央日報》一九三七年五月一三日

二三　清明寒食並舉

或問，春閨詞中，亦有以『清明』、『寒食』並舉者乎。余曰：『不多見也，間亦有之。』孫雲

〔一〕試問有誰知，原作『誰問有誰知』，據《全明詞》改。

鳳女士〔訴衷情〕云：『紅樓夢斷曉啼鶯。繡幕峭寒生。二月江南春晚，深巷賣花聲〔一〕。　苔蘚薄，柳綿輕。最淒清。昨宵風雨，今朝寒食，明日清明。』此詞流麗清新，明白如話。詞中『江南春晚』二句，切『二月』言，用放翁『小樓一夜聽春雨，深巷明朝賣杏花』詩意，尤妙。又趙我佩女士〔浣溪沙〕云：『紫陌吹簫唱賣餳。江南春色可憐生。杏花寒食雨清明。　芳徑倦飛三月絮，倚窗愁聽一聲鶯。斷腸心事故園情。』上錄兩詞，皆以『寒食』、『清明』並舉。然讀『今朝寒食，明日清明』，及『杏花寒食雨清明』句，則知孫女士詞，爲寒食節所作；趙女士詞，似詠於清明日矣。惟兩詞中，言『江南春色』，均借『流鶯』、『柳絮』點綴，斯可異耳。

南京《中央日報》一九三七年五月一三日

二四　春閨懷人

春閨懷人之什，有側重空間言者，如葉文女士〔減字木蘭花〕云：『長安陌路。來往征車寧計數。底事關心。遠隔天涯沒信音。　剛纔捲幔。偏惹楊花爭撲面。那得人歸。只見黃鶯作對飛。』有側重時間言者，如魏氏〔菩薩蠻〕云：『溪山掩映斜陽裏。樓台影動鴛鴦起。隔岸兩三家。出牆紅杏花。　綠楊隄下路。早晚溪邊去。三見柳緜飛。離人猶未歸。』按，魏氏，宋人。南豐曾布妻，封魯國夫人。詞中『隄柳飛緜，鴛鴦影動』等句，與葉女士『楊花撲面，黃鳥交飛』，同一觀感。怨而不怒，深得敦厚溫柔之旨。朱秋娘女士云：『相思恰似江南柳，一夜東風一夜深』，

〔一〕深巷賣花聲，原作『深巷裏賣花聲』，據《湘筠館詞》卷上刪。

不啻爲葉、魏二女士詠也。若趙我佩女士〔卜算子〕詞，則作負氣語矣。詞曰：『密意亂如絲，別淚濃於酒。眉上春山臉際霞，都爲春消瘦。　記得去年言，約在梅開後。風信如今過海棠，到底歸來否。』偶誦江玉軫女士『花信一番番，只芳年難又』，恨之也深，不覺言之斯切，又不能不爲我佩女士恕矣。

南京《中央日報》一九三七年五月二三日

二五　春愁春恨

沈佩女士曰：『滿院落花愁寂寂，一簾飛絮恨忽忽。』支機女士亦曰：『水流別恨花飛淚，金鑄相思玉斲愁。』當此晚春時候，女詞人中，言春愁者十之八九；言春恨者十之二三。言春恨者，如姚鳳翽女士：『滿目繁花鋪繡，恨煞東風驟。』恨東風也。沈宜修女士：『啼鳥不知人恨，聲聲喚落斜陽。』恨啼鳥也。至若『落花和雨夜迢迢，恨情人、夢更無聊』，恨落花，恨夜雨，兼恨無聊之春夢。此恨緜緜，非《斷腸集》中詞，無此深刻之作。言春愁者，則有莊盤珠女士：『一院海棠春不管，儂替花愁。』吳藻女士：『打疊春愁不下簾，待燕歸來說。』然此僅云『儂替花愁』，『燕解人愁』，而未言其愁之所表現者。若張友書女士：『韶華負却春三月。愁多寬褪羅裙褶。』李微女士：『春悄悄，病懨懨。愁到眉峯兩碧尖。』『愁到眉峯』，『愁上腰支』，所謂『春光歲歲酒依舊。不管愁人消瘦』者非耶。然此猶未言及愁之質與量也。屈蕙纕女士云：『睡起倚妝樓。飛花點點愁。』沈宜修女士云：『倚遍闌干對夕陽。柳條閒自掛愁長。』袁嘉女士則曰：『輕寒料峭雨簾纖，一縷春愁似水添。』詞中所謂『飛花』、『春水』、『柳條』等物，皆變爲詞人春之愁料，而『長』、也，『一縷』也，『點點』也，則均爲春愁之成分。善乎談印梅女士有云：『一分春色二分愁。』余元端女士云：『除却春愁沒個題。』若諸女士者，真『多愁』、『多恨』人也。

南京《中央日報》一九三七年五月二八日

二六　春來春去

『無事閒庭不啓扉。篋中空疊舊罗衣。綠濃紅淡恨依依。　嚑起海棠香夢足，隔簾芍藥淡烟迷。春來春去總堪疑。』此張學雅女士〔浣溪沙〕詠春閑詞也。結句『春來春去總堪疑』七字，含糊得妙。實則春之來去，均有蹤跡可尋，並不盡如李佩金女士所云『九十春光無據』。所可歎者，『乍喜好春來，何事匆匆去』耳。陸瑛女士云：『記得相逢，春在深深樹。』所謂『深深樹』者，雖未明言何樹，大約指『玉梅花』也。吳藻女士有云：『侍兒幾度鈎廉覷。玉梅開在深深樹。深深樹。疎香小豔，是春來處。』據此，則知『疎香小豔』，是春來處矣。至於春之去處，其說不一。如陸眞女士則曰：『綠蕪深處。可是春歸路。』許德蘋女士又云：『分付荼蘼不許開，春也歸何處。』兩說均不敢作肯定語。雖有踪跡可尋，然皆偏於主觀，乏味外味。必如王夢蘭女士所云：『春去春來，試問歸何處。垂楊樹。幾番烟雨。綠遍江南路。』切實說來，悠然意遠，較耐想耳。

南京《中央日報》一九三七年五月三一日

二七　花解語鳥知時

花鳥本屬無情之物，一經詞人藻繪，竟使花能解語，鳥亦知時。春閨詞中，更多類此之作。倪端女士〔眼兒媚〕云：『惜春無計挽春還。寂寞淚闌干。翠眉懶畫，紅鴛停繡，綠綺慵彈。滿院落花閒未掃，鶯燕蹴枝翻。海棠飄豔，梨花飛雪，梅子含酸。』此詞結論，『海棠』三句，極有意義。其巧妙處，不亞於成岫女士詠春雨詞『梅羞杏泣海棠愁。愁絕梅花，含怨放枝頭』之作。又詞中有『鶯燕蹴枝翻』之句，因憶李佩金、沈御月兩女士詞，一則曰：『燕子鈎簾細語。報與惜花人，一院落紅飛去。』一則曰：『流鶯樹上啼聲巧。驚破羅幃夢悄。斷送鏡中人老。都爲春歸早。』試思『落紅飛去』之時，燕子、流鶯，均知鐃舌，報告『春歸』，寧非異事。此外，又有懷恨『杜宇不解留春』者。如頓少文女士『才長芭蕉，碧紗窗外風和雨。聲聲杜宇。不解留春住』者是也。若葉靜宜女士〔采桑子〕詠春歸之什，詞長僅數十字，能將凄風苦雨中之春禽，若者無情，若者善感，並蓄兼收，栩栩欲活，眞巧奪化工筆也。詞曰：『啼鵑喚了春歸去，風也凄凄。雨也凄凄。一任殘花落更飛。韶華在眼輕消遣，鶯也依依。燕也依依。幾度留春春竟歸。』

南京《中央日報》一九三七年六月四日

二八　閨中送春之什

閨中送春之什亦多。陳敬女士〔畫堂春〕云：『呢喃雙燕傍簷飛。綠陰搖曳成圍。朝來便覺眼前非。初試羅衣。寶馬香車人散，金鈴綵幔花飛[一]。年年此際對斜暉。可奈春歸。』偶誦『無可奈何花落去，似曾相識燕歸來』之句，便覺女士此詞之妙。然細玩詞中『年年此際對斜暉』

[一] 花飛，《小檀欒室閨秀詞鈔》卷二作『花稀』。

一語，微嫌籠統；若孫雲鳳女士〔虞美人〕詞，則將『昨年』、『前年』、『今年』分三節寫，界限較清。詞曰：『昨年燕子啣春去。春色留難住。前年人倚畫樓東。惆悵一年飛絮、暮烟中。今年又是酴醾節。此景還如昔。小廊立盡看歸鴉。却恨無情芳草、遍天涯。』按此，又知女士『年年此際』，均有『送春』之什，以視吳藻女士『一杯婪尾香邊酒。花事無何有。今年忘了送春詞。春短春長，難道沒人知』，竟爾恝然寡情，忘詠送春之作，真有霄壤之判。然孫女士之送春詞，僅言『過去』與『現在』，對於『未來』一層，仍感缺如。因憶朱淑貞女士〔清平樂〕詞，有『繾綣臨歧囑付，來年早到梅梢』句，可補孫女士之不及。詞錄如下：『風光緊急。三月俄三十。擬欲留連計無及。綠野烟愁露泣。倩誰寄春霄。城頭畫鼓輕敲。繾綣臨歧囑付，來年早到梅梢。』

南京《中央日報》一九三七年六月七日

當代詞壇概況

焦𢌿

《當代詞壇概況》一三則，跋一則，載上海正風文學院《文風月刊》一九三六年一二月一〇日第二期、一九三七年一月一〇日第三期。署『焦𢌿』。今據此迻錄。原無序號、小標題，今酌加。

當代詞壇概況目錄

當代詞壇概況

一　詞貴有我

詞者：肇於唐，而盛於宋，有清一代，集其大成；兼有『大江東』之豪放，『楊柳岸』之婉約，要皆文字之技巧，而不得强分軒輊；亦未可執一端妄别得失。所謂『中貴有我，義在感人，應時代之要求，以决定應取之途徑』。

二　詞品正聲

輓近詞品，大抵致慨乎國亡立待，發爲正聲，冀以楮筆之餘，有補劫運，風會所向，環境使然。

三　詞社之組織

年來詞社之組織整飭，聞於當時者，當推津之『須社』，京之『如社』，滬之『聲社』。健手如夏敬觀、喬曾劬、吳梅、陳方恪、唐圭璋、李釋堪、龍沐勛、黄濬等人，各具『溯古涵今之思，照天騰淵之才』，傳聞海内，龐然大觀。

四　龍沐勛詞論

萬載龍沐勛每有詞論，闡發細微，『於是以塗飾粉澤爲工，以清濁四聲競巧，撏撦故實，堆砌字面，形骸雖具，而生意索然』等語，三唐以來，從未言破，龍君以大刀闊斧，披荆斬棘，切中時病，占丏兹多。

五　悲憤鬱勃之氣

『且今日何日乎，國勢之削弱，士氣之銷沉，敵國外患之侵凌，風俗人心之墮落，覆亡可待，怵目驚心，豈容吾人雍容揖讓於壇坫之間，雕縷風雲，怡情花草，競勝於咬文嚼字之末，選聲鬥韻之微哉。』冀以『悲憤鬱勃』之氣，一寄於詞，以怍懦夫，以挽頽波。

六　胡適所論

胡適爲新文學巨子，兼擅考據。所論『東坡作詞，並不希望拿給十五六歲的女郎，在紅氍毹上裊裊婷婷地去歌唱』（《詞選序》），龍君以爲『若東坡詞專以不諧音節爲高，吾人試一檢集中諸詞，則爲歌妓作者正多，又以何法證明彼不希望在紅氍毹上裊裊婷婷地去歌唱』耶。懿考蘇集，確偏向於『充分表現其個性，非一般民衆所同具之普徧情感』。

七　胡漢民詞鈔

番禺胡漢民以政治家，而兼能文學，詞鈔中之：『百澀詞心獨自支。覺翁家數水多奇。如何七寶世猶疑。　少悔雕鏤揚子賦，漸歸平淡退之詩。此情唯有故人知。』（〔浣溪紗〕）『後庭花借前朝樹，深宫又聽幽語。宋玉牆闚，陳思洛詠，都誤人天心緒。歌聲甚處。似中婦難防，手提金縷。曄曄明星，痦來覓徧更無據。　清觴爲君曼舞。任纏頭坐索，休靳封予。皓體從風，瑰姿應節，别有相思誰訴。寃親並與。歎加膝推淵，世界儔侶。譜出霓裳，識新聲較苦。』（〔齊天樂〕）托體幽峭，音拍高古。『百澀詞心獨自知』句，支撑艱際，更可紬繹其憂天憫人之思。

八　汪精衛詞

『慷慨歌燕市，從容[一]作楚囚。引刀成一快，不負少年頭。』『留得心魂在，殘軀付劫灰。青燐光不滅，夜夜照燕台。』此汪精衛開始革命時刺攝政王被逮口占詩也。慨當以慷，直置生死於度外，觀此益知『失敗者成功之母』一言，絲毫不爽。『血鍾英響滿天涯，不數當年博浪沙。』自負張良，懷抱可知。詞亦精悍：『雪偃蒼松如畫裏。一寸山河，一寸傷心地。浪囓岩根危欲墜。海風吹

〔一〕從容，原作『忽容』。

水都成淚。白草茫茫迷古壘。月閃冰[一]稜，萬點寒星碎。荒塚老狐[二]魂亦死。髑髏夜半驚風起。』（昔聞展堂誦其中表文芸閣[三]爲所詞，有『一寸山河，一寸傷心地』之句，未嘗不流連反復，感不絶於心。近得《雲起軒詞》讀之，則似易爲『寸寸關河，寸寸傷心地』，顧二語意境各殊[四]，不能無割愛之憾。余冬日度遼，所經行地，觸目怵心，不忍殫述，爰就原句，足成此闋，點金之誚[五]，所不敢辭，掠美之譏[六]，庶幾知免云爾。（蝶戀花））是詞作時，當革命方興，身家息息於滿人藩籬，『一寸山河，一寸傷心地』句，實非過言。今者外患疊起，國境日蹙，誦『一寸山河，一寸傷心地』之句，尤增感喟。

上海《文風月刊》一九三六年一二月一〇日第二期

〔一〕冰，原脱，據《雙照樓詩詞稿·小休集》卷下補。
〔二〕狐，原作『孤』，據《雙照樓詩詞稿·小休集》卷下改。
〔三〕文芸閣，原作『化芸閣』，據《雙照樓詩詞稿·小休集》卷下改。
〔四〕意境各殊，原作『意如殊』，據《雙照樓詩詞稿·小休集》卷下改。
〔五〕誚，原作『銷』，據《雙照樓詩詞稿·小休集》卷下改。
〔六〕譏，原作『幾』，據《雙照樓詩詞稿·小休集》卷下改。

九　夏敬觀詞論

詞論家夏敬觀，文筆綜貫，交從宏雅，以旁搜博討[一]，負譽當時，著有《忍古樓詞話》，月旦詞林，具徵卓洽。『禮堂日暮。自寫潛韶護。餘墨爍，遺芬古[二]。留教[三]珊網拾，會入瑤琴撫。清夢斷，尋聲暗記千巖[四]譜。　往事皋橋路。載酒停橈處。春幾換，人非故。鶴邊雲侶散，雁候霜羣舉。風雅老[五]、伊誰更問閒鐘呂。』（〈題漚尹侍郎手寫詞稿〉〔千秋歲〕）千錘百鍊，真力彌滿；非修養有夙，出茲不能。漚尹詞壇老宿，當其在世，多所唱酬，繼往開來，微其莫屬。『雨宿潤路陌，晴午喧村野。印苔步屐，穠李夭桃下。相映秀靨，薄染鉛脂冶。芳意供陶寫。重拂小闌干，稱吟箋、零騷碎雅。　逝波瀉。是過去年華，歎兵塵未了，亭館無多，誰問花開謝。往事夢回，鶯燕也驚詫。一醉非無價。其奈獨醒何，酒杯中、陽春和寡。』（〈春日訪龍榆生真茹，因重遊張氏園，榆生設酒寓齋，盡歡而別，賦謝主人，兼柬盧冀野〉〔浣溪沙慢〕）龍君主講廣州，授課之暇，從事著作，蓋朱彊村

〔一〕討，原作『吋』。

〔二〕遺芬古，原作『遺芬古』，據《詞學季刊》第二卷第一號〈近人詞錄〉改。

〔三〕留教，原作『留數』，據《詞學季刊》第二卷第一號〈近人詞錄〉改。

〔四〕千巖，原作『千嚴』，據《詞學季刊》第二卷第一號〈近人詞錄〉改。

〔五〕風雅老，原作『膩雅老』，據《詞學季刊》第二卷第一號〈近人詞錄〉改。

高足，更與詞人若黄秋岳、李釋堪、胡漢民諸氏，多所往還，龍君[一]之得力詞學，要以朱氏居多。身後蕭條，龍君亦不少勷贊。龍有〈上彊村民[二]授硯圖〉，圖爲夏劍丞手筆，題屬固多，更皆佳製。

一〇　詩詞二道

《石遺詩話》中，稱『由是以見汪君澗蘋，主持壇坫，隴上之曹纕蘅也』，汪君詩有詞意，如『有花初有蕊，因緣萬株花』句，得心應手，詩人冠軍，實非過言。間嘗謂詩詞二道，殊途同歸，要不外乎轉移風教，滋益人情，務從『詩言志』中，本溫柔敦厚之旨，以拯頹波。蓋深見於吟風弄月，音近靡靡，類大腹賈之遊手好閒，殊未足取。李君釋堪嘗言：『西北文人，多出天水，如王新令之以文勝，馮國瑞之以詞勝。』

一一　葉恭綽詞

葉恭綽，字譽虎，號遐庵，廣東番禺人，兼擅[三]詞曲，旁及詩文，與汪榮寶并稱於時。有〈木蘭花慢〉〈送春〉：『漸驚春又去，悵重莗、瘞花銘。甚鶗夢沉酣，鳩聲佻巧，蝶影伶俜。縈情。東闌雪

[一] 君，原作『居』。
[二] 民，原脱。
[三] 擅，原作『壇』。

色，欺人生、禁得幾清明。風絮迎飛〔一〕無定，芳塵落地偏輕。　丁甯。愁緒短長亭。忍說卜他生。便九轉腸迴，千絲網結，誰阻歸程。盈盈。相望寄語，怕傷春、傷別總難名。萬一〔陽關〕唱後，尊前重〔二〕見雲英。』『前身金粟〔三〕，俊賞瓊英，東亭〔四〕恨墮風渦。六百年來事，靈根在、渾似記夢〔五〕春婆。濠梁王氣同銷歇，空回首、金谷笙歌。無人際、紅香泣露，可堪愁損青娥。　棲遲野塘荒溆，甚情移洛浦，影換恒河。追憶龍華會，拈花笑、禪意待證芬陀。五雲深處眠漚穩，任天外、塵劫空過。好折供、維摩方丈，伴他一樹桫欏。』（〈崑山真義鎮之東亭子，爲顧阿瑛玉山佳處故址之一，今年池荷盛開，重臺駢蕚，并蒂至五六花。余偕姚虞琴、汪小鶼、郎靜山臨賞，以其葉小藕窳而不結蓮房，又花瓣襞積，捲如焦心，正與吳中華山宋造象中所刊千葉蓮同，因斷爲即天竺傳來之千葉蓮，蓋花中如海棠、榴山茶，凡舶來種恒現多層，此殆同例也。元末明初，迄今已六百年，淪落荒村中，今始幸邀吾徒之一顧，賦此闋以屬阿英兼示同人〉〔五綵結同心〕）『漢月幽輝，小樓寒澈。危絲促柱同凄咽。黃花未肯怨西風，捲簾消息憑誰說。　夢蝶初醒，驕鸞遽別。曇華石火同飄瞥。人間銷〔六〕得幾回

〔一〕風絮迎飛，《遐庵詞》作『飛絮迎風』。
〔二〕重，原脱，據《遐庵詞》補。
〔三〕粟，原作『栗』，據《遐庵詞》改。
〔四〕東亭，原脱，據《遐庵詞》補。
〔五〕夢，原脱，據《遐庵詞》補。
〔六〕銷，原作『鎖』，據《遐庵詞》改。

腸，偷聲賺盡愁千結。』（〈爲李拔可題其妹花影吹笙室填詞圖〉〔踏莎行〕）李拔可妹工詞嫻畫，李易安之作風，不是過也。『樹逐飆輪，苔侵雨笠，望裏疏林輕霧。片石三生，孤雲一握，淒懷嬾共僧語。似賀老、昇仙後，稽山自來去。　向誰訴。舞回風、巧翻妝額，愁在苒佳約，翠禽輕誤。芳訊斷江南，怕一枝、縈恨終古。嶺雪淒清，儘參横宵漏未曙。甚紅英數點，恨鎖江城歸路。』（〔法曲獻仙音〕）『此葉可休掃，留待務重陽。美人迢遞秋水，露白更葭蒼。百輩推排欲盡，萬古消沉向此，醉睡復何鄉。籬菊亦憔悴，弄影一絲黃。　濟無楫，飛無羽，渡無梁。一樓突兀眼底，詩界尚金湯。稍喜羣賢畢至，非我佳人莫解，〈九辯〉費篇章。寄謝舊時鴈，寥廓已高翔。』（〈去歲重九，掃葉樓盛集。纕蘅爲拈『鑒』字韻，久未成詩，兹乃補作一詞，晏叔原所謂『殷勤理舊狂』也〉）

一二　徐小淑詞

林寒碧留學日本〔二〕，歸國不久，罹奔車之厄，王又點曾悼之以詩，語極淒楚。其室徐小淑悲抑無既，有『唯餘小淑無言在，生死天涯共一哀』句。徐能詞，殊多佳製。其『驀地西風起，簾捲夕陽樓。問花何事晏放，可是爲儂留。冷眼嚴霜威逼，回首羣芳偏讓，比隱逸高流。容易華年老，莫負一叢秋。　待把酒，拚沉醉，度吟謳。珊珊瘦骨，更將佳色膽瓶收。笑口繼開須惜，只恐秋光惜別，對此暫消愁。但願明年景，依舊賞清幽。』（〈和林宗孟詞人觀菊〉〔水調歌頭〕）『一幅㠶衣，爲誰染上蒼蒼壁。翠花斜疊。不費春波力。　起傍晶奩，細認鬖鬖客。休欹覓。翦雲纔歇。憨枕

〔二〕留學日本，原作『留日學日本』。

流蘇息。』（〈謝意珠、洵美兩姊惠翠毹衾幅玳瑁落塵，仍疊前韻〉〔點絳唇〕）格骨遒上，巾幗中未易多覯。

一三　陳家慶詞

徐澄宇室陳家慶，字秀元，號碧湘，湖南寧鄉人，能詩擅詞，與澄宇多所唱酬。徐有〈孤憤〉詩十二首，已逐次梓竣，裒然成帙，爭手一篇，旗亭傳唱。陳之：『滔滔萬里長江，東去幾時流盡。風物依然，歷遍興亡〔一〕誰信。千年黃鶴今何〔二〕在，笑指仙人難問。看嵐光入畫，數峯天外，淡凝妝鬟。且憑欄把酒，臨風寄慨，漫〔三〕論古今豪俊。更上層樓，悵望昔時形勝。盈城簫鼓春如海，佳節上元初近。衹承平舊事，魚龍曼衍，又縈方寸。』（〈丙子上元之前一日，同澄宇登黃鶴樓〉〔陌上花〕）『又長空萬里溼雲羅，鳴鳩隔芳林。正薄寒時節，小樓夜雨，深巷春陰。纔聽賣花聲過，簾影漸沉沉。忽憶放翁句，隱几〔四〕微吟〔五〕。料得瀟湘江畔，漲半篙綠漪，釀就愁深。想篷窗淅瀝，短

〔一〕亡，原脱，據《澄碧草堂集·碧湘閣詞》補。

〔二〕何，原作『河』，據《澄碧草堂集·碧湘閣詞》改。

〔三〕漫，原作『漫』，據《澄碧草堂集·碧湘閣詞》改。

〔四〕几，原作『凡』，據《澄碧草堂集·碧湘閣詞》改。

〔五〕微吟，原作『吟微』，據《澄碧草堂集·碧湘閣詞》乙。

棹入荒潯。憶靈均、滋蘭紉佩，總芳馨、滿抱[一]意難禁。天涯客，每登臨處，時動歸心。』（〈春雨寄玉姊湘江〉〔八聲甘州〕）『小病纏綿愁寂寞。人去匆匆，誤了尋春約。夜雨簾纖樓一角。夢回無奈荼煙薄。賦筆吟箋猶似昨。迢遞關河，誰把雙魚托。往事思[二]量何處着。燈前俏聽檐花落。（〈寄懷竹軒姊〉〔蝶戀花〕）袁枚謂『女中元白』，若陳、徐諸人，實足副之。

以上過略舉一二，以概大端。當代詞人，奚第千萬，或長於天才，或善於鍛鍊，承前開後，媲美騷壇，國粹僅存，賴茲實大，而發揚光大，復有待於後之來者。

上海《文風月刊》一九三七年一月一〇日第三期

[一] 滿抱，原作『抱滿』，據《澄碧草堂集·碧湘閣詞》改。
[二] 思，原作『恩』，據《澄碧草堂集·碧湘閣詞》改。

新年詞話

吳去疾

《新年詞話》三則，小序一則，載上海神州國醫學會《神州國醫學報》一九三七年一月三一日第五卷第五期《廿六年新年號》。署『吳去疾』。今據以迻錄。原無序號、小標題，今酌加。

新年詞話目錄

新年詞話

余於廿三年新年號，曾作有《新年聯話》登於補白欄中，所見甚淺，不足以當大雅之目。光陰易過，忽忽又三年矣，今當廿六年新年號出版之時，既循例爲閲者諸君致賀，并將今年本報内容之改革情形，一一奉告，似可不必多談，惟尚有餘紙，可爲補白之資，若再爲《新年聯話》，未免陳陳相因，因改作《新年詞話》，塞於其間，以助閲者諸君新年之餘興，或亦有當於萬一乎。

一　庚子秋詞

前清光緒之季，西太后垂簾聽政，惑於端（王）、剛（毅）之讕言，以拳匪爲有法術，能扶清滅洋，縱其作亂，挑動外兵。庚子七月，各國師集北平。帝、后西遁，大勢岌岌。後幾經磋商，始締和議，賠款至四百五十兆兩之鉅，并戮罪魁數人，派遣專使至外國謝罪，然後已焉。此眞吾國有史以来之奇恥大辱，而萬劫不能磨滅者也。當事亟時，近代詞家歸安朱彊村（祖謀）先生尚在危城，與臨桂劉伯崇（福姚）殿撰，同依王幼遐（鵬運）給諫而居，哀時感事，相約每夕塡詞一二闋，以爲程課。自八月起至十一月盡，得詞二卷，名曰《庚子秋詞》。永嘉徐班侯（定超）序之曰：『忠義憂幽之氣，纏綿悱惻之忱，有動於中，而不能以自已。』誠知言哉。書成之後，三人又賡續唱和，成《春蟄吟》一卷。起庚子十二月朔，訖辛丑三月盡，詞多不勝錄。録其與新年有關者如後，即俗語所云『應個景兒也』。（以篇幅關係，其他人和作及詞調稍長者，頗有删節〔二〕，非得已也，閱者諒之。）

〔鷓鴣天〕〈庚子除夕〉，王詞云：『漏盡春城寂不譁。迎年爆竹是誰家。尋詩淚濺宜春字，倚壁鐙昏隔歲花。　淹日月，困風沙。屠蘇無味酒慵賒。共君今夜不須睡，坐看遥天北斗斜。』朱詞云：『淚盡東京説夢華。小牋殘墨送生涯。沾脣香乞迎年酒，到眼紅憎餽歲花。　無一語，但長嗟。短檠挑盡又啼鴉。莫嫌歲事郎當甚，好友同居亦當家。』（自序云，好友同居亦當家，瑞安黄卣薌先生〈庚申京邸除夕〉句也。庚子歲除，與忍盦同居四印齋，鶩翁詞成索和，遂拈作歇拍，蓋樂句事情適相合也。）又疊前韻云：『似水清尊照鬢華。尊前人易老天涯。酒腸芒角森如戟，吟筆冰霜慘不花。　拋枕坐，卷書嗟。莫嫌啼煞後棲鴉。燭花紅換人間世，山色青回夢裏家。』劉詞云：『老去逢春事事差。飄零風絮况天涯。慵將綵筆題新句，猶數殘更戀歲華。　人語悄，燭光斜。醲寒城闕靜鳴笳。不知九陌車塵裏，簫鼓春聲尚幾家。』

〔二〕删節，原作『删上卽』。

二　辛丑元日連句

〔六州歌頭〕〈辛丑元日連句〉：『不知今日。春色幾分回。（鷟）梅柳意。還憔悴。惜芳菲。渺天涯。（漚）回首神州路。千萬樹。煙塵沍。靈旗舞。神絃語。總堪悲。（忍）贏得西風老眼，驚驕蜃、淚不勝揮。（鷟）甚椒紅柏綠，不放隔鄰杯。吟鬢絲絲。苦低垂。（漚）　況年華負。心期誤。蘭成賦。杜陵詩。（忍）煙雨外。南山翠。影迷離。記年時。萱莢堯階坼，正日暵，上陽枝。（鷟）仙仗底。朝正使。萬方馳。不道長安，日遠空西望，雉尾雲移。（漚）黯尊前景物，拚得醉如泥。鷟燕休疑。（忍）』（去疾按，括弧中之『鷟』字，乃王作，王一字鷟翁，又號半塘僧鷟。漚，卽漚尹之省寫，爲朱之別字，朱又字古微，又號上彊村人。忍，爲忍盦，卽劉伯崇之別號。恐讀者不知，故附注於此。）

三　歲暮寫懷

樊樊山有〔曲玉管〕詞，自註：歲暮用柳七調寫懷。詞云：『燕尾彫金，鵝翎膩蠟，花奴杖鼓催春早。漸見龍池新柳，匀染長條。又今宵。送竈花餳，迎年薑粥，王房好事璚花報。弄玉多情跨鳳，還入歌寮引瓊簫。　倦旅東華，憶年少三河遊俠，銅槃爇燭如薪，珠槽湧酒如潮。又今朝。把長恩呼起，檢點花溪行卷，兩朝青史，萬古春愁，總付吟毫。』自序云：『耆卿此調，後闋十句，僅押三韻，自宋來，罕繼聲者。殘臘無事，聯爾效顰。』（去疾按，此調前闋平仄通押，故樊氏云然。）

上海《神州國醫學報》一九三七年一月三一日第五卷第五期

讀詞雜記

細華等

《讀詞雜記》六則，載上海博物院《華年》周刊一九三七年五月三一日第六卷第二〇期，署『細華』；七月五日第二五期，署『淡華』；一九日第二七期，署『細華』。今據以迻錄。原無序號、小標題，今酌加。

讀詞雜記目錄

讀詞雜記

一　洪咨夔〔眼兒眉〕

平沙芳草渡頭村。綠遍去年痕。游絲上下，流鶯來往，無限銷魂。　綺窗深靜人歸晚，金鴨水沉溫。海棠影下，子規聲裏，立盡黄昏。

右詞〔眼兒眉〕〔一〕，宋洪咨夔作。此詞全闋關鍵，繫於『綠遍去年痕』一句。粗粗讀去，似亦不過表示『離離原上草……春風吹又生』而已。雖然，此五字，若易以並不點出『去年』這一個時間性的另外的寫景的句子，則全詞竟爲毫無内容毫無生命。蓋非此『綠遍去年痕』五字，不足襯托出一段纏綿悱惻的故事也。

吾人始讀首兩句，以其詞語與音節之平穩，頗感出一種冲淡可喜的情緒。繼續次三句，至『銷魂』兩字，便不得不合着書想一想。『銷魂』，在詩詞裏本來是用得極濫的，但在本來很平穩的句子

〔一〕　眼兒眉，《全宋詞》作『眼兒媚』。

下面，忽然着下這兩字，總覺和全段少相稱。乃掩卷一想，就不期悮[一]到它和上面『綠遍去年痕』之去年的相互關係，而知道它在這詞裏也點着一個重要的元素。

把此詞前段作第二遍讀，對首兩句的感情變了，在讀到『去年痕』的時候，只覺到有些窒息，好像受着什麽寃抑似的，不再感到先前的冲淡可喜了，而對於本來不覺得好的『游絲上下，流鶯來往』兩句，也覺得有感情起來。原因是，給『銷魂』兩字一折，顯出了它們『人面桃花』、『睹物懷人』的意思來。

在後段，作者又更進一步去加以描寫。『海棠影下，子規聲裏，立盡黄昏』，含蓄着一種不盡之意，黄仲則詩『如此星晨[二]非昨夜，爲誰風露立中宵』，可爲此三句作解。

前段所寫的是感，後段所寫的是思。到了去年同到的地方，見了去年同見的事物，卽不能無感；旣受其感，爲之留連至晚，歸後復不能自已，更加之以思：可見其所經者之切而所創者之深了。

只有『金鴨水沉溫』這句，除了描寫歸來後『綺窗』裏的情形之外，似乎與全詞並沒重大的關係。不過，一個有着心事的人，往往愈處在較好的環境裏，愈會引起孤獨寂寞的哀感。何况剛從觸起懷念的『渡頭村』歸來，又在垂暮的時候，一進那種綺麗溫馨的美滿的環境，於人心理上引起一層哀感，是非常可能的，於是便惹出『海棠影下，子規聲裏，立盡黄昏』來了。這麽説來，全詞竟沒有一句是多餘的。

[一] 悮，疑當作『悟』。
[二] 星晨，《兩當軒集》作『星辰』。

此詞自平沙芳草，而游絲流鶯，而綺窗金鴨，以至海棠子規，平平敍去，却顯出了一段幽憂無奈的情緒，眞可謂『不着一字，盡得風流』的了。

二　劉翰〔好事近〕

花底一聲鶯，花上半鈎斜月。月落烏啼何處，點飛英如雪。　東風吹盡去年愁，解放丁香結。驚動小亭紅雨，舞雙雙金蝶。

右詞〔好事近〕，宋劉翰作。此詞極寫流光迅疾，上段於光陰彈指之感，尤爲盡致。花底鶯聲，花上月色，花開之盛，寫之盡矣。何期月落烏啼，卽已飛英點點，紛如飄雪。一番盛事，曾幾何時，有心人見此，那得不爲感喟。

前曰『鶯』曰『月』，後乃曰『月落烏啼』，而不曰月落『鶯』啼，是何故。夫斜月之與落月，故有別矣，而『一聲鶯』固無所殊於『鶯啼』，所以易以烏啼，同時，鶯烏相易，又給人以時間變動的暗示。

『月落烏啼何處』，所謂何處者，指月落於何處呢，還是烏在何處啼，都不是。所問的是花。何以見之。初聞一聲鶯啼，察之乃在花裏，見一片月色，窺之正照樹稍；繼而月落烏啼，則徒見空枝了。上面寫鶯寫月，都以花爲本位，茲乃只説月與烏而不説花，正是其説花處也。況接下去就説『點飛英如雪』，乃是所問的回答，則尤爲明白了。

至其後段，則只是承上段的意思而重説一遍——上兩句説花開，後兩句説花落。不過，『驚動小亭紅雨，舞雙雙金蝶』，這兩句，頗能引人尋味。因爲，花瓣之落，好像是由蝶舞驚落的，同時，又好像落花驚動了蛺蝶，因爲翩翩飛舞——在中國詩詞裏，往往有動詞放在主動詞的上面而不放在受動詞上面的。眞有『不知周之爲胡蝶歟，不知胡蝶之爲周歟』相同的那種玄致。

上海《華年》一九三七年五月三一日第六卷第二〇期

三　姜夔〔揚州慢〕

淮左名都，竹西佳處，解鞍少駐初程。過春風十里，盡薺麥[一]青青。自胡馬窺江去後，廢池喬木，猶厭言兵。漸黄昏，清角吹寒，都在空城。　杜郎[二]俊賞，算而今、重到須驚。縱豆蔻詞工，青樓[三]夢好，難賦深情。二十四橋仍在，波心蕩、冷月無聲。念橋邊紅藥，年年知爲誰生。

右詞〔揚州慢〕，宋姜夔作。此詞寫揚州被兵後之荒蕪冷落，而以前朝盛況相對比，藉發今昔之感。前朝作者之對揚州抒寫最佳者，厥維杜牧，故此詞卽以杜作爲藍本，而云『杜郎俊賞，算而今、重到須驚』也。

詞中所引杜句，均爲膾炙人口者，設用典生僻，則反失用典之意矣。兹先錄本詞所引之杜詩：一、娉娉嫋嫋十三餘，豆蔻梢頭二月初。春風十里揚州路，卷上珠簾總不如。二、落魄江落載酒行，

[一] 薺麥，原作『齊麥』，據《全宋詞》改。

[二] 杜郎，原作『林郎』，據《全宋詞》改。

[三] 青樓，原作『非樓』，據《全宋詞》改。

楚腰纖細掌中輕。十年一覺揚州夢，贏〔一〕得青樓薄倖名。三、青山隱隱水迢迢，秋盡江南草未凋。二十四橋明〔二〕月夜，玉人何處教吹簫〔三〕。

讀『春風十里揚州路，卷上珠簾總不如』之句，眼前即呈現一幅繁華綺麗的景象，此詞只輕輕地寫着『過春風十里，盡〔四〕薺麥青青』，便足夠使讀者領受『黍離之感』，是蓋用事之靈巧有以致之。

揚州城本是淮左的名都，竹西亭又屬揚州的佳處，而現在〔五〕呢，只剩一些廢池，一些喬木，飽受兵燹，創痛鉅深，故所遺孑黎，都成驚弓之鳥，對於軍事，簡直恨如切骨，連講都不願講到它。然而，中原委棄，積弱勢成，勝地名都，竟作邊塞，日暮空城，角聲嗚咽，此情此景，其感人爲何如耶。

要是起杜郎於地下，請他再玩一次揚州，其將怎樣地驚異。即使他那種錦繡才華，怕也寫不出這種感慨的情緒吧。這兩問，就是說：今昔之相差，一等大手筆，也無法把它說得出的了。

『二十四橋仍在，波心蕩、冷月無聲』，『二十四橋明月夜，玉人何處教吹簫』對讀，眞極凄涼蕭森之感；而『念橋邊紅藥，年年知爲誰生』，尤極一唱三歎之致。

〔一〕贏，原作『嬴』，據《全唐詩》卷五二四改。
〔二〕明，原作『由』，據《全唐詩》卷五二三改。
〔三〕簫，原脱，據《全唐詩》卷五二三補。
〔四〕盡，原作『監』，據上文改。
〔五〕現在，原作『現能』，據文意改。

如果詞也可歸出『非戰』一門一[一]話，那這闋[二]便是『非戰詞』中的傑作了。

四　陸游〔烏夜啼〕

紈扇嬋娟素月，紗巾縹緲輕煙。高槐葉長陰初合，清潤雨[三]餘天。　弄筆斜行小草，鉤簾淺醉閒眠。更無一點塵埃到，枕上聽新蟬。

右詞〔烏夜啼〕，宋陸游作。此詞寫仲夏情景，逼人目前。『高槐葉長陰初合』，只這一句，讀者便能想像仲夏時候那種情趣，尤其生長在時常接觸鄉村風景地方而現在伏處在車塵萬斛的都市的人，更能感到一種深刻的懷戀。

搖着像素月一般美好的紈扇，帶着像輕煙一般透薄的紗巾——頭巾，隨隨便便躺在床上，聽着不使人煩燥討厭的新蟬，這是很有意思的一種生活，可是在這世紀末的人們是過不到的了，過不到便愈覺其可愛，雖則這幾句實際上到並不怎麼好。

『弄筆斜行小草，鉤簾淺醉閒眠』，在描寫仲夏情況，是很到家的，因爲，這正是一種疏散脫略的情致，雖則在正面沒有表示出一點與仲夏節候有什麼關係的痕跡。

謝惠連『首夏猶清和』，『清和』兩字極能道盡春夏之交的景色，同樣的，『清潤雨餘天』，清

[一] 一，疑應作『的』。
[二] 闋，原作『闕』，據文意改。
[三] 雨，原作『兩』，據《全宋詞》改。

潤兩字也道盡了仲夏的景色。尤其在雨餘的時候，清潤欲滴，纖塵不染，眞覺春太媚而秋太肅，一年好處，無逾此時了。

上海《華年》一九三七年七月五日第六卷第二五期

五　張元幹〔菩薩蠻〕

春來春去催人老。老夫爭肯輸年少。醉後少年狂。白髭殊未妨[一]。　插花還起舞。管領風光處。把酒共留春。莫教花笑人。

右詞〔菩薩蠻〕，宋張元幹作。大概最令人悽傷的，要算『老冉冉其將至，哀修名之不立』吧。卽使實際已經立下『修名』的，當其一至齒頽髮禿時，回顧少壯之雄姿英教[二]，總也不無有些感喟吧。尤其時形諸吟詠，就是不識愁滋味的，也須賦詩强説愁，何況飽歷窮愁已入老境的人。然而，必竟也有雖然深感着『春來春去催人老』的悲哀，而仍是『老夫爭肯輸年少』的倔强可愛的人物。

青春誠然是寶貴的，但人之所貴乎青春者，不過青春能夠更多的給人們利用以爲『人生』努力一些，那末，只須不懈的努力於『人生』，雖青春已逝，又復何礙。（這裏所説的青春不是『春來春去』的季候上的青春，而是『少年』這一個年齡上的青春）究竟人所需要的原是時間，能夠同樣的利用時間，青春只是人生年齡上的一個階段。看清楚這一點，故云『醉後少年狂。百髭殊未

[一] 妨，原作『妙』，據《全宋詞》、《詞譜》、下文所引改。

[二] 英教，疑有誤，或當作『英發』。

妨』。至其所謂『醉』者，並非偶然興作的意思，因上面已說『老夫爭肯輸年少』，既云怎肯，自然是堅決的努力着幹的，原無待於醉後，其謂『醉』，是從下段『把酒』兩字生出來的。插花起舞，管領風光，是『少年狂』，是『爭肯輸年少』處。中國人多半是未老先衰的，眞能利用寶貴的青春去爲人生加緊努力的，能有幾許。（人生汎指人羣的生活和生存）今以一般少年人所不負的而奮起擔負之，（這裏的『少年』，是與『老年』相對比的，實際是指的成年壯年），且猶時時致意於『莫教花笑人』，其任天下之志，何讓范仲淹耶。

『把酒共留春』，這是表示對於時間的利用，一點都不甘輕易放過。只須努力，『白髮』本無殊於『年少』，祇有年光蹉跎，百無一就，斯足憫耳；『莫教花笑人』，自警警人，極溫柔敦厚之旨。作者平生以忠義自矢，不屑與奸佞同朝，飄然掛冠。紹興中，胡銓上疏乞斬秦檜被謫，作〔賀新郎〕一闋送胡[二]，坐是除名，其節概風骨，凜然可見。此詞題：『三月晦，送春有集，坐中偶書』，是信手拈來之作，與其人格之應合乃如是，其卽所謂言爲心聲者乎。

六 劉仙倫〔菩薩蠻〕

吹簫人去行雲杳。香篝繡被都閒了。疊損縷金衣。伊家渾不知。 冷烟寒食夜。淡月梨花下。猶有軟心腸。爲他燒夜香。

右詞〔菩薩蠻〕，宋劉仙倫作。

〔二〕 胡，原作『湖』，據上文改。

作者自題：『效唐人閨怨。』

中國詩歌，〔子夜〕、〔讀曲〕而下，以『閨怨』一體，最爲哀感頑豔，至詞，則所題『春思』、『秋思』、『閨思』者，幾占半數，類皆抒蕩婦思女之幽情，要亦閨怨之遺也。唐人上承〔子夜〕、〔讀曲〕之餘緒，下開五代、兩宋之先河，閨怨之作，尤所勝擅，言近旨遠，語淺意深，此詞似之，故題曰『效』。

自玉郎遠去，不復行雲，香麝罷薰，彩鴛被冷，而去者則飛絮性情，着處沾惹，留連妄返[一]，曾不憶及舊人之疊損舞衫，此乃中國歷來女性之一般的遭遇[二]，已屢經詩人們積極地指出。至後段『猶有軟心腸，爲他燒夜香』，則深刻獨到，臻於化境。

平常閨怨之作，均致力於『怨』字之描寫，而作者以不怨代怨，乃哀怨愈深。『猶有軟心腸，爲他燒夜香』，非直未經人道語，抑其感動力，亦匪輕小，而『冷烟』、『寒食』、『淡月』、『梨花』，亦襯得至爲着力[三]。

作者『馬上黄昏，樓上黄昏』之句，素爲世人稱道，此詞雖似纖豔，然亦確具摯情，非寫情之出色當行者不能道。

上海《華年》一九三七年七月一九日第六卷第二七期

[一] 妄返，疑當作『忘返』。

[二] 遭遇，原作『糟遇』。

[三] 至爲着力，原作『致爲着力』。

須曼龕詞話

舊燕

《須曼龕詞話》四則，載煙臺《魯東月刊》一九三八年一月第一卷第一期，署『舊燕』。今據以迻錄。原無序號、小標題，今酌加。

須曼龕詞話目錄

須曼龕詞話

一　船山詩詞

明社既屋，儒冠掃地。鹿山蒙叟之流，袖挾降旛，望塵而拜。雖其詩工，出入玉谿、少陵，東南騷壇，久執牛耳，顧後世論者，鄙其風節，譏有穢骨。蓋哀感頑艷，徒彰觖望，方諸詞客哀時，迥不侔矣。獨有亭林、梨州、船山三大儒，睠懷勝國，擔持風雅，壽世元著，蔚爲鉅觀。船山詩詞，曾自删定若干，附刊全書。曩讀《鼓棹初集》，有〔水龍吟〕，前綴系語，謂往詠蓮子，每寫愁緒，兹緣夢戒苦吟，特以豔語破之，詞具錄右：『輕舠直上，瀟湘五湖。載取風光去。蘭湯初浴，絳羅輕解，雞頭剝乳。粉膩肌豐，苞香乍破，芳心暗吐。待笑他、石家頳面，楊家病齒，雖夭冶、還含醋。　曾倩綠窗深護。全不教、香泥微污。莫愁秋老，儂家自有，杏金丹駐。惟應少府，無妻空老，長憐樊素。願年年歲歲相期，解珮蘋花洲渚。』船山固不以倚聲垂令名，特其詞令，别饒風致，彌復雋妙，綺語破戒，尤當别論矣。

二　并刀哀梨風味

臨桂王佑遐，别署半塘老人，自刊《味梨集》，剞劂甚工。詞凡百餘闋，曾謂梨之爲味，外甜而心酸，故以集名。老人夙與鄭、況諸家，倚聲疊韻，譽滿詞苑。茲錄其〔定風波〕詞，感慨蒼涼，辭鋒甚鋭，其有并刀哀梨之風味歟。詞句列後：『説到元黄事可哀。江山銷歇伯王才。可是魚龍眞曼衍。誰見。狂瀾隻手挽能回。　斥鷃紛紛君莫計。曾是。鏡匳長對月明開。夢裏欃槍揮劍掃。一笑。驚人海上看横來。』

三　烏里雅蘇臺

集中復附載盛伯希同作〔八聲甘州〕一闋，蓋送駐蒙都護首途之任者。盧前王後，未可竊議。第錄其詞：『驀横吹意外玉龍哀。烏里雅蘇臺。看黄沙毳幕，縱横萬里，攬轡初來。莫但訪碑荒磧，爾是勒銘才。直到烏梁海，蕃落重開。　六載碧山丹闕，幾商量出處，拔我蒿萊。愴從今別後，萬卷一身埋。約明春、自專一壑，我夢君、千騎雪皚皚。君夢我、一枝櫪檐，扶上巖苔。』予按，蒙古地名入詞，前此未嘗或覯，能手拈來，渾脱自然，且雄奇雋逸，詞意兼工，當爲沙漠壯行，生色不少。世稱紅牙檀板，低吟曉風殘月；銅琶鐵板，高唱大江東去，然則毳幕攬轡，荒磧訪碑，宜將胡笳燕筑，點綴風光矣。

四　詠自鳴鐘

曲園老人，經學大師，著作等身，門下弟子，悉成名儒。老人著述之暇，餘興製詞，亦復別有會心。特闡靈思，能者固無所不可，遑論倚聲末技。嘗見其〔醉花陰〕詞，係詠自鳴鐘者，錄之如次：『軋軋聲中昏又曉。暗運機關巧。簾幙寂無人，忽聽丁冬，幽夢驚回悄。　金針鎮日冰輪繞。旋轉何時了。莫道不銷魂，聽取聲聲，衹是催人老。』

煙臺《魯東月刊》一九三八年一月第一卷第一期

淡泊齋詞話

李冰人

《淡泊齋詞話》一則，載大阪《華文大阪每日》半月刊一九三八年一一月創刊號。題『淡泊齋詞話』，次題『李後主與李清照詞』，署『李冰人』。今據此逐錄。《淡泊齋詞話》除此則而外，是否尚有其他文本，待考。《華文大阪每日》，在日漢奸刊物，鼓吹中日親善。

淡泊齋詞話目錄

淡泊齋詞話

一　李後主與李清照詞

南唐李後主與宋代李清照，各爲一代詞宗，而生平際遇，均是前半生演着喜劇，後半生演着悲劇，文人薄命如出一轍。他們一生的作品，也隨着前後心境之不同，而顯然的劃出一條鴻溝。

後主在開寶八年（公元九七五）以前，貴爲天子，幸運之神，把南唐的宫殿，築成一座象牙之塔，後主沉醉于脂粉隊中，有的是逸致閑情，有的是賞心樂事，因而他這時的作品，多係曼豔之詞。李清照生於宋神宗元豐四年，其父李格非官居禮部，母爲王狀元拱辰之孫女，皆工文章。後適趙明誠，亦一代風流學士。乃翁趙挺之官居吏部，後擢升宰相，可謂出身宦門，生長世家。所以他在青春妙齡的時候，也是完全度着美滿甜密的生活，因而他這個時期的吟詠，亦多清新奇麗之作。

開寶八年後，後主被虜於宋，宋帝待之甚酷，其貧苦情況，由他寫給金陵故人的書中，『此中日夕只以眼淚洗面』一語可以想見。而清照亦於四十七歲後，以桑榆之晚景，踏入淒苦悲愴之途。金兵陷青州，使他十餘屋藏書，付諸一炬，接着生父又遭罷免，未久明誠亦告長辭，清照以悲痛餘生，更屢歷顛險。及金兵陷洪州，所有家私，又盡被焚燬，乃至無家可歸。後依其弟李迒卜居金華，於風霜憂患中，終其殘年。較之後主雖時代地位有殊，而命運之坎坷，均由極端之歡愉暢快而跌入悲哀悽楚之境，則如出一轍。吾人每讀此二大詞宗之平生著作，實不勝造物弄人，文章憎命之感也。

後主與清照，前半生創作，多係描寫男女兩性間甜密親昵之情，豔詞妙語，令人神醉，而一係才子心思，一爲少婦襟懷。看他們是如何寫得：

晚妝初過。沈檀輕注些兒個。向人微露丁香顆。一曲清歌。暫引櫻桃破。　羅袖裛殘殷色可。杯深旋被香醪涴。繡牀斜凭嬌無那。爛嚼紅茸，笑向檀郎唾。（李後主〔一斛珠〕）

以描寫寢宮中昵狎溫柔之生活。再看李清照怎樣寫她生活的甜密：

晚來一陣風兼雨，洗盡炎光。理罷笙簧。卻對菱花淡淡妝。　絳綃縷薄冰肌瑩，雪膩酥香。笑語檀郎。今夜紗櫥枕簟涼。（〔采桑子〕）

同是一般心情，却是兩種香豔。

繡幕芙蓉一笑開。斜偎寶鴨襯香腮。眼波才動被人猜。　一面風情深有韻，半箋嬌恨寄幽懷。月移花影約重來。（〔浣溪紗〕）

賣花擔上。買得一枝春欲放。淚點輕勻。猶帶彤霞曉露痕。　怕郎猜道。奴面不如花面好。雲鬢斜簪。徒要教郎比並看。（〔減字木蘭花〕）

寫少婦媚態，是何等妖豔，何等大膽。新意自創，道人所不能道，充分表現出少女新婚的滿懷愉快。

後主的調情詞與清照的相思詞，也可做個對照的觀賞：

花明月黯籠輕霧。今朝好向郎邊去。剗襪步香階。手提金縷鞋。　畫堂南畔見。一向偎人顫。奴爲出來難。教君恣意憐。（李後主〔菩薩蠻〕）

銅簧韻脆鏘寒竹。新聲慢奏移纖玉。眼色黯相鉤。秋波橫欲流。　雨雲深繡戶。來便諧衷

愫。宴罷又成空。夢迷春睡中。(同上)

據云,後主與昭惠后之妹,在未婚前已私相戀愛,這些親昵之詞,都是爲她而作。

紅藕相殘玉簟秋。輕解羅裳,獨上蘭舟。雲中誰寄錦書來,雁字回時,月滿西樓。 花自飄零水自流。一種想思,两處閑愁。此情無計可消除,纔下眉頭,又上心頭。(李清照〔一剪梅〕)

這是李清照一首寄給明誠的想思詞,無限幽情,如怨如訴,實千古絕妙佳作。以上是他們前半生曼豔愉快之跡,現在再着看他們生離死別的晚景,是如何的沈痛悽涼吧:

春花秋月何時了。往事知多少。小樓昨夜又東風。故國不堪回首、明月中。 雕欄玉切應猶在。只是朱顔改。問君能有幾多愁。恰似一江春水、向東流。(〔虞美人〕)

人生愁恨何能免。銷魂獨我情何限。故國夢重歸。覺來雙淚垂。 高樓誰與上。長記秋晴望。往事已成空。還如在夢中。(〔菩薩蠻〕)

這是後主於被虜後,以悽惋之筆風,寫出不堪回首之愴懷,血淚迸發,感人至深。

再看李清照的晚年作品:

風住塵香花已盡,日晚倦梳頭。物是人非事事休。欲語淚先流。 聞說雙溪春尚好,也擬泛輕舟。只恐雙溪舴艋舟。載不動、許多愁。(〔武陵春〕)

同樣的哀惋悽愴,感人心脾。

生活之激蕩,爲偉大文藝之源泉,後主與清照之所以成爲絕代詞人,其亦由於生活之坎坷,激蕩有以成之者歟。

大阪《華文大阪每日》一九三八年一一月創刊號

仄韻樓詞話

金受申

《仄韻樓詞話》五四則，原爲仄韻樓主金受申多篇話詞散記，分别載於北平《立言畫刊》一九三九年四月二九日第三一期起，訖一九四三年七月一〇日二五〇期；北平《新民報半月刊》一九四〇年三月一日第二卷第五期；北平『北電興亞會』《華文北電》一九四四年一月一日第四卷第一〇期；均署『金受申』。今彙爲一處，删其未及詞學者，析分條目，改題《仄韻樓詞話》。

仄韻樓詞話目錄

仄韻樓詞話

一　詩詞曲

詩餘爲詞，詞餘爲曲，詞的來源是詩，詞的去路是曲，是誰都知道的事實。以先談了幾次『詩壇屠狗術』，自認屠狗都未必夠，那敢談什麽登龍。我對於詞，不大内行，雖然也曾對小令、中調、慢詞都弄過，實在一點把握都沒有，連屠狗都不敢說了，本擬定名『填詞一得』，細思『一得』在那裏，所以才改成『詩餘菅蒯』這個名字，並不是故爲謙抑的。

二　作詩與填詞

作詩的意境，格調，神韵，已然很難，有一點强拉硬扯，平仄失粘的，便被人恥笑，填詞就更難了。並不是按格填字，合於平仄的，便算好詞的。詞的要點在『境界』。境界要一致，填長調便容易犯不一致的毛病。前一半作的是『有我之境』，後一半作的『無我之境』，如同瘧疾忽冷忽熱一樣，就不是好詞了。作詩不妨多用典，多到溫（庭筠）李（商隱）的『挦撦』地步，也還有人原諒。用意寄託，也不妨深入，雖千百年後讀者百思而不得其本意，也不妨事，總有人原諒。填詞就不然了。

以言淺意深爲主，稍涉痕跡，便落言詮。例如洪叔璵的『醉中扶上木蘭舟[一]，醒來忘却桃源路』，讀者便以爲不如孫光憲的『兩槳不知消息，遠汀時起鸂鶒』，其嚴格可知了。

三　詞譜與詞韵

填詞的方法，必須找一個靠的住的名家手訂『詞譜』。《白香詞譜》太簡略，調子太少，平仄格律，也常有錯誤，不能以爲效法。謝元淮《碎金詞譜》，以平上去入四聲點定詞譜，以作曲法填詞，是一般人作不到的。萬紅友（樹）《詞律》，只記可平可仄，其中平仄不可通用的，全不注明，爲初學辨平仄爲難的人，最不合宜。《詩餘圖譜》也是不十分精確。近年來，有一本較好較精確的詞譜，就是天虚我生訂定的《增廣白香詞譜》，詞調也增多了，平仄聲也是根據各種詞譜參訂的，最便初學。學填詞的朋友，對於平仄韵脚，要必須遵守，不能因爲想不出適合的平仄字，而隨便填不合律的字。以先我對於這一點不很注意，有一次中元登湖樓小飲，填一闋〔御街行〕，結句有『斫地大哭，明歲能來未』兩句，『斫』字應用平聲，而用了仄聲，一位老前輩大不以爲然，並以張叔夏的《詞源》爲證，我深深得了一個教訓，以後填詞便絕對遵守詞律的正格作去。去秋和袁謹如兄共事時，袁兄也是如此主張的。填詞的韵腳，要本着詞韵作，『曲韻』自然用不得，『詩韵』也太窄，至於戲劇歌曲的十三道轍口，只分韻轍，不分四聲，是絕對不可用的。詞韻有《詞林韻釋》、《晚翠軒詞韻》等，大致相同。但要細心分析一下字同韵不同的字，例如『若』字、『畫』字，在去聲入聲

[一] 木蘭舟，《全宋詞》作『木蘭船』。

都有，而用法不同，一弄錯了，便出笑話，所以也要仔細斟酌的。

四　填詞法則

填詞的法則，只有宋代遺民張炎（叔夏）的《詞源》。但《詞源》偏重聲韵、樂律，對於填詞的方法，指示的不多。宋代紫霞翁（楊守齋）有《填詞五要》：一要擇腔，二要擇律，三要填詞按譜，四要隨律押韻，五要立意新。除第五條以外，還是很少指導初學的話。今天所談的，以初學填詞爲限，不講什麼高深理論（以前有幾位讀者，要求我這樣作）。填詞最先選擇了合宜詞調以後，要看清這個詞調中的韵脚，和那幾句是『句』，那幾句是『讀』，句子是怎麼構成的，例如同是一個七字句，有的是上四下三，有的是上三下四，有的是上二下五；至於平起平收，仄起仄收，平起仄收，仄起平收，都要斟酌明白才行。因爲詞的不規則抑揚律，和詩的規則化的抑揚律是不相同的，所以必須審清字句的呼應，才能成的。以此例推，凡詞中的句法，都要研究他的構造，日久便可以領會古人創調時的苦心，已然通行詞調抑揚合律的緣故。舉一反三，便可應用到各種詞調上去了。

五　詞中虛字

詞中的虛字，也是特有的，和曲中襯字同有使原作活躍的能力。不過曲中襯字是不固定的，所以不必研究，詞中虛字是固定的，也自有他的平仄聲，因之必須在學詞時先研究一下。詞的虛字和文章、詩中的不同，詞中一入詩文字樣，尤其是虛字，便覺腐化，前人已有此論。詞的虛字很多，從一字列三字，計算起來，總有百十多個，不能一一舉出。一字如，『乍、縱、怕、料、漫、恁』；二字如，

『恰似、漫道、縱把、那番、好是、何奈』；三字如，『最難禁、都付與、又早是、最無端、到而今』；都是詞中特有的虚字，學詞的應仔細揣摩每個的用法。

六　詞中實字

詞中實字，也自有他的警策地方。詞中鍊字，大半基於修辭學的聯想作用。對於比擬事物，常用『隱比』、『擬人』、『遷德』等格。『顯比格』，詞人都以爲粗糙，所以能把無生命的事物，比擬的有生命一般，真有喚之欲出的意味。使人讀了，眼前腦中泛起一種很濃厚的印象，常得人永久的系戀。例如『恨烟顰雨』、『平林漠漠烟如織』、『柳肥花瘦』、『人比黄花瘦』，都可以作我們初步揣摩的資料。固然詞作到白描，淺入深出，才是上乘，但初學詞的，不能從無字處求之，不能管他是否落言詮的。

七　詞的各種作法

學詞對於虚字、實字研究的有了印象以後，然後把許多不同風格的名家詞，都瀏覽一遍，不見得對每個詞家的詞都有印象，但至低限度對於某一代的詞，有一個概略觀念。晚唐五代的令曲是如何的風格，北宋詞是怎麽樣的路數，慢詞的作風怎樣，南宋詞整鍊工細、刻雲鏤月的作法如何，却要稍微有個概念。然後所得越發多了，對於自己領略古人作品的能力，也增加了，再進一步研究詞的各種作法。小令（張叔夏稱爲令曲）作法最難，所以《詞源》中特别提出令曲來，而不談中調、慢詞（長調）的。小令只區區不足十句，要把命意完全顯出，不用側面偏鋒的筆法，趣味便減少，偏鋒筆法過多，又失去原意，反覺空虛，所以說小令難作。小令要即景生情，情景雙關才行。小令的祖師，當然要算溫（庭筠）、韋（莊），以先我對於飛卿詞總不以爲然，這是學力不到的原故。恐怕一般初學作詞的，都有這樣的感想。若以欣賞來論，李易安一般作家的小令，容易得人愛好，溫韋所作就不易欣賞了。從俞平伯先生作《讀詞偶得》以後，把溫韋所作加一種解釋，我們對於溫韋令曲，才得了一種深的瞭解。即如溫飛卿的〔菩薩蠻〕第一闋『小山重疊金明滅』，寫得旭日初升時分，一個晏起美人的疏慵姿態，何等深入。而且八句四十四字中間，包括美人的富麗環境，美人的妝飾，陪襯出一位黑髮如雲，睡眼惺忪的美人來。即以填詞技術來論，前後回映得天衣無縫，豈是後人作出的。至於第二闋『水晶簾裏玻璃枕』，不但寫景，詞中人的心思表情，也全都表露出來，所以說溫韋詞好，也可以見出作小令難。從這幾點來致力用功，小令有了認識（不必說有了根底）以後，再研究長一點的中調、慢詞。詞的字數既然加多，轉折也隨之出來，未作之前，先布好了轉折的局勢，然後依着這個局勢作去，自然沒有空虛字句，和掉轉不靈的毛病了。

八　推敲作法

填詞到了這個地步，有了這種能力，應以王國維《人間詞話》中所指示的境界，推敲各種風格詞的作法。寫景詞怎樣作，抒情詞怎樣作，咏物懷古詞怎樣作，感舊記事詞怎樣作，記得要準，分得要清，不可含混一點的。更要知道那一類是『艷句』，分清艷麗和肉麻的區別，以免墜入下乘。以外『清雋』句法、『豪放』句法、『痴情』句法、『悽苦』句法，都各有不同境界，同時也有相鄰容易相混的句法，是必要弄清楚的。有人作出『南山打過虎，北山打過狼』的粗野詞句，自認爲是豪放，還自己以『關西大漢，銅琵琶鐵綽板』自命，豈不被笑殺。還有以爲滿紙『悽、慘、悲哀、眼淚、斷腸』，爲『悽苦正宗』，也是不自量的作品。

九　音律問題

初學填詞的朋友，能這樣填詞，雖不能得最好的結果，總也不會離乎規矩，將來自會能有進步的。至於音律問題，在今日詞不能歌唱的時代，是不必注意的。以外關於『詞』和『填詞』的材料還很多，不必一一的介紹了。

北平《立言畫刊》一九三九年四月二九日第三一期，題『詩餘菅蒯』，次題『江柳如烟，夢飛殘月　倚聲度曲，最縈心懷』

一〇　考證及校勘

考證學爲治經要素，其次乙丙兩部，亦多賴以鉤沉。……治經猶有例可求，詩則無之，翻刻版本，又不足據，只惟擇善而從而已，但擇善而從，純爲主觀見解，難免流於臆斷，故難施以考證學及校勘學。降及『詩餘』，字句逐本而殊，甚至有張冠李戴者，如晏殊[一]《珠玉詞》『六曲闌干偎碧樹』一闋，他本有書爲南唐馮延巳者，只『穿簾海燕雙飛去』，馮延巳作『穿簾燕子雙飛去』。又，

[一] 晏殊，原作『宴殊』。

歐陽修《六一詞》『庭院深深深幾許』及『幾日行雲何處去』兩闋，與馮延巳[一]亦完全相同。易安李氏稱是六一詞（見《宋六十名家詞·六一詞》附註），馮延巳頗少專集，只見他書徵引，其爲歐陽修作，抑爲馮延巳作，已不可知。去夏余讀《宋六十名家詞》，僅據心中記憶者，與相讐校，發現不同已有數十，其他更可得而知已。

北平《新民報半月刊》一九四〇年三月一日第二卷第五期，題『詩詞曲之考證校勘學』

一一　近人講詞

『隨筆』、『日記』的作品，在近代小品文盛行以後，曾爲一般文學家高熱度的喜愛。我由民國十三年六月起，寫記《讀書劄記》。雖不敢說沒有間斷，卻也著實寫了不少本。寫劄記的功用，不是一兩句話所能說盡的，只簡舉一二例子，以資證明：在民國十九年冬天，正值大風撼戶，燈火無溫時，北京大學研究所國學門，在第三院舉行月講，由沈師尹默講『詩人眼中的事物』，既沒講義，也沒在報紙上發表講稿，若只憑記憶，恐早已忘記了，我却原原本本的，記在第十三冊《讀書劄記》中，隨時可以翻閱。以外像葉師浩吾講『中國的雕塑』，也一一記下。還有一次是：章太炎太夫子到北京（末一次入京），北京大學研究院（即由研究所改組而成）約請講學，講題是『廣論語駢枝』，章先生口講，由錢玄同、魏建功、吳承仕諸弟子解述，並往黑板上寫筆記，我一次沒空，完全記

[一] 馮延巳，原作『馬延巳』。

下，至今可以作參考，這便是作劄記的功用之一。此外記載盛會，描摹風光，尤可增加後日的繫戀。我的朋友劉仲紱先生，作日記、隨筆，三十年如一日，尤其用蠅頭小楷，作妃黄儷白的文章，更是旁人望塵莫及的。我在本刊作讀書隨筆，是近日耳目所及，寫來供讀者參閲，更希望一般以書本爲生活的朋友們，也仿效來作。

詩餘爲詞，詞是抒寫内心，發揮情緒的好文體，從《花間集》以後，歷代選詞的人，講詞的人，各有各的見解。在近人講詞的學者，我最欽佩俞平伯，以爲王靜菴（國維）先生所不能及。俞先生在清華大學的《詞課示例》講義，和開明書店出版的俞先生所作《讀詞偶得》，在我案頭，可謂日日不離的恩物。俞先生講詞，不但可説别具隻眼，也可以説是後學的指路南針。

一二　五闋連讀

《讀詞偶得》中講釋韋端己（莊）『紅樓别夜堪惆悵』〔菩薩蠻〕五闋，以爲五闋是連讀作成的，不可割裂，任意芟除。但歷來選詞家，如張氏《詞選》、周氏《詞辨》、成氏《唐五代詞選》，全把第四闋芟除，胡適《詞選》又芟去首尾兩闋。以俞先生所論，仔細研究起來，實在五闋應連起來讀，不能去掉任何一首的。俞先生探討韋莊心情、環境，尤爲深入。

一三　填詞法則

俞先生講周美成〔蝶戀花〕：『唤起兩眸清炯炯。淚花落枕紅綿冷。』俞先生説：『淚花一句另是一層，與唤起非一事，讀者勿疑，試著眼於一冷字，便知吾言不誣。』——由俞先生所説的解釋，頗能令學詞的人，明瞭境界在詞中的關係，更可悟出填詞的法則。

一四　釋後主〔浪淘沙〕

《讀詞偶得》中，解釋後主〔浪淘沙〕：『簾外雨潺潺。春意闌珊。羅衾不暖五更寒。夢裏不知身是客，一餉貪歡。　獨自莫凭闌。無限江山。別時容易見時難。流水落花歸去也，天上人間。』俞先生把這闋詞的用字，斟酌極細，如，『煖』字比『耐』字曲折，『莫』字比『暮』字深遠，都是訓詁家、考據家不能說出的。講『別時容易見時難』，俞先生歷舉陸機詩『分索則易，攜手實難』，魏文帝〈燕歌行〉『別日何易會日難』，唐戴叔倫〈織女〉詩『纔得相逢容易別』，李義山詩『來是空言去絕蹤』，『相見時難別亦難』，歸結證明後主的『別時容易見時難』，自然，膾炙人口，可以證明詩詞的分別。

一五　詩詞之別

關於詩詞的分別，俞先生曾屢加申言，意思在使讀者可以欣賞詞的微妙，學者可以由此悟入。如溫飛卿〔菩薩蠻〕：『江上柳如烟。雁飛殘月天。』《讀詞偶得》第四頁說：

此二句固妙，若以入詩，雖平仄句法悉合五言，却病甜弱。參透此中消息，則知詩詞素質上之區分。讀者若疑吾言，試舉二例以明之。大晏（殊）〔浣溪沙〕曰：『無可奈何花落去，似曾相識燕歸來』，詞中名句也；但晏尚有〈示張寺丞王校勘〉七律一首，其五六即用此兩句。張宗橚曰：『細玩「無可奈何」一聯，情致纏綿，音調諧婉，的是倚聲家語，若作七律未免軟弱矣，並錄於此，以謚知言之君子。』（見《詞林記事》三）小晏（幾道）〔臨江仙〕曰：『落花人獨立，微雨燕雙飛』，亦詞中名句也，而在他以前。五代時翁宏早有〈宫詞〉（五律）一首，其三、四兩句即此。是抄襲還是偶合，不知道。若就時間論，翁先而晏後也；若就價值言，翁創作而晏因襲也，而晏獨傳名，非顛倒也，僥倖也，以全作對比，晏蓋勝翁多矣。此固一半由於上下文的關係，一半亦詩詞本質不同之故。

一六　真意與確解

詩不同於詞，詞不同曲，詩語詞語曲語不可相互羼越，固是人人知道的，但質直、纖佻……等形容詞，都是極抽象的，論詩詞曲的人，説是説的極透澈，讀者却未必能得着若干明白的印象，恐向來致力詩詞學的，必有同樣的感覺。俞先生此論，極其明顯，可矯向來之弊。詞中有極淺近的句子，而研究詞的，卻偏向考據訓詁上追求，可謂『二鞋子吃螺螄』，白鑽牛犄角。又有字面如此，而涵義又如彼，研究者只在字面上追求，費力不小，實際未必能得着真正意義，確切解釋的。例如周美成〔玉樓春〕詞上半闋：『桃溪不作從容住。秋藕絕來無續處。當時相候赤欄橋，今日獨尋黄葉路。』桃溪寓春，秋藕寓秋，赤欄橋寓新柳、寓春，黄葉路寓晚木、寓秋，俞先生如此解釋，實得正義，而向來解釋者，卻大加考證赤欄橋，未免不能得着清真詞的真正寄託的了。

一七　解人不易得

又如南唐中主的〔攤破浣溪沙〕：『菡萏香銷翠葉殘。西風愁起綠波間。還[一]與容光共憔悴，不堪看。　細雨夢回雞塞遠。小樓吹徹玉笙寒。多少淚珠何限恨，倚闌干。』由馮延巳對中主談話以後，歷來都推崇『細雨』一聯，以爲千古名句。我在起始讀詞的時候，便不愛這闋詞，原因便是他用『雞塞』二字，有礙自然。固然這種見解，不免幼稚（最可笑是：我圈讀各家詞集時，凡納蘭成德《飲水詞》中，有這等字樣的，概不加圈，至今看來，也未免可笑了）。及讀王靜安《詞話》，有：『「菡萏香銷翠葉殘。西風愁起綠波間。」大有衆芳蕪穢，美人遲暮之感，乃古今獨賞其「細雨夢回雞塞遠。小樓吹徹玉笙寒。」故知解人正不易得。』可謂獨有卓見之論。俞先生也極欣賞這『菡萏』兩句，說，『荷衣零落，秋水空明，靜安先生獨標境界之說，故深有所會也』，是真瞭解詞的人所說的話，絕不是標榜，可以說英雄所見略同。至於筆者，也絕不是附庸大賢，有所圈《南唐二主全集》和《飲水詞鈔》可以作證。

一八　簧暖笙寒

俞先生這本書，只有一點，和我意見不同，寫來供研究，就是『小樓吹徹玉笙寒』，『徹』當然作終了講，以周美成詞『夜深簧暖笙清』作證，當然笙吹時簧煖，吹罷簧寒。俞先生所釋，自是不

〔一〕還，原作『遠』，據《全唐五代詞》改。

錯。但我以爲（只是我以爲而已），以上句『遠』作對，寒或是『徹徹玉笙[一]』以後的小樓中淒冷境界，不知諸公以爲然否。至於俞先生以庾信《春賦》『更炙笙簧』爲證，證明吹笙要煖簧，是不盡然的。我吹過幾年笙，笙簧不但不必煖，而且不必煖[二]。那《春賦》中『更炙笙簧』，下面是還有一句『還移箏柱』，笙簧是銅片做成，做成後，聲音不一定準確，必須用黄蠟點簧。要牠聲尖，多點（炙）一些蠟，因之銅片中間簧舌空小，聲音便尖越，反之便低粗，謂之『點笙』。『炙笙簧』便是點笙，和移箏的絃柱，全是定音的意思。我的同學林之棠兄會彈琵琶，所以給學生講《琵琶行》便傳神，我也是由曾學吹笙，才知《春賦》的講法。至談講詞，就不敢妄言了。

俞先生是文學先進，我們應以師禮事之，所謂『心儀』、『私淑』，可以説是我對於俞先生的態度。但本文絶不是爲俞先生喝彩，是以爲當今日詩詞學似提倡實沒落的時代，《讀詞偶得》是極需要的一部作品。

北平《立言畫刊》一九四〇年第七七期，題『讀書隨筆』，次題『讀俞平伯《讀詞偶得》後』

一九　欣賞與試作

承董魯安夫子賜贈燕大《文學年報》第六期，忻感已誌上期。其中鄭兄因百（騫）所作《三

[一] 徹徹玉笙，疑當作『吹徹玉笙』。
[二] 『笙簧』二句，疑有誤。後一『不必煖』，或當作『不可煖』。

十家詞選目錄》及《三十家詞集評》，最爲適合脾胃。我對詞曲，可謂外行，但欣賞的興趣，却是很高，有時也試作兩首，終於不能自信。我以前曾聽吴瞿安先生講《詞餘講義》，許之衡先生講《作曲法》及《詞學》，更把喜好詞曲的念頭，增加得很濃。結果，不過架上平添了許多詞集、詞譜、詞學論集、曲選、曲譜、作曲法……而已。以前讀詞，以至填詞，都喜長調，至低要是中調，近年受俞平伯先生薰陶，已轉向小令中鑽研。此亦一是非，彼亦一是非，不敢妄以爲是。

二〇　《三十家詞》

詞學至於今日，可謂衰極，幸得有俞、鄭諸公提倡，真是可喜的事。尤以詞的選本，向少佳作，今觀因百所選《三十家詞》，皆是精心結構之作，倘能刊布流行，必能爲學詞的南針，不必再向浩如烟海的詞集中望洋興嘆了，謹將讀後所見録下。

因百這部大作，雖還沒有出版，但有人能根據這篇目錄和所列版本，尋索出來，也和讀了原書一樣，所以我認爲這篇目錄，是很有價值的。《三十家詞》共選九百二十一首，包括晚唐至清末，可以説是詞選中鉅製。三十家共是——

一　溫庭筠詞，據四印齋刻本《花間集》，共選二十二首。

二　韋莊詞，據同前，共選十四首。

三　馮延巳詞，據四印齋刻本《陽春集》，選三十八首。

四　李後主詞，據影印萬曆庚申墨花齋本《南唐二主詞》，選十三首。

五　晏殊詞，據林大椿編校本《珠玉詞》，選五十三首。

六　歐陽修詞，林大椿編校本《近體樂府》，選四十三首。

七　晏幾道詞，據《彊村叢書》本《小山詞》，選五十四首。

八　柳永詞，據同前本《樂章集》，選十九首。

九　蘇軾詞，據林大椿編校本《東坡樂府》，選六十三首。

十　秦觀詞，據汪氏翻刻《六十家詞》本《淮海詞》，選六十首。

十一　黄庭堅詞，據同前《山谷詞》，選十二首。

十二　周邦彦詞，據四印齋刻本《清真集》，選三十五首。

十三　陳與義詞，據《彊村叢書》本《無住詞》，選十三首。

十四　朱敦儒詞，據同前《樵歌》，選三十五首。

十五　李清照詞，據趙萬里校輯《宋金元人詞》本《漱玉詞》，選十首。（受申按：李文裿輯《漱玉集》，包括易安詩、文、詞，鈎沈輯佚，搜羅賅備，更有李兄所作《易安居士年譜》，較趙本尤佳）。

十六　陸游詞，據《六十家詞》本《放翁詞》，選三十三首。

十七　辛棄疾詞，據辛社校印本《稼軒長短句》，選一百二十四首。

十八　姜夔詞，據《彊村叢書》本《白石道人歌曲》，選十四首。

十九　史達祖詞，據四印齋刻本《梅溪詞》，選十七首。

二十　吳文英詞，據《彊村叢書》本《夢窗詞》，選二十六首。

二一　張炎詞，據同前《山中白雲詞》，選十六首。

二二　蔣捷詞，據同前《竹山詞》，選十八首。

二三　元好問詞，據同前《遺山樂府》，選二十二首。

二四　劉秉忠詞，據四印齋刻《宋元三十一家詞》本《藏春樂府》，選二十四首。

二五　納蘭成德詞，據《清名家詞》本《飲水詞》，選三十七首。

二六　蔣春霖詞，據同前《水雲樓詞》，選三十五首。

二七　文廷式詞，據同前《雲起軒詞》，選二十一首。

二八　沈曾植詞，據商務出版《曼陀羅寱詞》，選二十一首。

二九　朱孝臧詞，據《彊村遺書》本《彊村語業》、《彊村詞賸》〔二〕，選二十三首。

三十　王國維詞，據沈啓元校印本《人間詞》，選五十一首。

詞集刻本頗多，其訛誤羼越之處，亦在所不免。選詞的人，必須根據善本，才能成爲完全好的選本。本書所據各種版本，全是晚出佳本，這一點也是本書價值的一點。因百兄在選《三十家詞》之先，懸出兩條選本作用：（一）反映選者之時代；（二）表現選者之見解與性情。試以此兩點來尋所選各詞，必能得其脈絡的痕迹。關於此點——本書內容——先不來談，且說一說《集評》。

二一　《三十家詞集評》

《三十家詞集評》，是因百兄搜羅過去各詞家對三十家的評語，末以低格附述選者本人意見。

〔二〕彊村詞賸，疑當作『彊村詞賸稿』。

過去評語，也不來談，且將因百兄宏論分別選擇介紹一下。因百兄對於詞曲有極深研究，所說各點，大半爲千古不可磨滅之論，實在也可以說是近日詞壇上名著。

（一）論晏殊：『珠玉詞清剛淡雅，深情内斂，非淺識所能了解，遂有以爲身處富貴，無病呻吟者。不知同叔一生於家於國，亦曾屢遭拂逆，且與物有情而地位崇高，性格清嚴，更易藴成寂寞心境，故發爲詞章，充實真摯，安得謂之無病呻吟。文人哀樂，與生俱來，斷無作幾日官即變心溷溷而團團之理。』因百以心理學人生哲學透視晏殊一生行爲，可謂的論，亦可爲一切通論。試將宋人筆記中，對於晏元獻公的故事挑出，比類等觀，必能證明因百所論是一些不差的。

（二）合論晏歐：『張臯文「尊體」之說，爲詞壇正論，欲於五代宋初求能尊體者，正中、二主，與晏、歐皆是。蓋能深刻眞摯以寫人生即是尊體，不必纏綿忠愛。』按，自張臯文《詞選》標榜『尊體』一說，又加以臯文在溫、韋詞後加以『忠愛』字樣，一時皆以『興也』爲正體，用來自張，結果鬧得烏烟瘴氣，酸腐嘔人。因百以『能深刻眞摯以寫人生即是尊體』持論，真不啻詞壇中一付清涼散。

（三）論李清照：『易安詞如〔浣溪沙〕「淡蕩春光寒食天」、〔攤破浣溪沙〕「病起蕭蕭兩鬢華」、〔南歌子〕「天上星河轉」、〔臨江仙〕「庭院深深深幾許，雲窗霧閣常扃」、〔漁家傲〕「天接雲濤連曉霧」諸首，皆所謂「刻摯神駿」之作。若夫〔聲聲慢〕、〔醉花陰〕諸詞，非易安極詣也。周介存論易安詞云，「閨秀詞惟清照最優，究苦無骨」，蓋先具一「閨秀作品無骨」之成見，又僅見〔聲聲慢〕等數首耳。』此論可謂千古名言，宋代李、朱二女詞家，實與後來的女詞家不同，既有很高深的學問修養，又經過播遷亂離，飽經憂患，雖是女性，怎見得作品便是無骨。不過周介存先生也不是無所見而言，即以南陵徐氏所刊《小檀欒室閨秀詞》來說，那一家也不能望到朱、李藩離，纖弱作品，觸目皆是，也無怪介存執以爲言了。但我總覺因百兒因持論如此，竟將〔聲聲慢〕屏不選入，未免有些負氣。

（四）論史達祖：『南宋詞人寫兒女之情者，梅溪爲第一手。然其胸襟似不及小山、淮海之磊落，故少俊邁之氣。此固由於性分，亦有運會關係在其中。』歷來講文學史的，只注意直的——時間的，而不管橫的——空間的；研究個人學譜的，又只注意空間，而不注意時間，直彷彿外界——國家社會變遷，與文學作家無關係似的，所以皆不能研究到好處。因百此論，足以矯正此風。

（五）論元好問：『遺山實熱中功名之士，自其平生行誼，即可看出，故詩詞皆濃甜如蜜。特身丁亡國，欲出不可，不得不寄情翰墨耳。〔鷓鴣天〕詞結句云：「墓頭不要征西字，元是中原一布衣」，悲涼極矣。余舊作《論詞絕句》之一云：「白髮淒然老布衣，閒沽村釀坐漁磯。墓頭也要征西字，無奈中原事已非。」庶幾得此翁心事。元初人詩詞，皆受遺山影響。余前所論元初人詞佳處，亦即遺山詞佳處也。』這一節結穴處，有關金元詩詞學的遷變，至其論遺山個人心事也足見因百對於詞人性格，是極注意探索的。在《三十家集評》中，曾將各家性格環境，加以研求，可爲作文學批評史的示一模範。

以上不過粗舉五例，實則還有很多。如論各家詞品、優劣，矯正歷來論詞的錯誤，都是極嚴正而不客氣的。如，論陳其年詞『粗獷叫囂，則詞中之天魔夜叉耳』，論劉過詞『後村雖才情略歉，品地尚高，改之則江湖清客之流也』，皆極精到。又如，論晏幾道：『小山詞境，清新淒婉，高華綺麗之外表，不能掩其蒼涼寂寞之內心，傷感文學，此爲上品。《人間詞話》云：「小山矜貴有餘，但可方駕子野、方回，未足抗衡淮海。」是猶以尋常貴公子目小山矣。』吾人試將小山詞尋繹一遍，再與張、賀、秦三家比較一下，必可知鄭兄所論是極對的。

《三十家詞選》和《集評》，因百既說『刊印行世，既有未勝』，我以爲如能將這《目録》和《集評》刊印出來，也是一件很好的事，不知鄭兄、董師以爲然否。

因百兄由燕大國文系畢業後，即執教匯文高中，彼時恰好我到崇實任課，時在聚會時相見，匆匆十年，鄭兄仍從事學問，我則奔走人海，其『相去日已遠』，寫此散記，以誌雪泥鴻爪。再則北大同學李中倫（慎言）兄，執教二中，亦逾十年，近將所作《燕山遊記》付印〔二〕出版，我獨居城隅，聞此喜音，也不禁有感於同中了。

北平《立言畫刊》一九四一年一月一八日第一二一期，題『圍爐散記』，次題『讀《三十家詞選目錄集評》後』

二二　像詩像詞

我最喜好的學問，最初是研究諸子，越難懂的越鑽研，對於中國哲學史上的各學派，越小越隱晦的，越喜來搜集研究，同時也以詩詞自遣。近來卻專愛填填小詞。我對於作詩詞，只能說照貓畫虎，是否類犬，不能自知。我作詩詞有一戒條，就是作出詩來，要他像詩，作出詞來，要他像詞，若僅以平仄格律不錯，即算詩詞，就未必能像詩像詞了。民十三到民十五，這三年中，專作五言古詩，間作五

〔二〕付印，原作『附印』。

律。五古學韋蘇州、陳散原，五律學王摩詰，幸得傅觚菴先生（斯稜）說：還能像是五言古詩，不是鼓兒詞。後一時期，又作了會子七律，學陸放翁，就只爲省事易成了。至於七古，學了會子吳梅村，始終不像。不像別强求，趕快別丟人，所以我總沒發表過七古。七言絕句，第一時期學范石湖，第二時期學王竹齋（冕，即《儒林外史》楔子裏的放牛畫家），第三時期學易哭厂。近來全爲應酬之作、打油之吟，雖不致出韵失粘，不至在詩裏發瘧子，實在絕無存稿價值的，除爲懷民作的〈蘆塘〉詩，還像絕句詩外，簡直也記不起有沒有好句了。

二三　詞律之難

關於作詞，以前談過，先喜作中長調[一]，近幾年才在小令上下功夫，究竟可否一顧，我也不知道。今日時常讀清人詞，見浙派詞人常以〈洞仙歌〉抒情叙事，於是又引起我對於慢詞的興趣，這幾日填了〈聲聲慢〉、〈月底修簫譜〉[二]、〈洞仙歌〉、〈水調歌頭〉、〈慶清朝〉幾闋詞。寫了又改，改了又塗，至今仍不敢給人看，不敢算爲定稿。大概要再修改一年半載的，更不敢拿出手了。這是什麼緣故，只是詞律越研究越難罷了。

[一] 中長調，原作『調』，據上文補。

[二] 月底修簫譜，原作『月下修蕭譜』，據《全宋詞》改。

二四　入聲韵不可作去上

詞的韵腳與平仄聲，僅憑一部詞譜，一本詞韵，是不成的。例如詞調中應用仄韻的，要有幾百調，普通只注明仄聲韵，而其中有不少應只用入聲韵，去上作韵，便失詞味的。常見的如：〔憶秦娥〕、〔滿江紅〕、〔江城子〕、〔聲聲慢〕、〔好事近〕、〔南歌子〕、〔蘭陵王〕等，填詞者不知，一見仄韻，即隨便上去入亂押。便有滿心抑鬱，强作歡笑的毛病。

二五　選調

因當初創調時，某調應叙事，某調應抒情，某調宜喜，某調宜悲，關於字句的組織，聲調抑揚，是很有大關係的。不能以詞之調名爲定，因其爲千秋萬歲吉祥話，便可作壽詞。明達如萬紅友（《詞律》作者），尚爲近人所譏。吾人既要作詞，又要給人看，就不能率然從事，更不能只有一本《留青集》，便成了大詞家。如〔滿江紅〕、〔念奴嬌〕……應作豪放的詞，更須檢名家詞中豪放一派的揣摩；如〔齊天樂〕……宜寫秋景爽朗的詞，各有不同，詞家多有論及，必須注意。

二六　選韵

選韵也很有關係，晚清詞家周止菴先生（濟）《詞選序論》中説：『東眞韻寬平，支先韵細膩，魚歌韵纏綿，蕭尤韵感慨，各具聲響，莫草草亂用。』周先生所舉平韵，在詞韵中稱『部』，實包括上去，如魚韵包括平聲的九魚、十虞、十一模，上聲的八語、九噳、十姥，去聲的九御、十遇、十一暮（入聲不與上去通，詞韻爲另部），以戈氏《詞林正韻》爲準。

二七 〔蝶戀花〕多用魚韻

周先生所說『魚韻纏綿』，雖未舉例，但凡讀過馮正中、歐陽永叔、李清照諸人所作〔蝶戀花〕的，也可以知是否纏綿了。且古今作〔蝶戀花〕的，十之七八，皆用第四部韻（魚），也可證明詞調與韻的關係了。

二八 講四聲

『作詞不必填曲，只講平仄便可；不必講四聲』，這是自寬自慰之說，不可以爲訓。民十三在京師圖書館，與劉仲紱兄共讀謝元淮《碎金詞譜》，仲紱繹曲譜，我鈔詞律，頗以《碎金》注四聲爲病。今年又多讀了幾本書，才覺初見之誤。詞譜的平仄，有時當然不可移動，有時也可通融，如詞中的兩字句，可分『平仄』、『平平』、『仄平』、『仄仄』四式，其前兩式『平仄』、『平平』的第一字，便均爲定格，必須照式填詞，不可移動，其後兩式『仄平』、『仄仄』的第一字，便可活用，填平填仄，這是聲韻上的問題，不知者只好照填。

二九 五字句

又如五字句，有上三字下二字的，有上二字下三字的，有上二字中一連字下二字的，更有上以一字領起下四字的。前三種爲通用體，後一種爲特別體，也都必須照原有格式填詞。

三〇 音節響亮

至於所謂四聲，有關詞的音節響亮否，也不可不講。但所說四聲，不是每字必講，此中消息太繁，非一言難盡[一]。有時同爲一聲字，用甲便響，用乙便悶。如諸城王錄坤女士近作五言詩，結句爲『聊以慰君思』，後將『君』字改『相』字，便覺響亮。其實『相、君』全是陰平字，何分軒輊。這又是『唇舌喉齒牙』五音關係了。

三一 去上連用

周止菴先生又說：『上入亦宜辨。入可代去，上不可代去。入之作平者無論矣，其作上者可代平，作去者斷不可代平。平去是兩端，上由平而之去，入由去而之平。上聲韵[二]，韵上應用仄字者，去爲妙；去入韵則上爲妙。平聲韵，韵上應用仄字者，去爲妙，入次之。疊則聱牙，鄰則無力。』此論極切需要，不過所論仍只指韵腳上面的一個字。實則古名家，無處不講此律，如周清真〔花犯〕中『照眼』、『淨洗』、『燕喜』、『更可』，都是去上二字連用，『淨洗、更可』，便不是韵腳，也不是落句處。周氏所論本寬，若仍以爲苦，便是不想作好詞了。

[一] 非一言難盡，疑有誤，或可作『一言難盡』或『非一言可盡』。

[二] 上聲韵，原作『上韵』，據《宋四家詞選目錄序論》改。

三二　通融

有最近遇納蘭成德後人，感而作〔清平樂〕，以納蘭原韵弔之，發出後始覺第一句『燈昏雪雨』的『雪』字，應用去聲，而用了入聲，若以周氏『入可代去』之説，本可通融，後與孟仲芹二兄談及，仲芹説，不如改爲『暗』字，暗字便較『雪』字響亮些。似此，可以通融的字，仍以不通融爲對的。又有一事，〔酒泉子〕第二句結尾應爲『平仄』，絲毫不可通融。我某天在趙樹屏夫子府上飲竹葉青，酒酣塡詞，手邊也無詞譜，只憑記憶，誤作了『仄仄』，歸來檢出詞律，才知錯誤，急往更正，因還有待商處，所以沒敢發表。我近來被這些論詞律的書所迷，自找苦吃，來鑽牛犄角，所以倒不敢以拙詞見人了。

三三　作詞參考書

關於作詞的問題尚多，容再續作，先介紹幾本書，作爲借人酒杯敬酒——

一　李易安《詞論》

二　楊守齋《作詞五要》

三　張玉田《詞源》

四　陸輔之《詞説》[一]

〔一〕詞説，應爲『詞旨』。

五　周止菴《詞選序論》
六　况夔笙《玉梅詞話》
七　王静安《人間詞話》
八　劉毓盤《詞史》
九　吳癯安《詞學通論》
十　許之衡《詞學源流》

手邊無書，床上卧寫拙稿，下期再當介紹。

北平《立言畫刊》一九四二年一月二四日第一七四期，題『寒夜談詞』

三四　填詞之難

近日爲填詞，研究詞律四聲，弄得頭昏眼花，雖有所作，反不肯以示人，近作〔鳳凰台上憶吹簫〕、〔謁金門〕，發出後又覺尚有可删改處，益知其難。記得周公謹（密）《草窗詞》（《草窗詞》不爲汲古閣所收，雙照樓續輯《宋金元百家詞》，據《知不足齋叢書》本校補，但鮑刻從汲古景宋本出，中有闕葉，惜無可補，朱氏無著盦[一]校本，爲周公謹《草窗詞》二卷《補遺》二卷，最爲完善。筆者所藏却爲《知不足齋》本，近正覓購《彊村叢書》，有肯割愛者，請示知價目）中〔減字

[一] 無著盦，原作『无著盦』。

木蘭慢〕[二]〈詠西湖十景〉序云：

西湖十景尚矣，張成子嘗賦〔應天長〕十闋誇余曰：『是古今詞家未能道者。』余時年少氣銳，謂：『此人間景。余與子皆人間人，子能道，顧余不能道耶。』冥搜六日而詞成，成子驚賞敏妙，許放出一頭地。異時霞翁見之曰：『語麗矣，如律未協何。』遂相與訂正，閱數月而後定。是知詞不難作，而難於改；語不難工，而難於協。翁往矣，賞音寂然，姑述其概，以寄余懷云。

十首八十四字的慢詞，要修改數月，可見其難。張叔夏《詞源》下卷論其先人填詞，每作一詞，必使歌者按之，稍有不協，隨即改正，又引『瑣窗深』一句，『深』字意不協，改爲『幽』字，又不協，改爲『明』字，歌之始協，並說：『深幽明三字皆平聲，胡爲如是。蓋五音有唇齒喉舌鼻，所以有輕清重濁之分。』此中甘苦，惟知此者能明之。元明清初詞家，多不注意此點，至常州詞派起，音律始細，詞調始尊。王半塘、朱彊村自是詞中的南針，影印的彊村手書《彊村語業》[三]卷三遺稿，其中有一字改至五六次者，可見先賢不苟精神，嘔心錘煉的功夫，足可使吾輩後學悟出填詞的訣竅。

三五　可傳的詞家

近日不是沒有可傳的詞家，即以北京一隅之地來講，詞家可以遠紹宋賢，近祧清人，成爲不朽盛

[二] 減字木蘭慢，《全宋詞》作〔木蘭花慢〕。

[三] 彊村語業，原作『彊村語叢』。

業的，已自不少，如邵倬翁太史的《云淙琴趣》，袁文藪先生的《香蘭詞》，夏閏枝先生的《悔龕詞》……置之集部詞曲類中，誰敢説不成。不過眞正詞家，都是閉門却掃，焚香瀹茗的，自作自吟，既不示人，又不發表，反不爲世人所盡知了。邵、袁二公，皆有令子，足以紹承家學。邵茗生兄的《衲詞楹帖》，已得佳譽，奉爲製聯家圭臬；袁瑾如兄的令曲，亦頗委婉動人（本刊前十期中載有）。

三六 學詞

筆者一事無成，半生潦倒，學詞二十年，近始覺非，所以對於名家作品，無不再三涵詠。《香蘭詞》承瑾如逯贈一部，邵、夏諸公雅詞，也輯鈔不少，終日對古哲今賢，燃鐵油檠，聽遠巷柝聲，豈不是最樂的事。彊村先生，四十始作詞，筆者尚不及朱公之年，作詞尚不爲晚，今日鄭重聲明，由現在起，算是始學爲詞，而且是從頭學起，以前算爲未曾動過筆。最可笑是：我在各學校教國文時，也把詞來給學生講，先鈔作者小傳，再説説詩變□詞，詞變了曲的史的記載，末後再講詞的原文，如更能美讀一下，似念似唱，那就更顯得有本事了。最大膽的，學生作□詩詞，我也敢改，而且無不翕服，沒鬧過笑話。改詩不必談，改詞豈不荒天下之大唐。我再武斷説一句，近日詞學不振，一部教詞學的，不能不負一些責任。前年有人約我教詩詞學，我説：教詩不必談，教詞請假我以十年，以免負誤人之責。

三七 邵公〔菩薩蠻〕

今年邵太史古稀大慶，本依太史原韵，作了十首〔菩薩蠻〕爲祝，一則始終仍覺有修改的地方，二則我不善書，寫出反更不美觀，所以遲遲。袁公金婚，瑾如本向我徵詞，填了一首慢詞，乍看似乎可用，越看越覺不妥，最近更覺得可棄了，於是棄之。謹錄邵公〔菩薩蠻〕四首，以供摹效——

高樓客散歌鐘寂。亭亭蠟淚幽閨咽。惆悵未天明。偷閒坐按笙。臨春思故國。草沒臺城北。碧樹一聲雞。廻看星斗稀。

霜稜密掃辭柯葉。有情怨侶傷離別。剪燕貼花鬟。年光去不還。嗔癡應小懺。鎮日檀郎嗛。無力展棋枰。拚將殘子爭。

小窗淒冷爐烟歇。凍梅吐蕚霏香雪。往事細思量。惱人更漏長。倦臨妝閣曉。羞見如花貌。穠艷石榴裙。何時得近君。

朔風盡日吹簾幕。關山萬里貂裘薄。暝色襲衣深。啼寒有暮禽。洗妝還自恨。望斷天涯信。遥寄十蠻箋。要將卿意憐。

上錄四首邵太史令曲，在我篋中，匆匆已是七年，原爲十首，此錄八、七、一、四，四首。這幾年中，也有時取出來吟誦，不過只知道好，究竟爲什麼好，好在那點，仍是說不出的。近年對於兩宋、清人所作令慢，多注意了些，才知道這些首時賢作品——邵公〔菩薩蠻〕，果然自有妙境，尤以幫忙我最大的，爲周美成《清真詞》、賀方回《東山詞》。今請將聲韵抛開，因詞說義，解釋一番，究竟是否作者原意，能否解得明白，好在不是古人的詞，尚可請作者指示。只釋一首，餘可悟入。

第一首，寫酒闌燈燼，枯坐待曉，一種繁華已去，凄涼滿目的心情，可謂刻畫盡致。此詞可以一氣讀下，也可以在過片處分節，也可作一氣讀，而把第五、六句，用夾注號、破折號畫起來，如自己吟詠涵濡，儘可隨便。此詞意在描寫凄涼，便用令曲的作法，單刀直入般寫出『高樓客散歌鐘寂』，使人想像戲園散場後，前台只剩卸守舊，掃地調桌的夫役，在極無聊賴的工作著的情形。本來只是『客散人寂』一個境界，而以『高樓』形容此地的華貴，以『歌鐘』形容客散前的熱鬧及動作，以一『寂』字，了卻一切。下句再補以『亭亭蠟淚幽閨咽』，乍看仍是上句的補足語，凄凉的深一層寫法，實則不然。幽閨是高樓的説明，也是客的性質的説明，因寂而咽，一貫自不必説。而極普遍的『蠟淚』之上，加以『亭亭』的形容詞，又不啻給幽閨中人物添了一層描寫，蠟淚如何能亭亭，那請您問杜甫『看劍引杯長』，本來看劍，杯何能長，秦少游『獨有春紅留醉臉』，臉上紅則已矣，何能留春紅。此是詩詞聯類印象，不與作文相等的緣故。我初看『亭亭』二字似泛，再看則妙，三看不禁叫絕，爲我所不能想到。『惆悵未天明，偷閒坐按笙』，『惆悵』二字，下得極有分寸，絕不是沒用的話。在普通填詞沒話説時，惆悵徊惶，便救了駕，此則不然，以承上而言，則爲『寂』、『咽』二字的餘波，以完足通體而言，則是末句『廻看星斗稀』的埋伏語。作小説、講故事的人，若不將整個故事，在腦中轉一遍，必要丟頭掉尾短中腰的，作詩填詞亦然，填詞尤甚。凡寫上句想下句，沒打好定盤星的，絕不能成一首好詞的。這一首〔菩薩蠻〕只區區八句，還要四換韻，在詞調中要算爲比較易作的，邵公却用全力周旋，寫此客散天未曉的後半夜，對於客在時，既不作回溯的描寫，只以『歌鐘』二字一逗，對於天明後的應有何動靜，也不涉及，只寫此一剎那間事，時間空間愈小，描寫愈難集中，愈難找出焦點，即夏目漱石先生所説的小寫『f』。偷閒，豈原不得閒耶。客散人寂，又有何忙事；既肯偷閒，又何必按笙。此蓋這位偷閒人，對於『惆悵』，認爲心情中的忙事，思感中的忙事，偷此閒時，則忙閒仍未換境界。既偷閒按笙矣，又偷閒思鄉，以『臨春』二字爲冠，是不但點出時光，又因將曉春風，凄然入懷，不免想起家國來，是溫飛卿『江上柳如煙。雁飛殘月天』一樣寫法。清真不把感想加入令曲中，邵公實得之。末兩句遠則通結全篇，近則以雞鳴埭、臺城同類同地景物，串通上兩句，且以『碧樹暗影、玉樹歌殘』之意，人只知其説雞鳴天曉，而不知脈絡相連，全不見斧斤鑿痕的。此邵公詞見重於世的原因。

北平《立言畫刊》一九四二年二月七日第一七六期，題『讀詞瑣記』，次題『雲淙琴趣直溯宋賢』

三八　〔聲聲慢〕福唐體

御橋燈暗，雙闕雲殘，天邊猶掛孤星。笑我人生，匆匆華髮星星。疏狂未除結習，望窗間、遙指三星。君知否，那少微左側，第四吾星。　綺思豪情都盡，向蕭山雲水，細數文星。刻意填詞，秦七黄九零星。嘔心玉田貽上，恨宮商、相去些星。輸法眼，問蕪詩何值一星。——〔聲聲慢〕戲用福唐體賦之

『福唐體』，又名『獨木橋體』，就是以一字爲韵，直作到底，上詞〔聲聲慢〕即用『星』字爲韵。

三九　宋人福唐體

此體在詞中算是一種遊戲品，難是有相當難處，不過仍不免落得纖巧的批評。宋人對作福唐體並不以小道視之。獅子搏兔，仍用全力，可見先賢臨文之不苟。如黄山谷填〔阮郎歸〕，全用『山』字爲韵；辛稼軒作〔柳梢青〕，全用『難』字爲韵，尤以蔣竹山，對於福唐體，興趣最大，佳作最

多。〔聲聲慢〕，全用『聲』字爲韵；填〔瑞鶴仙〕，全用『也』字爲韵；填〔水龍吟〕，全用『此』字爲韵：各盡其妙。

四〇　和韵與疊韵

筆者學填詞，向來不喜作X體X體，也不喜擬某人體，尤不喜和古人韵。宋人陳君衡（允平）所作《西麓繼周集》，一百二十八首詞（内闕五首），完全和周美成的《清真詞》原韵，我看了覺得實在引不起興趣來。我作律詩，喜和韵疊韵（步人原韵謂之和韵，步自己原韵謂之疊韻），疊起來沒結沒完。填詞雖也和過古人原韻，購得《宋六十家詞》時，曾和清真〔漁家傲〕，題於書首），但總以爲不如用自己韻爲妙。時取古人作品，將原韻拆散，或用或棄，結局仍是自己的韻。下期談我作疊韻詩的經過，先談談詞。

四一　〔聲聲慢〕本事

篇首所引〔聲聲慢〕，是我的拙近作，本事是：

辛巳仲冬二十五日，汪夫子逢春，收張浩川女士爲徒，舉行典禮於中央公園董事會。禮前，與王錄坤女士談詩詞。王女士字星聯，山東諸城世家，家學淵源，工詩文詞，近從汪夫子學醫，知道我稍知此道，不惜問道於盲，即席寫贈小詞，又擬以王女士篆中『星』字爲韵，作一福唐體詞爲贈。歸來已然忘卻。上元前夕，蔣二兄聽秋招飲歸來，月色凄淡，車中口占半闋[一]〔聲聲慢〕，又被宛平城隍廟的火判遊興擾斷，到家正值案上放著《詞律》，翻篇恰是平韵的〔聲聲慢〕，因足成之，但爲寫入篇首，無暇修潤，不計工拙了。

四二 練習作福唐體

沒想却又因此引起談福唐體的念頭，實在福唐體也有談的價值，與強湊的廻文體不同，於是一談——

練習作福唐體，在學填詞上有一種好處是：通體一韵，則韻上聯繫的一個字，或一句，必須免除重複的毛病，並且句法要變化不同，雖然是填一首詞，無異練習填詞用字的方法，對於以後遇見窄韵、險韵時，則能運用自如。拙詞本無作例的價值，但所用『孤星』、『星星』、『三星』、『吾星』、『文星』、『零星』、『些星』，『一星』，尚能不複，前四個尚有指天上星辰之意，後四個全是虛用。但『些星』、『一星』，表面似複，實『些星』用『度』，『一星』用『衡』，亦不相同。有志此道者，不妨試一爲之。

四三 宋人作福唐體

作福唐體，黃山谷以之抒情寫景，此外，竹山、稼軒，多以之敘事（竹山尚有抒情作品），不易引

〔一〕 闋，原作『闕』。

人興趣。再則宋人作福唐體，多以韵爲語助詞，我頗厭此法。茲將前列山谷、稼軒、竹山諸作，分別論列之：

烹茶留客駐雕鞍。有人愁遠山。別郎容易見郎難。月斜窗外山。　歸去後，憶前歡。畫屏金博山。一盃春露莫留殘。與郎扶玉山。——黃山谷〔阮郎歸〕〈茶〉詞。

按〔阮郎歸〕除過片不用韻外，要每句用韻，共八韻。山谷此詞只間句用『山』字，並非通體全用一韻。汲古閣本山谷自注爲福唐體，而萬紅友《詞律》則稱山谷此詞通體用山字，實爲不察。或者間句用同韻，亦爲福唐體之一體耶。

又辛稼軒〈辛酉生日前兩日，夢一道士話長年之術，夢中痛以理折之，覺而賦八難之辭〉曰：

莫鍊丹——難。黃河可塞，金可成——難。休辟穀——難。吸風飲露，長忍饑——難。　勸君莫遠遊——難。何處有西王母——難。休采藥——難。人沈下土，我上天——難。——辛稼軒〔柳梢青〕〈八難〉。

稼軒此詞押韵之『難』字，並非與上文聯繫，只是反駁上句，所以我標點時把難字上畫破折號，此亦爲福唐體中另一體。我總以爲作說理的詞，沒什麼意味。

醉兮瓊瀣浮觴些。招兮遺巫陽些。君毋去此，颶風將起，天微黃些。野馬塵埃，污君楚楚，白霓裳些。架空兮雲浪，茫洋東下，流君往、他方些。　月滿兮西廂些。叫雲兮、笛淒涼些。歸來兮爲我，重倚蛟背，寒鱗蒼些。俯視春紅，浩然一笑，吐出香些。翠禽兮弄曉，招君未至，我心傷些。——蔣竹山〔水龍吟〕〈招落梅魂〉。

『些』字是楚辭中專有的語助詞，也可以說，先秦南方文學中（北方文學總集爲《詩經》，南方總集爲《楚辭》）專有語助詞。『些』讀『蘇個切』，即讀如北京音的『色』字，在詩韵中是歸去聲『箇』韻，與平聲『六麻』韵中的『些』字不同。竹山此詞，題爲〈招落梅魂〉，所以仿《楚辭》宋玉〈招魂〉之用『些』字。『些』字與詞意無關。此又是福唐體中另一體。按後世用『些』爲語助詞作詩文的，《紅樓夢》中痴公子——寶玉杜撰的〈芙蓉誄〉要爲佳作，不可以小說文字廢之。

玉霜生穗也。渺洲雲翠痕，雁繩低也。層簾四垂也。錦堂寒早近，開爐時也。香風遽也。是東籬、花深處也。料此花、伴我仙翁。未肯放秋歸也。嘻也。繒波穩舫，鏡月危樓，酹瓊酡也。籠鶯睡也。紅粧旋、舞衣也。待紗燈客散，紗窗日上，便是嚴凝序也。換青毡、小帳圍春，又還醉也。——蔣竹山〔瑞鶴仙〕〈立冬前一日壽東軒〉。

竹山此詞所用『也』字，雖然也是語助詞，但與上一首『些』字不同，有『了』、『啦』字的意思，詞曲中常有用的。如馬東籬散套〈秋興〉中，『吩咐與頑童記者，便北海探吾來，道東籬醉了也』，與此相同。所以說此又是福唐體中另一體。

四四　福唐體中正體

我以爲福唐體中正體，要以竹山詞中的〈秋聲〉爲準。我學的便是此體，不知確否，未可自恃，敢以質之名家。

黃花深巷，紅葉低窗，淒涼一片秋聲。豆雨聲來，中間夾帶風聲。疏疏二十五點，麗譙門、不鎖更聲。故人遠，問誰搖玉珮，簷底鈴聲。彩角聲吹月墮，漸連營馬動，四起笳聲。閃爍鄰燈，燈前尚有砧聲。知他訴愁到曉，碎噥噥、多少蛩聲。訴未了，把一半、分與雁聲。——蔣竹山〔聲聲慢〕〈秋聲〉。

我自認是低能，不能追隨前賢去擬白石，仿夢窗，學清真，連毛晉都認爲小巧的蔣竹山，我卻認爲可學，豈非低能。但試讀此詞，通押八個『聲』字，還嫌不夠，其中還嵌入一兩個，且能通體不粘不滯，一往情深，竹山豈真不可學耶。本篇所舉幾首福唐體詞，詞格各不相同，仿作者可任意選用。

北平《立言畫刊》一九四二年三月七日第一八〇期，題『讀詞散記』，次題『談福唐體』

四五　李翰章本《漱玉集》

藏在架上十二年的《漱玉集》，重又檢出，始知其眞評價。此書爲李翰章兄所輯，引書逾八十種，在歷來所有《漱玉詞》中，要算最詳賅審慎的一部名著。且將易安居士的詩文詞，斷句隻字，網羅無遺，並加李兄自撰《易安年譜》，重摹易安小像，尤爲名貴。在我正醉心填詞之時，重翻名作，其喜可知。只不曉此書現仍有重印本否。

四六　社交動物

有人問我：『人是什麽動物。』若據生物學來答覆，當然有所答非所問之嫌，所以我答：『人是社交動物，人是感情動物。人既是社交動物，當不能免與旁人的來往，但是人又得受環境的支配，兩個環境不同的人，對答起來，就難免有抬着頭説話的，有低着頭説話，受不起這種鳥氣的，就要屏除利名，遁入深山了。我的社交及生活方式，先天的既不願低着頭向人攀着，又不會仰着頭向人擠着，凡與我是朋友的，都是以感情爲基礎，絲毫沒有利害關係在內。官升不得，財發不得，於是便剩有靜坐功夫，得與古人相對，亦是人生清福罷。况且偶來一兩位談詩論文，品茗試酒的好友，共同討論古人得失，豈非更是有趣。上期本意談〔水龍吟〕的組織，沒想會意外的作了一篇〔水龍吟〕校勘記，其喜可知。天若假我以耄耋之年，使我生活步驟如願，我一定要把全部萬紅友《詞律》作成箋正。本期由〔水龍吟〕的字句組織，談談詞的句法。

四七 〔水龍吟〕句法

〔水龍吟〕上片第一句是六字句，第二句是七字句押韵，都是正格，第三、四、五句，第六、七、八句，都是四字句，在五、八兩句上押韻，三、四兩句，六、七兩句，用對句與否，可以隨意，以對句較齊整（稼軒即用對句）。第九、十兩句，上句以一字領四字句，下句是四字句押韵，除領字外，兩四字句，可以用對句。第十一句是上三下三的六字句押韵。下片第一句是六字句正格押韵，第二句是上三下四的七字句押韵，絕不能作成上四下三的正格七字句。第三、四、五、六、七、八句，與上片相同，第九、十兩句，也與上片相同，第十一句四字句押韵，是上一下三，中用二相連字，如『搵英雄淚』，『向東風訴』，此種句法，詞中頗多，如〔八聲甘州〕後結上一句，〔百宜嬌〕結句，都是如此，切不可用上二下二的四字句正格。

四八　塡詞最重句法

塡詞最重句法，該如何便如何，一點也不許假借，民二十七年春天，我曾塡了不少詞，至今一首亦不能存（詞稱『闋』，實誤。一首詞兩片，一片才是一闋，今人多稱一片爲半闋，兩片爲一闋，而不稱『首』，實誤。古時稱各種文體皆爲『首』，觀昭明太子《文選》自知），原因那年遇見兩位假行家，説塡詞只要同字數有韵便可，不必管句中平仄，至今想來還好笑，當年即覺其非，曾因對這其中一位非難，反累了我高陞，至今引爲禍從口出之誡。

四九　作詞法度

武陵陳伯弢先生（鋭），爲晚清大詞家，曾作《詞比》一書，自稱：『要其謹守繩墨，神明於規矩，匪獨韵協律調，曲盡精微，即一字一句，咸塙乎具有法度……使吾人得志，開詞學堂，其必以此爲初級教科書矣。』可見作詞法度之應嚴謹。此書成於宣統三年，惜未刊行，二十年後，始有朱彊村先生弟子大詞家龍榆生先生（沐勛），爲之昭布人間，足以爲吾儕後學之矜式了。

五〇　《詞比》『字句第一』

《詞比》首爲『字句第一』。陳公説：『嘗覽柳、周諸大家，音律至精，自我作古；故字句之間，或有不齊。緣初學倚聲，必先規矩，如同一七言句，而有上三下四之分，同一五言句，而有上一下四之别，舉一而三，可知也。』陳公此論，最應三復斯言，世有一般淺學下士，自命爲標準作家，動輒説柳耆卿如何，周美成如何，張三怎樣學夢窗，李四怎樣學白石，而不於規矩中求進步，結果一技無成，終被擯於文苑之外。所以筆者不才，只從初學規矩上説法，有笑我低能者，請説出您的高能來。

《詞比》的『字句第一』，分別擇錄如下：

（一）上一下三句　過長淮底（還京樂）　漸西風緊（塞孤）　對長亭晚（雨霖鈴）

（二）上三下一句　過春社了（雙雙燕）　倚闌干處（八聲甘州）　指天涯去（引駕行）

按陳公所分上一下三及上三下一句法，本來分別很少，填詞家遇見此等句法，不必問他上三下一或上一下三，只把中間二字，用了相連詞便可，前舉〔水龍吟〕結句，便是一例。

（三）一字領四字句　登孤壘荒凉（竹馬子）　拆桐花爛漫（木蘭花慢）

按陳公自注：『此類最多，單舉起句一二。』其實詞中也多此類句法，近如〔水龍吟〕中『把吴鈎看了』及『倩何人喚取』，皆是詞中的一字領四字句，，不在起句，也不是上二下三的句法。

（四）一字領五字句　便添起春懷抱（留春令）

按，與『無人會登臨意』的上三下三句法不同。

（五）一字領七字句　怕梨花落盡成秋色（淡黃柳）　念一瞬韶光堪重惜（侍香金童）

（六）一字領三字偶句　對宿烟收，春禽靜（大酺）　望畫閣迴，繡簾垂（夢玉人引）

（七）一字領四字偶句　正愁横斷塢，烟鎖溪樹（換巢鸞鳳）　閒供我焚香，伴伊刺繡（卓牌子近）　趁栽梅徑裏，插柳池邊（金盞倒垂蓮）

（八）一字領五字偶句　觀露濕縷金衣，葉映如簧語（黄鶯兒）

（九）一字領六字偶句　歎事逐孤鴻盡去，心與蒲塘共晚（西平樂）　會樂府兩籍神仙，梨園

四部絃管（傾杯樂）　見梨花初帶夜月，海棠半含朝雨（三台）

（十）一字領八字偶句　念渚蒲汀柳，空歸閒夢，風輪雨檝，終孤前約（一寸金）　羨金屋去來，舊時巢燕；土花繚繞，前度莓牆（風流子）

以上除上二下三及上三下一兩四字句外，其以一字領句者，共有八種，尤以領偶句者，味最深厚，其對句或極工或流水對，均無不可，學者倘能嘔心酌句，仔細推敲，必能得着相當的滿意。

（十一）兩字領七字句　觴處浮香秀色相料理（還京樂）　何況舊歡新寵阻心期（鳳銜盃）

按，兩字領七字句，切莫以尋常九字句看。

（十二）兩字領六字偶句　未省宴處能忘絃管，醉裏不尋花柳（笛家）　那堪片片飛花弄晚，濛濛殘雨籠晴（八六子）

（十三）兩字領四字偶句　望處曠野沈沈，暮雲黯黯（安公子）　將次柳際涼銷，梅邊粉瘦（念奴嬌）

按，詞中偶句，並不限平對仄，仄對平，須以定律爲準。

（十四）八字句　人生悲莫悲於輕別（傾盃樂）　中有萬點相思清淚（還京樂）　定知我今無魂可銷（換巢鸞鳳）

八字句絕非兩字領六字，莫誤。

（十五）九字句　凝寒又不與衆芳同歇（暗香疎影）　淚珠都作秋宵枕前雨（解蹀躞）

（十六）十字句　便是當年唐昌觀中玉蕊（下水船）　近日來不期而會重歡宴（秋夜月）

按詞中八字至十字長句，最爲難作，初學擇調宜愼。

五一　律調及協韻

詞的句法，除普通習見正格外，尚有許多，止此而已。詞的『律調』及『協韻』，均須講求。萬紅友曾說：『一調之中，豈無數字可以互用，然必無通篇可以隨意通融之理』，學詞畏難，一生不會成功。協韵並不太難，只將『通協』、『互協』、『夾協』、『側協』、『隔協』、『暗協』……粗解其分別之點，定可塡詞不致落韵。即如〔酒泉子〕本是區區一支小令，而協韵難得響亮，却無與倫比，納蘭容若的〈淥水亭秋望〉〔酒泉子〕，能以成爲千古名作的，也正在其協韵之妙。本刊爲大衆讀物，此類較爲雅道的材料，自應不再續刊了。

北平《立言畫刊》一九四二年五月二日第一八八期，題『讀詞劄記』，次題『由〔水龍吟〕談到句的組織』

五二　宋詞酒令

筆者自接社方通知，不寫詩詞以來，瞬已數月，此次所寫酒令，雖引詩句，不能算是談詩詞。謹此聲明，兼答數月垂問之件。

名醫汪逢春夫子，道德文章，爲世所欽，是我在業師劉葆初、趙樹屏兩夫子外，所最感重的一位老師。汪夫子家有良疱，雅愛酒令，曾有優美酒令數堂。此次新購盤龍紋空白牙籌一堂，令我作一堂新酒令，以便刻上應用。我擬以唐詩一句，隱药名一個，下説明所令。已然作成，謹待汪夫子改正，並請諸公指教。我作成此一堂酒令後，興致大發，並作一堂宋詞酒令，一堂元曲（只用元人雜劇中語）酒令，一堂明清小説酒令，不久亦可脱稿刊登。非故示博學，聊以自遣，並報師命。宋詞酒令如：『「滿城風絮。梅子黄時雨」（賀鑄〔青玉案〕句），隱药名「半夏」，座中三四十歲之間者各飲一杯。』元曲酒令如：『「喝得肚兒脹（馬致遠《吕洞賓醉臥岳陽樓》句）」，隱药名「大腹皮」，大腹胖人飲一杯，飲酒最多者陪一杯。』小説酒令如：『「武松倚了哨棒（《水滸》句）」，隱药名「荷梗」，凭几者飲一杯，扭項者陪一杯。』諸如此類。

北平《立言畫刊》一九四二年九月一二日第二〇七期，題『酒令一堂』，次題『詩詞曲稗，皆可爲令』

五三　舊詞一束

辛未之春，不佞授課各校之時，諸生中頗有能作詩詞者，余亦有時和作。以崇實中學固始吳生啓燕、文治中學常熟石生藴華、今是中學衡陽扶生屏，所作最多。昨發舊篋，得〔臨江仙〕三首。癸未回首，匆匆一紀矣，諸生早已卒業大學，鷹揚萬里，不知未來之乙未丁未，又將如何也。

〔臨江仙〕　石藴華

深院無聲花睡足，軟風吹夢還迷。嫩晴微漾燕雙飛。枝頭鶯雜舞，香裏蝶相偎。　緑盡柳梢簾未捲，小園空自紅菲。病春心事未全灰。訴花渾不解，忍淚送斜暉。

和作　金受申

枝上嬌鶯長歎息，朱樓老柳凄迷。惹人情緒杏花飛。閒愁愁不盡，鎮日硯城偎。　病酒傷春皆不是，園花醉我芳菲。春風前度已成灰。蝶飛如有意，含睇對朝暉。

和作　吳啓燕

不是花前常病酒，懨懨盡日痴迷。捲簾羞見燕雙飛。猩唇依舊褪，玉臂倩誰偎。　鬬草懶舒紅袖冷，階前辜負芳菲。個中心事久成灰。倚闌人倦立，無語對斜暉。

北平《立言畫刊》一九四三年七月一〇日第二五〇期，題『舊詞一束』

五四　集詞聯帖

詞句秀逸，令[一]人情性怡悦，若集爲楹聯，尤妙不可階[二]。清代廣東陳蘭甫、葉南雪，元和顧氏，烏程張氏，皆以集詞爲聯著名一時。近世以邵茗生兄之《衲詞楹帖》，廣□至三千餘聯，可謂洋洋大觀矣。而發之者，則爲梁任公。愚最喜誦，又爲易大厂[三]師（易韋齋）所集之詞聯。兹各録一二聯，以資欣賞：

一、梁任公[四]贈志摩聯：

臨流可奈清癯（吳夢窗〔高陽臺〕），第四橋邊（姜白石〔點絳唇〕），呼桌[五]過環碧（陳西

〔一〕令，原作『今』。

〔二〕階，或可作『言』。

〔三〕易大厂，原作『易大廣』，據下文改。

〔四〕梁任公，原作『入任公』。

〔五〕桌，《全宋詞》作『棹』。

麓（秋霽））；此意平生飛動（辛稼軒（清平樂）），海棠花下（洪平齋（眼兒媚）），吹笛到天明（陳簡齋（臨江仙）[一]）。

受申[二]按，此聯非志摩不足以當之，可謂確切不移之作。民十三印度詩人太戈爾來華，志摩與共坐西湖海棠花下吹笛，直至天明。故任公此聯，亦可謂有本事之作，不能移贈旁人也。

二、易大厂聯

大厂師曾佐蕭友梅博士作歌詞，名句委宛，久沁心脾，至人酒酣耳熱，尚能歌之。易師晚歲居滬，以文易米，難免囊扃，其自述一聯，今人令之[三]黯然。尤以三連句作聯，作家爲之斂手。聯云：歎千古猶今（張玉田（桂枝香）），夷甫諸人，神州沈陸，幾曾回首（辛幼安[四]（水龍吟）三連句）；更從頭細數（蔣竹山（喜遷鶯）），水部情多，杜郎老矣，易惱愁腸（周草窗（柳梢青）三連句）。

三、邵茗生集聯

大厂以宋人侯彦周（清平樂）之『忍寒滋味』，自名『忍寒厂』，亦曾以此句集聯。大厂平生倜儻，晚境有『我豈如人，我竟不如人耶』之感。

[一] 臨江仙，原作『臨江曲』。
[二] 受申，原作『受伸』。
[三] 今人令之，疑當作『令人吟之』，或『吟之令人』。
[四] 辛幼安，原作『幸幼安』。

名生才大情多，俯拾即是名聯。今録其專集《友古集》一家之聯：

花前眼底，幸有賞心人，歌金縷，碎[一]瑶巵，此外君休問；煙斂風清，共結尋芳侶，並蘭舟，停畫楫，老來情轉深。

四、受申自集之聯

丁卯、戊辰[二]、己巳三年間，與日友小平綏方（小平總治）翁日相往還，詩酒流連，余得與日本詩人相接者，皆翁之介紹。己巳（民十八）上元後一日，翁招飲北海漪瀾堂，春冰未解，餘寒猶勁，翁作四言古詩長篇，余以五言和其韻。當時歡言一室，至今獨印□中。仲春，翁東渡歸國，余以漪瀾之會，不可無以紀之，遂集清詞爲聯贈行：

欲寄芳心無一字（劉申受〔蝶戀花〕），但目斷斜陽（承子久〔憶舊游〕），今日元宵過却（項蘭生〔清平樂〕）；不辭美酒醉千鍾（劉伯崇〔玉樓春〕），問人天何事（龔定庵[三]〔木蘭花慢〕），漸看春滿吟窗（丁保厂〔慶清朝〕）。

今日盡來，而翁仙逝已三年矣，能不憮然。新年元旦後一日，余則民五兄結褵於天津百樂門餐所，亦集清詞爲聯贈之：

[一] 碎，《全宋詞》作『醉』。
[二] 戊辰，『戊』字原脱，據上下文意補。
[三] 龔定庵，原作『醉定龔厂』。

不須燕子引人行（鄭板橋〔踏莎行〕），許誰知細柳（陳其年〔夏初臨〕[一]），才把夢兒牢捉住（龔定厂〔臨江仙〕），猶誤認眉山（譚仲仁[二]〔一萼紅〕）。

余以宋詞已爲多人集聯，不易翻新，遂改集清人詞語，非故示博聞也。又余集詞聯，較他人反苦者，則必斤斤於平仄之調耳。

北平《華文北電》一九四四年一月一日第四卷第一〇期，題『集詞聯帖』，次題『用代年頌』

〔一〕夏初臨，原作『夏衫臨』。

〔二〕譚仲仁，疑當作『譚仲儀』或『譚仲修』。

廣播週報詞話

慕班等

《小詞話》、《詞話》計四則，載重慶中央廣播事業管理處《廣播週報》一九三九年一一月一五日第一七九期起，迄南京《廣播週報》一九四七年六月一五日第二三六期（復刊第四〇期）。題『小詞話』或『詞話』，署『慕班』、『彩』、『慕白』，今合而爲一，改題《廣播週報詞話》。

廣播週報詞話目錄

廣播週報詞話

一　慷慨憤起

辛派詞人文及翁，〔賀新涼〕有句云：『問中流擊楫何人是。千古恨，幾時洗。……余生自負澄清志。更有誰、磻溪未遇，傅巖未起。』

又王子文西河有句云：『天下事。問天怎忍如此。陵圖誰把獻君王，結愁未已。千古恨，吾老矣。東游曾弔淮水。綉春台上，一回登，一回搵淚。醉撫西風，江〔一〕濤猶壯人意。只今袖手，野色裏，望長淮、猶二千里。縱有雄心誰寄。近新來，又報烽烟起。絕域張騫歸來未。』

此二人俱南宋碩學，豪爽悲壯，忠悃之衷心，情見乎詞。假使當日予以經國濟民之責，必有成就。今當國難當前，吾儕文士，亦應慷慨憤起，思有以盡力國事，勿負名教矣。

重慶《廣播週報》一九三九年第一七九期，題『小詞話』，署『慕班』

〔一〕江，原作『汪』。

二 清奇慷慨

清吴偉業詞，清奇慷慨，無愧大家。〔賀新郎〕詞有句云：『吾病難將醫藥治，耿耿胸中熱血。待洒向、西風殘月。剖却心肝今置地，問華佗、解我腸千結。』『故人慷慨多奇節。』『脱屣妻孥非易事，竟一錢不值、何須説。』如此激昂，堪爲志士所效法。

重慶《廣播週報》一九四一年第一九六期，題『小詞話』，署『彩』

三 仙品與鬼才

詞有仙品，有鬼才，與詩相同。其分別在何處，試舉例以明之。《西廂記》〔得勝令〕云：『驚覺我的是顫巍巍竹影走龍蛇，雲飄飄莊周夢蝴蝶，絮叨叨促織兒無休歇，韻悠悠砧聲兒不斷絶。痛煞煞傷别，急煎煎好夢兒應難捨，冷清清的咨嗟，嬌滴滴玉人兒何處去也。』雖極工，然寓目之頃，俄有踽踽悸悸之情，覺有森森鬼氣，是爲鬼才。吕洞賓〔梧桐影〕云：『落日斜，秋風冷。今夜古人[一]來不來，教人看盡梧桐影。』詞雖纖巧，不脱小家之氣，然於吟哦之餘，覺有清清洒洒之致，是仙品也。林和靖[二]〈山園小梅〉詩中有句云：『疏影横斜水清淺，暗香浮動月黄昏。』（恕不詳引）是聯已關千古詠梅人之口。其原因何在。疏影，月之魄也；横斜，姿也；暗香，梅之氣也；浮動，風

[一] 古人，《全唐五代詞》作『幽人』。
[二] 靖，原作『清』。

韻也。陪襯以清淺之水，烘托以昏黃之月，梅之爲梅，盡于此矣。而『清淺』、『黃昏』，皆屬雙聲。『疏浮』、『影橫』、『淺暗』，則各爲疊韻。是聯義既至，又輔以聲音之美，而風格尤高，澹然靜穆，有神仙之概焉，故屬仙品。晏幾道〔鷓鴣天〕云：『……夢魂慣得無拘檢，又踏楊花過謝橋。』程叔徹云：『伊川聞誦晏叔原「夢魂慣得無拘檢，又踏楊花過謝橋」之句，笑曰：「鬼語也。」意亦賞之。』其意似『難得渠想入非非，實爲一篇鬼語也』，其實這二句有撲朔迷離幽深之意境，將夢魂寫得真如鬼魂，詞雖奇詭，終是鬼才耳。

《白雨齋詞話》云：『詩以窮而後工，倚聲亦然。故仙詞不如鬼詞。哀則幽鬱，樂則淺顯也。』此雖別夫仙鬼，惟云仙詞不如鬼詞，則所見不免偏袒。夫神工渾成，鬼斧精鐫，各有所長。然鬼詞憑雕鏤之工，學而難便企及也；神詞憑天授之巧，睦平不可躋攀也。故仙鬼之詞佳與否，要以各在其性靈之真僞愈[一]。人有能有不能，未可相强也。學者宜審辨淄澠，毋妄議臧否。

茲抄錄仙才鬼品詞各一，以待讀者比較之：

蘇東坡〔卜算子〕（仙才）：『缺月掛疏桐，漏盡人初靜。時見幽人獨往來，縹緲孤鴻影。驚起卻回頭，有恨無人省。撿盡枝頭不肯棲，寂寞沙洲冷。』

納蘭容若〔臨江仙〕（鬼品）『別後閑情何所寄，初鶯早雁相思。如今憔悴異當時。飄零心[二]事，殘月落花知。生小不知江山路，分明却到梁溪。匆匆剛欲話分攜，香消夢冷，窗白一聲

[一] 愈，疑惑当作『歟』。
[二] 心，原作『以』，據《全清詞·順康卷》改。

雞。』

南京《廣播週報》一九四七年復刊第二九期，題『詞話』，次題『仙品與鬼才』，署『慕白』

四　重言與疊韻

聲音之美，著於重言與雙聲疊韻。重言之例極多，如『桃之夭夭』，如『燕燕于飛』，如『余固知謇謇之爲患兮，忍而不能舍也』，幾乎俯拾即是。其有屢用重言，複而不駁，澄而不亂者，如古詩：『青青河畔艸，鬱鬱園中柳。盈盈樓上女，皎皎當窗牖。娥娥紅粉妝，纖纖出素手。昔爲娼家女，今爲蕩子婦。蕩子行不歸，空牀難獨守。』至於喬吉〔天净沙〕：『鶯鶯燕燕春春。花花柳柳真真。事事風風韻韻。嬌嬌嫩嫩。停停當當人人。』詞雖纖巧，惟專意於疊字，不免爲堆砌矣。

李清照〔聲聲慢〕云：『尋尋覓覓，冷冷清清，悽悽慘慘戚戚。乍暖還寒時候，最難將息。三杯兩盞淡酒，怎敵他、晚來風急。雁過也，正傷心，却是舊時相識。　滿地黃花堆積。憔悴損，如今有誰堪[一]摘。守着窗兒，獨自怎生得黑。梧桐更兼細雨，到黃昏，點點滴滴。這次第，怎一個愁字了得。』《詞苑》云：李清照〔聲聲慢〕〈秋閨〉詞首句連下十四疊字，正如『大珠小珠落玉盤』也。《西青散記》記綃山女子雙卿，以竹葉題〔鳳凰臺上憶吹簫〕一[二]闋，用雙字至二十餘疊，可謂廣大神通，易安見之，亦當退避三舍矣。其詞云：『寸寸微雲，絲絲殘照，有無明滅難消。正斷魂

[一] 堪，原作『欣』，據《全宋詞》改。

[二] 一，原無，據文意及《白雨齋詞話》卷五補。

魂斷，閃閃摇摇。望望山山水水，人去去、隱隱迢迢。從今後，酸酸楚楚，只似今宵。　遥遥。問天不應，看小小雙卿，嫋嫋無聊。更見誰誰見，誰痛花嬌。誰望歡歡喜喜，偷素粉、寫寫描描。誰還管，生生死死，夜夜朝朝。』

雙聲與疊韻之不同點是：二字同一子音者爲雙聲；疊韻則二字同一母聲，如『零落』、『馳騁』爲雙聲；『徘徊』、『逍遥』爲疊韻。雙聲疊韻盛於六朝，唐人尤多用之，宋以後則用者漸少，因不討好故也。如李易安之『悽悽慘慘戚戚』，三疊韻六雙聲，是經千錘百鍊而成，非信手所能拈得也。

南京《廣播週報》一九四七年復刊第四〇期，題『詞話』，次題『重言與疊韻』，署『慕白』

紉芳宧讀詞記

陳運彰

《紉芳宧讀詞記》七則，載杭州之江文理學院中國文學會《之江中國文學會集刊》一九四〇年四月第五期，目錄題『紉芳宧讀詞札記』，署『陳運彰』。今據此迻錄。原無序號，有小標題，今酌加。

紉芳宧讀詞記目錄

綗芳宧讀詞記

一 《蓮社詞》一卷《道情鼓子詞》一卷附重校定本

右《蓮社詞》一卷，附《道情鼓子詞》一卷，宋張掄材甫撰。《蓮社詞》見《直齋書錄解題》，已佚。《鼓子詞》初未見著錄，今以吳兔床[一]藏舊鈔本，校《彊邨叢書》勞輿卿校本。勞氏以卷首九首從花庵《中興以來絕妙詞選》卷二錄入，遂疑改易標題爲汲古毛氏所爲，吳伯宛《宋金元詞集見存卷目》從之，因別析爲卷，其說頗允。吳鈔與勞校，章次並同，而調下各題，勞校多無之，闕文間有異同，足資互補。吳鈔闕十首，目錄則否，且諸題亦未全，蓋同有脱失也。勞氏據《陽春白雪》卷四補〔春光好〕一首、《武林舊事》[二]卷七補〔壺中天慢〕一首，以首九首及〔春光好〕合十首，爲《蓮社詞》中作。按花庵所選第一首〔柳梢青〕、第四首〔臨江仙〕，今並見於《武林舊事》，花庵且云，集中多應制詞。則〔壺中天慢〕，草窗雖有，或謂是康伯可所賦之説，別無他證，

[一] 吳兔床，原作『吳兔宋』，據下文『兔床』改。

[二] 武林舊事，原作『武陵舊事』。下二『武林舊事』同。

亦可謂蓮社詞中作也。今重爲寫定。凡《蓮社詞》十一首，《道情鼓子詞》[一]一百首。吳鈔頗多誤字，並爲著之。宋人所著錄之詞，則校其異同。頗疑調下諸題，爲後人所加，然亦出宋人手。〔臨江仙〕〔禁中丹桂〕，《全芳備祖》既入牡丹部前集卷二，復重出於岩桂花部前集卷十三，固當時花庵諸人隨意所附著也。《武林舊事》數則及顨卿手跋，別錄於後。庚辰三月，蒙庵記。

吳鈔本凡宋詞六家，爲《蓮社》、《拙庵》、《松坡》、《文簡公》、《碎錦》、《雙溪》，共二册，每半葉八行，行十八字，有『兔床』、『漫叟』兩印，即彊邨先生所藏。己未十月，彊翁校刻明鈔《松坡詞》，曾據以校改若干字，跋中所稱，鋟木既竣，始於滬上見吳兔床手寫本者也。疑《蓮社》刻成在先，故未及覆校耳。辛未歲，彊翁謝世，藏書閒有散出者。越歲正月，於友人齋頭見之，假歸一夕，遽還之，僅及此種，惜未盡其餘，蒙庵又記。

二　《晦庵詞》校江氏汲古閣本刻《宋元名家詞》

右《晦庵詞》一卷，凡十八首，以嘉慶壬辰閩中重刊《晦庵先生朱文公文集》第十卷樂府校毛鈔，即從《全集》裁篇別出，以詞調短長爲先後，遂失原本章次。今一一分注於下。〔水調歌頭〕〔聯句問訊羅浮同張敬夫〕一首，別繫於〔念奴嬌〕之後，閩刻《全集》列諸最後，附注云，此篇與南軒聯句，一本次於第五卷〔蓮花峯次敬夫韵〕詩下。毛氏所見《全集》，當是別一本，故後來

[一] 道情鼓子詞，原作『道情寶鼓子詞』，據上下文删。

補入，不復與前四蓮[一]同列矣。〔憶秦娥〕〈雪梅二闋懷張敬夫〉題下注云，從《朱子全集》增入，蓋江氏所爲。此二闋見第五卷《東歸亂稿》中，編者注云，二闋合次樂府，以看後詩，仍舊編，附此。其後詩云，題二闋後，自是不復作矣。『久惡繁哇混太和，云何今日自吟哦。世間萬事皆如此，兩葉行將用斧柯。』自花庵誤爲張安國詞後《中興以來絶妙詞選》卷二，後來選本，如《全芳備祖》，永以爲張作，汲古閣《于湖詞》亦有之，乃子晉所補。檢宋本《于湖居士集》三十一卷至三十四卷樂府，《景宋本于湖先生長短句》五卷、拾遺一卷，均無之，可證也。江氏僅云，從《全集》增入，頗易滋疑。海甯趙君《宋金元名家詞補遺》從《釣台集》下得〔水調歌頭〕『不見嚴夫子』一首，爲《全集》所無，因補錄之。紉芳簃校畢并記，運彰。

三　天游詞

右《天游詞》一卷，元古郢詹玉可大撰。原二十三首，四印齋《宋元三十一家詞》據傳鈔明弘治寫本，復從《詞綜》、《樂府紀聞》補入〔清平樂〕一首。今按，《天游詞》見《天下同文》前甲首卷五十，僅二首。元鳳林書院《精選名儒草堂詩餘》卷上得九首；《同文》二首，即在此中。《詞綜》卷廿七爲四首，而《御選歷代詩餘》[二]所錄，達十八首之多；所未錄者，惟〔渡江雲〕、〔一萼紅〕、〔滿江紅〕、〔漢宮春〕、〔霓裳中序第一〕、〔清平樂〕六首而已。今以《元草

[一] 蓮，疑當作『闋』。
[二] 御選歷代詩餘，原作『即選歷代詩餘』。

堂》校之，則此諸詞見同卷他人之作者，竟達十三首之多。其〈洞仙歌〉〈送張宗師捧香〉一首、〈歸朝歡〉一首、〈點絳唇〉〈墨本水仙〉一首，爲滕玉霄詞；〈滿江紅〉〈牡丹〉一首、〈臨江仙〉〈自結〉一首、〈瑞鷓鴣〉二首、〈蝶戀花〉二首、〈月下笛〉一首、〈六醜〉〈楊花〉一首此本調名誤〈多麗〉，爲彭巽吾詞；〈木蘭花慢〉〈白蓮〉一首，爲曹通甫詞；〈臨江仙〉〈白髮〉一首，爲謝醉庵詞。以上諸家，《元草堂》即次於天游後，僅〈浣溪紗〉〈楊侯席上作〉一首爲《元草堂》所無而已。《元草堂》隨得隨刊，參差不一。當時傳本頗稀，鈔本又多譌奪。竹垞選《詞綜》，即以趙晚山詞誤作王竹澗，可證也。頗疑此本爲明人從《元草堂》鈔撮成帙。如汲古刻白石諸家之例，而所據本未善，遂成此誤。若云作僞，似不應爾。〈浣溪紗〉一首，亦見《樂府紀聞》。〈清平樂〉或以爲石次仲，或以爲毛平仲。汲古《樵隱詞》無之，正見於《金谷遺音》。然則《天游詞》之存世者，僅十首耳。《歷代詩餘》所錄，與此本當同出一源，而〈浣溪紗〉從《樂府紀聞》，〈桂枝香〉則從《天下同文》出。觀其詞題可知。庚辰三月望夜，以各選本校一過既畢，書此，蒙父。

四　《東海漁歌》校補西泠印社活字本

右《東海漁歌》四卷，西林顧春太清著，臨桂况先生據如皋冒氏鈔本重校印行。冒鈔闕第二卷。從錢塘沈湘佩女史善寶《閨秀詞話》所引爲三卷中所無者，得五首，爲《補遺》一卷。既而山陰諸貞壯先生得一鈔本，四卷，完善，持校况刻，頗多異同。蓋屢經改定，其稿本非出一時也。聞東瀛藏書家乃有六卷之鈔本，其五、六兩卷之目，曾經傳布鈴本虎雄《支那文學研究》，惜未見其詞也。諸氏藏本，彊邨先生曾假之以校况刻，復迻錄第二卷謀補印以成完帙，未得果，僅以二卷佚詞印入《詞學季刊》。其第一卷，刻本尚闕〔望月婆羅門引〕、〔臨江仙慢〕、〔賀聖朝〕三首；第三卷闕〔乳燕飛〕、〔廣寒秋〕、〔一叢花〕三首；第四卷闕〔踏莎行〕二首。其《補遺》中，〔浪淘沙〕、〔惜分釵〕二首，已見第二卷，其他三首，當在五六兩卷中，其目錄可按也。蒙古三六橋藏善孚齋〈王孫乘槎載妓圖〉，有西林所題〔齊天樂〕一首，亦爲四卷所無者。今諸氏藏書樓已爲絳雲之續，留此副本。而東瀛秘籍，雖未得窺全豹，亦露一鱗片爪，不可謂非厚幸矣。舊所校本爲貞白索去，茲復更寫一通，因附錄諸佚詞及五、六卷目，別有附記，書之左方。庚辰三月，嬰香寮書。

五　《東海漁歌》四卷本佚詞

〔望月婆羅門引〕〈中元步月〉：

海棠花底，亂蛩啼偏小闌干。月明雲淨天寬。立盡梧桐影裏，深草露華寒。聽哀音幾度，痛哭中元。　蒿燈細然。蕩萬點、小金丸。看到香消火滅，過眼浮煙。秋風庭院，破塵夢、清磬一聲圓。南窗下、翦燭更闌。

右詞在第一卷〔垂楊〕〈秋柳〉之次

〔臨江仙慢〕〈白雲觀看坤鶴老人授戒〉：

閬苑會仙侶，金鐘低度，玉磬初敲。松陰下、仙音一派風飄。笙簫。早人語靜，幢幡繞，壽字香燒。張坤鶴，被霞裾鶴氅，寶髻雲翹[一]。　消搖。同登道籙，看取天外鸞軺。擁無邊、滄海皓月銀

〔一〕　雲翹，原作『籙翹』，據《東海漁歌》卷一改。

濤。相遨。滌除玄覽，瑤池宴，已熟蟠桃。功成後，行不言之教，萬物根苗。

右詞在第一卷〈浣溪沙〉〈中秋作〉之次

〈賀聖朝〉〈秧歌〉：

滿街鑼鼓喧清晝。任狂歌狂走。喬裝艷服太妖淫，盡京都游手。　插秧種稻，何曾能彀。古遺風不守。可憐浪費好時光，負良田千畝。

右詞在第一卷〈長相思〉〈爲陳素安姊畫紅梅小幅〉之次

〈乳燕飛〉〈輓許金橋呈珊枝嫂〉：

日暮忽聞訃。驀傳來、金橋厭世，痛心驚仆。三日云何成長往，莫是庸醫耽誤。廿八歲、摧殘玉樹。母老家貧情特慘，況安人、年少嬌兒孺。傷心事，意難訴。　簞瓢陋巷安其素。最難忘、音容笑貌，翩翩風度。斷簡殘編零落散，渺渺錢塘歸路。何日葬、半山墳墓[一]。哭不成聲心已醉，輓斯人、未盡斯人苦。　權當作，招魂賦。許氏先塋在杭州半山。

右詞在第三卷〈更漏子〉〈憶雲林〉之次

〈廣寒秋〉〈題慈相上人竹林晏坐小照〉：

琅玕陰裏，是心清淨，晏坐了無餘説。岩花閒草任澗吹，更不許、紛紛饒舌。　西方何處，長安道遠，且向者邊休歇[二]。掃除一切性光圓，本來法，無生無滅。

〔一〕墳墓，原作『噴墓』，據《東海漁歌》卷三改。

〔二〕者邊休歇，原作『者休邊歇』，據《東海漁歌》卷三乙。

右詞在第三卷〔菩薩蠻〕〈登石景山天空寺望渾河〉之次

〔一叢花〕[一]〈題沈湘佩鴻雪樓詞選〉：

雪泥鴻爪舊游踪。南北任飄蓬。花簾昔有吟詩侶吳蘋香女士，喜天游、邂逅初逢。彩筆一枝，新詩千首，名重浙西東。　哀而不怨宛從容。珠玉玲瓏[二]。鴛鴦繡了從君看，度金針、滅盡裁縫。大塊文章，清奇格調，不減古人風。

右詞在第三卷〔浪淘沙慢〕〈久不接雲姜信用柳耆卿韻〉之次

〔踏莎行〕〈恨次屏山韻〉：

黛淺環鬆，欲消無價。者般滋味因誰惹。香消風靜月明時，更添一倍新愁也。　拍遍闌干，立來花下。怕春歸去催花謝。待安排處費安排，旁人錯解成閒話。

右詞在第四卷〔踏莎行〕〈夢次屏山韻〉之次

前調〈老境〉：

臘盡春迴，歲華虛度。隨緣隨分行其素。非非是是混行藏，圯橋且進黃公履。　偶爾拈毫，曲成自顧。唾壺擊碎愁難賦。敢將淪落怨天公，虛名多爲文章誤。

老境蹉跎，寄懷章句。潛身作箇鑽研蠹。自憐多病故人疏，消愁賸有中山兔。　每別思量，熱心如炷。問天畢竟何分付。但求無事是安居，成仙成佛何須慕。

[一] 一叢花，原作「一夢花」，據《東海漁歌》卷三改。

[二] 玲瓏，原作「珍瓏」，據《東海漁歌》卷三改。

右詞在第四卷〈塞上秋〉〈牽牛〉之次，第一首刻本已有，但多不同，因并録之，别有説，見後。

〈齊天樂〉〈善孚齋乘槎載妓圖〉

衆香國裏香風起，靈槎流風而下。天女腰肢，維摩眉宇，聞是王孫自寫。欲何爲也。有百八牟尼，一函般若。不著纖塵，屏除一切更嫻雅。　本來心在雲水，現官身説法。恁般瀟灑。不染峰巒，不增泉石，一片青天光射。翠眉嬌姹。豈謝傅東山，管絲遊冶〔二〕。載箇人兒，散天花侍者。

右詞見《玉井香珊瑚館詞》附録

右太清佚詞，自〈齊天樂〉以上，並從諸氏鈔本補録。〈踏莎行〉〔三〕〈老境〉二首，刻本存其一，即以二首合并改成者。以此例之，則所缺諸詞，定稿時或有所删汰也。太清詞格，況先生所評爲至碻當，所謂『其佳處在氣格，不在字句。當於全體大段求之，不能以一二闋爲論定，一聲一字爲工拙』，斯語最爲可味。按東瀛本目録，第三卷缺詞尚有〈木蘭花慢〉一首，諸氏鈔本無之，無從補録。昔人有謂，鐵嶺詞人，男中成容若，女中太清春，直闖北宋堂奥見《蘭雲菱夢樓筆記》引。今二家佚事，並多傳聞異辭，詞集傳世，亦各本紛歧，如出一轍，亦一奇也。吴絲詞客記。

〔二〕 冶，原作『治』，據《全清詞·順康卷》改。

〔三〕 踏莎行，原作『莎踏行』。

六 《東海漁歌》第五卷目錄

〔黃鶴引〕　〔玉燭新〕　〔舞春風〕　〔水調歌頭〕　〔鶯啼序〕　〔古香慢〕[一]　〔金縷曲〕　〔醉翁操〕　〔雪獅兒〕　〔秋波媚〕　〔金縷曲〕　〔滿江紅〕　〔金縷曲〕　〔滿庭芳〕　〔占春芳〕　〔憶仙姿〕　〔高陽臺〕　〔惜餘春慢〕　〔沁園春〕二　〔江神子〕　〔淒涼犯〕　〔南鄉子〕　〔青山相送迎〕　〔惜秋華〕　〔玲瓏四犯〕　〔山鬼謠〕　〔比梅〕　〔驀山谿〕　〔訴衷情令〕　〔沁園春〕　〔惜春郎〕　〔海棠春〕　〔洞仙歌〕　〔明月棹孤舟〕[二]　〔一剪梅〕　〔輥繡球〕　〔定風波〕　〔惜秋華〕　〔看花回〕　〔瑤臺聚八仙〕　〔暗香疏影〕　〔上昇花〕　〔庭院深深〕　〔醉太平〕　〔醉春風〕[三]　〔桃園憶故人〕　〔惜黃花〕　〔多麗〕　〔玉交枝〕　〔愁春未醒〕　〔新雁過妝樓〕　〔桃花水〕　〔風蝶令〕　〔南鄉子〕　〔殢人嬌〕　〔定風波〕　〔燕山亭〕　〔早春怨〕　〔菩薩蠻〕二　〔金縷曲〕　〔虞美人〕

《東海漁歌》第六卷目錄

〔醉花陰〕　〔醜奴兒〕　〔瑣窗寒〕　〔憶人人〕　〔鵲橋仙〕　〔早春怨〕　〔喝火

[一] 古香慢，原作『古春慢』，據《東海漁歌》卷五改。

[二] 明月棹孤舟，原作『明月掉孤舟』，據《東海漁歌》卷五改。

[三] 醉春風，原作『醉春花』，據《東海漁歌》卷五改。

令〕〔長相思〕〔浣溪沙〕〔賀新涼〕〔南柯子〕〔滿江紅〕[二]〔雲淡秋空〕〔畫屏秋色〕〔金風玉露相逢曲〕〔鬢雲鬆令〕[三]〔意難忘〕〔減字木蘭花〕〔菩薩蠻〕〔齊天樂〕〔踏莎行〕〔滴滴金〕〔南鄉子〕〔風光好〕〔金縷曲〕〔賀新郎〕〔金風玉露相逢曲〕〔金縷曲〕〔西江月〕〔醉太平〕

右《東海漁歌》卷五、卷六詞目，從彊邨先生傳鈔本。當從鈴木氏文中錄出者，未見原本，不知有否譌奪。其第二卷目錄校諸鈔本即《詞學季刊》所據本，多〔風光好〕一首，而少〔步蟾宮〕一首，可見二本非出一源。諸鈔第二卷中，亦多重改之處，不知孰爲後先。安得盡聚諸家所藏，並凡對勘，勒成一定本也。十七日寫竟附記。

七　詞林書目

右《詞林書目》一卷，儀徵王僧保西御輯。分專集、選集二類。專集自唐溫庭筠《金荃集》起，訖元滕賓《涵淵子詞》，凡二百四十三集。選集自《御定歷代詩餘》起，訖《詞林紀事》，凡七十一集。蓋以竹垞《詞綜》〈發凡〉所引詞目增益重編者。其專集或無卷數，選集或闕人[illegible]間附按語，僅及簡明目錄。類分未賅，序次多舛，當屬未定草稿也。西御當道光季年，與江都秦[illegible]、甘泉徐歠竹聯淮海詞社，當時推爲竹西詞學之冠。後在城殉難見《選草叢譚》二。所著有《秋[illegible]

〔二〕滿江紅，原作「滿江佛」，據《東海漁歌》卷六改。
〔三〕鬢雲鬆令，原作「鬢雲鬆令」，據《東海漁歌》卷六改。

詞》刻本極難得、《論詞絶句》三十六首見《選草叢譚》。尚有《學詞紀要》、《詞律參論》、《詞律調體補》、《隨唐五代十國遼宋金元詞人姓氏爵里彙錄》、《詞評所見錄》、《松雲書屋詞選》正副篇，均未見。此爲彊邨先生手寫本，小有譌敚，因爲重錄一過，訂定之。庚辰三月正行寫訖題記。

杭州《之江中國文學會集刊》一九四〇年四月第五期

尚勷詞話

顧尚勷

《詞話》三則，載上海《立信會計專科學校卅年級級刊》一九四〇年第二期，題『詞話』，署『顧尚勷』。今據此迻錄，改題《尚勷詞話》。原無序號、小標題，今酌加。

尚勷詞話目錄

尚勤詞話

一　詞之門徑

文學之範圍頗廣，如論著、小品、遊記、奏議、碑、序、銘、贊，以及文藝，莫不括入之。其佳者無不使人啼笑不能自主，尤以文藝爲甚。然文藝之中，又類分爲詩、詞、歌、賦、雅、頌、風、曲、樂府之別。而以詞者爲尤能充分顯透當時情形。可歌可泣之事，躍乎欲出，寫情之妙，叙景之盛，富麗淒悲，更勝詩品一籌矣。然詞，初目之，以句之長短不定，似乎較詩爲易，蓋無詩之約束，此未免初識皮毛，管窺蠡測之舉，輕浮好言之流，未曾得其門徑也。

二　作詞五要

按詞始諸唐，李白譜詩句入樂府，束以樂例。雖句出長短，偶一錯韵，便不成腔調；增減一字，讀時便覺生口。故初學者多喜爲詞，而不屑爲詩，於是狐尾馬脚，貽爲笑柄；一變佳話而爲哈料。凡我學者，旃共慎之。並略引楊守齋《作詞五要》以爲度。

作詞之要，有五：

第一要擇腔。腔不韵，則勿作。如〔塞翁吟〕之哀颯，〔帝台春〕之不順，〔隔浦蓮〕之寄煞，〔鬥百艸〕之無味是也。

第二要擇律。律不應月則不美。如十一月調須用正宫；元霄詞，必用仙品宫爲宜也。

第三要填詞按譜。自古作詞，能依句者已少，依譜[一]用字者百無二一。詞若歌，韵不協，奚取焉。或謂善歌者，融化其字，則無疵，殊不知詳製轉折，或不當即失律。正旁偏側，凌犯他宫，非復本調矣。

第四要隨律押韵。如〔越調水龍吟〕，〔商調二郎神〕，皆合用平入聲韵，古[二]詞皆押去聲，所以轉摺怪異，成不祥之音。昧律者，反稱賞，是真[三]可解頤而啟齒也。

第五要立新意。若用前人詩詞意爲之，則蹈襲無足奇者；須自作不經人道語，或翻前人意，便覺出奇；或祇能錬字，誦纔數過，便無精神，不可不知也。更須忌三重四同，始爲具美。

三　古人詞

作詞既具上述之要件，由是可知詞非易於詩者。每讀古人詞，則悠然神往。雖李後主地[四]多亡國之音，然情之動人，莫或過之。惟詞宗李太白，首倡〔憶秦娥〕，悽婉流麗，成爲千古詞家之祖。李後主

[一] 譜，原作『詞』，據張炎《詞源》附楊守齋《作詞五要》改。
[二] 古，原作『左』，據張炎《詞源》附楊守齋《作詞五要》改。
[三] 真，原作『莫』，據張炎《詞源》附楊守齋《作詞五要》改。
[四] 地，疑應作『第』。

詞如〔虞美人〕之後闋[二]：『雕欄玉砌應猶在。只是朱顔改。問君還有幾多愁。恰似一江春水、向東流。』憂鬱之情，盡情畢露。〔一斛珠〕中之『些見個，向人微露』，嬌羞媚笑，露齒嗔春，描畫無遺。『嬌無那。爛嚼紅絨，笑向檀郎吐。』兒女私情，活躍紙上。『一曲清歌，暫引櫻桃破。』寫情入勝，莫能逾此。宋子京〔鷓鴣天〕中之『劉郎已恨蓬山遠，更隔蓬山一萬重』，一串相思，定縛箇緊切。所謂『刻骨相思知不知』，如出一轍。歐陽永叔〔南歌子〕中之『愛道畫眉深淺入時無』及『笑問鴛鴦兩字怎生書』，嬌戇坦露，如白銀瀉地，無孔不入。柳耆卿〔雨淋鈴〕中之『應是良辰美景虛設。便縱有、千種風流，待與何人説』，却全將風流，隱襯而出，傳情之妙，可謂筆墨皆香。再有秦少游〔如夢令〕中之『依舊。依舊。人與綠楊俱瘦』，〔河傳〕中之『小曲欄干。西畔。鬢雲鬆、羅韈剗』，『道我何曾慣。雲雨未諧，早被東風吹散。瘦煞人，天不管』，雖語涉風情，然非此不爲功也。李清照[三]〔醉花陰〕中之『簾捲西風，人比黃花瘦』，直將重九思懷，譬摹畢肖。聶勝瓊〔鷓鴣天〕中之『枕前淚共階前雨，隔個窗兒滴到明』，似乎癡語，然細揣摩之，則無一字不是真情實話，所謂清夜捫心，午宵相思，抵不得此詞一字之切。置身其中者，能不感慨系之。諸此種種，均文章不能爲此，而詞章中深刻出之。以是動人之甚者，莫如詞。花晨同夕，別景離緒，有所動乎心、感諸情，欲以文章出之者，莫如詞。蓋詞簡潔，而音韵鏗然，飽含萬種心境，刻盡入微，而令讀者爲之嘆觀止，未曾非音韵之誘人也。

上海《立信會計專科學校卅年級級刊》一九四〇年第二期

〔二〕闋，原作『闕』。

〔三〕李清照，原作『李倩照』。

星槎詞話

厲鼎煃

《星槎詞話》若干則，今見二四則。載上海《國學通訊》一九四〇年一二月五日第一輯起，訖一九四一年二月一三日第六輯，署『厲鼎煃』、『厲星槎』不一。今據此迻錄。原無序號、小標題，今酌加。

星槎詞話目録

星槎詞話

一　專以境界論詞

王靜安論詞，獨拈『境界』二字，自謂：『滄浪所謂興趣，阮亭所謂神韻，猶不過道其面目，不若拈出境界二字，爲探其本。』謹案：静安所謂境界，一稱意境，近於英文所謂illusion，詩詞劇曲小説[一]。無論其爲寫實，爲想像，皆以造成一種境界，使人神往，與之俱化。故《人間詞話》盛稱陶、謝之詩，馬、白之曲，至《水滸傳》、《紅樓夢》。然則境界可謂文學之共相，不可以限詞。今試起静安於九原而問之曰，詞之所以爲詞者，在境界耶。則必啞然無以應也。故專以境界論詞，猶非深於詞者也。

二　格情氣韻

静安又云：『古今詞人調格之高，無如白石，惜不於意境上用功，故覺無言外之味、弦外之響，

[一] 小説，原作『小誤』。

終不能與于第一流之作者也。』『南宋詞人，白石有格而無情，劍南有氣而無韻，其[一]堪與北宋人頡頏者，唯一幼安耳。幼安之佳處，在有性情，有境界。卽以氣象論，亦有傍素波、干青雲之概。』此其分別格調、性情、氣象、神韻、境界爲五，而儕境界與格、情、氣、韻之間，又似與專拈境界二字之説不倫。

三　興趣神韻境界氣象

又云：『紅杏枝頭春意鬧，着一鬧字，而境界全出；雲破月來花弄影，着一弄字，而境界全出。』似以生動爲境界，故來[二]境界成一字巧之疑。（説見邢芷衡〈論肌理〉）由今言之，境界必須生動。生動者，英文所謂vivid。境界生動，令人生敬畏之觀者，卽爲氣象；令人起愛好之感者，卽爲神韻。所以造成此氣象與神韻者，卽由作者之興趣。（興趣近於英文所謂inspiration）故滄浪之興趣，漁洋之神韻，靜安之境界、氣象，猶二五之爲一十也。觀其舉『言外味、弦外響』，與嚴、王所謂『羚羊挂角，無迹可求』，『不着一字，盡得風流』，直是一鼻孔出氣，未能跳出表聖《詩品》範圍。而以爲詞家探本之論，亶其然乎。

[一] 其，原作『甚』，據《人間詞話》改。

[二] 故來，疑有誤。

四　白石格調

靜安每以『隔』字譏白石。一則曰，覺白石〔念奴嬌〕、〔惜紅衣〕二詞，猶有隔霧看花之恨。再則曰，白石寫景之作，雖格韻高絶，然如霧裏看花，終隔一層。三則曰，白石〔翠樓吟〕『此地宜有詞仙』，便是不隔。然南宋雖不隔處，比之前人，自有深淺厚薄之別。窺其意，一若以曲直爲隔不隔之準。然靜安謂『有境界，則自成高格』，又謂白石格高而無意境，殊爲兩歧。蓋循彼之意，令人不解白石格調何以獨高也。今謂白石之詞，有意境而能狷潔，故成高格。白石之病，在婉約而不深閎，非病在無意境也。惟其婉約也，故似隔一層。然細味之，正自有意境者。後主之詞，能深閎，故又勝一籌。而蘇辛之詞，則豪放傑出，其佳處在其能歛才就範者耳，若其有境界則均也。

五　以氣象勝

靜安論詞，頰[一]主氣象，其謂：『太白純以氣象勝，「西風殘照，漢家陵闕」，寥寥八字，遂關千古登臨之口。』又云：『詞至李後主，而眼界始大，感慨遂深。「自是人生長恨水長東」，「流水落花春去也，天上人間」，《金荃》、《浣花》，能有此氣象耶。』又云：『馮正中詞，雖不失五代風格，而堂廡特大，開北宋一代風氣。與中、後二主詞，皆在《花間》範圍之外。』彼其所謂氣象，以永叔詞於豪放之中有沉著之致爲尤高，而亦稱少游淒婉之作。又謂，『嵯峨』、『蕭瑟』二種氣象，惟東

〔一〕頰，疑當作『類』或『頗』。

坡、白石，各得其一二。今案，凡此所謂氣象，卽詞家所創境界之壯美者也，然此亦文章藝術之共相，非可專施於詞者也。

上海《國學通訊》一九四〇年一二月五日第一輯，題『星槎詞話』，次題『書人間詞話後』，原分爲（一）、（二）、（三）三部分，署『厲鼎煃』

六　不可言之境界

《人間詞話》中，最爲精粹之處，厥維拈舉例句，以證不可言之境界。其言云：『古今之成大事業、大學問者，必經過三種之境界：「昨夜西風凋碧樹。獨上高樓，望盡天涯路」，此第一境也；「衣帶漸寬終不悔。爲伊消得人憔悴」，此第二境也；「衆裏尋他千百度[一]，回頭驀見，那人正在、燈火闌珊處」，此第三境也。』此等語，皆非大詞人不能道。細繹其意，似以悲天憫人爲第一境，犧牲小我爲第二境；此二者，皆『有我之境』也。若物我交融，無我之境，斯爲最高境矣。至於如何而可以造斯境，則靜安言之甚悉。其言：『詩人對宇宙人生，須入乎其內，又須出乎其外。入乎其內，故能寫之；出乎其外，故能觀之。入乎其內，故有生氣；出乎其外，故有高致。』又曰：『詩人必有輕視外物之意，故能以奴僕命風月；又必有重視外物之意，故能與花草共憂樂。』又云：『大家之作，其言情也必沁人心脾，其寫景也必豁人耳目。其辭脱口而出，無矯揉造作之態。以其所見者眞，所知者深也。詩詞皆然。』説並閎通。然皆言文學之共相，而未專言及詞。昔有人問漁洋詩詞曲之别，

[一] 千百度，原作『千古度』，據《人間詞話》改。

漁洋不能答，惟各拈一例而已。靜安謂：『白仁甫《秋夜梧桐雨》雜劇，沉雄悲壯，爲元曲冠冕，然所作《天籟詞》，粗淺之甚，不足爲稼軒奴隸。』又謂：『讀者觀歐、秦之詩，遠不如詞，足透此中消息。』含糊過去，亦未能剖析入微。

七　漸近自然

然則詞之所以爲詞者，究何在。一言以蔽之曰，漸近自然而已。詩整而曲放，皆與詞異。其工者，亦往往能漸近自然，惜終爲體裁所限耳。故靜安亦以古詩高於近體，絕句優爲律詩。論曲則專主自然。特未知古詩之所以高，絕句之所以優者，在其近於自然之語調。而曲雖有痛快淋離之觀，然以爲純屬天籟，則將置曲律於何地。故一切文學，皆以漸近自然爲工。而詞之爲詞，上不似詩，下不似曲，正尤能漸近自然者也。所謂漸近自然，卽非純任自然之謂。故詞句之長短參差，似自然之語調，然平仄清濁，卽所以限任意之弊。蓋古今文學有極不自然者，亦有純任自然者。執兩用中，其惟漸近自然乎，惟詞體足以當之。倚聲家抱一漸近自然之態度，以爲之，則必可上不似詩，下不似曲，而爲絕妙之好詞矣。詞家如夢窗之流，以律詩之法入詞，故雖富麗精工，而失其自然。詞家如彭元寵之類，以作曲之法入詞，亦遂失其雅致。故詞人實最富於中華國民性之人，以其漸近自然，而不失其雅致也。是故學究不可爲詞人，傖父不可爲詞人。宋人輯集《樂府雅詞》，着一『雅』字，可謂深得詞心矣。耆卿、山谷之貽譏詞壇，正以其有不雅詞也。詞而不雅，卽非詞矣。抑詩文並須爾雅，而詞之雅，乃在俗不傷雅，斯爲特異。所謂俗不傷雅者，卽漸近自然之謂，亦卽口語雅化之謂。

凡眞正士君子，談吐必不粗鄙[一]。故詞人吐屬，自必爾雅。靜安推尊五代、北宋之詞，至並其淫鄙者而亦稱許之，則好奇之過也。詞既以俗不傷雅，漸近自然爲尚，故意境最狹，格調最高。詞之所以可貴，端在於此。推原國人創造詞體之由，實在于國人尚中庸之性習。則雖謂詞爲中國文學之代表作，可也。

八　漸近自然之詞

後主之詞，言歡娛者，如『歸時休放燭[二]花紅，待踏馬蹄清夜月』；言悲愁者，如『故國不堪回首，明月中』，皆絶妙雅詞也，皆漸近自然之詞也。若『幾曾識干戈』，『垂淚對宮娥』，駑劣衰殺，則有純任自然之病，斯爲集中下乘。

九　空靈動盪之句

飛卿之詞穠豔，其佳處，正在其空靈動盪之句。『江上柳如烟。雁飛殘月天』，『雙鬢隔香江，玉釵頭上風』，皆絶妙雅詞，亦卽漸近自然之詞。〔更漏子〕換頭處，『梧桐樹。三更雨。不道愁離正苦。一葉葉，一聲聲。空階滴到明』，淒厲不忍辱讀[三]，然聶勝瓊『枕前淚共階前雨，隔個窗兒滴

[一] 粗鄙，原作『組鄙』。

[二] 燭，原作『獨』，據《全唐五代詞》改。

[三] 辱讀，疑當作『卒讀』。

到明』，則舉重若輕，大有出藍之概。韋端己之詞，不愧大家。〔菩薩蠻〕『弦上黄鶯語』，固已膾炙人口；〔女冠子〕一闋，『四月十七，正是去年今日别君時』，何其信手拈來，都成妙諦也。細審之，亦不過漸近自然而已，俗不傷雅而已。

一〇　旨乖立誠

近人多好馮正中詞。馮夢華、成肇麐、王静安，尤喜稱道。然延巳專蔽固寵，亡國大夫，詞雖溫厚，旨乖立誠。『和淚試嚴妝』，活畫出一善妬蛾眉來，余無取焉。

一一　歡娱之詞難工

歡娱之詞難工。後主〔玉樓春〕而後，惟晏同叔〔破陣子〕『笑從雙臉生』，差堪繼武。

一二　小山興會

小山〔鷓鴣天〕『當年拚教醉顔紅』，亦耆卿『衣帶漸寬終不悔。爲伊消得人憔悴』之意。然小山興會較高。静安舍晏而取柳，所未解也。

一三　最高境界

少游『醉臥古籐花下，了不知南北』，力竭聲嘶，有『鳥之將死，其鳴也哀』之概。此正静安所謂最高境界。若『可堪孤館閉春寒，杜鵑聲裏斜陽暮』，『郴江幸自繞郴山，爲誰流下瀟湘去』，尚屬有我之境，非其至者。而東坡、静安，分别賞愛，疑其不及山谷之獨具隻眼矣。

一四　蘇辛詞可愛處

蘇辛詞可愛處，如『春色三分，二分塵土，一分流水。細看來，不是楊花，點點是、離人淚』，如〔武陵春〕：『走去走來三百里，五日以爲期。六日歸時已是疑。應是望多時。　鞭個馬兒歸去也，心急馬行遲。不免相煩喜鵲兒。先報那人知。』正以其漸近自然。若『大江東去』，『明月幾時有』，在當時已不爲人所許。易安所譏，當是此等。幼安集中，每有『效易安體』之語，知其漸漬於李詞也深，故不失爲詞壇將帥。若改之『燕可伐歟曰可』，直是以詞爲戲。其旨雖正，其詞不足道也。静安偏嗜辛、劉，未喻其旨。

一五　白石最近騷雅

白石詞最近騷雅，且以擅長音律，故當爲南宋一大家。惜其柔若無骨。如〔揚州慢〕，『廢池喬木，猶厭言兵。漸黄昏、清角吹寒，都在空城』，寧非俊語，而换頭接以『杜郎』等語，便有『陳叔寶全無心肝』之譏。集中上乘，當推『昭君不慣胡沙遠，但暗憶、江南江北。想佩環月下歸來，化作此花幽獨』。韻物[一]不拘滯於物，神理杳渺，情緒悲惋，斯爲當行。〔鬲溪梅令〕[二]雖短調，而清新

[一] 韻物，疑當作『詠物』。

[二] 鬲溪梅令，原作『隔梅溪令』，據《全宋詞》、《詞譜》改。

馨逸，自饒名貴。

一六　李易安自然入妙

李易安，論詞極精，其所作，亦不在李後主下。其淺語如『和羞走。依門回首。笑把青梅齅』；其淡語，如『笑語檀郎。今夜紗窗枕簟涼』；淒婉語，『多少事，欲説還休。此情無計可消除』；哀傷語，『守着窗兒，獨自怎生得黑』；感慨語，如『風休住。蓬舟吹取三山去』；皆不假雕琢，自然入妙。惜二李遺文多逸，全豹難窺。然要其咳吐珠璣，並登大雅。蓋君王失位，哲婦悼亡，天下傷心，莫大於此。宜其有句皆佳，無言不妙也。然〔武陵春〕『也擬泛輕舟』，遂來晚節不終之誣。立言之之[一]不可不慎也如此。

一七　玉田碧山

玉田洞曉音律，而爲律所奴，又在白石之下。碧山身仕胡元，而爲故國之思，以視許魯齋、吳梅村二祭酒，有喋喋多言之恨。

一八　工爲淒楚

昔人疑納蘭容若貴，項蓮生富，而工爲淒楚之詞。殊不知富貴場中，正自有傷心人。然《飲

[一] 之之，疑衍一『之』字。

水》、《憶雲》，並擅小令，不工長調。盡善者，其惟蔣鹿潭乎。水雲而後，惟彊村、蕙風差堪繼武。蔣丁洪楊之劫，朱況當庚子辛亥之交，家國之感，宜多可悲。然丁丑以還，詞家銷聲匿迹，而瞿庵師詠金陵，乃有『此地慣偏安』之歎。有志斯道者，正當含況度蔣，直追二李，而爲詞壇放一異采也。

上海《國學通訊》一九四〇年一二月一二日第二輯，題『星槎詞話（續）』，次題『書人間詞話後』，原分爲（四）、（五）兩部分，署『厲鼎煃』

一九　詩詞分疆

劉公戩[一]體仁《詞繹》曰：『「夜闌更秉燭，相對如夢寐」，叔原則云：「今宵剩把銀釭照，猶恐相逢是夢中」，此詩與詞之分疆也。』沈東江謙曰：『承詩啓曲者，詞也。上不可似詩，下不可似曲；然詩曲又俱可入詞。貴人自運。』

按：劉說不及沈，『夜闌更誰秉燭』，宋人有用入詞者矣。

二〇　生香眞色

又曰：『白描不可近俗，修飾不得太文。生香眞色，在離即之間。不特難知，亦難言。』又曰：『詞要不卑不亢，不觸不悖，驀然而來，悠然而逝。立意貴新，設色貴雅，構局貴變，言情貴含蓄。如驕馬弄銜而欲行，粲女窺簾而未出，得之矣。』

[一] 劉公戩，原作『劉公職』。

案：沈説頗多中肯，然亦有太拘隘處。賀黄公裳《詞筌》云：『小詞以含蓄〔一〕爲佳。亦有作決絶語而妙者，如韋莊「誰家年少足風流。妾擬將身嫁與、一生休。縱被無情棄，不能羞」之類是也。牛嶠「須作一生拌，盡君今日歡」，抑亦其次。柳耆卿「衣帶漸寬終不悔。爲伊消得人憔悴」，亦即韋意〔二〕而氣加婉矣。』可補沈説所不及。

二一　詩詞曲分界

王阮亭士禎曰：『或問詩詞曲分界，予曰，「無可奈何花落去，似曾相識燕飛來」，定非《香奩》詩；「良辰美景奈何天，賞心樂事誰家院」，定非《草堂》詞也。』

按漁洋此説，殊未了了。董文友《蓉塘詞話》曰：『嚴給事與僕論詞云，近日詩餘，好亦似曲。僕謂，詞與詩曲，界限甚分，似曲不可，似詩仍復不佳。譬如擬六朝文，落唐音固卑，侵漢調亦覺傖父。』其説稍暢，究不若〔三〕鄙人『以漸近自然，俗不傷雅，爲詞之分野』，明白可據也。

上海《國學通訊》一九四〇年一二月一九日第三輯，題『星槎詞話補義』，原分爲（一）、（二）、（三）三個部分，署『厲星槎』

〔一〕含蓄，原作『含苔』，據《皺水軒詞筌》改。
〔二〕韋意，原作『幸意』，據《皺水軒詞筌》改。
〔三〕若，原作『茗』。

二二 譯詞

我國之《詩經》、《楚詞》、漢賦、樂府、唐詩、元曲，西人多知之矣。至於宋詞，則絶鮮知者。此張師叔明所以有譯詞爲西文之意。歲在己巳，余始從事於此。首成柳耆卿〔雨霖鈴〕一闋，師大稱美，而余實未能自信，特以求教於錫山某前輩。某前輩固以擅倚聲名當時，而又嘗譯哥斯密〈隱士吟〉爲五言古風，馳譽遐邇者。亦許以選辭精當，音調茂爔。余誠受寵若驚，而愈不敢信也。然自是頗留心於此事矣。越數載，師奉命出使，軺車將發，復以譯詞相勗。余以張志和〔漁歌子〕、李後主〔相見歡〕諸闋進，皆附小傳、註釋、評論，師益善之。而譯稿於是滋多，而猶未遑卒業。蓋鄙意以爲譯詞固難，精選名家之作尤難，若任情取捨，則事等兒嬉，未免爲識者詞冷[一]。必也如江文通雜體詩所謂無乖商榷者耳。坐是，所讀唐以來詞籍日富，而所譯仍不過數十首而已。

今秋來滬，聞韓師湘眉有李易安《漱玉詞》之譯，余大欣喜，以詞品與女子爲近，此不但余意爲然，徐英君亦若是也。易安之詞，出色當行。且明誠夫婦並擅文藻，求之於古，則秦嘉、徐淑；求之於外，則羅伯與伊麗莎·白朗寧；求之於今日之中國，則張、韓兩師。李詞之譯，信非湘眉先生莫屬矣。余從其後爲之考訂聲律、釋解典實、搜羅評論，而姑衍其大意焉。樂乃無藝。偶閲林語堂先生《我國與我國人》My Country and My People，見其中有辛稼軒〔醜奴兒〕一首，不禁空谷足音之感。亟録於左，以爲詞壇佳話。至如林君賡白譯法人詩爲〔浣溪沙〕，某君又譯詞爲琅都Ron-

[一] 詞冷，疑當作『齒冷』。

deau。吾誠愛之重之。然以爲能傳原文體製風格，則未也。

The Spirit of Autumn　林語堂譯
Hsin Ch´ichi　辛棄疾
Translated by Lin Yutang　醜奴兒
In my young days　少年不識
I had tasted only gladness　愁滋味
But loved to mount the top floor　愛上層樓
But loved to mount the top floor　愛上層樓
To Write a song pretending sadness　爲賦新詞强說愁
And now I′ve tosted　而今識盡
Sorrow′s flavors　bitter and sour　愁滋味〔二〕
And can′t find a word　欲說還休
And can′t find a word　欲說還休
But merely say　卻道
What a golden autumn hour　天涼好個秋

上海《國學通訊》一九四〇年一二月二六日第四輯，題『星槎詞話外編』，署『厲星槎』

〔二〕 愁滋味，原作『愁流味』，據《全宋詞》改。

二三　譯李後主詞

初，余從友人處，獲覩納蘭容若《飲水》、《側帽》詞，聞別有足本，求之經年，乃得覆印《榆園叢刻》本。既讀訖，便以獻之海鹽師。時師方乘軺西行，有志於譯詞之事也，退而復購得一册，迴環諷誦，至今藏諸經笥。來滬日，與師續議譯詞事，先從《李清照集》入手，而余秉鄉先舉[一]陳公含光之教，猶擬譯李後主詞。因李詞而憶及納蘭詞，遂更取坊本讀之。蓋今世詞曲之學盛行，榆園舊刻，今已一再摹雕，或付活字擺印，求之甚易易矣。

二四　納蘭容若佳句

余既有《星槎詞話》之作，近來腦力大衰，記憶苦不分明，涉筆記所見聞，以爲『詞話叢編』，儻亦嗜倚聲者，所樂與相印證者也。

卷一佳句，如：

心字已成灰。（〔憶江南〕）

天咫尺。人南北。不信鴛鴦頭不白。（〔天仙子〕）

閒教玉籠鸚鵡、念郎詩。（〔相見歡〕）

寂寂鎖朱門。夢承恩。（〔昭君怨〕）

[一] 鄉先舉，疑當作『鄉先賢』。

花月不曾閒，莫放相思醒。（〔生查子〕）

總是別時情，那得分明語。（〔生查子〕）

空將酒暈一衫青。人間何處問多情。（〔浣紗溪〕）

賭書消得潑茶香，當時祇道是尋常。（〔浣紗溪〕）

我是人間惆悵客，知君何事淚縱橫。斷腸聲裏憶平生。（〔浣紗溪〕）

須知淺笑是深顰。十分天與可憐春。（〔浣谿紗〕）

曲罷髻鬟偏。風姿眞可憐。（〔菩薩蠻〕〈爲陳其年題照〉）

絲絲心欲碎。應是悲秋淚。淚向客中多。歸時又奈何。（〔菩薩蠻〕）

半晌試開奩。嬌多直自嫌。（〔菩薩蠻〕）

其通體佳妙者，如：

山一程。水一程。身向榆關那畔行。夜深千帳鐙。　風一更。雪一更。聒碎鄉心夢不成。故園無此聲。（〔長相思〕。王靜安《人間詞話》云：『壯觀境界，求之於詞，唯納蘭容若〔長相思〕之「夜深千帳鐙」，〔如夢令〕之「萬帳穹廬人醉。星影搖搖欲墜」，差近之。』）

東風不解愁，偷展湘裙衩。獨夜背紗籠，影著纖腰畫。　爇盡水沈烟，露滴鴛鴦瓦。花骨冷宜香，小立櫻桃下。（〔生查子〕）

誰道飄零不可憐。舊遊時節好花天。斷腸人去自經年。　一片暈紅疑著雨，晚風吹掠鬢雲偏。倩魂銷盡夕陽前。（〔浣溪紗〕〈西郊馮氏園看海棠因憶香嚴詞有感〉）

楊柳千條送馬蹄。北來征雁舊南飛。客中誰與換春衣。　終古閒情歸落照，一春幽夢逐遊

絲。信回剛道別多時。（〔浣谿紗〕〈古北口〉）

新寒中酒敲窗雨。殘香細裊秋情緒。端的是懷人。（一作『才道莫傷神』）青衫有淚痕。相思不似醉。悶擁孤衾睡。記得別伊時。桃花柳萬絲。（〔菩薩蠻〕）

問君何事輕離別。一年能幾團欒月。楊柳乍如絲。故園春盡時。　春歸歸不得。兩槳松花隔。舊事逐寒潮。啼鵑恨未消。（〔菩薩蠻〕）

驚飈掠地冬將半。解鞍正值昏鴉亂。冰合大河流。茫茫一片愁。　燒痕空極望。鼓角高城[一]上。明月近長安。客心愁未闌。（〔菩薩蠻〕）

蕭蕭幾葉風兼雨。離人偏識長更苦。欹枕數秋天。蟾蜍早下弦。　夜寒驚被薄。淚與鐙花落。無處不傷心。輕塵在玉琴。（〔菩薩蠻〕）

爲春憔悴留春住。那禁半霎催歸雨。深巷賣櫻桃。雨餘紅更嬌。　黄昏清淚閣。忍使花飄泊。消得一聲鶯。東風三月情。（〔菩薩蠻〕）

相逢不語。一朶芙蓉著秋雨。小暈紅潮。斜溜鬟心隻鳳翹。　待將低喚。直爲凝情恐人見。欲訴幽懷。轉過回闌叩玉釵。（〔減字木蘭花〕）

其外可附載者，自度曲〔玉連環影〕[二]，及〔菩薩蠻〕回文二闋。〔玉連環影〕云：

何處。幾葉蕭蕭雨。溼盡簷花，花底無人語。　掩屏山。玉鑪寒。誰見兩眉愁聚、倚闌干。

[一] 城，原作『成』，據《全清詞·順康卷》改。

[二] 玉連環影，原作『至連環影』，據《全清詞·順康卷》改。

〔菩薩蠻〕〈回文〉云：霧窗寒對遥天暮。暮天遥對寒窗霧。花落正嗁鴉。鴉嗁正落花。袖羅垂影瘦。瘦影垂羅袖。風翦一絲紅。紅絲一翦風。

卷二佳句，如：

一片幽情冷處濃。（〔采桑子〕）

獨睡起來情悄悄。寄愁何處好。（〔謁金門〕）

蕭蕭木落不勝秋，莫回首、斜陽下。……卻愁擁髻向鐙前，説不盡、離人話。（〔一絡索〕）

菱花偷惜横波。（〔清平樂〕）

有夢轉愁無據。……知否小窗紅燭，照人此夜凄涼[一]。（〔清平樂〕〈憶梁汾〉）

相思相望不相親。天爲誰春。（〔畫堂春〕）

人到情多情轉薄，而今眞個悔多情。又到斷腸回首處，淚偷零。（〔攤破浣溪沙〕）

莫笑生涯渾是夢，好夢原難。（〔浪淘沙〕）

那更夜來孤枕側，又夢歸人。（〔浪淘沙〕[二]）

其全篇可録者，有如：

誰翻樂府凄涼曲，風也蕭蕭。雨也蕭蕭。瘦盡燈花又一宵。不知何事縈懷抱。醒也無聊。

[一] 凄涼，原作『凄諒』。
[二] 浪淘沙，原作『浪沙淘』。

醉也無聊。夢也何曾到謝橋。（〔采桑子〕） 情知此後來無計，强説歡期。而今才道當時錯，心緒淒迷。紅淚偷垂。滿眼春風百事非。一别如斯。落盡梨花月又西。（〔采桑子〕）

何路向家園，歷殘山賸水。都把一春冷淡，到麥秋天氣。料應重發隔年花，莫問花前事。縱使東風依舊，怕紅顔不似。（〔好事近〕）

將愁不去。秋色行難住。六曲屏山深院宇。日日風風雨雨。 雨晴籬菊初香。人言此日重陽。回首涼雲暮葉，黄昏無限思量。（〔清平樂〕）

淒淒切切。慘澹黄花節。夢裏砧聲渾未歇。那更亂蛩悲咽。 塵生燕子空樓。抛殘弦索牀頭。一樣曉風殘月，而今觸緒添愁。（〔清平樂〕）

欲語心情夢已闌。鏡中依約見春山。方悔從前眞草草，等閒看。 環佩祗應歸月下，鈿釵何意寄人閒。多少滴殘紅蠟淚，幾時乾。（〔攤破浣溪沙〕）

他如自度曲不見《詞律》者，附録之以備考：

〔落花時〕（一本作〔好花時〕）

夕陽誰喚下樓梯，一握香荑。回頭忍笑階前立，總無語，也相宜（一作『依依』）。 相思（一作『箋書』）直恁無憑據，休説相思。勸伊好向紅窗醉，須莫及，落花時。（〔添字采桑子〕，《詞譜》有〔促拍采桑子〕，字同句異。一本作『采花』。）

閑愁似與斜陽約，絲點蒼苔。蛺蝶飛回。又是梧桐[二]新綠影，上階來。　天涯望處音塵斷，花謝花開。懊惱離懷。空壓鈿筐金綫縷（一作縷繡），合歡鞵。（〔秋千索〕（一本作〔撥香灰〕〈淥水亭春望〉））

藥闌攜手銷魂侶。爭不記、看承人處。除向東風訴此情，奈竟日、春無語。　悠揚撲盡風前絮。又百五、韶光難住。滿地梨花似去年，卻多了、廉纖雨。

又：游絲斷續東風弱。悄無語、半垂簾幕。紅袖誰招曲檻邊，颺一縷、秋千索。　惜花人共殘春薄。春欲盡、纖腰如削。新月才堪照獨愁，卻又照、梨花落。

又：壚邊換酒雙鬟亞。春已到、賣花簾下。一道香塵碎綠蘋，看白袷、親調馬。　煙絲宛宛愁縈挂。賸幾筆、晚晴圖畫。半枕芙蕖壓浪眠，教費盡、鶯兒話。

上海《國學通訊》一九四一年二月六日第五輯、一三日第六輯，題『星槎詞話叢編之一』，次題『三讀納蘭詞記』，署『厲星槎』

〔二〕梧桐，原作『桐梧』。

珍重閣詞話

趙叔雍

《珍重閣詞話》，載南京《同聲月刊》一九四一年二月二〇日第一卷第三號起，訖七月二〇日第八號。題『金荃玉屑』，次題『珍重閣詞話』，署『趙叔雍』。今據此迻錄，釐爲五卷。原無序號、小標題，今酌加。

珍重閣詞話目録

卷一

卷三

卷四

卷五

珍重閣詞話卷一

一　首貴神味

作詞首貴神味，次始言理脈字句。神味佳則胡帝胡天，亦成名作，而神來之筆，又往往在有意無意之間，其中消息，最難詮釋。

二　神味謂通體所融注

作詞之神味云者，蓋謂通體所融注，所以率此理脈字句，而又超于理脈字句之外。若以王阮亭所謂神韻釋之，但主風韻，則或失之俳淺，非吾所謂神味矣。

三　神可自致而不可强求

神可自致而不可强求。求致力於神味，但當就常日之性習問學爲陶鎔。若謂每日整挈其神，協之聲律，萬無此理。

四 神在涵養學力

神來之作，不假理脈，而理脈自得；不假句字，而句字自潤，是在平日涵養學力兼尚。若徒有神來，而學力不足以濟之，亦徒負慧心耳。

五 詞有不得不作之一境

詞有不得不作之一境。不得不作之詞，其詞必佳。蓋神動乎中，文生乎外，是即所謂神來之筆也。文人慧心，當風嫣日媚之際，燈昏酒暖之時，輒有流連不忍之意。此流連不忍之至，發爲文章，即所謂不得不作者矣。詞心既萌，詞筆隨至，若稍縱者，亦復即逝。此境在一刹那間。試加體會，詞家當必以爲過來人之言當也。

六 詞心難求

詞筆易學，詞心難求。詞心非徒屬諸詞也，文人慧心，發乎中而肆於外，秉筆則爲黄絹幼婦，在詞則謂之詞心。所以涵養之者，要在平日去俗遠而接書勤，讀書之際，時時體帖書中之情味，使即於讀時之景物，久久書與物也，與讀者也，融成一片，庶幾近之。若讀時但知有我有書，而不以景物情致介於境中，亦不易得。

七　以情餽之讀者

作者往往完篇之後，自以爲名章俊語，而讀者每患索然，此作者不能以情餽之讀者也。慧心所托，知之者烏能無動於中。是以完篇之後，越日當循迴讀之，覺情致嫣然在紙，積月以還，更不少減，知讀者于此詞，必入彀中矣。其別有所寄，或語格迴殊，或自是名篇，但愜心賞，爲它人所莫辨其甘苦者，又當別論。

八　情有數種

情有數種，其以濃爲深者最膚淺，以淡爲深者最至摯。特以淡爲深，筆須蒼勁，非一蹴所易幾。譬如斜陽芳草，至足流連。其言人之流連者，可作濃語，情實非深。其言風物之流連者，差勝一籌。其言風物之常存，而人之不能常自流連也，情較深而語亦不能過濃。若但風物言風物，人言人，而有機括以杼軸其閒，則此中正有一彼此依依而不能常接、不如聽之任之之意。作此等語，情最摯至，而其言則非蒼勁沖淡，不易曲達矣。

九　題境絕窄

詞有題境絕窄者，若徒就題立言，雖極敏妙，骨幹必柔。若言纖芥而能拓其情理於極大，使就中有可通之理，即言雖纖而寄托大，情味自必並茂。

反之，言極大者，充其分際，必爲粗率獷暴，則亦宜約之使纖，使語纖而意境不失其大，是在錘鍊之深。

一〇　語纖而意境大

一一　學章句理脉

學詞但能學章句理脉，發纖使之廣，約博使之微，則在常日多讀，多涵養觀摩，與求詞心同，蓋有不能招之即來者在。

一二　命題之詞

命題之詞，主者於起拍即以數語籠罩全題，不必犯，不必避，而題意已在其中。此後或演繹之，或泛瀾之，率在作者。其次，先於題之前後，瞻顧迴環，而不見斧斤之跡。又其次者，始就題以立言，步驟并非。若求深周納，隨意放過，似有所指，而絕無真意，斯爲下著。

一三　詞有質樸之境

詞有質樸之境，語極沖淡，思緒覃然，不爲驚才絕豔之言，而令讀者一例顛倒，此最不易爲者。

一四　詞有新穎之語

詞有新穎之語，或意本平庸，而出之吾手，便成妙語，或摭拾一事，未經人道，或偶押險韻，特地生色，或本舊意而新之，或別立一境界以張之，要在作者之狡獪。此固非詞之正規，但能偶致以炫才，不足以此增重也。

一五　渾成之境

渾成之境，更非一日所可幾。纖巧或爲渾成之害，而語纖者意固可以渾成也。語貴直貴圓，意體貴渾成，消息至微，不可不辨。

一六　填詞構思

填詞構思，有預定之步驟。然走筆之際，又往往隨筆更易，愈操勝詣，或博或約，有時又以求協律韻，汰舊出新，是在有慧心者隨意爲之。在未舉筆前，每似意冗而難就，走筆之後，簡括爲數語，復似患意少矣。

一七　融情入景融景入情

名作輒於融情入景、融景入情時，微微以一二字畫龍點睛，俾成絕唱。

一八　第一勝著

言情愈摯，鍊字愈細，字面愈淡，此第一勝著也。

一九　詞序不易爲

詞固不易爲，詞序尤不易爲。感愴之情，於以爲楔子，又與詞不得相犯。若詞語盡入序中，則何尚乎詞。白石道人，最擅勝場。

二〇　綺麗質實

綺麗字爲詞中所必需，而用之不得其當，但覺累贅，失其真氣。至有智慧者，雖用質實之字，亦可出以清空之思。

二一　詞意不可疊

一詞之意固不可疊，而一題作數調數闋者，亦不宜相犯。其能并前人所言而激汰之爲尤妙。

二二　善用響字

詞中用字，宜有一二處用響字。此在定例陰陽四聲之外，於沈潛中見其搖曳，足以振挈全篇。然在善用者用之耳，不可强求。

二三　詞有層次

詞有層次，而不重鉤勒，所謂意方而筆圓，及其至也，意圓而筆方。

二四　濃豔之字

詞中宜有濃豔之字，如布金沙，眩人眼目，顧非陸輔之所謂詞眼。輔之所說，拙極無是處。

二五　詞中用經史成語

詞中用經史成語，須先錘鍊，使就我範圍。其用之也，須人一見知其意在言內，情融言中，而無從見其斤斧爲要。

二六　典麗語易犯傖俗

典麗語易犯傖俗。北宋人用之得當，見其氣度，南宋以還，均嫌纖卑。康伯可雖一代名手，未能脱俗。

二七　擇字

北宋未嘗不擇字而用，特認定淡爲第一義，無論何語，均簡鍊之，使淡泊而情深。此在筆端靈活，前後呼應。《花間》擇字主濃，而筆端機括，足以勝之。後此以餖飣爲擇字者，大誤。

二八　雋永之筆

雋永之筆，決不可稍稍蕪雜。一亂即無雋永之可言。

二九　字面字裏

字面字裏，各具方圓，初學者但求用之不失其規矩，及其至也，以筆力意境隨分驅遣之，使更見精采。

三〇　關鍵

填詞有二語貌似相連，而其中細味之，卻少一關鍵者，由於運思之未摯、用筆之不熟。關鍵固可明轉暗轉，卻不能省略。太明則味淺，太晦則詞斷，須在迷離中有一徑可通，方爲悟入。

三一　迷離之妙境

詞中固有迷離之妙境，然迷離中正有一真是非在，須理本可通，而姑爲迷離之詞，使人迂道以赴之，猶焚香斗室，香篆雲裊，而烟雲中正有碧紗青玉掩映其間。若但尚迷離，而無一真境，則似迷離而忘其本，詞氣惝怳，將使人不知所指。好學爲迷離語者，宜省識之。

三二　合宜之字

一詞一語，均有一合宜之字，先求合宜，再求精審，最後始以神勝。所謂合宜，指其分際而言之也。其或不獲合宜之字，則不以學者見之不廣，即造詣有所未至耳。

三三　風度佳勝

宋詞風度佳勝，亦各有偏重。小山華貴而取境不大，淮海豔宕而或失之輕俊，梅溪搖曳，敏於詞令，事理實拙，方回膚廓，玉田諧婉而中空，《草窗》、《花外》，但敷藻作貌似之説，此在讀者能各取其精，各避其失。

三四　詞最尚風度

詞最尚風度，須搖曳而不輕蕩，搖曳於字面音節，而重拙於骨幹神理。反其道者，萬非佳詞。

三五　清初人詞

清初人詞，專矜風度，而每失之纖靡，蓋並其骨幹而搖曳之也。於字面求搖曳時，於骨幹宜特求重拙，使銖兩相稱于相反之中。若並其骨幹而搖曳之，焉得不輕不靡。

三六　風度最不易求致

風度最不易求致，須在日常涵養，頻蓄於心，時上諸口，久之遂似位置其身於花明柳暗之間，偶拈韻語，風度必佳。若但在讀書上求之，必並致骨幹纖柔之弊。語之蒼潤，各有風度。白石語最蒼而風度亦最勝。風度固不徒訓側豔者也。

三七　調之諧澀

調之諧澀，亦各有風度。特於諧婉中求風度易，於促拍中求風度難，亦惟促拍中有風度，乃臻其妙。

三八　氣度

風度之外，別有氣度，消息至微，不可不察。風度指體態，而氣度指神情。其最勝者，無論語之蒼潤，氣度必雍容和緩，珠光劍氣，不足抗其明，紅英翠錦，不足喻其豔，玉堂金帶，不足方其豪貴，清歌妙舞，不足方其英華。有風度之詞，間尚得見，氣度雍容之作，尤爲罕覯。

三九　風度與氣度

風度隨語意而占勝著，爲蒼爲腴，一視其詞。氣度則蒼勁中亦宜出之以雍容。白石晚年諸作，具此勝處。

四〇　辨詞先尚渾成工穩

辨詞先尚渾成工穩，進求成就，各各不同。有以性情勝，有以新穎勝，有以精燦勝，有絕不修飾，自見風度，有刻意藻飾，英華獨絕，有豔在骨中，有蒼在言外，或一家兼數者之長。此須各就所作，逐首逐句推敲之，始可體會。

四一　言詞無非情景

言詞無非情景，而言情爲尤難。有二三虚字中，便藴無窮之轉應者，有情深而繁，多言莫罄，轉藉一二字以達之者，有委宛語鍊錘簡易，轉見深刻者。有字面拙大，而内實俳麗者，有以一二虚字振挈全篇者，有一二語中暗轉四五，而立言之意，更在暗轉之外，特其消息非於轉應中莫達者，有言極膚淺，而實藴蓄深厚者，有言此而實不指此者，但標綱領，已不勝言。至於關節所在，當在讀者隨意體會之。

四二　情語迷離直質

情語迷離直質，各有勝處。然迷離當致力於字面，直質當致力於骨幹。

四三　情語宜有含藴

情語宜有含藴，有含藴，便令人迴詠無窮。其以斬截語言情，而仍使人迴詠者，是最大筆力。

四四　凄苦之音

凄苦之音，出以華貴，爲作詞第一要義。

四五　説景須使靈活

説景須使靈活。若於靈活外更尚風度，則爲尤勝。蓋靈活方能融情入景。此理或可通之于丹青，而靈處丹青或不及盡之。

四六　説景之妙

説景之妙，範圍不尚大小，幽花纖草，亦可寄天地寥廓之情。

四七　清真不以俳語説情

清真不以俳語説情，而委婉自見，最爲難能。

四八　柳七説景最寬

柳七説景最寬，無論何物何事，一一摭拾入詞，均能位置熨帖，使傳勝情，具妙景。宋人正法，殊不易幾。

四九　詞有極淒怨而綺麗者

詞有極淒怨而綺麗者，但言時花美女，已著春老秋衰之感。此等語易爲而不易傳神。此在性情襟抱中，當先懷此無可奈何之苦心，又復遇豔陽芳物，悵然爲感，不能無言，然後行之於筆，深之以學力，始成名篇。否則滿紙均詞家口頭之語，真意索然，何必有作。

五〇　沖淡一境

沖淡一境，不易銓次。大約隨意說一事一物，使事物之情致宛然者，初乘也。不必有擇於事物，信筆言之，而情致不減者，中乘也。并吾所以言之者亦不加意，事物尋常，情致轉深者，上乘也。

五一　長調易患質實

長調易患質實。質實之作，縱珠玉并陳，不過瑰麗如入五都之市。若參以疏秀清空之氣，則位置得當，始足移人。此在得力於風度以濟之。

五二　詞須雅入而厚出

詞須知雅入而厚出，則無輕纖之弊。雅入由外而内，用文字以寫吾心於外，謂之詞藻。厚出由内而外，寓吾心於文字，謂之骨幹。不雅入，其失在表，不厚出，其纖在骨，尤犯人忌。

五三　詞無非言情言景

詞無非言情言景。言情者婉約以達意，詞之正規也。言情多半得力於天分，天分不高，作者之情，何由而達。能有妙語，其次賦景，流連風物。賦景者但摭取耳聞而目見之事，停勻位置。天分稍遜者，猶可以學力拯之。

五四　詞心之慧

有天分者作妙詞，非詞筆勝也，詞心之慧，百倍詞筆，信手拈來，直不自知其何自而得之。其徒以學力勝者，則同於苦吟矣。

五五　善爲詞者

善爲詞者，信手所得，與求之而得者，少有差第。蓋學養均深，信手而得者，先之以涵索，智慧日增，詞心日利，一觸即發，召之亦即來。其僅僅得力于學力者，自不若得力于涵養之妙。

五六　詞家有機鋒語

禪宗有機鋒語，詞家亦有機鋒語，似入頓教，便成圓覺，拈花心印，無從明言。惟此機鋒之中，正有可以證入之道，特凡夫下愚，不能知之耳。詞中機鋒語，固不難作，惟機鋒語之求得證入者，正自不易。然不能證入而作機鋒者，將謂之何。故欲一試詞家南宗者，尚須先自參悟證入。

五七　詞有最高之境

詞有最高之境，言烟雲花月，而真意不在焉。非不在也，吾心可以驅策烟雲花月也。蓋吾心之高超，更在此天機活潑之外。此何等景界，求之要在作者之胸襟耳。

五八　有妙諦在者

詞中有必不可能之語，必無之事，然信爲妙詞，且一見知有妙諦在者，此亦南宗語也。

五九　言花月而別立一意

詞亦有言花月，而別立一意，以重言之者（並非寄託），譬如風月移人，實則風月不能移人，風月中正有移人者在，即持此以言風月，其所造詣，必較高矣。言時花美女，舍花女而言其所以時，所以美者，意更深遠，即藉所以時，所以美者，而推衍其意，亦必多妙諦。此舍其軀幹而標舉其神會，文字而通于哲理矣。

六〇　風度流露

風度流露，往往於疏秀語見之。風度固不僅主疏秀，特於疏秀處易見耳。言風度者，固不能離文字以求之，然亦不能泥于文字。字面可求者，則假手於字面，字面不可求者，則假手於神會。譬如言景則貴生動，奇花瑤草，當使於淩風浥露時，見其風度。至風露之明言與否，則在作者之驅策耳。

六一　質實語可見風度

質實語一例可見風度。若《淮海詞》中，觸目即是金玉琳瑯，字面堆砌，雖質實之語，同具風度。彼專以『東風裹、朱門映柳，低按小秦箏』爲風度者，是僅知疏秀之風度，而不知質實之風度，一閒猶有未達。

六二　詞筆詞心

詞筆佳則文字勝，詞心佳則風度勝。就詞筆以求詞心，不如捨詞筆以求詞心，泥文字以言風度，不如捨文字以言風度。其不獲於詞心，而僅於文字上求風度者，學爲生動之語，必趨纖滑一流，轉見其弊。

六三　學爲風度與學覓詞心

欲求學爲風度，不如學覓詞心，二者均不易求得者也。學爲風度，當取古人名作風度絕勝者，吟迴久久，最後詞語雖忘，而風度猶在，似我已著身爲詞中之人，然後行文走筆，以詞中之人，寫詞中之情景，詞心自然湧現，詞筆亦必有風度可見矣。

六四　讀詞之法

讀詞之法，首窺作者之性情襟抱。蓋詞本抒寫性靈之物，而性情襟抱，既不易懸鵠以求，且或有轉足以限制人之學力者。讀詞能首加致意，則積久之後，性情可以陶融，襟抱可以開朗，自進益於不自知之中。

六五　體製品格風度氣度

就詞言詞，當先研考其體製、品格、風度、氣度。體格，即章法也，品格則辨其高下，爲厚爲佻，風度求其雅潔搖曳，氣度求其雍容和粹，然後更及鍊字琢句。起應承合，詞之工拙，於此盡之。

六六　詞氣能疏秀見風度

詞氣能疏秀見風度，則字面雖精金美玉，不嫌其七寶樓臺。言情之作，每長風度，又輒失之空泛。須堆砌而能疏秀，搖曳而不見空泛，始爲允作。言情之空實，不可强求。蓋情本吾心所發，蘊諸寸衷，磅礴瀰漫，然後登之楮墨，揮轉自如，自然佳勝。其强求之者，心本無情，貌爲情語，縱筆力可勝，句字停匀，是哲匠耳，何名爲情。

六七　含蓄之情

言情須含蓄之情，多於文字，似以吾滿心所蘊蓄，寄托于此數十百字之間，迴環而不能盡之，爲事正不易易。其胸無所有，以强填一調者，必失之空，殆無疑義。

六八　詞之空質

詞之空質，在文字謂之泛，謂之實，在吾心謂之真，謂之僞。情真則所藴自深，情僞則本無所蓄，謂之泛實，無甯謂之真僞。

六九　能品

言景之作，亦有一境一物，往復流連，布置停勾，亦爲名作者，特能品耳，未足爲神品也。

七〇　言景之作

言景之作，有以目中所覩者，并兩三語爲一語言之，此語自已妙勝。此外或更因景及情，或並情語超而空之，能用極拙之筆，而不覺其枯寂，字畫沖淡，而字字對景以發，不落泛套，斯爲名作。

七一　情景雜糅之作

情景雜糅之作，所見者景，所思者情。以有所見，方有所思，以有所思，遂似更有所見，遂似所見者益生感會，此中正有不少迴環。故此等語，言景質實，言情清空者，初乘也。言景清空，言情質實者，中乘也。清空質實，藴之於字裹行間，而不見諸文字者，更上乘也。并二者而超空之，言景不嫌其實，言情不嫌其空，所語不在情景，而實合二者於一體，最上乘也。

七二　用質實字而不見其質實

用質實字而不見其質實者，法有數端：一、字裏行間有清空之氣，吾能運用之，而不爲所滯。二、風度搖曳，遂不覺其字面之質實。三、筆端有力足以制之。四、位置停匀，令人莫察其爲質實。

七三　用經史成語之法

用經史成語之法，須擇與題面合者用之，厥有四法：一、摭取其字面吻合者用之，人且渾不見其類經史語。二、因其原文稍爲穿插，使就詞筆。三、用其一二字，人人知其爲經史之字，而以造句得法，遂不嫌其方剛。四、取經史之意鎔鑄之，此在先能熟覽，使供驅策，便成活著，隨意位置，無往不合。總之，無心用者，勝於有心，一有心，便患斤斧之有痕迹。

南京《同聲月刊》一九四一年二月二〇日第一卷第三號

珍重閣詞話卷二

一　風度與詞如影隨形

詞固有譜有腔律，可以叶而歌之。是以宜參以氣度，使幽蒨雍容，各極其致。蓋『曉風楊柳』之作，一登氍毹，『黄河遠上』之詞，旗亭畫壁，在歌者必濟之以體態，始極其妙。倘無氣度，則詞雖佳，若泥塑美人，毫無生氣，拍歌者將何從濟之以體態耶。美人之美，歌者之歌爲一事，體態爲又一事。通乎此者，始知詞中之必需風度。風度與詞，如影隨形之至理，于此可證。

二　幽蒨華貴哀怨

幽蒨絶頂，華貴絶頂，哀怨絶頂之作，均不易爲。常人輒一涉幽蒨，便成衰頽，一涉華貴，便成俗劣，一涉哀怨，便成誹亂，此中消息，不可不慎。

三　學力與天分

詞有精金美玉之能品，有天然情致之神品，一在學力，一在天分。在學力者有蹊徑之可通，在天分者無可希冀於萬一。

四　宜立言重大

言情言景，均宜立言重大。重大者易流於拙，須語重大而情有至理。至理所存，自然智慧。懷智慧以言重大必佳，捨智慧以言重大多拙。

五　詞固重拙

詞固重拙，然拙宜于無字處位置之。若能以拙語申慧思，或語情並拙，而詞則特佳，此最難事，非深于學者，不可妄冀。

六　新穎纖冶之語

用新穎纖冶之語，貌似婉約者，往往轉成拙訥。拙固有二境，最佳者求拙，最劣者亦拙，拙於此而長於彼者佳，其訓笨伯者爲劣境矣。梅溪或蹈此失。故婉約之筆，宜以真智慧出之，不能徒乞靈於字面。

七　雋語當有真情

雋語當有真情，否則流爲佻蕩，其境至不易別。蓋即以真智慧强作雋語，亦且多佻，遑論其他。

八　詞面求拙

詞面求拙，拙而能成就，則已屆爐火純青之候矣。拙與方不同，拙者情拙，方者言方。方中亦有優劣，語方則須意圓，語圓則求意方，共並行者，且兩失之。

九　以真性情發清雄之語

辛劉並稱，辛實高于劉。蓋辛以真性情，發清雄之語，足以喚起四坐靡靡，別立境界，其失或疏或獷，則爲雄之所累。有辛之清，抒辛之雄，不免此失，無其清而效其雄者可知。實則清根於性情，雄由於筆力。綜覽全集，亦有〔祝英臺近〕等不雄之作，而無不清之作，斯實由於真性情所寄託。彼貌爲狂放者，當知所鑒矣。

一〇　詞成後細誦之

一詞既成之後，必加循誦，至於數四。往往填詞之際，按聲循律，意緒稍紊，或專尚華豔，而失清真之趣，或過於餖飣，而無貫通之力，則於詞成後細誦之，可謀改定。其誦之也，當如讀前人之詞，以己身設想入於詞境，玩索久久，則某字失黏，某字不工，某字不貫，其病灼然可見矣。

一一　境真而脉順

設身入詞境，設想循詞脉，境真而脉順，大體粗備矣。但在循誦已作時，必須視之如前人之作，不假絲毫私意於其間，則癥結始可畢露。

一二　選詞之法

選詞之法，選昔賢名作，必須將其全集玩索一過，知其專精所在，學力所诣，依此門徑，而取其尤勝者。然專工豔冶者，其餖飣纖靡之作，亦固不能入選。大抵主其所長，而又不廢其所兼備者，斯爲合格。主於中者，當先立吾箇人之準則。如言沈著，須先知以何者爲極沈著之能，某家詞有類此者亦輯錄之。如言風度，須先知以何者爲極風度之勝，某家詞有類此者，則輯錄之。至於操選政者，在中流以下，或雖填詞比附風雅，而拙訥木强，莫窺詞中之消息，則訊以何者爲風度，或不能答。或以輕佻爲風度焉，或以少骨幹而但尚搖曳者爲風度焉，或以貌似清空之語爲風度焉。凡此本人尚不能知之，胡能論列前人之作。其所選自不足觀。好事操觚者，其知所慎乎。

一三　備家數之詞選

備家數之詞選，在存一邦之文獻。或以人名而存詞，或以詞名而存人，或人詞並不著於當世，而前輩碩學，故交風雨，當爲少留其鴻爪。凡此之類，但當取其人全集觀之，酌錄其佳勝者。其次但檢其首尾完整，少有趣味，偶有合式之作，便爲蒐羅。更其次者，降格以求，則取無顯見之劣處，首尾勻淨者輯之而已。蓋語務高深，則此輩率遭擯棄，又將安得以傳其人耶。

一四　不知消息之過

往往有一時碩彥，博通經籍，出其餘緒，以拈詞律，舛訛百出。其最佳之作，但摭取前人吐棄之第一義而引申之,花明柳暗,能不失其位置,已稱停匀。其次者師辛劉則暴涉於獷,師周王則纖及於薄。似此縱積至三十五十卷,亦糟粕之尤。此蓋不知消息之過,似日日邅迴門宇,而不得其戶庭,則登堂入室,無論如何,終隔一塵矣。選此輩之詞,最難著手。

一五　情勝於詞

鄉里士人,輒有所作詞,外表甚訥,而骨幹殊强,語亦疏秀者。或用字極重極拙,雖筆力不足迴旋,而通體尚有真情者。大抵此等文字,情勝於詞。以情發乎靈府,通乎襟抱,無往不可。若詞筆則須學力天分兼到,非信手拈來者所易致。

一六　有清之弊

有清自王阮亭以疏秀取勝,風度均近纖懦,重拙之妙,無復偶見。人人涉想於清空中作綺情語,搖曳爲主,雍容爲用,末流之弊,不可勝言。既而又有以辛劉爲宗者,遂出粗獷之語,自謂起八代之衰,蓋視阮亭,矯枉過正,其失遂等。於是清詞不歸綺靡,便歸雄獷。至張茗柯出,而寓疏秀於清雄,曲遂流暢之美,而不使之涉於纖佻,其道稍重。然常州詞人,自茲以後,犯阮亭者幾已絕無,而犯粗獷者猶復不免。今就此以操選政,亦甚矣其憊矣。

一七　一代有一代之成規

詞于文字,一代有一代之成規。唐主蕃豔,南唐因之。北宋尚骨幹清遒,南宋尚麗密琱飾。元承南宋，又少少間以疏朗。明最靡陋。清初主綺靡，既尚雄獷。茗柯出則推北宋，發事外言内之恉。其後至於半唐，沖澹沈著，力規於古，差復兩宋之舊觀。此可以論列者也。至於並世歧途，各極其勝。二主真率，韻味深長。耆卿縟繡，東山秀逸，白石蒼勁。天籟、遺山，各以雄勝。明季二陸，沈著可誦。飲水、彈指，庶幾北宋。彊村、夔笙，並師半唐，一以精金美玉，方規夢窗，一以天才逸思，自矜北宋。此則在一時風會之中，别寓獨標奇幟之志，不可例以朝代而推定者矣。

一八　說迷離語

說迷離語而就中影射一事一物者，頗不易爲。蓋既須切此事物，又須特作迷離，二者消息，并存不背。求工者但當以智慧之筆，運空靈之思，使其如夢如影，無所沾滯，而又不失黏，庶乎得之。

一九　改定初稿

改定初稿，見有未盡善者，當别闢新意，或别造新語以易之。然此新立之語意，亦更未妥，則亦當急擯無少惜。倘必刻舟以求劍，其所失且更大。有時一字一語，屢經改易，自見精采。掉以輕心，庶必失之。

二〇　說迷離事

說迷離事，不宜出以質實之字面。然質實字正亦不妨間用，但當於意境中求其妥洽，爲不易耳。

二一　詞中風度

詞中風度，大抵主騫舉高尚，沈刻雄潛。若字面過求搖曳，或故加琢飾，流弊所及，真氣汩如。北宋名作，與南宋之相隔一塵者，正在于此。初學詞者，尤切忌引用新穎搖曳之字面，或纖或僞，不可不慎。

二二　北宋之高在清在渾成

雕琢之弊，必爲纖脆。即一字之微，消息各異，太過與不及，即不相稱。北宋之高，在清，在渾成，於此可知。

二三　二語下貫以一語

凡詞中二語下貫以一語，則此一語必包舉前二語，始能串貫，萬不可使偏廢。

二四　鍊字

夢窗之鍊字，在鍊形容事物之字，有時從蒼勁中錘鍊得之，有時從豔冶中錘鍊得之，有時從明媚中錘鍊得之，各極其勝。然蒼勁者難，雕琢者易。

二五　寓智慧之心於蒼勁之內

智慧所及之句易學，蒼勁中見趣味之語難學。寓智、慧之心於蒼勁之內，使筆力沈潛而重大者，更無可學，當徐徐以襟抱學力鼓濟之。

二六　立境立意

詞立境之奇特，立意之新穎，或奇豔溫馨，或婉姝秀麗，或雄放豪舉，均在骨幹而不在字面。故可以騫舉之筆，寫溫麗之情，豔極之筆，寓悵感之致。若作豔詞而必餖飣於香歛之字，作豪放之詞而必託情於江風山月，已爲下乘。其更下者，但有豔詞而無豔骨，但有獷語而無雄境，立詞奚爲。

二七　上下貫串

詞一句中有轉折，然上下必須貫串方得。非但謂字面之貫串也，當重于意識之貫串也。意識之貫串，有外轉內轉，而字面亦必求其上下可連續者。儘有意義貫串而字面不協者，置之詞中，終礙人眼。

二八　詞主清而不主瘦

詞主清而不主瘦，清腴是用筆第一要義。清而瘦，寡然無味。清而腴，則厚永之音，迴翔篇幅，清在字裏，腴在行間。運腴語於清思，庶極文章之妙手。

二九　清腴淡

北宋詞於清腴之外，兼當重淡，淡當在筆底著意。蓋清腴淡三者不可偏舉，必於一句一拍一節一奏之際，時時加意，始極造語之能事。惟骨幹之說，猶不預焉。

三〇　詞之奇特當在意境

詞之奇特，當在意境，不在字句。奇於字句，便患突兀。若意境奇而字句不奇，則平淺之筆，寫奇險之情，深思之愈得其妙。

三一　厚重拙大

詞筆不可不拂拭而鉤勒之，不可少過，少過則近於雕琢，且傷詞筆之渾厚。詞於厚重拙大，爲最要義，少失之即差以千里。

三二　詞中有倜儻語

詞中有倜儻語，倜儻在風度婉轉，能使喚質實者爲生動，以無情者爲有情。倜儻之筆，偶一用之，全詞爲之生動。若數用之，則恐流於飄忽。

三三　轉折圓轉

詞中轉折，固以暗轉爲上乘。然第一義語，轉折得圓轉之妙，亦即流利可誦，不可盡廢。

三四　實字虚字

四字一句者，設用三實字一虚字。實字虚字，亦有疏密之辨。倘實字疏則虚字密，實字輕則虚字重。反此亦然，否即有沾滯空疏之弊。推之至於全詞，一時疎則一時密，一時實則一時空，當使無意求得停勻。

三五　妙句天成

諸詞以四字對句起者，最易質實，不鍊則輕，鍊之則晦澀，或不能合于全首。不若〔水龍吟〕、〔徵招〕等之神來入手，可以妙句天成。

三六　提空

換頭處最宜將筆提空。若能二三語或一節奏後，再提空之，則尤靈躍紙上。

三七　大處重處

大處重處不可學，不可不學。作忠貞珉墨等詞，尤不可無此等語。所貴在以重大之筆，出以閒雅之詞，使不方滯，則爲上乘。

三八　質實語、敘事語

質實語、敘事語，不易見工，則在領句之字，適得其度。字面不在新穎，即極通常之字，位置得度，亦足喚起有情，楚楚生致。

三九　詞不忌方

詞不忌方，方見筆力，但圓中不可著以方也。

四〇　詞之摇曳

詞之摇曳，無關調之長短。但觀唐人諸拗體小令，可以知之。

四一　忌空忌淺忌質實

詞忌空，忌淺，又忌質實。平心論之，古人所謂名作，『楊柳岸曉風殘月』，亦不免空纖。『芳草有情，夕陽無語』，則亦空語，『雁横』、『人倚』，又似質實。名作之重風度，于此可知。

四二　眼前光景

古人名句，或取眼前道得者爲之。至於今日，則所爲名語名句，眼前光景，大都已爲古人道盡，必加微汰，於以知後之勝昔，求工爲難也。

四三　詞最尚風格高騫

詞最尚風格高騫，不妨側豔。然側豔語宜有分際，少逾即便傷格。

四四　貽贈之作

貽贈之作，不問所致之何人，但當高其聲價。蓋高人正所以自高。迦陵全不諳此，殊爲可異。

四五　貌合神離

詞之絕妙語，神來之筆，不可强致。若强致之，貌合即神離矣。

四六　作詞宜由胸中發出

作詞宜由胸中發出，一氣呵成。若就心目所思者，强爲雕琢，無論如何工練，終少真氣。近人之以詞名者，未嘗不中此弊。

四七　一氣呵成之作

一氣呵成之作，未嘗不可精研字面。蓋零璣碎錦，藴釀胸中，但有真情，便可驅策，隨意運用，不致板滯。然成詞之後，字字琢磨，改易再三，以求妥洽，又恐因改易而失全體之神，違全體之格，不可不將慎也。

四八　作詞貴將筆提空

作詞貴將筆提空。若泥題爲之，無論如何，必板必滯。

四九　靈機

詠景之作，貴將眼前光景，瞑思體會，得其一點之靈機，又於此靈機既動，光景絶佳之際，著之以我。所著非我也，我之靈機也。我之靈機，使與光景之靈機相合，其身已飄然而不自持。擷此靈機以爲詞，必臻妙諦，然斯境非易致也。

南京《同聲月刊》一九四一年二月二〇日第一卷第三號

五〇　含嗜尤貴得當

詞之爲道，意内言外，雖格調不可不嚴，而含嗜尤貴得當。此蓋極戛玉敲金之能事，鸞楠翠管之匠心者。有志於是，則遠取諸物，近窺乎情，運實於虚，潛浮於沉，要當以大塊之文章，肆其詞筆。彼由詞求詞，但竊前人精勝之語者，固非上乘，而但就文字以求詞，不先陶冶其性靈者，亦何足語於詞之極精耶。

五一　熟讀深思

史漢唐宋，魏晉六朝，佳篇名搆，但以神會，無一非黄娟幼婦，而又無片言成句，可參之詞中。然熟讀深思，則條理風骨，自見精進，又甯止典雅而已哉。

五二　填詞先學讀詞

欲學填詞，不能不先學讀詞。讀詞首在流誦諧適，使其音節停匀，諧適閒雅，久玩之自漸生其神味。待神味充韶，似讀者即會心爲作者，然後再因其理脈段落，而觀其擒詞敷藻[一]之所在，則思過半矣。

五三　濃淡、雋永、清腴、淵穆之辨

詞中濃淡、雋永、清腴、淵穆之辨爲最難。蓋於中之消息至微，可以意會，不可以言宣，惟多讀斯能知之。

五四　先認定作詞之意

作詞之前，當先認定作詞之意。縱隨意漫吟，亦宜有所本而發之，斯爲不空。若徒以藻采黻飾，

〔一〕擒詞敷藻，或當作「摛詞敷藻」。

則窮其工極，不過麒麟楦，烏足以云意內而言外耶。

五五　格局字面

詞有格局，有字面。格局取觀於通體，字面求工於推敲。格局貴緊密停匀，充其極則胡帝胡天，自有妙造。字面貴適當，無論工否，須適合其分際，使後來競勝標新，而仍不得少爲移易。進於此二者，則當取徑於氣息。或標一家之長，或兼諸家之勝，造詣所得，蓋各隨其學力天分之所至矣。

五六　用字名貴爲上

詞中用字，名貴爲上，雋永次之。但以新穎藻飾者，殊不足尚。

五七　吐屬貴俊雅

吐屬貴俊雅，不獨詞爲然也，而詞尤尚之。俊雅非求諸古人不可得，是又在讀名作時加之意矣。

五八　格局氣機

格局之外，別尚氣機。蓋格局猶有蹊徑之可尋，而氣機則在慧心之所極。氣機首在通靈，少失之滯，便索然寡味。以有形停匀之局，寓無形靈神之機，則庶幾其爲傳作。

五九　拙語諧婉語

詞應有拙語，應有諧婉語。拙語須出之至靈之境，否則流爲木訥。諧婉語須出之清疏之境，否則流爲輕滑。兩者消息，正不易辨。

六〇　詞有迷離之一境

詞有迷離之一境。言語無跡象，意詣當令自在，不假文字，情況宛然。要使文字反成贅疣，明言轉傷質直，方爲迷離之至境。然少一不慎，無的之矢，又不足以爲訓，轉致僨事，不可不知。

六一　詞有暗轉

詞中有暗轉，帷鐙匣劍，相掩生輝。其承上文而暗轉，猶不若不承上文而暗轉，理脈自通之爲上乘也。

六二　詞當深入

詞當深入。先立一意，復轉一境，因境異則其意彌深。如是三四轉，情益勝而語益工，意亦益深，非信手拈來者，可以比擬矣。

六三　通篇致力

儘有一二俊語，以位置之不當，轉致減色，或通篇不因之而加工者，則氣機有以沮之。是須在通篇致力，以拯其失。

六四　因題立詞

因題立詞，當在認明題面。若僅以類似之語，敷衍成章，則嫌泛泛。是作者之通病，當於意指上求專以藥之。

六五　陳義高而措詞欠工

作者往往有陳義絕高，而措詞欠工者，則少讀少作之故，驅遣不能靈活，有以致之。當存其陳義，而別涵泳於名作之林以求之。

六六　融景入情

融景入情，自是詞家第一妙訣，而因融景入情之一二句，可按文隨之以作情語，情語由景轉入者，便更有據。固不僅以此一二句爲求工之止境也。

六七　標格風神形態

詠物當就物之標格風神形態以求之。其就物以言者次也，其離物命意而約指及物者爲上，但就題用典以充篇幅者爲最下。

六八　深刻穠摯

緣情之作，當有一二主要語，本其至情而發之，或深刻，或穠摯。其泛作情語，實無深入者，拾芥徧地，何貴之有。

六九　驅遣字面

詞中驅遣字面，端仗一二虛字。首貴適如其分際，宛轉貫串，而使面面均能顧到。

七〇　直起直落若明若昧

詞有宜直起直落者，若明若昧者。直起直落，不失之方。若明若昧，不失之浮。若於煙水迷離之中，而仍有理脈可尋，使讀者不能逕指，而自玩其妙，爲最上乘。

七一　詞貴襟抱

詞貴襟抱。此各人所獨秉於天，而未易强求者。求其進則在涵養於冲淡朋逸之中，而以書濟之。次貴學力。此專在讀書。讀書之功候，愚者未嘗失，而智者亦不能僥倖致之。

七二　詞境與詞心

詞境與詞心相爲表裏，亦或相反以相成。斗室之中，可以盤旋寥廓。山川之大，可以約之芥子。妙境慧心，初無限制。

七三　詞中回顧響應

詞中回顧響應，頓挫轉折，不但在長調中須求其精詣，即短調亦不可少忽。

七四　深入與暗轉

深入與暗轉，一詣可通。蓋所謂深入之義，自是味厚，耐人尋思。然數層意義，可縱之爲一闋，約之爲一語。縱爲一闋，則潛機内遣，理脈宛然。約爲一語，則意深語警，情厚致濃。而字面務求其平淺。以平淺語寫深入之義爲最厚。其暗轉於中而研鍊於外者，夢牕合作，所以别闢蹊徑，獨傳千古者在此。

七五　短調流詠全在神味

短調流詠，全在神味。一點詞心，便成一首絕唱，初不必光景事實，以爲之煊染。至神味當使淡於筆而摯於情。其情筆並淡，而綿邈移人者爲尤上。至所以能淡，端在詞心，初不能固立鵠轍以求之也。嘗自思之，於風光明媚之中，偶然觀感，有所觸發，慧根一動[一]，詞意自生。即隨意諷詠，爲此大好風光寫照，但有好筆，自博佳詞。詞心詞筆，惜不易合一人之力以兼之耳。造詣各別，有所短長，佳詞遂不可數見。

七六　詞筆詞心

詞筆就學力爲進退，尚有跡象之可尋。詞心則發乎天分，繫諸襟抱，但能陶冶而加以培植，非學力所可成就。

七七　詞有四患

詞有四患，淺俗佻薄。淺者，膚廓之語，一讀便已了了，無可下轉，此人人所能者，特當引以爲戒。俗有情性之俗，字面之俗，或所舉之典實，不登於大雅，或所造之意境，無當乎風人。佻者貌似清華，吟風月而莫見風月之真情，言中無物，漫自剽竊一二儇薄之詞，以自鳴其得意。薄者，絶無含嗜。此與淺略異。蓋淺指詞，薄指意，均不可不加以經意者。古來名家之作，猶或不免有此闕失，其病人之深可知。湔伐不易，慎之慎之。

南京《同聲月刊》一九四一年三月二〇日第一卷第四號

[一] 慧根一動，原作『慧根□動』，據《填詞叢話》卷二補。

珍重閣詞話卷三

一　詞有粗亂生窳之患

詞又有粗亂生窳之患。粗者，不擇語，不鍊字，不辨音節，不整章法，漫事掇拾，搖筆即來。文無理脈，境無遠近，情無親疏，均亂也。生者，腕力筆力，不足以達欲言之隱，雖具篇幅，而不能氣局完整，音節諧鬯。窳者，腕底字少，胸中書少，遂致縱有佳意，莫得令辭。此四患者，視前爲易辨，亦復易改。所以改之，在多陶寫，多讀書。性靈瓌慧，益之學力，珠璣咳唾，無往不工矣。

二　詞貴直而厭粗

詞貴直而厭粗，不甚易辨。實則直起直落，闊斧大刀，寫吾肝膈，不加粉飾，使真情流露於楮墨者謂之直。直與方差近。直者屬意，方者屬詞。若粗則近於獷。消息幾微，不可不辨。

三　集字成句集句成章

集字成句，集句成章。句法各異，而所以用字者，亦正各不相同。一句之中，虛實相襯，有但用動靜字，有以形容字貫串動靜字，有竟以兩名字爲比較，而藏動字形容字於其中者，此在眼中筆底，極驅遣之能事，不可以格律爲之圍範。若《詞旨》中所舉之詞眼者，餖飣疊架，不可爲訓。

四　用字貴鍊

詞中用字貴鍊，鍊之又貴得當。蓋鍊者謂用字宜適合情景之分際而已，非必以晦澀蕃豔爲工。晦澀蕃豔之字，未嘗不可用，然亦貴合其分際。鍊字首自有形者始，推之至於無形，曰飛、曰拂、曰吹、曰棲，各有其物，各因其地，各隨其時，推而衍之，不必有一定之物，而又固不能無一定之物之時之地也。即情致所寄，可以使無形爲有形，亦何嘗不可於空處用實字，但在善於位置耳。字無粗細雅俗深淺之别，但視用之者之情筆得當爲如何耳。花明柳媚，可運之爲至雅，可鄙之爲至俗，消息庶幾在是矣。

五　用字研鍊

用字研鍊，最推夢牕，而夢牕有真情真意，貫若干研鍊之字，七寶樓臺，正具棟樑，玉田之所謂『不成片段者』，非也。用字最停匀而不加研鍊者，玉田即其一人。玉田流走之致，與所用之字相表裏，故往往不嫌其疏，同工異曲。知此始足語於用字之道。

六　用字貴在熟習

用字貴在熟習，務使應絃赴拍，凑合腕底，恰有適宜之字，供我驅策。彼臨渴掘井，將圖剽襲，雖精金美璞，而未嘗潰治於先，必有斧鑿之跡，烏在其能得當耶。

七　詞中須有警策語

詞中須有警策語。縱不多得，亦必有一二處，方足使全篇生色。警策語尤以不露圭角，於渾成之中，寓綿邈之致者爲上，斯蓋近於厚矣。

八　警策語之鋒鋩特起者

警策語之鋒鋩特起者，讀之雖快人意，實則功力不深。其耐人尋詠之處，亦必不及渾成之句。而或以蘇辛自擬，以獷爲雄，比諸警策，則尤失之。蹈此弊者，三百年來，名輩固多不免。

九　跌蕩搖曳

跌蕩搖曳，作詞固不可少，而萬不可失之輕纖。所謂搖曳者，語多活著，饒有丰致，既不佻，復不弱，字面極晦明之妙，音節得諧婉之工。跌蕩者，意詣迴環不盡，深入淺出。所以造詞有聯類相及者，有比興而生者，有言此而指彼者，有特立一義以闡前義者。要跌蕩在意，搖曳於詞，而不失於厚，斯爲妙造。

一〇　功夫學力

詞之音律，熟讀可以循按。詞之家數，深思自能詳知。詞之婉曲，則非體會不可。詞之字面，尤非多讀古人名作，不易研求。此功夫學力中事，固不能以智慧倖致者。

一一　詞於換頭爲一折

詞於換頭爲一折。換頭或提之使高，或抑之使低。高者凌虚獨立，別闢新義，使爲軒昂。低者委曲盤旋，以申未盡之情。或但於諧婉中，舒其氣韵，以爲承合，要無定律之可求，水窮雲起，允爲妙喻。

一二　小令貴風神

小令貴風神。得有一二警策語，便足當行。古人每藉一二語以傳世。長調貴理脈神韻，首尾完足，不必定有超拔之語，亦是能品。至長短調並重者，厥在虚字，起承轉合，各得其宜。虚字之用於詞者，不過三五十，而用法迥異，有毫釐千里之差。然意義之深入，正全藉此虚字。用法當先求其穩稱，再求其精鍊深入。能以一二字轉一二句，至第三四義，初學穩稱，已不易得，遑論暗轉。至鍊字，則在恰合分際。若强以不相通之字用之，費解貽譏，自爲疵累。迨夫穩稱之後，再求深入，功候日深，成就自易。

一三　虚字轉接

虚字轉接，承起上下，若『恁』、『况』等字，極復相類。而各字之語氣分際境地，正有分別。不深辨者，似隨意可以俯拾，一加推敲，則或竟日不敢定斷。

一四　重大

重大之字，重大之語，重大之意，極不易入詞。而能手隨意爲之，可使詞加厚而不見斤斧之迹。此在筆靈而氣厚，非易致也。

一五　章法以理脈爲線索

章法不易範圍，要以理脈爲線索，草蛇灰線，隱隱起伏，神氣具足，即是完篇。初學理脈，最在貫串。若言凭闌，則一俛一仰，皆凭闌之情景。若言搴帷，則一舉一止，皆搴帷之意態。及其少有成就，逐步求進，則可由情推衍，以極其境，或由境推衍，以極其情。初不必以目前之範圍爲範圍，但不使與情景背馳耳。至於胡天胡帝，别一境界，爲至情所流露，尤不在範圍之中。然非學者所易幾，當别論之。

一六　詠物多尚寄托

詠物多尚寄托。寄托不必定爲頽喪。風骨崚嶒，志節磊落，一一可於詞中見之。若徒以纂組爲工，則上者已失比興之誼，次者更是金屑落眼而已。彼詠物之無所寄托而傳者，則專尚篇章音節，無論如何，不得謂爲情文並茂也。

一七　詞語首貴華貴雍容

詞語首貴華貴雍容。雖寒澀之語，亦當以華貴出之。非比詩之窮而後工。郊寒島瘦，盡作寒瘦語，小山、飲水，多作華貴語，分鑣競爽，各有千秋，可以知之。

一八　詞有性情中語

詞有性情中語，舉吾心中所欲言者，率意一吐，自成名章。然筆力較弱者，不能以筆運意，只可增減其意，使就篇幅，一增減間，遂往往失其本意，無論拓之使遠，約之使邇，要有磨琢，即非完璞。而或者筆端恣其豪放，又失之獷，二弊斯同。若有大筆力以運真性情，於零金碎玉之間，不失凌雲健翮之志，斯極詞之能事。

一九　詞中有僞之一境

詞中有僞之一境，切當引以爲戒。僞者，指事詠物，初無寄托之成心，而漫加拂拭，學作纖靡之語，但求貌似神儁，實則絕無幹骨，雖有佳句，烏足爲訓。不如質直之中，不能工者雖有小疵，尚有真意流露之爲得矣。

二〇　學詞家數

學詞家數，當先就一家之稍有跡象可模者，師之極熟，然後進易他家。及其至也，深思熟讀，或奄有衆美，或別闢徑蹊，信手拈來，都成妙諦矣。

二一　詞意貴珍重

詞意貴珍重，所謂怨誹而不亂也。珍重二字，至不易爲詮釋，前人詞論，亦未嘗專及之。今姑爲至拙之解以申之。如言花開，則不即顯言花開，當自含萼放苞時説起，先想望花於未開之前者甚殷，則花開時之情，已在意中。若再深一步言之，想望於未開之前，雖未開而必有可開者在。及其既開，則又想見其萎謝在即，萬不可負此須臾盛放之時。蓋自未開想其開，而更想見其開後即落，轉似不如長此含苞之爲可寶可貴。迴環往復，自無一非珍重之情。推此花開之例，感時指事，烏有不蕩氣迴腸者歟。

二二　詞爲溫柔婉約之至文

詞爲溫柔婉約之至文，故在在宜認定婉字。可迷離者迷離之，可曲達者曲達之，可比興者比興之。彼言杏花而曰燕子，言梅花而曰么鳳者，亦不過曲達其事，使於情益爲宛轉耳。

二三　詞心之慧

詞心之慧，何物不可弄狡獪。約遠使近，則曰『日近長安遠』。約大使小，則曰『須彌藏于芥子』。特當有慧心指使，則事理不可通，而情倍殷摯。若無慧心以運用之，索解不得，轉爲語病矣。

二四　理之緣情以生

理之緣情以生者，必不致錯綜顛倒。蓋摛詞根諸命意，意中必有我固定之情景，決不能悲喜交縈，日月並懸。故就所思所見者，攄懷寫物，必不致亂。所以亂者，厥有二故。一情景俱僞，僞則方寸間本無此景，徒事矯揉，自無倫次。一筆不足以達肝膈之情，則順於内者致舛於外。欲除其弊，首在去僞，次在學力。

二五　前人名作理脈

前人名作，若循理脈觀之，似亦未必一一可通。實則有其潛機内轉之一法，均於字底著筆。誣之者學力不足，故不察耳。春秋晨夕，似若背馳。若以潛機爲樞紐，則自春可以徂秋，由晨可以就暝，何必定爲次第哉。

二六　填詞

填詞之先，應先諦思，擬定段落。然一二語後，輒又别有新意，則以新意易之，即就以改定其段落。詞意以開展爲貴，妙緒紆回，不厭精密。故段落可定之於前，而不必繩之於後。

二七　詞筆貴錘鍊

詞筆貴錘鍊。所謂錘鍊者，使筆繞指成柔，從心寫意也。有妙緒而不能曲達，是筆力不足之故。

多錘鍊則惟所欲言，不必增損意義，自有儁語矣。

二八　貌極濃豔

詞中有貌極濃豔，而用之則極沉痛者，不外由豔生愛，由愛生珍重，由珍重生憐惜耳。天下可愛之物有幾，當其可愛者，更有幾時，而愛固無盡。因之愈濃豔者，亦自愈沈痛。理有可通，但非妙筆不能曲達此情耳。

二九　深摯而出之以清疏

詞意極深摯，而出之以清疏之筆，蒼勁之音者，白石老仙，首屈一指。夫詞面之蒼勁清疏，固不害詞意之濃豔深摯。其成就較深者，且以淺出深入，爲更有含蓄。然非名手，殊不易辦。

三〇　詠物於寄托之外

詠物於寄托之外，別當有見其身分之語。寄托者納外事於篇章，身分者以吾心中之標格，借物以杼軸之。有身分，自益見其詞之可傳。

三一　理脈循心思爲蹊徑

理脈循心思爲蹊徑，不易碻定鵠的。初學者當先就枝幹言之，由幹生枝，自然不亂。設認定一字一句一音爲幹，此後造意琢句，無不就幹蕃植，理脈自在其中。此雖極拙之言，熟習既久，意境自有其範圍。不必立幹以爲枝，而自不出枝於幹外。紊雜之弊，庶漸可免。

三二　詞中虛字

詞中虛字，若『耶』、『也』、『乎』等字，以之煞尾，至不易用。蓋或失之獷，或失之滑，獷固大害，滑尤膏肓之疾。此外轉折間，『生怕』、『那』、『不』等字，亦不易位置熨帖。蓋此等率有深入之義，非上下有可以深入之情景，則用之轉爲贅疣，貽害通體。

三三　不爲虛字所膩

詞中用虛字，當求其不爲虛字所膩。蓋虛字用之不當，或致前後數語，因之而另轉一境，或因之而反爲所限。要當以我驅使虛字，不爲虛字驅使詞義，斯不致蹈此失。

三四　詞中最勝境界

不必言情而自足於情，一字一語，落落大方，得天籟者，爲詞中最勝境界，大晏是也。由大晏而小小琢磨，使益顯見其聰明於楮墨者，小晏是也。大晏如渾金璞玉，小晏因以雕鎪，然不傷於琢，正是其可貴之處。

三五　詞有絲絲入扣

詞有絲絲入扣，雖不直不厚，而詞意字面，恰到好處，足資初學之楷模者。南宋之致意於學力者，往往有之。然此中又分三乘，上者遒上，中者精整，次者工穩而已。

三六　用字

用字先求精穩，再進於情味，而歸結於重大。要使重而不殢，大而不粗，或用粗殢之字，而不見其粗殢，斯爲上上。

三七　詞道之至尊

立意宜新穎，層次宜詰曲，而字面不必求晦澀，儘可以常用之字，簡練揣摩，使人人可以領悟。顧人所知者字面之義，吾所專者字内之意，言外之音。然字内之意，尚較言外之音爲易知。吾知之而能用之，不艱不生，恰求允當。解人會心，擊節稱善，不解者吾亦聽其不解，但以自娱爲行文之樂境，甯非詞道之至尊乎。

南京《同聲月刊》一九四一年三月二〇日第一卷第四號

三八　拈題指事

作者秉筆爲詞，必其拈題指事，宛轉胸膈之間，使醖釀其所謂詞境者，至於滂礴上下，積之厚，肆之宏，而情景因以雜糅交織於胸中，甚至滿目詞境，乃復不能道及隻字，亦或其試發於硎者，乃僅得胸膈中之鱗爪，而不足以達其勝，則并當芟夷而汰棄之，使此滂礴上下者，忽得有衝口而出，率筆而成之時，其所成者未必盡合，然亦去渾成妙造不遠矣。學者少疏懶，即其先得者斧鑿焉，鉤勒焉，縱齴眉齲齒，奚足與此渾成者相擬。游神深思，爲作詞之先導，詎可忽耶。

三九　貴於渾成

一詞之綱要，全在起拍時能籠罩全題，置身題外，尤貴於渾成。若其曲意設解，漫立新意，佳則佳矣，奈不稱何。先由起拍致力於渾成，然後從而琢之磨之，則雖新豔而未必失之佻也，而未必失之纖也。求起拍之渾成，在於積之者深。若其所積非深，因而不可得渾成之起拍，則此詞亦容可不作，奚必浪費楮墨爲哉。

四〇　起拍之章法

起拍之章法，亦視詞調而不同，〔高陽臺〕、〔滿庭芳〕，起拍四字對。其摭拾光景，泛説情事，未必不可以名篇。若〔水調歌頭〕、〔八聲甘州〕、〔燭影搖紅〕，則律無可對偶，事無可掇拾，必其以籠罩全局爲入手。至於名手，雖〔高陽臺〕、〔滿庭芳〕，亦不必以尋常隸事之法入之，則尤其至者，特恐不易辨，亦不易工耳。

四一　調有生熟雄婉之分

調有生熟雄婉之分。澀體其生者，尋常習用諸體其熟者，而填澀體詞，萬不可使流露其詰崛聱牙之態，填熟體詞，亦萬不可使其流於俗滑一途。澀調詰崛，固見其非高手，熟體俗滑，品斯下矣。藥之之法，當先自存心，以調無生熟，律無澀滑，要其製詞赴節之道則一。澀者宛轉就律，窺前賢用筆之曲折而追尋之，自不見斧鑿矣。熟者仍以己意矜持下筆，鍛鍊一字一詞，務使朴雅以合詞格，不因其日常隨意吟哦而簡易出之，則熟者亦不滑矣。

四二　雄婉之别

調之雄者，〔賀新郎〕、〔水調歌頭〕、〔摸魚子〕，婉者〔南浦〕、〔甘州〕等。要知詞就於律亦固無雄婉之别，特一爲急拍，一爲曼吟而已。詞骨宜雄健，而詞筆不易雄健，雄健而得其全，蘇辛上智，情復易窺，等而下之，獷厲而已。故雖填〔水調〕、〔摸魚子〕，亦宜停匀，自出杼軸，不必因有蘇辛之作而强效之，亦不必因多讀蘇辛之作而率口無意閒效法之，爲蘇辛之罪人。至其以雄健卓然成家者，雖〔甘州〕、〔南浦〕，亦自有其骨突驚人者在。此蓋在學力之深淺，蹊途之不同，當因格以求詞，萬不可以備調而損格也。

四三　有情無情

題詠之作，無閒乎有情無情。舊游棖觸，謂之有情。拘題詠物，謂之無情。常使有情者情致纏綿筆端，低回縈繞，無情者參以我之情而使之有情，不當徒以使用典實爲點綴。至有情之作，則流連者已不忍復去，雖一片空靈，亦儘可爲黄絹幼婦，更不必顰眉作態以取厭矣。但亦須揆度題義，或其題中所牽率者更有人在，則當并其人而納之詞中，不得但爲物詠也。納之之法，分段參插爲下乘，緯事以見情者爲中乘，使是物是人是我，融成一片，或并其所詠之物，所緯之人，而不必明言之，然已即在此不明言之中，又使覽者一見便悟，此無上乘矣，特不易致耳。致之之道，自在有大筆力，深之以醇厚之氣息，跌宕之笙簧。其次者亦當使有迴環不盡之情。夫以不盡以迴環說有情，情自特深，而文以情生，情以文永矣。

四四　虚實疏密

詞長調不過百餘字，短調不過二三十字，而虚實疏密，句法當使參插合宜，又當使匀稱。然秉筆始及虚實疏密，固未必能倖致，即致之亦必見斧鑿穿插之痕跡。此在乎常日多讀多吟諷，使移情於不自知之中，則下筆開合，自然相間，少少布置，便復停匀矣。

四五　詞有纖穠輕重

詞有纖穠輕重，此當以全闋論定，不當以一字一珠爲斷也。若其起拍作纖語而使輕筆，則通體當復如是。反是者亦然。若少淩亂，且不成篇格，更胡計其工拙哉。纖穠輕重之分，又當以題爲斷，視其命題之宜輕宜重，而輕重以之，不然即與題先不稱，遑及其他。至於燕婉之作，隨情深淺，未可預期，宜在例外。此蓋爲命題作詞者言也。

四六　虚字貫串

虚字貫串，最關要著，或平說而味始淡永，或提起而始見精采，或反說而益見深刻，或用有情之字而情始厚，或但用無情之字而氣始順，或用一較深之字而少爲鉤勒，過于鉤勒，即失之纖，是大忌矣。或用一較禿之字而情始摯，因地制宜，其不經意之字，亦當以經意出之，始爲工也。經意以求得一不經意之字，自更佳妙。

四七　詞之工拙

詞之工拙，固不易管測，然當有引人入勝之致，使讀者寓眼，即放手不得。其有以拙爲工者，或精璞未琢，使人望望然去之，則彌復可惜，亦由作者之不擅勝場耳。骨蒼神老，固當求之皮裏，而詞表務當使有花明柳暗之致，則讀者吟諷，自爾移情。然此中消息，殊不易定論，若少加誤認，以爲當顰眉作態，則所去愈遠，不可不慎。蓋此爲情文相引而並茂，彼爲麒麟楦也。浙西詞人，匪不工麗，往往讀未及半，以其作態而遽輟，羅刹簪花之戒，不可昧也。此爲已成就人說，非所語於初學者。

四八　詞中有隸事處

詞中有隸事處，然故實當得其所以運用之道，生吞活剝，切所大忌。不特隸事也，即前人之名句，少加點藻，亦可使就我範圍。此一在有筆力足以斡旋之，一在常日讀書，醞釀既深，熟極而流，因題觸發，若其獺祭臨時，則遑論其不可得，即得之亦必有斤斧之跡以犯大忌。隸事之法，或運用一故典，略其事而永其神，一也。存其人而不緯其事，二也。用其事而並傳其神，簡練以數語達之，三也。合兩典而運用之於一語，以筆力爲迴旋，而使深刻切當，四也。然運兩事於片詞，當先得此兩事之可以並隸者，而筆力又足以勝之，否則先不貫串，露蛇足之譏矣。

四九　過拍承上啟下

過拍承上啟下，當使有水窮雲起之妙，前人已多論之。然儻得不盡之情，而重之以警峭之句，使情不盡而文突起，蘊於内者宛轉如縷，發於外者挺拔千尺，則氣足神完，益見精勁。特行文指事，仍當承轉有自。儘可别開生面，要當以筆力拗轉之。倘能暗轉，益臻佳妙。

五〇　煞尾結住全篇

煞尾結住全篇，爲畫龍點睛之要，不可少忽。以秃筆收者，無損於格，不免少情。以俊筆收者，跌宕有餘，殊防飄逸。以淡筆收者，雋永不盡，難乎求工。以宕筆收者，推之使遠，别饒境界。以厚筆收者，回甘諫果，庶乎得之。至於空無所附，纖不載文，傖狂俗野，率意蕪簡，則均其弊之大者。

五一　南北宋以片玉爲關鍵

南北宋以片玉爲關鍵，亦惟片玉爲大家。後之取法者夥矣，其功力在於淡、清、真。惟真而能淡，斯極淡之能事。蓋其所蘊者固絶深，以其蘊之深而發之淡也，其淡遂益雋永。其深之也，以其真也。於造意上一有僞托，一有粉藻，則固不深矣，而其發之也，亦不能更淡。前人詞往往有詞筆似甚刻劃，意味似甚濃厚，然其情或未必深，即深矣，而非由真之深。夫非由真之深，其深先已不精，充其不真之深，但可作深語，而不能醞釀之爲淡語。夫以不深者而復作淡語，斯無語矣。其故意求深入而淡出者，深固不真，淡亦僞作，雖淡亦無情味之可言。而其所以致深情於淡語者，又當用以極清之筆，使益神其淡。白描寫景，隨意作眼前語，不必於景中雕鏤，亦不必更於虚字中作態，情味自厚。即『天便教人霎時廝見何妨』等，以直質語出之，亦即絶無佻儇之習，轉見其深致刻骨。亦惟真語斯爲情語，以真情驅遣詞筆，所謂至誠所感，金石爲開者，亦斯例耳。於是乎融情入景，妙語紛來矣。學之者當先通乎此，而後有蹊徑可尋。其但謂以片玉爲師法者，往往重其造語，略其神韻，遂欲亦步亦趨，則匪特形不可即得，得之又何當於片玉哉。真僞本諸心，可以培養，而不可以驟學。深淺由於筆，當循心以發之。清濁見於造語，學者庶可進窺，循序求致，日常涵養，容有豁然貫通之一日耶。

五二　學片玉之筆

學片玉之神不易得，退而學片玉之筆，以求合乎其神，則設境造語之際，當先屏除粉藻之字面，支離之句讀，纖穎之結習，而求得其全。能全於神，上也。無已，亦當求全於句法，使先將假設之境，醞釀於心目間者久之，而得一渾成之句，其思慮所及，少涉側豔浮華者，率屏去之，摯情縈繞，詞境紛來，尤必自擇其最淡最圓之語。對於光景花卉，求其靜而淵遠者，爲驅詞之助，所謂穆之一境，當先得之。就境搆思，不必得點綴之字面，亦更不必多點綴之思慮，但爲胸目中所觸發，其率意而能出之者，必較近於真。若構思自患其不精，則深思之。惟深思或失之滯，或傷於琢，雖得佳句，非片玉也。靜之爲境，真之爲情，在常日所詠索，及其肆口而得之焉，固萬非臨時深思所可得。自患其不似，求得之法，只有常日積其功候而已，不能以片時深思得之也。迨積之久而蘊之深，則滿心俱是，神思已集，形骸自具，且無往而非真之境。其發之也，視其所師之各家，以定其蹊徑，苟出之以片玉之風格者，斯近片玉矣。在未成之際，但有求其率意能全，神景之較穆者，以爲初步之楷程，終南之捷徑耳。

南京《同聲月刊》一九四一年四月二〇日第一卷第五號

珍重閣詞話卷四

一　詞有正面法

詞有正面、反面、側面、烘托諸法，要同於文章之千變，無定則也。正面最不易爲，須力足神完，而又不落跡象，鉤勒無迹。且既從正面說來，又不能不略爲藻飾，是在先擒得題中之命意，擇其雄健可以托筆之處，千錘百鍊而駘蕩出之。以其寄意於骨幹，披麗於清雄，則雖正面之文章，亦足以寄其高抗委婉之致，以使移情於深入。是固非宿學者不易試耳。

二　詞境通禪

去夏六月十五夜，月色如晴晝，子正，天無片雲，圓蟾中山河桂影，一一可見。維時萬籟俱渺，人語無聞，憑闌頃刻中，乃遘遐想，匪夷所思，真詞境也。神明所及，豁然貫通，可以得大覺悟，證大智慧。有頃於詞境中，似漸落邊際，著色相，所謂奪人不奪境者，庶乎似之。高寒中倘果有瓊樓玉宇，常使姮娥相招，庶酬心素，避世其中，雖剎那間，何啻換劫塵千萬，其空靈之想，非楮墨所可窮。即須臾再下一轉語，以爲何必高寒，斯堪避世，愔愔門巷，寂寂簾櫳，一鐙如豆，但求心之所安，甯不可方駕蘂珠宮殿。片晌中前後凡三換意，始則但有所思，而莫從寄託，既乃漸涉遐想，終乃反幻爲實。指月之喻，殊莫可逃，性相人天，同是一理。然莫從寄託者最上乘，遐想次之，悟實又次之。蓋愈思而愈著跡，則愈墜泥犂。因知大乘無相，上也。圓覺空華，勉爲言說，已落第二義。觀止止觀，自强爲解人。通此可以貫澈禪要，並可證諸詞境。特此因緣湊合，使於萬境中滅垢生定，爲不易耳。亦知禪之不可倖通，詞之不易言工也。若必形以筌言，範以象意，則終爲下乘。故竟夕諷籀而迄未獲隻字，亦拈花不立文字之遺，然卻自謂勝得妙詞萬倍。天如不吝此區區，俾時沐清光，其樂甯可盡言。成魔見愛，一轉語間，正恐臨濟宗傳，未必若是透悟。

三　詞章最重音節

取讀前人名作，抑揚間每多樂趣，並躍躍思策遣翰墨。詞章最重音節，音節通天和，達人意，曼吟低諷，盡心領解，能於沈潛中自發其積蘊，則其興發者，或視力學爲加勝。往往應酬之作，限日搆題，花對葉當，已爲上乘，惟於吟諷中得天趣者，搆思之際，不必有所專屬，俄頃乃往往因靜得悟，神來之筆，庶幾緣生，勝苦吟者萬萬倍矣。

四　作詞之先

作詞之先，得餘晷緩吟名作，以發其情，興會無盡，漸漸移情以生文矣。選調定聲之際，或先懸一家以爲之鵠，摯至如清真，跌宕如淮海，蒼勁如白石，均無所不可。及其成之也，未免形似。然得其丰神之一二，亦步趨之足式。其不用成法者，但當諧婉中不墜風格，神味中求其遠致，不必語故驚人，强下第二三義，以自然求其渾成。至風格所似，則以常日所涵咏體會者發之，亦復自然有當。蓋取成法者固有其指歸，亦不免有臨渴掘井之患。

五　學詞當先學一家

學詞者當先學一家，漸涉博采，再進專一家，而納其所博采者，以自名其家，然後得超於象外之一境。以意隨筆，以筆遺意，由意進神，傳神於筆，能歷進則愈工，此不易之理。要當勝之以自然之功候，然亦更有未可强求者在。

六　北南兩宋

清人作詞，亦有欲上闚北宋者，然一間未達，終不能脱其面目。蓋北宋人摯至之情，都寓之筆，而清疏之味，則見於文詞，所謂深入淺出也。南宋穠麗之至，北宋人甯無其思，特有之而屏汰之，遏抑之，不欲顰眉搔首以自露，而一導之於冲易之途，斯其所以爲高也。清真「雯時廝見何妨」，穠語亦以質樸出之。下至南宋，多爲鉤勒，質語便不經見。

七　清詞質本空疏

清人之詞，質本空疏，貌爲側豔，内無穠情，外多俊語，而往往自誤認其矯作之俊語，即足以上應北宋，於是不失之陋，便失之空。夫中無所有，徒事皮相，而又欲去其粉澤之施，以爲清真摯至，則存者亦僅，此清人主淡泊以學北宋之通病也。夫必有南宋之穠至，而後得出以北宋之清腴。北宋作者，自抑其穠至之情，人人味其清腴，不易窺見其在内之穠至。迨南宋一變其格，即以穠至之情，抒之翰墨，於是北宋人所藴蓄者，於以率露。其曰北宋天分高，南宋學力厚。謂天分高則捨其所藴而多取於清疏，學力厚則得以盡言宣其所積藴。否則作者更僕，各有所長，烏得復有以時代爲之界限者。蓋一在穠至之思之外，一即在穠至之思之中，風氣所趨，蔚爲聲調，取徑互異，體格斯別耳。

八　象外環中之分

人動謂北宋不易學，不易至。就其體製言之，本無難易之別，所別即在象外環中之分。其謂先學南宋，而後進於北宋者，亦將以環中而進於象外耳。有曰天分少不學北宋，學力少不學南宋。蓋以天分少則難造詞於意外，以抑其穠至之思，學力淺者又不易以穠至之言，寫穠至之思，使表裏一轍，要無非在内在外之分，與文情相因相飾之别也。

九　改詞之道

改詞之道，無論爲人點定，或竄易本人舊作，當先求其平帖易施，然後進於精穩。其更於精穩之外，别多新意，不落纖巧，則尤擅勝場。字斟句酌之際，得一句易，求一字難。因一字而改一句，因一句而改一節者，比比皆是。前後語意不貫串，相淩犯，字之稱色不相侔揣，韻之不諧婉，均是疵病宜改者。

一〇　平帖之道

平帖之道，以爲精穩之基者，其要有二。理脉宜求工，而不可遽露跡象，新意當運用，而不可落之佻薄。苟完篇章，少讀書，均足以致此二病。藥之之道，當先汰其疏豁率意者，而試進於精整，又於精整之中，不以桎梏自限其神明。至腹儉者，常日不及醞釀，臨時飣餖，迹象焕然，固難强全求是，則詞成之後，當不憚改。因字改句，因改句而立新意，要當於全局體製得底於垂成，然後深以磨琢之功，則自然藻麗矣。其全局之不及垂成者，雖得一二佳字，又將笑施。瑜瑕之消息，共難言有如此者。

一一　當以曼吟爲日課

讀詞者當以曼吟爲日課，使涵咏玩索，身與意化，我與詞化，然後神明可通。其致力之若干名家，經心習誦，進闚門徑。共諷誦之若干家，則不過爲行吟自適之計，初不可問其爲何家。始或尚有客氣，論定是非，既且融成一片，不問工拙。即工拙之思偶動，亦當以曼聲幽情力却之。此種行吟自適之致，所涵養者，得力最深，不可少閒。

一二　詞貴樸厚

詞貴樸厚，非徒以秃筆爲藏鋒也。樸則摯，厚則重，情斯深，神斯永，再濟之以婉約之風度，自益見其深沉矣。其徒矜小慧，漫舉清空，輕墜風格者，何嘗能悟及此端。

一三　確切不移之字

一句一字，就心目中之情景，於宇宙間必有一銖兩率稱，確切不移之字，倖而得之，無論其不可爲工，亦必半帖易施，況其確合者即爲至精當者耶。特涉獵少，神理弱，天分低者，不易得之。或信手拈來，或苦思玩索，作色揣稱之際，每不易決。進于能品，此初基也。

一四　求詞之韻味俱足

求詞之韻味俱足，當於沈鍊間三思之。積於內者深，發於外者必厚。能沈鍊，視渾成爲更進。特求過其分，或無當於本詞，則失亦相等。而境之沈鍊，與字之沈鍊，又當兼思。若徒有一二沈鍊之句，與前後文迴不相通，措語骨突，轉成訾累。要當並顧全局，使無處不見其不盡之情，有餘之味，斯爲得之耳。

一五　讀詞論詞

讀詞論詞，求得進境，低吟婉誦，固最上乘。若分别言之，當先推作者用筆之神思，庶益足以緣情而通詞。然後再及於布局擇字，而歸之於詞格，卑佻獷鄙，均當遠避。其出入詩曲，消息更微，不可不辨。至唐五代之作，有偶以傖語調入者，一則其時詞體初立，未有徑蹊。一則古人樸茂，神全意足，足以驅詞，俗語鄙情，一一都見其爲至情之作。詞貴真，一真而百瑕可揜矣。迨後來漸趨披靡，小儒藻飾，隨意摭拾，又每舍其渾成雍穆之致，而以側媚叫囂爲易於見好之計，詞格始卑，論者遂亦不得不益加精審。柳七甯非鄭衞，然不佻不纖，非其詞之足以勝之，實其格之足以舉之。下逮金元，方言入曲，詞家謹避之不暇，而體制益嚴，固不得以上托《花間》、《尊前》，爲文過之説。

一六　宋詞六大宗

宋人詞以晏秦周蘇吴姜爲六大宗。周雖蹊徑俱在，而學步爲難。晏望之似小智慧，實乃純金璞玉。秦丰神駘蕩，要不落儇倢之弊。姜老幹扶疏，拙中多至語。蘇之清雄，吴之針縷，學者雖多，實亦不易有成。學者蓋多不知蘇之秀處、清處，吴之寬處、疏處也。外此柳七自具面目，尤難涉歷。通此六者，出入無間，填詞之學，所思過半，無餘師矣。

一七　學南北宋

無意爲詞，偶然神聚，充發盈溢，庶可言學北宋。若其集思未專，强申楮繭，翻甕苦吟，窮其力，不過南宋能品而已。南北宋之所以涇渭，於此可見。北宋承五代之後，�雅繼聲，大小晏之樸茂，秦淮海之嫣緻，柳三變之廣大，黄山谷之古趣，蘇玉局之清雄，各擅勝場。蓋《花間》作者，極蕃豔之能事，而無不渾樸，亦有極清疏者，又無不諧婉。諸子承之，各以宗傳。大晏神明於《花間》之外，規矩於《花間》之中，進而爲穆靜淵懿之語，其詞固不必壓倒五代，而詞學已差勝於前。蓋欲洗蕃豔之面目，自非淵懿不爲功。至美成益專斯道，又或有勝於前，庶集前此之大成，而掰宗門之式度。至於南宋，三五錯綜，每每自名其家，所以别爲境界者，縷晰言之，多自此中參化以出。宋季元初，《白雲》、《花外》，微墜風格。《淮海》、《東山》，固不尸其咎。元《草堂》一集，雖在其時，選政較嚴，亦足以繩南宋之正宗，視草窗《絶妙》諸篇爲勝。

一八　積久必變

《花間》蕃豔之作，積久必變，理有固然。故北宋一洗而爲平淡，專尚第一義語，以厚以穆爲專工。夫第一義語，時時日日，互相紛陳，得從而厚之穆之，則醰然有餘味矣。亦足知厚之者由藴之深，足以當雕鎪錯采而有餘也。迨乎南宋，則積久又已復變，求勝前人，則不得不棄百餘年來所襲用之第一義，而精之深之，從而緯之以令詞，納之於矩範，使名其家，用爲矜式，此南渡諸公之長。於此亦足見染翰者之自有規矩，而風氣遞變，以成一家之格局，一朝之典型者，固亦有時移勢異之相因也。由今言之，學者自白石而清真，庶端正規。其有在今日萬非可以第一義了者，則雖夢牕之沈刻，亦當奉之以藥學養不深之弊，勿令自托於渾穆，以文空疏之失。

一九　沈著與風神

學者徒自結想風神之妙，遂輒忽于沈著。其有致意沈著者，又復失於風神。此則學養不深之故。然於沈著之際，求少諧婉，諧婉其音節而出之，於事或尚較易。若專尚風神者，必欲不脱其沈著之思，則非功力深者不克副之。沈著能全，風神終復不惡。倘先致意於風神，必墜惡趣。操觚之士，每欲先文其外，此宜引爲大戒者也。

二〇　小詞風趣之作

作小詞風趣之作，當益圖遒上，豔而有骨。此中蹊徑，正不易求。其偶存跡象者，意方筆圓，筆方意圓而已。所謂意方筆圓者，以真摯純精之意，立其榦骨，不加粉藻，而以柔緻之筆達之，尤當求全於氣度神韻之間，更不得以側慧尖新之字自損風骨也。筆方意圓者，先搆一綿婉約絕流麗之境界，而出之以剛方摯至之筆。倘筆隨意赴，又每蹈纖佻之失。內外劑調，輕重所由，形神之間，其關於天分造詣者，顧不深耶。

二一　選詞之法

選詞之法，途徑各殊，有以年緯，有以人集，有以宗別，取捨之間，每多輕重。今欲以自選自課者，當先不程以己意，亦不預定等第門戶，但先就其專集，覘其家數，或近清剛，或流婉媚，就其意事，以擷其佳章，要當以私意所洽當而又渾成端穆者爲指歸，間有以小疵掩大醇者，無甯割愛，恐晨夕習誦，有所赴而近墨也。至穩勝之作，名家全集，必多中選者。蓋其所以名家，必有其致名之道。雖面目不同，出以神化，然出神入化之初基，必先得於穩勝。先選其穩勝，再進而求其專工，則不特專工者之足供師法，亦以窺見其致力之門徑，所由之道塗。門戶雖分，翦裁實一，求得師法，亦庶在茲。

求學詞以選詞，與專選其人之詞者，又微有不同。爲學者當以益人爲主，選人者當以其人生造詣爲主。醇疵棄取之際，求學詞者當從嚴取，以防浸微之失，存人者求存其面目，則不必過於謹嚴也。

二二　詞當先使渾成

詞當先使渾成，再求深入。然渾成二字，即非易倖致。蓋能渾成，已近于名作，不待色澤，自然淵雅。雖其次者，亦必無蹈淩囂纖蕪之失。自初學至於大成，固無有能軼出其圍範者矣。深入則進而有表裏之别。在外者，鍊字琢句，不少苟且，虚實輕重，率當其分。轉折之處，更使摇曳有情，不犯流滑之弊。刷色深淺，無過與不及，不爲背馳乖謬之言。换頭承啟跌宕，均見餘致。一意説盡，别説新意，而又或融前意以全之。以虚字轉者次，以實字轉者中，不用轉字而自見其轉，謂之暗轉，爲無上上乘。衰颯語宜有風度，情至語當使雅正，側豔語不墜惡趣，凡此均在磨勘之細。其在内者，則情事不可重疊錯亂。以第一義爲淺，而深之爲第二三義，又并三義足爲片語，則語意自深。又得拓其下，使别爲新意以承之。意濃者常使語淡，意淡者又使語濃而不僞。古人之句法造語，可爲我參證之由，而不足資擷採之用。陳義陳語，前人説盡，斷難取勝，當率汰棄。其精意之足爲余用者，又當以我法指使之，使不爲前人所泥。讀詞之道，不拘於篇章，而多援於神契，瞑搜晨討，俊藻紛馳，得心應手，積極斯流，醞釀日深，工力自足，不必拘拘於一家之師法，一字爲金針。初學作者，每苦生澀，當鍊筆使純熟。及其成也，又汰其熟者，而歸之於名俊。氣息吐屬，首主華貴，習而久之，以自專所專，大成之日，庶不遠矣。

南京《同聲月刊》一九四一年四月二〇日第一卷第五號

二三　用字力求活著

詞中用字，當力求活著。且用活字，則一義便成二義。此深鍊之説也。但所貴者理脈應認清，字面不可軼出詞意消息境界以外。又慎勿於一句中多用虚字。蓋虚實相間，斯相濟美。多用虚字，便屬潦草，不成文理。

二四　驅遣成字

驅遣成字，當恰合全詞之消息。如通篇淡語，則不必用藻詞。如通篇出以跌宕之音，則當用一二華贍之成字，以顯其精彩。譬之賦夜歸，如以淡語，則曰銅壺，曰鳴鑣。張以華詞，則當曰銅龍，曰玉驄。

二五　取譬合於全首情緒

作詞以慧心驅靈筆，當用取譬之法。然務使取譬合於全首之情緒。哀樂悲歡，銖兩相稱。所取譬者，一動一靜，若更能以有情者譬無情，則併此無情者，亦能驅之使爲有情，尤非妙手莫辦。

二六　通篇時令地所

通篇時令地所，晨夕陰晴，必當隨時顧注，勿使凌亂。

二七　跌宕之詞

跌宕之詞，宜有搖曳生姿之句，捭闔起落之境。如置俊句於換頭之際，益形生色。所謂搖曳生姿，蓋指句法而言。避去禿筆，緊鍊虚字以成之。所謂捭闔起落，蓋指境界而言。或捨遠以言近，或由物而及人，或推芥子以至須彌，或斂鵾鵬歸於鷦鷯。其轉合之迹，則當在換頭下三二句顧及之。或用推開之筆，或深隱秀之情。均爲合著。

二八　用典當求驅遣靈活

美成用『蘭成顦萃，衛玠清羸』，昔人尚有譏爲滯窒者。以美成爲之，通體渾成，初不必於一二處，顯執荃象。惟後人用典，則當求驅遣靈活。以一人一事爲宜。不必儷白妃青。而其用法，尤當具使得所用之情緒，勝於故實。

二九　詞中『山』字

詞中『山』字作山水解，亦可作屏山解。一遠一近，一在天涯，一在閨闥。造句得宜，益顯神趣。

三〇　以花擬人

以花擬人，詞中習見。惟當使是花是人，合爲一體；疑花疑人，丰神兩絕。造詣更深者，或明點出有人有花，俾相映成趣。或憐花以喻惜人，或寵花以寄懷遠。均無不可。推而言之，一切動植，桃李炫春，燕鶯交語，均可以爲寄托之資，以供翰墨之用。

三一　天氣最關情緒

天氣最關情緒。晨曦以張壯志，黃昏以示寂寥。乃至薄暖輕寒連用，益顯其無聊之相思。此其著力處，在『薄』字、『輕』字上。若別訂新詞，自撰新句，亦無不可。惟當避矯揉造作之弊。

三二　溫李麗句

溫李麗句，隨時可作詞用。惟當通詞與詩之消息，就改合度。

三三　詞中俊句

詞中俊句，初則力求風致，繼乃進於渾成，終則當使語淡而情深，由無情而有情，斯爲上乘。穆之境界，固未易言也。

三四　形容一人一事

形容一人一事，從大處落墨，則全神入鑑；從小處著筆，則熨帖細膩。兩者有異曲同工之妙。惟寫大處，忌在涉於疏獷，以致遊騎無歸；寫小處，忌在纖弱飣餖，以致陷於卑格。

三五　極拙之字面

極拙之字面，得一二虛字，爲之傳神。運一二新意，爲之張目。則此一二拙字。反能襯出柔情。惟此尚不足語於重大拙之義。

三六　詞中有用決絕語者

詞中有用決絕語者，其情更深。惟決絕之語，當即用決絕之字。如常日言離別，每稱『輕棄』，以中孤負之情。若決絕語，竟當稱『抛撇』。不必冠以形容柔婉之詞，轉減字面之力量。

三七　詞中有應用替字者

詞中有應用替字者。常用替字以顯其情深。如『文窗』，僅指窗櫺而言。一用紋紗，則隱約濟楚，非特字面有情，亦且便於下文有迴旋推溢之餘地。然通首用禿筆，主重大者，固不必刻舟以求劍。

三八　詞中有習用替字替句

詞中有習用替字替句，而不必用者。如追念舊歡，用替字替句，則述當時之景物，直敘者，則逕用芳約、嘉約等字。兩兩相較，雖當與通篇倖色揣稱，然有時故故作態，轉不如逕用直敘一二字爲醒目。惟所舉之事，或無雅馴之字面，則僅可以替字替句當之。

三九　詞有數義

詞有數義，愈轉愈深，亦愈見其深情。此數義者，或於通篇求之。或於二句中求之，或竟於一句三二字中求之，均無不可。如賦簾幕曰珍珠斜墜，則墜幕已顯其鬆俊，斜墜更形其嬌慵。情致較深，不言可喻。

四〇　庸下

『問天』、『搔首』一類字句，時用即涉庸下。偶於長調數轉之中，鍊句參插，亦足一拓襟抱。

四一　疏密得宜情事停勻

就通篇論詞，最要在疏密得宜，情事停勻。數語言景物，即當於筆下開言情之路，俾承以虛語。轉筆清空，其必至換頭始改景言情者，尚覺過著跡象。至能融情入景，使寫景之句，字字有情，尤爲精警。惟即就通篇融情入景言之，其寫景亦仍當分別疏密，數語落實，即數語凌虛。或數語寫房闥以內爲實，即數語寫雲山以外爲虛。總使相參，以免滯窒。

四二　全詞警句

全詞警句，不過數語。而數語精警，尤在一二虛字。此即機杼之說。先使求穩，後使求精，終乃使出神入化。至其不仗虛字者，筆力特深，初非易冀，百無一二也。

南京《同聲月刊》一九四一年五月二〇日第一卷第六號

珍重閣詞話卷五

一　詞中用問語

詞中用問語，亦見情致，惟不當作傖荒語耳。其有作倒問者，或作留待他時再問者，均文人之狡獪。但求合度，自見精彩。

二　作詞結拍

作詞結拍，每患不足於意。敷衍完篇，遂致通首減色。故作詞於結拍，務當立一新意。而此新意，或襯托全文，或別餘情緒，或另開境界，均無不可。惟此意能較詞中所用各意更覺有力，顯臻點睛之妙。

三　以虛字寫情結拍

詞中習見以虛字寫情作結拍，每患力薄。若能以實字寫景結句，力自雄健。惟在結拍寫景，必須籠罩全篇，抉擇精詣。否則每有氣機窒抑之弊。

四　以淡語作結

以淡語作結，亦不易工。當使情緒緜邈，有不盡之意。

五　寫景以寓情

寫景以寓情，當使景色靈活。用虚字，固是一法。用形容字，而不用虚字，尤見工力。

六　寫景之題

寫景之題，以寓情思，則不特於寫景之句。當使融情，并當使全題所指者。特以數語，融之入情。如賦江潮，便當並及潮信，再於潮信下申以芳信嘉約。方足以盡賦題之長，至或怨或歎，儘可異趣，隨事而安，無俟拘執。

七　詞中多用夢境

詞中多用夢境。或寫夢境，或涉夢情。其寫夢境，已有實境矣；其寫夢情者，多流於蹈虚。則當捨夢境之外，而别立境界以實之。或用夢外闤中之景物，以證其爲夢。均足避去蹈虚，别立新意，俾益精警。

八　詞中多自問字面

詞中多自問之字面，如『怪底』、『切莫』等。偶然用之，具見警策。多用則傷格，且流於滑。此等字多自尤自咎之意。用之尤當使與下文合拍。

九　寫景之句

寫景之句，兩景本未必相連。但能以對仗之句出之，或用一二虚字爲之捩轉，可使兩景相連，情致益深。

一〇　兼用春秋異候晨夕

春秋異候，晨夕異時，然能手即於一句中兼用之。或立相反之意，或立相生之情，更足銷魂而動魄。

一一　一句疊用兩字

一句疊用兩字，不合刌度，自成累贅；能合刌度，情緒更深。但只宜於跌宕之短調，而未必盡宜於精穩重大之長調。

一二　言理之句

詞中言情言景以外，尚有言理之句，如草木之春蔭秋凋，流波之東注不返。此均物理，參入詞中，亦多妙諦，但在作家之驅策，使成俊語，而不害於詞藻爲要。

一三　情緒愈轉以愈深

情緒愈轉以愈深，如醒爲常態，醉則情深於醒矣。然醉有醒時，或於醒後追述醉中，或更於醒後頓悟醉亦多事。新意繽紛，名言絡繹，均足深入。若能合數義於一二句中，轉折於一二字裏，尤非易易。

一四　花草鶯燕

述花草，述鶯燕，固易使之有情。若能以有情之人，使與花草鶯燕相酬對。其情自且更深，貴在立意有理境，造句能靈活耳。

一五　詠物之詞

詠物之詞，既須脱出題外，又須扣住題目，由題目中發抒情思，宛轉抑揚，其擒住賦題之語，不過數句可了。而所以抒兹情思者，可以千萬轉而無窮，方爲合作。

一六　太不典雅之物

太不典雅之物，極難賦詞。其新異者，卻易入手。至本可比附有情者，自不待言。《樂府補題》諸作，卻是師法中之有端緒可尋者。

一七　言不離物

詠物詞固常言不離物，然字面用意，均當使有情緒之可言。若專以餖飣爲工者，即工緻亦非佳詞。此《茶煙閣》之終非上選也。

一八　成語加以錘鍊

成語加以錘鍊，未始不可入詞。但引用成語之句，必須上下更肆其精力。神韻力求其倜儻，以爲之襯托。蓋成語多習見，非於虛處襯托，不易生色。

一九　徵引故實

詠物不能不徵引故實，然當先加運用，勿使直說，勿使明說，俾撰者讀者均知有所本，而不見其迹象爲佳。其將故實刻鑿以就詞語者，縱能側豔纖巧，均非上駟。

二〇　詠物詞

詠物詞能於起處，以有情之語，籠罩全題，最屬不易，亦最見工力。又詞語當與賦題相稱，雄碑斷井，應出以激楚之音。綉閨蘭房，應出以旖旎之致。

二一　物有所類

物有所類，詠物之作，宜因類以求之。俾合分際，如衣之於刀尺，松之於水月，綉被之於熏鑪，是其例也。

二二　詞句當使跳脱

詞句當使跳脱。欲求跳脱，尤當先能矯舉，無論千迴百折之意，當使成卓然自立之言。文字固求藻豔，筆意固求空靈。然決不能以弱脆爲纖柔，惝恍爲深入。

二三　詞中有轉折處

詞中有轉折處，其在長調尤易顯見者，即一句上之三字一逗頓。常人往往以虚字爲轉捩，名手則用實字，其轉筆在理脉而不在字面，即爲暗轉之一法。

二四　詞中寫景言節令

詞中寫景，由晨入晚。詞中言節令，由春徂秋。移步換形，情緒自亦隨變。其用暗轉者，即於移步之中，寓推遷之跡，不必著以虚字。

二五　爲詞當擒住題意

凡爲詞當擒住題意，認真爲之。此成就之數語，即曰警句，即無題之詞。情緒所繫，亦當有著力之處，決不可通體泛言。黯然無色，托於渾成。

二六　以禪理入詞

以佛語入詞，不如以禪理入詞。

二七　内典字面

間用内典字面，當擇其可通於詞者，使氣機不滯爲要。

二八　珍祕愛惜之情

詠物之作，首貴對所賦之物，無限珍祕，無限愛惜，而所以抒此珍祕愛惜之情者，或明説，或暗説，均無不可。

二九　詠物點題

詠物詞，點題之處，往往庸下。此大當避忌者。其非點題之處，亦當扣住題面。勿使軼出範圍。

三〇　詞調亦有義例

詞調亦有義例。若〔九張機〕當作九首，〔楊柳枝〕當作二三首，多至十首。然既撰〔九張機〕九首，則首尾應使有段落。如第一首述初絍之際，第九首述綉竣之時，其中情事，不宜過於凌雜。〔楊柳枝〕或寫禁庭，或寫青樓，或志離別。然如撰十首，則第十首必須托住前九首，不能仍作零碎散漫之語，推之如撰一調一題若干首者，均應先後停匀，位置相稱。

三一　板拙之題

〔九張機〕固僅言織事，然織者之情緒，夜緯之時地，無一不可推衍新義，亦惟此等板拙之題，應有倜儻之句，資以生色。

三二　盡藻矜才

小令〔望江南〕、〔浣溪沙〕諸調，儘可使盡藻詞，矜其才氣。上焉者更貴在意態兩絕，不必緯以藻詞，自見馨逸。本來錦心繡口，已極難能；若復吹氣如蘭，直必壓倒元白。語淡情濃，詞簡意曲，上闚北宋。門徑在茲。

三三　避虛就實之法

詞中避虛就實之法，如先立一於此句用憔悴之意，即當推詞中之人之境。而以所示其憔悴之景物從旁或直截言之，則句中不必有憔悴字面，而情致自見，且復遒上。

三四　賦詠節令

賦詠節令，倘僅運用故實，無論精穩，不過能品。若就詞中主人之情緒，引申其與節令攸關者，悱亹說來，可入神品。如九日宜登高也，或曰無高可登，或曰明歲登高不知何處，或曰舉觴僅對黃花，或曰白衣並無送酒，均勝於鋪敘九日者爲佳。如連纚數意，愈轉愈深，不用故實，則白描作法，尤近北宋。

三五　第三義

詞有本屬第一義或第二義者，語亦工穩。然試爲更易一二虛字，則已轉入第三義，更深一層，益見灑脫者。雖非點鐵，終卜成金。故一詞之成，當多自削定。勿憚艱辛，或今日以爲可存者，三數日後，靈機偶動，又且別易數字。如是數四，至於大成。倘獲名師益友之點定，尤獲事半而功倍之效。

南京《同聲月刊》一九四一年五月二〇日第一卷第六號

三六　詞筆有三端

詞筆有三端。融情入景，融景入情，情景雜糅，其至也。雖種種無情之物，胥可使之有情。物固無情也。但以狀物者嬋嫣有致，斯足於情耳。其次一片空靈淡蕩之思，令讀者翛然神往。若此靈府之寄思，心結而目存者，交睫一息，便自立一境界，情味泱然，思致覃永。初不能知此境之何在，而爲悲爲樂，已爲詞所拘牽，不得脱矣。又次雜糅之作，内足諸心，外託于言，其所以感人者尤易深入，若其失也。言景失之滯，言情失之膚。情景雜糅，則失之淩雜而無次。滯，是無情也；膚，是無境也。淩雜則失雜糅之妙，轉墮惡趣也。唐人爲小令，往往作景中語。而栩蝶縣花，令人即之，情緒油然而生，即似駘蕩其中，在在收風光之俊。亦有歇拍一二語，轉入情致，更復跌宕。雖語妙情纖，而絶無儇佻傷格之病，此蓋唐人初諧宫羽，猶有騷音。迨後雕琢者以匠心爲精英，豪放者以睥睨爲氣概。遂更無風日晴嫣，水流雲在，天然之美。昭宗〔巫山一段雲〕曰：『小池殘日豔陽天。苧蘿山又山。』迴環讀之，足徵景中俊語，亦决非一蹴而幾者。

三七　無限之情

無限之情，未足窮盡，則以一二語提之使起，使其神味亦復無限。於是作者讀者，可各各寓其不宣之情。惟唐人於一提後，更不别有所言。乍即之似不能作結，細會之始知此無限之情，正在不言之外。聽人索解，勝于言者多矣。莊宗『一葉落。吹羅幕。往事思量著』，正體斯旨。

三八　詞中取景

詞中取景，往往以一時一地爲範圍，若包舉一切，勢未必備。而莊宗〔歌頭〕，自春徂秋，盛衰興廢。令讀者悟歲華之易逝，良辰之難覯。電光石火之旨，直爲舉發無遺，初不見其於百數十字間，有轉移斤斧之迹兆，筆力圓健，非後來聲黨所可冀矣。

三九　以方言入詞

宋人往往有以方言入詞者，元時南北曲無論矣。李王〔一斛珠〕之『沈檀輕注些兒箇』，亦用方言，可爲先導。

四〇　言情之筆

言情之筆，往往曲爲之晦，加以藻飾。其工者固文情相因，其不工者轉以文而失真。若李王『故國夢重歸。覺來雙淚垂』，舉所懷者傾以吐之。愴感之神，率寄于言表。甯不視曲晦者爲優，然曲晦者或以所懷非真誠，或無此筆力以赴之。遂不得不託於藻飾。其徒有真誠而筆力不足以達之者，爲失蓋亦相等。

四一　琢句

李白〔清平樂〕『月探金窗鏬』，此等琢句，爲後人所未有。又『夜夜長留半被，待君魂夢歸來』，句法亦奇，而情致自真，非巧作纖語者所能及。惟是否白作。尚待考訂。

四二　不必更言理法

胡帝胡天之作，但臻絕勝，亦不必更言理法。思致拈來，妙諦具在。猶象教之立上乘。讀〔菩薩蠻〕『繡屏金屈曲。醉入花叢宿。春水碧於天。畫船聽雨眠』，可以知之。此類唐人語，至北宋即不復有人作之。非不作也，至宋而詞學已昌明。有理法思致，爲之範圍，不復有人敢軼于繩墨以外以作之也。後此力學《花間》、《尊前》者，又無筆力足以勝之，但只藻繢花柳，求其貌似。胡帝胡天之勝，遂致不復可見矣。

四三　愴懷語

愴懷語之在皮相者，乍玩之淒感萬端，久習之便覺索然而廢。惟其語深，則愈觀愈覺其可感。『何處是回程。長亭更短亭』，夫言回程猶曰長亭短亭，萬水千山，真不知稅駕之何所。斯誠令玩索者黯然而魂銷。作愴懷語者，宜以此爲法。

四四　方言

『叵耐』二字，亦爲方言。宋詞輒用『怎』、『恁』等字，而李白用『叵耐』。新穎可取。

四五　作宫詞言典而雅

作宫詞言典而雅，至不易爲。伯可應制，譏者謂爲傷格。小晏『祥瑞封章滿御牀』，稱者不絕。王建〔三臺〕二首，視小晏爲尤勝。

四六　暇逸之情，清麗之筆

〔楊柳枝〕作者殊夥，當以劉禹錫、徐鉉所作爲最。蓋暇逸之情，清麗之筆，不求工於刻畫，而妙諦大成也。

四七　神來之筆

歷代詞人至夥，傳作亦多。但名章俊語，膾炙人口，使人流誦而永不能忘者。亦復有數。蓋其能移情奪魄之名作，多爲神來之筆。初非刻意求工之語，所謂神來者，得之于無意之中，涵索之際，決非苦吟所可致。學者學詞，初不能不重之以學力。及其既成，乃可冀神來于偶然之際。是固得之于工力之外，而又在工力之上。學者求獲俊句，應知所適從矣。

四八　章法氣息藻澤

詞有章法，有氣息，有藻澤。章法貴順乎理，充其極，縱胡帝胡天可也。氣息貴沖淡，雖作雕鏤之語，當有真意。藻澤於鍊字主名貴，於造句主風神。

四九　詞有理脈

詞有理脈，首當體會。字與字不可疊，句與句不可疊。馴至一題二詠，諸作者前後亦不可疊。理脈有明見處，有暗轉處，有充之使遐，約之使邇處。但當無混亂雜糅之弊，爲第一要義。

五〇　事外遠致

詞貴意内而言外，事外有遠致。意内言外，則所言爲不虚。事外遠致，則所言爲不盡。反是一讀即厭，無反覆回環之尋味矣。

五一　濃處、淡處、雋永處

詞中濃處、淡處、雋永處，各標其勝，各極其能。非熟讀深思，不易細知。亦非細知，不易身彙衆妙。凡此又均可以意會，不可以言宣者也。

五二　比賦事物

比賦事物，各有身分，稍一舛訛，即乖體格。於楳則仙雲素影，於桃則紫姹紅嫣，不可不爲區別。

五三　詞宜以雍容之筆出之

前人説詩，以爲窮而後工。如借車載家具，家具少於車，極刻劃之能事。於詞則不然。詞雖道窮，亦宜以雍容之筆出之。若作寒酸語，則乖於詞格矣。小山『舞低楊柳樓心月，歌盡桃花扇底風』，固非三家村人語。即窮至白石，可謂郊寒島瘦矣。而〔鷓鴣天〕曰：『巷陌風光縱賞時。籠紗未出馬先嘶。白頭居士無呵殿，只有乘肩小女隨。』雖述人家之盛，一身之貧，而氣度不少近於寒酸。籠紗未出，驊騮先嘶，是何等富貴語。又『東風歷歷紅樓下，誰似三生杜牧之』，是何等風情語，可以知矣。

五四　情景雜糅

詞不外言情言景，其至者曰融情入景，融景入情。情景雜糅，然綈辨[一]之，言景不能不參以情。蓋丹青之妙，猶寓深情。况抒之爲文翰乎，言情或假物理。或寓寄託，卻有不參景色之處。若雜糅之作，當使融爲一片，使人讀之不知其爲情爲景。但迴環杼軸於胸中，使有無盡之感觸而不能自已。此共傑作也。

五五　言景有博有約

言景有博有約。博者摭拾眼底之風光，一一揮灑，使其停勻位置。遠者爲螺黛，爲水風。近者爲曲屏，爲繡枕。在在有物，則在在有人。由物思人，觸景可以生情。此一格也。約者但於景物，擇其易動人情者言之。或於一詞之中，略著一二句。如畫龍之點睛，以繪樹而狀風。長亭遙岸，可興

〔一〕綈辨，或當作『諦辨』。

客子之懷。心字丁簾，可託佳人之怨。即此一二句中，已足使人發其感喟而有餘，亦或擇其可以包舉者言之，不爲一一臚列。言蘭房繡闥，則房闥中必有所庋置者矣。言斜暉院落，則院落中必有所蒔植者矣。此在騷人墨客，會心於微，不能舉格以强求，立體以責備者也。

五六　言情亦有博約

言情亦有博約。博者運諧婉之筆，抒迴環之思，不惜反覆以明其摯，深入以察其微。一之不足，則重言之，展轉之，但有真情，都成俊語。其約者則嫌博之易泛。泛則淺，淺則不專。遂併反覆之數義，納諸片詞之中，而以一二虛字絜領之。是謂包眾義於片言也。承其下者，則或闡其深思，或參以佐證，或剝蕉心、抽重繭，或提挈而使超空，儘寸心之所由，率椽筆之所至。由小而大可也，由大而小亦可也。由小而大，則見吾心之浩瀚，寄聲色於區宇；由大而小，則見山川敷藻之榮，可以列諸階前膝次。寄聲色於區宇，則吾心大，移山川於几席，則吾見大，變化曼衍，不可方物。質言之，無論情景，博者易詮，而約者難精。可斷言也。

五七　詞中最難傳不易達之情

詞中最難傳不易達之情。所謂不易達者，厥故有二。一山重水複，言之冗長，非數語不能盡之。二縱有其情，而不能明言，祇可借徑於花草蜂蝶，曲爲比擬。然少一不慎，便失其微尚之所託。善爲詞者，併數語所欲言，花蜨之曲喻，揉爲一二句。更以一二虛字抑揚之，使盡曲折委婉之妙，兼以達難言之隱。斯非斲輪名手莫辦也。

五八　言情最高之境

言情之中，更有最高之一境，使人讀之，知詞中之有情，並深於情，爲悲爲樂，涉眼便知，而迄不能明其所以然之故。且觀其字句平正，非故爲晦澀；觀其意境高超，又不涉新佻。讀之心領神會，而又終不能以言宣之。蓋情之深者，秉賦乎方寸，抒發乎翰墨。内足於心，外揚於文。遂致讀其文者，亦復内會於心，彼此有息息相印之誠。此非情文兼至者，不能爲之。亦非情文兼至者，不能讀之而激賞之也。

五九　依黯之情

依黯之情，必參以傷感之事者，于詞習見，無足稱道。其有閒傷感之字面者，略勝一籌。若寓傷感於神情之中，而不及傷感之跡兆，斯爲上著。苟其能於炫爛金碧之中，涉盛衰更故之慨，因微見著，使人人知日月之不留，風流之彈指，寄遠致於事外者，斯於學問文章之外，更益之以真性情，必爲傳作無疑。

六〇　深入刻骨，俳諧調侃

詞中不妨有深入刻骨語，俳諧調侃語。但能刻骨而有風趣，調侃而寄懷抱者，斯不近於卑瑣。

六一　託物傳情

言情之語，有託之於物者，有但傳其情者。託物易質實。質實則失所以託之者矣。傳情易纖靡，纖靡則卑劣，傷詞格矣。故託於物者，宜指物以會情，使情物兩俱搖曳，參諧婉於質實，氣始流走而不滯。傳情者宜從重拙處落墨，則庶幾可已纖佻之疾。

六二　淒黯之情

淒黯之情，亦可託之於物。春秋迭代，榮衰異時，但述草木之榮衰，自見人態之涼燠。此在鍊詞琢句，加之意耳。

六三　詞重風度

詞重風度。風度，搖曳之謂也。而往往有以輕泛之語，訓爲風度者。此殊不然。蒼勁之極，促拍之音，均有風度。風度寄於語氣，而不涉於字面之文章。故文章之輕泛者，非風度也。文章之典則而語氣仍迴環杼軸者，謂之風度。闊如樂章，雄如稼軒，蒼如白石，風度何嘗不佳，必以清空爲風度，是大謬矣。

六四　不能就詞以求詞

學詞者不能就詞以求詞。天下文心之寄託，萬籟之竽號，粵可稽者，於古爲《國風》，爲《雅》

《頌》。循是《騷》賦，至於《兩京》。節文爲詩，衍詩爲詞。前乎詞者，固依然有詞心詞筆。其所以不名爲詞者，但以節奏體律之或歧耳。信此則徒于詞中求詞，爲甚仄矣。《風》、《雅》、《史》、《漢》，自不得逕參之於《金》、《蘭》。而風格典雅，非真自《史》、《漢》中出者，亦決不能爲黄絹幼婦，可斷言也。

六五　詞有學有養

詞有學有養，非兼濟則不能獨步。學力在多讀多作，涵養在瀏覽吟詠。吟詠之法，不必先敘其理脈，辨其藻澤，但琅琅上口，先主諧婉。於諧婉中，自得詞中之神味。若取逕一家者，多讀一家之詞，亦較易近似。廝磨含蓄，視縛求貌似者，進益尤夥。

六六　不易遽學

《花間》不易遽學。其至者爲『古蕃錦』，其下者未足取喻乎『七寶樓臺』也。吳夢窗質實之中，饒有清氣。玉田云云，甚非知人之言。曩跋《蓉影詞》，曾論及之。《珠玉》渾金樸玉，《小山》風神淡遠，亦不易遽學。蘇辛清而能雄，雄以清越，後之學者，徒取皮相，遂多獷語，亦不易遽學。《樂章》能敷藻眼前之景物，作無窮之語，婉而不患其冗，寬而不嫌其廓，亦不易遽學。《清真》、《夢窗》，爲填詞趨於成就必由之一徑，不能責之初學者也。初學者，尚以《白石》、《六一》爲近易。《白石》蒼勁處，千古卓絕，自不能一蹴而就。然其格局辭句，猶有跡象之可尋。《六一》風神諧婉，視大小晏亦較易取則。學之即不能似，當無纖佻飣餖之弊。

六七　襟抱學力

學蘇辛，首貴襟抱。學夢窗、大小晏，首貴學力。學力可以求進，襟抱難於求進。故學蘇辛者，每每取雄而遺清。

六八　以搖曳爲俊逸

草窗、碧山、玉田，同以搖曳爲俊逸，而胸中腕底，初無濟勝之具。字面匀穩，色澤音節，并臻諧婉。然其所以驅遣諧婉者，猶患不足，遂蹈空泛之弊。學者循奉，易蹈其失，難以自拔。

六九　至情之語

至情之語，上入九天，俯達重泉，拗鐵爲絲，刻金成縷，固不可以理相限度。然當于理可通。即乍觀似不可通者，亦當自圓其義，俾不偭越于理外。此自圓之義，固不必明言。要當使讀者細心玩索而可得，方爲允當。否則風魔之語，更何足道。有欲學爲蕃豔之作，胡帝胡天之語者，不可不致意于斯。

七〇　新理新詞

千百年來，一切人情物理，胥已說盡。作者能獲新理，便爲俊語。必不得已，當以新詞說舊義。未經人用之語句，解釋眼前之人情物理，亦是妙詞。但苦不易易耳。

七一　以虛字振挈全詞

一句之中，著以虛字，最難措置。能使上下相活者，是其初基。能兼闡言内之意，并使前後機括。因以靈活者，是已漸參上乘。至能以一二虛字，振挈全詞，是無上上法。

七二　景屬實體，情爲虛致

融情入景，言詞者類能道之。然景屬實體，情爲虛致，以實喻虛，以虛襯實，運用得宜，誠非易事。是以陰晴寒暖等字，人人用之，亦不能不位置妥帖。蓋消息所及，被於全詞。融情入景，正復有賴耳。

七三　學力襟抱性靈並重

蕙風先生論作詞，每以學力襟抱性靈並重。學力可日日程功，襟抱可涵詠養蓄。獨性靈授之于天，誠難砥礪求進。此神品之不易得也。

七四　小令詠事詠史

小令詠事詠史，以及信口吟諷者，或多至一二十首。既作數首，即當前後有貫注全局有佈置。先有總綱，後有總結，使數首乃至數十首，如一編文字。

七五　偶語

詞中極多于全篇中有偶語，亦時有上下啟承轉合之語。凡此或斷或續之際，駢白儷青之詞，或以新字新意襯之，使特新耳目，或即以不甚用力之句，使風神于以跌宕。則當視全篇論定之，不能預擬也。

七六　華貴之題，感愴之語

賦華貴之題，不濁不俗，作感愴之語，不卑不衰，爲學詞者所必知。然非襟抱學力兼勝者，不易致之。

七七　淒涼之語出以沈著之筆

夢窗〔木蘭花慢〕〈遊虎邱〉：『青塚麒麟有恨，臥聽簫鼓游山。』淒涼之語，出以沈著之筆，可爲學者途轍。

七八　含意類似而句法各異

詞有含意類似，而句法各異，分際輕重迴別者。如『貪與蕭郎眉語，不知舞錯〔伊州〕』。或云『曲中倚嬌佯誤，只圖一顧周郎』，可以知之。

七九 用字貴在適合分際

填詞用字，貴在適合分際。形容詞下于恰當處，始栩栩能活。清真〔瑞龍吟〕，坊陌曰『愔愔』。梅褪粉，桃試華。侵晨則『障風映袖』。『愔愔』二字，樸雅有致。曰障曰映，不嫌其方。且適足以喚起侵晨之情緒。于秋娘則曰『聲價如故』，語拙神完。誠可師法。

八〇 詞語不外寄情于花柳

詞語不外寄情于花柳。然苟無慧心杼軸之，則人自人，花柳自花柳，何曾有情。必有慧心妙筆，運用得宜，始見其情緒縈結。而此情曾不必定以宛轉之詞令出之，儘可出以方筆。如『搖落風霜』，『有手栽雙柳』等語，當爲白石老仙所私淑。

八一 清真勝處

清真勝處，以直語說深情，以方語說慧解。此則淵源于古樂府者爲多。

八二 調侃不流于纖俗

詞有用調侃之語，而不流于纖俗者，亦可以備一格。如姚端甫『孔方從有絕交書』，雖非正格，不墮惡趣。

八三　詞中樸質語

詞中樸質語，要有至情。酬贈壽詞，尤難著筆。不患俗，即患麒麟楦耳。蕙風先生頗賞『相見似先公』一首。余于蕭維斗〈壽叔經宣慰使〉之『年高德劭，似一日、春光一日深』語，以爲樸語能出新意。南宋集中，亦不多見。

八四　易代之感

易代之感，置之詞中，自多佳句。而《補題》諸作，文晦義隱，但事剔劃，故視遺山爲遜色。姚端甫有云：『誰道夔龍不致君。白頭離亂未曾聞。三秦碧樹生春色，千里青山入暮雲。』蒼涼勁卓，庶幾可以抗手裕之。

八五　言情尤貴于沈著

言情自貴疏秀，然尤貴于沈著。若但以膚廓疏淺之語爲疏秀，則非深于情矣。自當内事沈鬱，外務鬆俊。筆愈空靈，情愈深鍊，方爲合作。《文心雕龍》〈隱秀〉一篇，頗能盡其指歸。

八六　意境不能行之于文

有絕妙之意境，而不能行之于文，則自由于用筆之未臻純熟，驅遣之未能如意。若能如意指揮，雖併數意于一語一字，甚至在一語一字之外，使人含詠不盡。

八七　詞中賦題

詞中賦題，有由盛而衰之轉折。小至庭花雜卉，由花開而至於花謝。大而君國，由開基而至于易代。其轉折處自爲一大關鍵。然此關鍵要處，在作者之深情。有情則筆自足以達之，不必定于一字一語求工。否則或爲硬礱，或爲鬆滑，雖珠璣絡繹，卻不足以寄此深情。

八八　潛氣内轉

所謂上抗下墜，潛氣内轉者。蓋如上説花，下説人，上説盛，下説衰。兩意兩語。就中不必綴以轉折之字句，惟憑理脈與情思，使人自悟，不見其斧斤搭截之痕跡。其憑理脈者能品，其運情思者，斯爲神品。

八九　以風月與人我糅爲一體

寄託之詞，寓於風月。必以風月與人我糅爲一體，使彼此有同感同情者在，方足以窮詞心之勝。

九〇　婉約沉著穩鍊蒼勁

詞有婉約、沉著、穩鍊、蒼勁諸宗法。聖手融衆長于一爐無論已，學者或求得其全，或偶獲片解。亦必多讀古人名作，徐圖悟入。蓋一家有一家之風格，一詞有一詞之勝致。名手傳作，萬不能就一章一語中求之，力爲摹擬，愈摹擬且愈窒滯，縱得一二皮相形似之處，造詣必小，氣思必促，轉貽畫虎之誚。

南京《同聲月刊》一九四一年七月二〇日第一卷第八號